[美]詹姆斯·H.琼斯 著　　戴雅如 译

脏血

上海译文出版社

“罗伯茨”所绘的社论漫画,《落基山新闻》,科罗拉多州丹佛市,
1972 年 7 月(国会图书馆)

卢·埃里克森所绘的社论漫画,《亚特兰大宪法报》,
1972 年 7 月(卢·埃里克森提供)

“现在我们可以给他打青霉素了吗？”

托尼·奥特所绘的社论漫画，《费城问讯报》，
1972年7月（托尼·奥特提供）

克利福德·H. 巴尔多夫斯基所绘的社论漫画，《亚特兰大宪法报》
（《亚特兰大宪法报》提供）

塔利亚费罗·克拉克
（国家医学图书馆）

奥利弗·克拉伦斯·温格
（国家医学图书馆）

雷蒙德 · A. 冯德莱尔（左）与托马斯 · 帕兰（国家医学图书馆）

彼得 · 布克顿在肯尼迪听证会上作证，1973 年 3 月（彼得 · 布克顿提供）

约翰·R.海勒
（国家医学图书馆）

威廉·J.布朗
（国家医学图书馆）

不知名的受试者与里弗斯护士站在棉花田中
（美国疾控中心，佐治亚州亚特兰大）

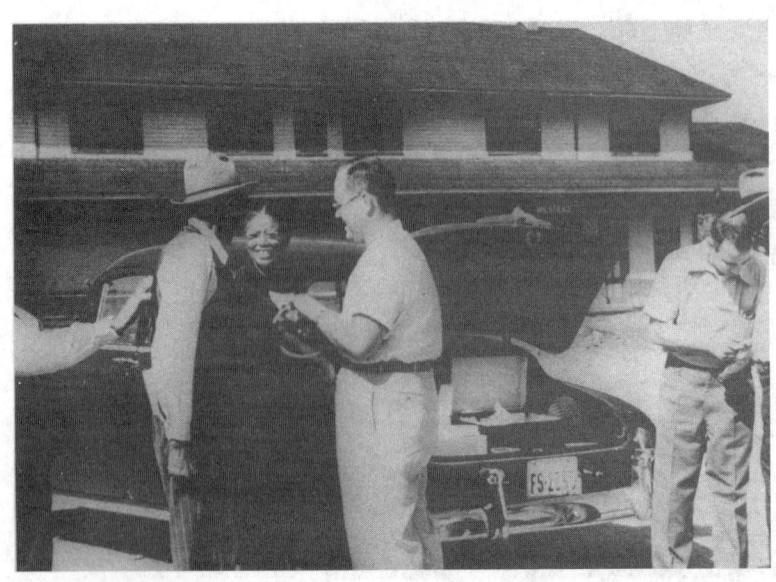

获取梅毒血清学检查样本。左起：不知名受试者、里弗斯护士、大卫·奥尔布里顿、沃尔特·埃德蒙森医生、不知名受试者（美国疾控中心，佐治亚州亚特兰大）

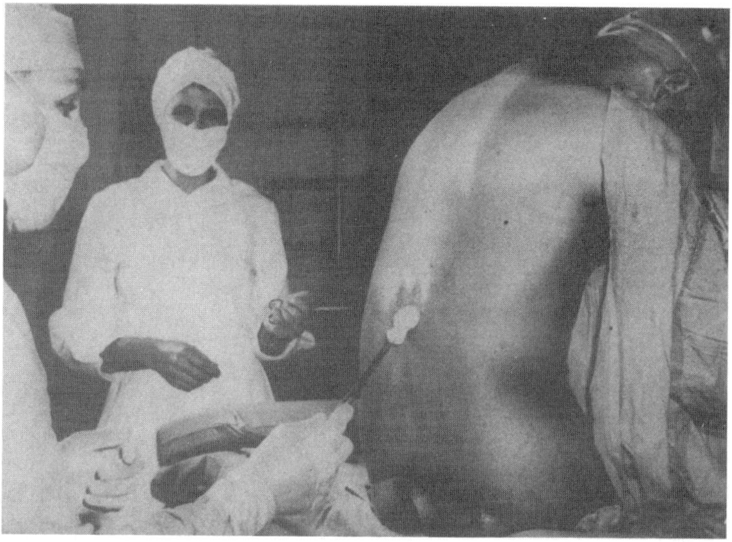

脊椎穿刺，1933 年。左起：杰西·J. 彼得斯、里弗斯护士、不知名受试者（美国疾控中心，佐治亚州亚特兰大）

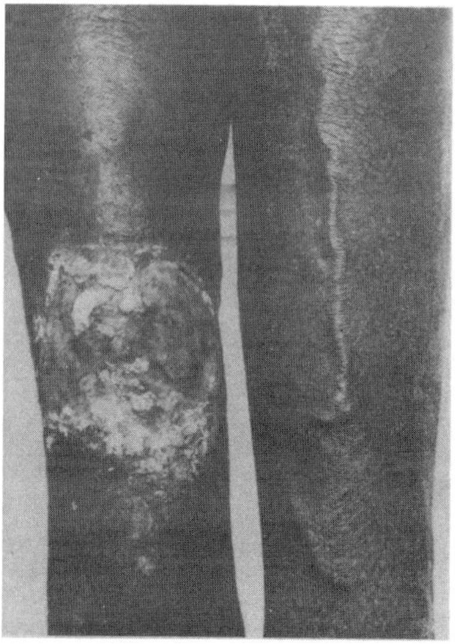

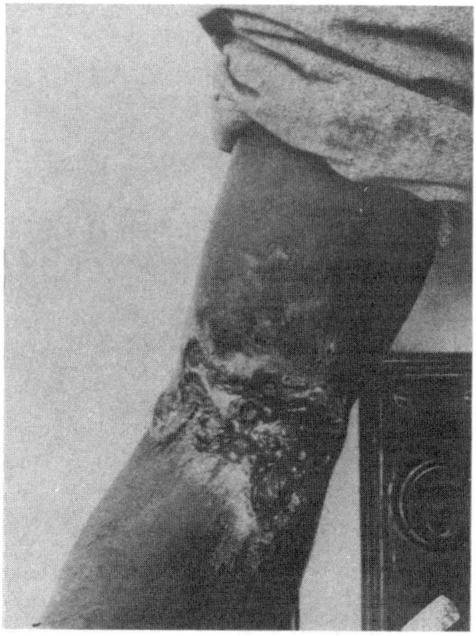

左下：左腿皮肤梅毒溃疡病例，从背后拍摄（美国疾控中心，佐治亚州亚特兰大）
右下：右臂皮肤梅毒溃疡病例（美国疾控中心，佐治亚州亚特兰大）

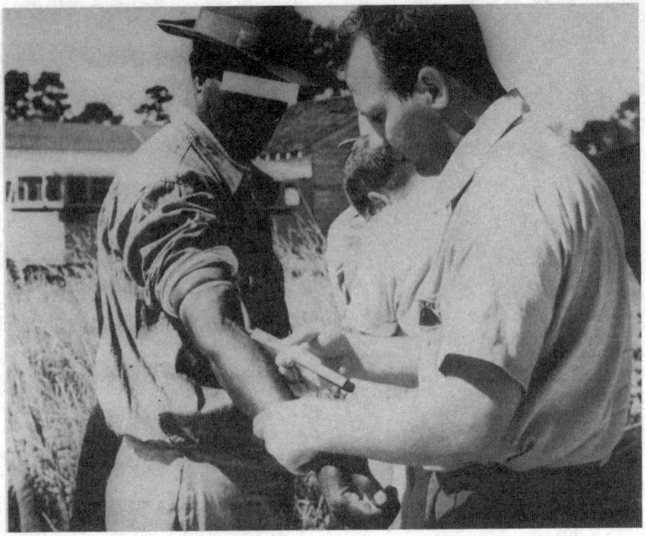

年度召集期间的验血，1950 年代初；不知名受试者与沃尔特·埃德蒙森医生（美国疾控中心，佐治亚州亚特兰大）

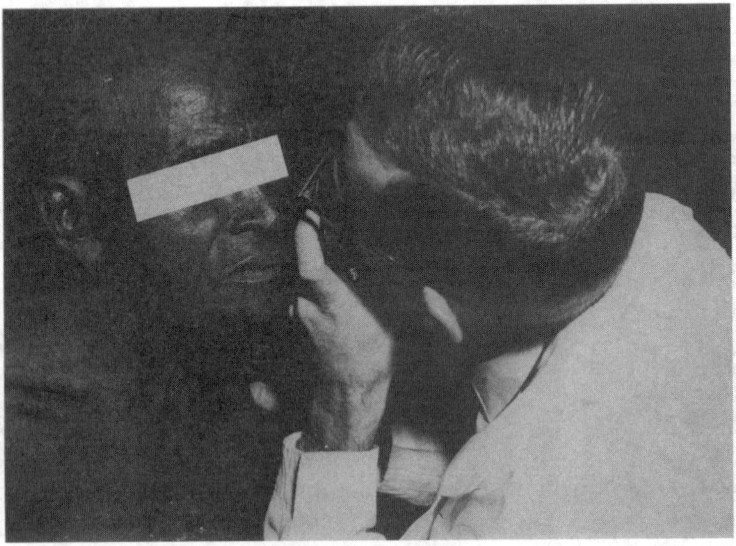

检查眼睛（美国疾控中心，佐治亚州亚特兰大）

独居的受试者参加年度召集，1950 年代初（美国疾控中心，佐治亚州亚特兰大）

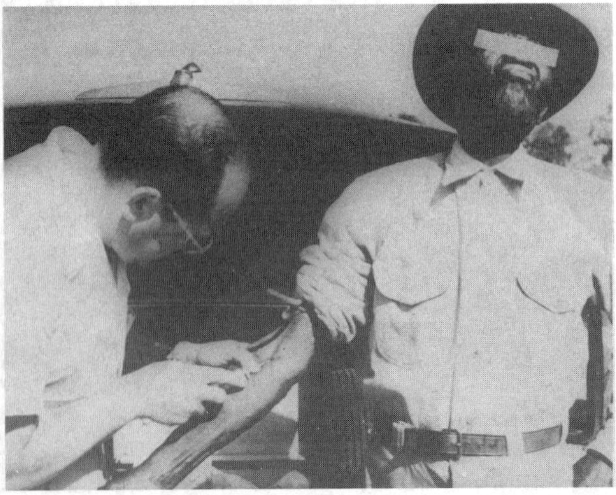

上图：大卫·奥尔布里顿先生、沃尔特·埃德蒙森医生、里弗斯护士、不知名受试者
中图：不详。下图：大卫·奥尔布里顿先生采血样

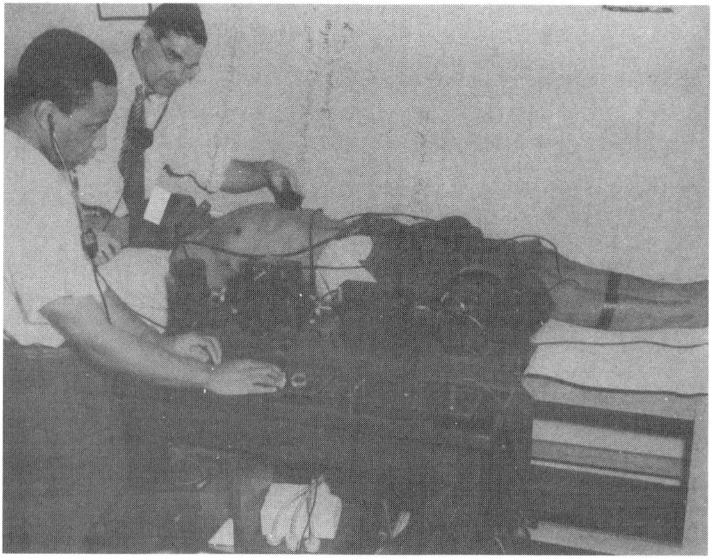

心电图评估，1950 年代初。左起：威廉 · 鲍伊先生、斯坦利 · H. 舒曼医生、不知名受试者（美国疾控中心，佐治亚州亚特兰大）

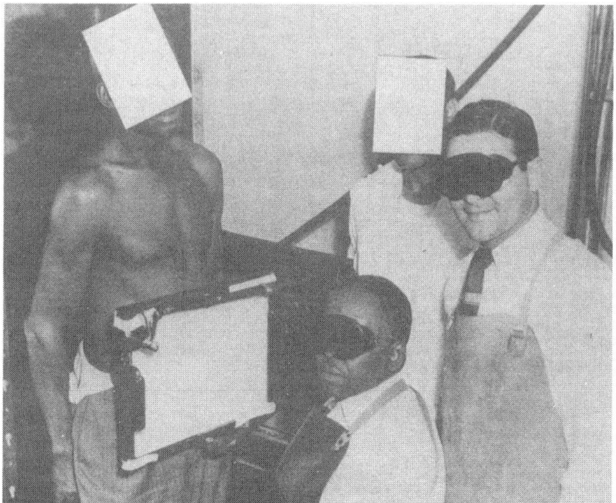

威廉 · 鲍伊先生和斯坦利 · H. 舒曼医生为不知名受试者做 X 光检查（美国疾控中心，佐治亚州亚特兰大）

公共卫生部官员，1950 年代初。立者左起：里弗斯护士、劳埃德·辛普森、G.C. 布兰奇医生、斯坦利·H. 舒曼医生。坐者左起：亨利·艾森伯格医生、特里格夫·杰斯特兰医生（来自斯堪的纳维亚的访客）（美国疾控中心，佐治亚州亚特兰大）

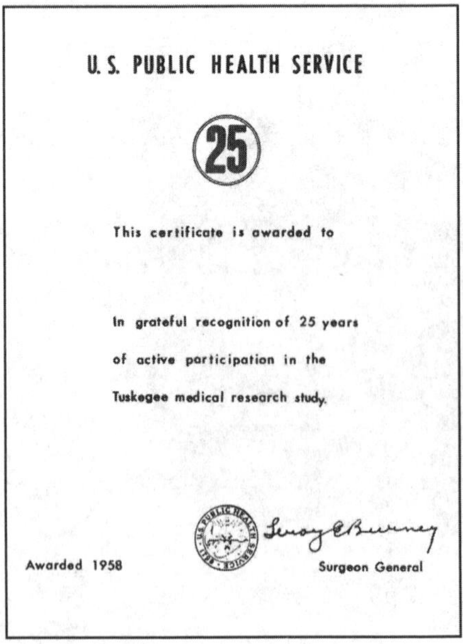

U. S. PUBLIC HEALTH SERVICE

25

This certificate is awarded to

In grateful recognition of 25 years
of active participation in the
Tuskegee medical research study.

Awarded 1958

Surgeon General

25 周年证书，在 1950 年代晚期颁发给仍健在的每位受试者（美国疾控中心，佐治亚州亚特兰大）

献给琳达

目　录

拼写和标点符号说明

若文章为追求准确度而充斥着注释，就容易造成行文杂乱不堪，因此本文中遵循以下规则：直接使用原本大写的 Negro，不另外专门说明早期注释中大量引文使用小写 n 一事。从这些文献由使用小写转变为使用大写，可以看出对待黑人的社会态度的转变。查尔斯·约翰逊团队在《种植园的阴影》（*Shadow of the Plantation*）一书中如实地记录了受访者所用的拼写和标点符号，本书亦加以沿用。他们试图将梅肯县人的方言记录下来。而我自己进行的访谈则使用标准的拼写及标点符号。

新增订版序言

1981 年，也就是《脏血》第一版问世的那一年，媒体报道说有一种神秘的疾病肆虐于纽约、洛杉矶以及旧金山等地的男同性恋之间。获得性免疫缺陷综合征（即艾滋病）袭击了美国。只花了几年的功夫，科学家就分离出艾滋病病毒并且研发出能高效诊断此疾病的试剂。此外，进一步的研究让艾滋病流行病学资料更加完善，但也显示出该疾病并不仅限于同性恋者之间，而是连血友病患者、静脉注射吸毒者、大量的海地人以及许多异性恋者亦深受其害。其中黑人和西班牙裔的艾滋病患病比例特别高。

科学家虽然对艾滋病的了解已取得相当大的进展，但仍无法查明此疾病起源于何处。他们不能确定艾滋病究竟是一种新的疾病，还是一种由古老病原体变异而成的致病性病毒。由于不确定病毒的起源，各种各样的理论纷纷出笼，因此，许多人呼吁回顾塔斯基吉研究的内容，希望能有助于解开这个谜题。

在《脏血》的本次修订版中，我追溯了塔斯基吉研究遗留给艾滋病时代的问题。简而言之，我已指出为何许多黑人相信艾滋病是白人用来消灭黑人的种族灭绝手段，此外，我还查出黑人是如何将塔斯基吉研究当作这种阴谋论的证据的。

我知道许多黑人仍认为艾滋病是种族灭绝的手段。在此，我的目标是将这种恐惧在公众面前公开，以便他们可以用富有同理心及有效的方式来处理。解决艾滋病肆虐的问题需要大家的相互信任及合作，然而塔斯基吉研究至今仍在不断种下怀疑和不信任感的种子，这一问题亟待解决。

我希望，这本新版《脏血》能到达那些想对美国这段特殊历史悲剧有更多了解的新读者手中，由于艾滋病大流行，使得这一版新增一章用以探讨该疾病，它也为了解这个故事带来了新的紧迫性。如今，就像从前一样，塔斯基吉研究对我们了解美国的种族主义和人们生活中医学的社会授权有很多启示。

第一章
“道德乱象”

1972 年 7 月底，美联社记者让·海勒披露了一则新闻：40 年来，美国公共卫生部（PHS）一直在亚拉巴马州梅肯县的塔斯基吉及其周遭地区研究未经治疗的梅毒对黑人男性的影响。这项日后人称“塔斯基吉研究”的实验涉及大量男性：399 名感染梅毒的患者，另有 201 名未感染梅毒的人被选为对照组。在研究开始时，所有梅毒患者的病程已到晚期。①

媒体调查后发现，公共卫生部根本无法出示该实验的正式方案。后来人们才知道，所谓的正式方案根本就不存在，实验步骤似乎只是自然演变而来的。多年来，公共卫生部医生频繁地出诊，对这些人进行各种测试与医学检查，但是按照基本程序，应该对参与实验者进行定期验血和常规尸检，以补充通过临床检查获得的资料。只有晚期——所谓的三期梅毒患者——被选中参与这项研究的事实，表明研究人员非常急切地想要了解更多关于此疾病最后阶段出现的严重并发症的情况。

公共卫生部官员果然没有失望。已公开发表的几份塔斯基吉实验报告均显示，梅毒患者的致死率及发病率都比对照组高。事实上，据媒体报道，截至 1969 年有至少 28 人，甚至多达 100 人直接死于梅毒的并发症。其他病患则发展成了严重程度可致命的梅毒性心脏病。②

塔斯基吉研究无关治疗。没有测试过任何新药，也没有做出任何努力来确定以往疗法的效果。它是非治疗性实验，目的是收集梅毒自发进化在黑人男性身上产生的影响的数据。直到有关此病的一些基本事实为人所知后，受试者所面临的生命危险才被人们更清楚地认识到。

梅毒具有高度传染性，其病原体为苍白密螺旋体，即一种微小的、形状像螺旋开瓶起子的纤细微生物。这种疾病可以是后天感染上的（即获得性梅毒），也可以是先天性的。梅毒的传染，是螺旋体（苍白密螺旋体亦被称为螺旋体）通过皮肤或（通常是在性交过程中）通过黏膜进入人体，而像亲吻等其他形式的身体接触也可能会造成感染。当螺旋体穿透胎盘的屏障时，先天性梅毒会在已感染的母亲体内传播给胎儿。

一感染上，梅毒就是一种入侵全身组织的全身性疾病。只要一侵入皮肤或是黏膜，螺旋体就开始以骇人的速度繁殖。它们先是进入淋巴毛细血管，然后迅速奔向最近的淋巴结，在那里繁殖并进入血液中。几天之内，螺旋体就会侵袭身体的各个部位。

梅毒有三个发展阶段：一期梅毒、二期梅毒和三期梅毒。从感染上开始，一期梅毒会持续10到60天不等。在“早期潜伏期”内，梅毒会在接触病原体的位置引发硬下疳症状，通常在生殖器部位。硬下疳多为轻微隆起的圆形溃疡，较少引起患者不适，就算有，也可能因为太过轻微而不为患者察觉。如果没有继发性感染的话，硬下疳会在一两个月内自然痊愈，但疤痕会数月难消。③

在硬下疳痊愈的同时，病程开始进入第二阶段。病患在感染后6周到6个月内会出疹子，这是发展到二期梅毒的信号。这种疹子可能

---

① *New York Times,* July 26, 1972, pp. 1, 8.

② 因为这些男性很多都居无定所，以至于在公开发表的文章中难以清楚预估其死亡率。1972年，公共卫生部发言人不愿证实相关准确数字。J. 安德鲁·里斯科姆和鲍比·多尔克代表美国民权委员会及亚拉巴马州咨询委员会于1972年9月22日对大卫·森瑟博士的采访就是绝佳的例子。（未出版手稿，第9页）。此处数字涉及的计算方式，参阅 Atlanta Constitution, September 12, 1972, P. 2A。

③ 感染者在早期阶段的血清反应通常为阴性：验血无法查出此病。但在实验室检测的暗场检查可以区别出硬下疳与其他溃疡的不同。在这种测试中，配有特殊间接照明装置的显微镜可以看到银色螺旋体在深色背景中移动。

看起来像麻疹、水痘或是其他严重程度不一的皮疹，不过有时候这种病况非常轻微，可能病患自己都没有注意到。此外，病患的骨头与关节处常会感到疼痛，同时也可能会出现循环系统障碍，出现心悸等情况。在出疹的时候，可能会伴着发热、消化不良、头疼或其他非特异性症状。在某些情况下，皮肤表面会出现遍布螺旋体的潮湿溃疡伤口。然而，当口腔部位也发现皮疹时，病情就变得严重了，因为这种开放性溃疡伤口具有高度感染性。这时患者可能会大量掉头发，头上看起来像是被"虫蛀"了一样。螺旋体在患者体内的增殖在二期梅毒期间最猛，并且分布最广。①

二期梅毒患者在没有接受治疗的情况下常会经历一段潜伏期，可能为时数周或长达 30 年之久。就像变魔术一样，所有梅毒症状好像都消失了，患者身上不再发现与此疾病有关的早期症状，例如偶尔的皮肤感染、间歇性胸痛、眼部病变与隐约的不适感。在潜伏期内，螺旋体并没有消失，而是钻入了患者的骨髓、淋巴结、重要器官与中枢神经系统之中。某些情况下，这个疾病似乎能和宿主和平共处，让宿主能享有完整、长寿的生命。但只要对患者进行尸检，常常可以发现其死因是重要器官发生梅毒病变。然而，对许多梅毒患者来说，潜伏期大约只有两三年。然后，三期梅毒的征兆及症状的出现会打破这种休战的错觉。

在晚期梅毒阶段（亦称为三期梅毒阶段），人体受到的伤害是最大的。螺旋体集中到人体组织中，对重要结构造成破坏，因而产生晚期梅毒的特征，也就是树胶状或橡胶状肿瘤（所谓的梅毒瘤）。这些肿瘤常在皮肤上连在一起变成大片溃疡，上面覆盖着由几层渗出物干燥后形成的痂。病毒亦会攻击骨骼结构，导致病症的恶化，产生像骨髓炎或骨结核之类的症状。小肿瘤可能会被吸收，留下轻微凹陷的疤痕。另一种情况是骨骼被大规模破坏，例如鼻骨和上颚骨被侵蚀，形

① 在二期梅毒阶段，血液检测是一种有效的诊断办法。

成可怕的残缺。肝脏可能也会被病毒入侵，造成器官出现瘢痕及变形，以致阻碍肠道的循环。

晚期梅毒经常以心血管系统及中枢神经系统为攻击目标，其影响往往是致命的。梅毒造成的肿瘤也可能会侵袭心壁或是血管。当波及主动脉时，主动脉壁会变得衰弱，病变处形成疤痕组织，动脉因此扩张，心脏瓣膜不再正常开合并开始返流。这些被撑开的血管壁可能会生成动脉瘤——位于主动脉的气球状突起物。若此突起物破裂（而这迟早会发生），病患将会猝死。

患上神经梅毒的后果也一样严重。梅毒通过血管散播到大脑，虽然该疾病有几种表现方式，但其中最著名的是轻瘫，即一般所说的脑软化，会造成进行性麻痹和精神错乱。神经梅毒的另一类表现形式是脊髓痨，病患会因为脊髓神经细胞被破坏而走路磕磕绊绊，出现足部拍击地面步态（Foot-slapping Gait）。梅毒还会攻击视神经而导致失明，或是攻击第八对脑神经而造成耳聋。因为神经细胞没有再生能力，所有这些病损都是无法康复的。

1932 年，也就是塔斯基吉研究开始那年，对于引起梅毒的病菌、此疾病的发展阶段和未经治疗的梅毒可能导致的并发症，医学科学界都已经有所了解。

由于罹患此病的后果如此严重，所以 1972 年时记者都感到不解——为何人们会同意参与该实验。媒体很快发现，参与者大部分都很贫困且不识字，而公共卫生部提供了激励，诱使他们参与。这些人得到了免费体检，去诊所的免费接送，体检期间的热食，轻微病症的免费治疗，以及遗属将得到一笔丧葬补助金的保证。虽然丧葬补助金的总额非常微薄（1932 年承诺补助 50 美金，其后因通货膨胀进行周期性调整），但它是当时许多参与者唯一的丧葬保险形式。

人们难以确定，1932 年那些卫生官员告知了实验参与者哪些内情。1972 年负责塔斯基吉研究的是亚特兰大美国疾控中心性病科，该机构的一名官员向记者保证，实验参与者在一开始时就被告知他们感染了梅毒，得了此病会让他们怎样，而且他们随时可以退出这个项目并得到治疗。但是一名握有早期实验第一手资料的医生直接驳斥了这番话。1932 年，J. W. 威廉姆斯医生在塔斯基吉学院附属的安德鲁医院实习并协助实验的临床工作，他表示不论是实习生或是受试者都不知道研究内容。“来到这里的人们并没有被告知会对他们做什么，”威廉姆斯医生说道，“我们告诉他们，我们要对他们做些测试，但据我所知，他们并未被告知他们正在做哪些治疗或没有做哪些治疗。”据他了解，受试者“以为自己正在接受风湿病或是胃病的治疗”。他记得很清楚，给这些人服用了他认为是治疗梅毒的药物，然而当他回想此事时，他推测“有些人仅服用了安慰剂”。他能肯定的一点是：“我们没有告诉他们我们在检测梅毒。我不认为他们会知道那是什么。”①

一名受试者的说法与他相似。查尔斯·波拉德清楚记得，1932 年的某一天有人找来告诉他，如果他隔天去附近那个只有一间屋子的学校一趟，他将得到一次免费体检。“所以我就去了，然后他们说我得了脏血，”波拉德回忆道，“从那以后他们一直这么跟我说。他们时不时过来给我做检查，然后说，‘查理，你得了脏血。’”②

美国疾控中心一名官员称，据他所知，“脏血”在黑人社区是梅毒的同义词。波拉德回应道：“他说的可能是真的，但我从没听过这件事。我只知道他们不停地说我得了脏血——他们从未向我提及梅毒，一次都没有。”除此之外，他以为从第一次见面起他在接受“脏血”治疗，因为波拉德补充道：“从那时起，他们就断断续续地让医生为我看诊，还给我开了补血剂。”③

当雷金纳德·G. 詹姆斯医生对记者说出他的经历之后，公共卫

---

① Dr. Donald W. Prinz quoted in *Atlanta Journal*, July 27, 1972, p. 2; *Birmingham News*, July 27, 1972, p. 2.

② *New York Times*, July 27, 1972, p. 18.

③ Dr. Ralph Henderson quoted in *New York Times*; *Tuskegee News*, July 27, 1972, p. 1.

生部关于塔斯基吉研究的说法受到了来自另一方面的质疑。1939 年至 1941 年间，詹姆斯医生参与了梅肯县的公共卫生工作——特别是梅毒的诊断和治疗。尤妮斯·里弗斯被派来与他合作，她是一名受雇于美国公共卫生部来密切注意塔斯基吉研究参与者动向的黑人护士。詹姆斯医生回忆道："当我们碰见塔斯基吉研究的一名受试者时，她会说'他'参与了研究项目，不能予以治疗。"据他描述，这种遭遇让他"心烦且不安"，但当他坚持要治疗这样的病患时，病患就再也没有回来过。"这些患者被劝告不应进行治疗，否则他们将会失去参与研究的资格。"詹姆斯医生说。而一旦失去资格，患者们就会失去先前被允诺参加研究可以得到的好处。①

里弗斯护士的身份一曝光就激起很多人的好奇，但她坚决不接受记者采访。当一些新闻记者发现了 1953 年刊登于《公共卫生报告》(*Public Health Report*) 上的一篇关于塔斯基吉研究的文章后，她在这项实验中扮演的角色才因此曝光。作为该研究项目的元老，她的角色是研究人员和受试者间的联络人。她住在塔斯基吉，并且是至关重要的固定工作人员。多年来，"政府医生"的名字和面孔一变再变，但里弗斯护士一直在那里。医生与受试者间常会因为教育水平与文化差异产生沟通障碍，而里弗斯护士的工作就是担任他们之间的协调人。最重要的是，这些受试者信任她。②

随着时间的流逝，参与实验者逐渐知道自己是这个名为"里弗斯小姐小屋"的社交俱乐部暨丧葬社团的成员。她一直在跟踪记录他们的情况，并确保他们在"政府医生"到来时出现接受检查。她常去到他们家中接人，开着一辆亮闪闪的带有政府徽章的旅行车，接送他们到检查的地点。根据《公共卫生报告》上刊登的文章所述，

---

① *New York Times*, July 27, 1972, p. 2.

② Eunice Rivers, Stanley Schuman, Lloyd Simpson, Sidney Olansky, "Twenty Years of Followup Experience in a Long-Range Medical Study," *Public Health Reports* 68 (April 1953): 391 – 95. (Hereafter Rivers et al.).

“特别是对于很多喜欢在车上朝经过的邻居挥手致意的人来说，这样的接送变成一种让他们感到与众不同的仪式”。没有迹象显示“里弗斯小姐小屋”的成员知道自己正参与一项致命的实验。①

公共卫生部发言人很快指出，这从来不是保密的实验，许多报社在首次披露此事时的报道是错误的。塔斯基吉研究绝非偷偷摸摸进行的，它早已是医学杂志上大量报告的主题，并且在很多专业会议的研讨会上公开讨论过。一名官员告诉记者，有十几篇相关论文刊登在国内一些最好的医学期刊上，向超过 10 万名身为医生的读者描述了这项研究的基本程序。他否认公共卫生部是单独进行这项实验，宣称这是一项合作计划，合作方包括亚拉巴马州卫生局、塔斯基吉学院、塔斯基吉医学会以及梅肯县卫生局。②

塔斯基吉研究的辩护者声称，该研究的问题顶多是在研究开始时使用的治疗方案是否对梅毒受试者有帮助。1930 年代早期，人们会将汞与两种砷化合物——胂凡纳明（Arsphenamine）和新胂凡纳明（Neoarsphenamine）——合成通常所称的撒尔佛散（Salvarsan），用于治疗梅毒。但这种药毒性很强，常导致严重副作用，有时甚至会造成病人死亡。这种治疗不但痛苦，而且通常需要超过一年才能完成。正如一名美国疾控中心官员所说，此药给“病患带来的潜在伤害大于可能的好处”。③

公共卫生部官员辩称，这些事实表明该实验的规划并不是无视道德伦理的。若是 1930 年代早期的医疗水平只能提供危险且不完全有效的治疗，那么，总的来说，不让这些人接受治疗并没有造成什么

---

① Eunice Rivers, Stanley Schuman, Lloyd Simpson, Sidney Olansky, “Twenty Years of Followup Experience in a Long-Range Medical Study,” *Public Health Reports* 68 (April 1953): 393. (Hereafter Rivers et al.).

② Dr. John D. Miller quoted in *Birmingham News*, July 27, 1972, pp. 1, 4; *Atlanta Journal*, July 27, 1972, p. 2.

③ Prinz quoted in *Atlanta Journal*, July 27, 1972, p. 2.

伤害。①

诋毁汞和撒尔佛散的疗效，有助于平息早期不为病患做治疗的争议，但是公共卫生官员难以解释，为何在 1940 年代拒绝使用青霉素治疗病患。公共卫生部一位发言人壮着胆子说这应该不是“某人独自做出的决定”，还语带玄机地补充道：“这种事很少这么处理。”他认为 1940 年代拒绝使用青霉素治疗患者是“这个实验最关键的道德争议”，并且承认以目前的观点“看不出当时有任何理由不能让那些患者接受治疗”。另一位发言人称：“我不知道为何在 1946 年决定不叫停此项目。”②

抛出这些说法旨在将塔斯基吉研究的责任转移到 1940 年代主导该实验的医生身上。虽没有提到具体人名，但一名官员跟记者说：“如果你非要找到负责此事的人的话，按理来说应该是 1946 年或 1947 年的性病部主任。”这段话矛头直指约翰 · R. 海勒医生，他是公共卫生部的退休官员，1943 年到 1948 年任性病部主任。当海勒医生被要求评论此事时，他否认自己对这项研究负有责任，还宣称“这项实验没有任何不道德或不科学的地方”，令记者震惊不已。③

时任梅肯县公共卫生官员赞同这一观点，他告诉记者，或许他也不会在 1940 年代用青霉素治疗这些人。据他解释，这个奇怪想法来自 19 世纪医生所谓的“治疗的虚无主义”（therapeutic nihilism），强调青霉素在 1940 年代是一种新药，基本上没有进行过多少测试。所以，在他看来，拒绝对他们用青霉素是一种有正当理由的医疗决定。④

疾控中心一位发言人表示，塔斯基吉研究的参与者若在 1955 年后接受青霉素治疗将会受益的说法“尚待证实”。事实上，治疗可能

---

① Millar quoted in *Montgomery Advertiser*, July 27, 1972, p. 1.

② 同上.; Prinz quoted in *Atlanta Journal*, July 27, 1972, p. 2。

③ Millar quoted in *Montgomery Advertiser*, July 26, 1972, p. 1.; *New York Times*, July 28, 1972, p. 29.

④ Dr. Edward Lammons quoted in *Tuskegee News*, August 3, 1972, p. 1.

弊大于利。他警告称，在多年后引入激进的治疗方案也许会导致过敏性药物反应。这位发言人没有就塔斯基吉研究的医学伦理问题进行争辩，而是指出不同年代会有不同的想法，我们不能用今天的眼光去批评当时的研究。“我们这是在拿1972年的医学治疗标准去套用1932年的做法。”一位官员告诫道。另一位官员提醒公众，该研究开始时人们对于治疗与实验的看法与现在的大有不同。“此时此刻，”这位官员表示，“以我们目前对治疗方式和疾病的了解，再加上人体实验方法在当代已有革命性变化，我不认为我们还会实施这个项目。”①

新闻记者倾向于认为，1940年代不用青霉素治疗病患是个至关重要的道德议题。大部分记者并不质疑不采用早期治疗方案的这个决定，因为他们显然也赞同那时候的治疗跟疾病一样糟糕的说法。但有些记者和编辑认为，早在拒绝用青霉素治疗那些人之前，塔斯基吉研究就已反映出了道德问题。“正如一名疾控中心官员所说，在有了青霉素之后，这个实验带来了‘一个严重的道德问题’，但这种说法只解决了部分问题，”《圣路易斯邮报》表示，“事实上，政府从实验开始的那一刻起，就没打算对一种特别残酷的疾病提供最佳的治疗方案，而是只想从尸检中确定梅毒对身体有何影响。这个实验的前提就是不道德的。”②

从这个角度看，当然不会用青霉素去治疗那些受试者。《时代》周刊谴责了不给药这件事，称“令人难以置信，几乎毫无恻隐之心”，但与其他出版物一样，《时代》周刊漏掉了一个关键点。由于从一开始就决定不予治疗，所以当一种改进后的新疗法开发出来时，研究人员就不太可能会有道德危机。他们之所以有青霉素而不用，是因为从一开始就决定不对病患进行任何治疗。这两种行为之间唯一的确凿区别是，拒绝用青霉素进行治疗，对受试者造成了更为可怕的后

---

① Prinz quoted in *Atlanta Journal*, July 27, 1972, p. 2; Millar quoted in *Montgomery Advertiser*, July 26, 1972, p. 1.

② *St. Louis Dispatch*, July 30, 1972, p. 2D.

果。《芝加哥太阳报》以恰当的角度审视了这些不同行为："不论是谁做出了不用青霉素的决定，都使这个项目固有的道德问题雪上加霜。"①

在公开的评论中，疾控中心发言人试图把塔斯基吉研究包装成涉及临床决定的医学事务，这样的决定可能合理，也可能不合理。他们充满洗白意味的声明让记者们感到不悦，引得一位北卡罗来纳州的编辑愤怒地发声："或许有些负有责任的人对自己或组织在这项研究中扮演的角色怀有极大的愧疚，但到目前为止，对此事的评论铺天盖地都是'那又怎样？'" ABC 的记者哈里·里森纳赞同这番话。在对全国播出的电视节目上，他表达了对公共卫生部行为的困惑，后者对这个"将人类当作实验室动物进行长时间且效率低下的研究，就为了看看梅毒多久能杀死一个人"的实验，竟然"只是略感不舒服"。②

人文因素成为公众讨论塔斯基吉研究时的焦点。几乎没有人评论这项实验的科学价值，无论是真实的或是只存于想象中的。由于记者、政府官员以及抗议这项研究的热心市民本身不是科学家，他们并不真的关心人感染梅毒后多久会死，亦不关心受梅毒折磨之人有多大比例能幸运地带病活到高龄。从他们的观点来看，公共卫生部肆意玩弄人命只为了满足科学上的好奇心，这是有罪的。③

---

① *Time*, August 7, 1972, p. 54; *Chicago Sun Times*, July 29, 1972, p. 23.

② *News and Observer*, Raleigh, North Carolina, August 1, 1972, p. 4; *ABC Evening News*, August 1, 1972.

③ 由一些报纸文章和社论中出现的关于该实验的标题，公众的反应可一目了然。《休斯敦纪事报》称之为"对人类尊严的侵犯"（August 5, 1972, Section Ⅰ, p. 12）；《圣路易斯邮报》称其为"不道德的研究"（July 30, 1972, p. 2D）；《俄勒冈人报》报道称"不人道的实验"（Portland, Oregon, July 31, 1972, p. 16）；《查塔努加时报》称其为"不人道的污点"（July 28, 1972, p. 16）；《南本德论坛报》报道为"残酷的实验"（July 29, 1972, p. 6）；《纽黑文纪事报》称其为"令人震惊的医学实验"（July 29, 1972, p. 14）；弗吉尼亚州的《里士满时讯报》认为"骇人听闻"是描述这个将"人当成小白鼠"的实验最好的形容词（August 6, 1972, p. 6H）。对《洛杉矶时报》来说，这个研究代表了"官方的不人道表现"（July 27, 1972, Part Ⅱ, p. 6）；《普罗维登斯日报》称其为"恐怖故事"（转下页）

许多医生则有不同的看法。他们为该研究辩护的信件出现在了全国各地报刊的社论版上，而最激烈的反击登在了专业期刊上。其中最立场鲜明的例子是范德堡大学医学院的 R. 坎普迈耶医生发表于《南方医学杂志》（*Southern Medical Journal*）的社论。他并不对新闻界亦步亦趋，而是抨击记者“完全无视自身的极度愚昧”，并且指责他们用打字机胡乱编造出“任何可以成为头条的新闻”。身为在 1930 年代治疗过梅毒病患的少数医生之一，坎普迈耶医生承诺“以正确的历史角度看待这场‘茶壶里的风暴’”。①

坎普迈耶医生明确指出，在塔斯基吉研究之前，研究未经治疗的梅毒会产生何种影响的实验只进行过一次。将近 2000 名未经治疗的梅毒病患于 1891 年到 1910 年间在奥斯陆的一间诊所完成体检后，一名挪威的研究人员查看了这些医疗记录。后续随访情况在 1929 年发表，而在塔斯基吉研究开始前，关于这项主题的医学实验的公开发表文献只有这些。但坎普迈耶医生并未解释，为何还要重复一次奥斯陆的那个研究。

这位范德堡大学的医生重提了青霉素对这些人没有好处的观点，但又抛出了一套全新的说辞，声称那些人自己对他们因梅毒而患上的疾病和死亡负有责任。坎普迈耶医生表示，不能怪罪公共卫生部，因为“在我们这个自由社会，抗梅毒治疗从来都不是强制的”。他接着说，这项研究中的许多人多年来已接受了一些梅毒治疗，并坚称如果其他人愿意，他们也可以获得治疗。他承认未经治疗的梅毒患者的死亡率高于对照组，并冷淡地表示：“这没什么好惊讶的，从没有人说梅毒是一种良性感染。”他没有提及医生在任何可能的情况下防止病

（接上页）（July 30, 1972, p. 2G）；对于北卡罗来纳州罗利市的《新闻与观察报》来说，这是“梦魇般的实验”（July 28, 1972, p. 4）。佛罗里达州《圣匹兹堡时报》的态度愤世嫉俗，其社论标题为“卫生服务？”（July 27, 1972, p. 24），而《密尔沃基报》以标题“助死士”直率地表达了观点（July 27, 1972, p. 15）。

① R. H. Kampmeier, “The Tuskegee Study of Untreated Syphilis,” *Southern Medical Journal* 65(1972): 1247–51.

人受到伤害、尽力治愈病人的社会责任，这似乎是将希波克拉底誓词简化为一项冷峻的义务，即不可拒绝病患的医治要求。①

记者们调查塔斯基吉研究得出了不同结论，并提出了大量伦理议题。自从在纽伦堡审判纳粹科学家以来，美国人从未遇到过如此轰动一时的医疗事件，它占据如此多头条、激起如此多讨论。对很多人来说，它令人震惊地揭露了在这个国家有可能存在科学滥用。“这种情况发生在我们这个时代，我们这个国家，使得这个悲剧更令人痛心不已。”《费城问讯报》的编辑如此写道。其他人认为这项实验完全“不像美国人会干的事”，并赞同亚拉巴马州参议员约翰·斯帕克曼的观点，后者谴责这完完全全是个“骇人听闻”的实验，是对“公平正义与人道主义等美国价值的羞辱”。有些人甚至绝望地认为不知道还怎么抬头挺胸地做人。首都的一位居民问道：“如果这是真的，我们还怎么能看着别人的眼睛说：‘这是一个体面的国家。’”②

若联邦政府机构不是该实验的负责方，也许这样的自我怀疑不会如此强烈。没人会怀疑普通公民之间互相伤害的行为需加以制止这种事。然而，负责该研究的是公共卫生部的这一消息曝光后，特别让人痛心。《普罗维登斯日报》的编辑承认自己非常吃惊，居然在美国政府支持下出现这么“明目张胆的道德沦丧”。在亚拉巴马州似乎发生了一种奇怪的角色颠倒：政府非但没有保护其公民免受这种实验的伤害，反而在进行这种实验。③

随着公共卫生部在实验中扮演的角色越来越为人所知，有些人惧

---

① R. H. Kampmeier, “The Tuskegee Study of Untreated Syphilis,” *Southern Medical Journal* 65(1972): 1250.

② *Philadelphia Inquirer*, July 30, 1972, p. 4H; *Montgomery Advertiser*, August 12, 1972, p. 13; letter to the editor signed A. B., Evening Star, Washington, D. C., August 10, 1972, 18A; 类似回应的例子，参见 *Gazette*, Charleston, West Virginia, July 30, 1972, p. 2D, and Salley E. Clapp to Dr. Merlin K. Duval, July 26, 1972, Tuskegee Files, Center for Disease Control, Atlanta, Georgia. (Hereafter TF-CDC)。

③ *Providence Sunday Journal*, July 30, 1972, p. 2G; 相同观点，参见 *Evening Sun*, Baltimore, Maryland, July 26, 1972, p. 26A。

怕纳粹德国发生的事会卷土重来。田纳西州的一名男子提醒亚特兰大的卫生官员，“第三帝国时期，阿道夫·希特勒允许在人类身上做过类似践踏人类尊严的不人道医学实验”，他坦承自己对“此种对比感到无比痛苦”。一位纽约的编辑难以相信，“除了纳粹德国培养出的该死庸医外，居然还有人做出这种令人反胃的冷酷无情之事”。①

纳粹德国留下的阴影使得有些美国人将塔斯基吉研究视同种族灭绝。佐治亚州亚特兰大的一位民权领袖控诉该研究相当于“一场官方的、有预谋的种族灭绝政策”。塔斯基吉学院的一名学生同意这一说法。对他而言，这场实验“不过是白人的另一次种族灭绝行动”，一场“再次暴露白人本质——凶残的野蛮人和魔鬼——的行动”。②

大部分编辑没有真的将塔斯基吉研究称为种族灭绝，也没有指责公共卫生部官员比纳粹好不了多少。但是他们确信发生在亚拉巴马州的这件事与种族歧视相关。“声称600位（所有）受试者都是黑人这一事实与种族因素无关，这种说法是多么居高临下和缺乏可信度啊。”马里兰州巴尔的摩市的《非裔美国人报》称。公共卫生部官员一直拉长着脸，否认这项实验中隐含任何促使这家有影响力的黑人报社编辑出言指责的种族歧视——这些编辑指称“仍有联邦政府官员认为他们可以在任何涉及黑人的事情上为所欲为”。③

《洛杉矶时报》呼应了这一观点。为证实他们对公共卫生部官员的指控，即说服数百名黑人男性充当“人形小白鼠”，编辑们巧妙地选择措辞补充道：“好吧，也许不完全是（人形小白鼠），因为那些

---

① Roderick Clark Posey to Millar, July 27, 1972, TF-CDC; *Daily News*, July 27, 1972, p. 63; 也请见 *Milwaukee Journal*, July 27, 1972, p. 15; *Oregonian*, July 31, 1972, p. 16; 以及 Jack Slater, “Condemned to Die for Science,” *Ebony* 28 (November 1972), p. 180。

② *Atlanta Journal*, July 27, 1972, p. 2.; *Campus Digest*, October 6, 1972, p. 4.

③ *Afro-American*, August, 12, 1972, p. 4. 有关种族问题的延伸讨论，参见 Slater, “Condemned to Die,” p. 191, 以及 Warren Brown 的 *Jet* 43 三部曲，“The Tuskegee Study,” November 9, 1972, pp. 12 – 17, November 16, 1972, pp. 20 – 26，特别是 November 23, 1972, pp. 26 – 31。

医生显然没把受试者完完全全视为人类。”宾夕法尼亚州的一位编辑称，这样的实验“只可能发生在黑人身上”。为表对此观点的支持，匹兹堡的《信使报》暗示美国社会弥漫着种族歧视，以至于科学家能对黑人任意施为而不受惩罚。①

另一些观察家认为社会阶层才是真正的问题，穷人，无论是何种族，都身处危险之中。不知为何，科学研究里的受试者大多数来自社会底层。用北卡罗来纳州一名编辑的话来说，他们的困境“提醒我们，美国人的基本权利仍然受到以科学研究为名的侵犯，特别是那些穷人、目不识丁和举目无亲的人”。对于一名科罗拉多州的记者来说，塔斯基吉研究表明了“公共卫生部将美国社会中的穷人、黑人、文盲和无依无靠的人视为政府的巨大实验资源”。《华盛顿邮报》也提出了相似的观点：“医学研究工作总是有一个崇高的目标，但是过去往往都是用穷人的身体……用他们的身体完成邪恶的测试。”②

南方乡村的穷人在大萧条时期遇到的问题让《洛杉矶时报》编辑感到烦心，他称这些人因为“无知与贫穷被诱骗进了这个项目”。毕竟，激励他们合作的东西十分微薄——体检、热午餐和丧葬费用。“连这样的好处都具有吸引力，那么他们的生活条件必定非常艰苦，”这位编辑说，并补充道，“抛开实验不说，这本身就是对体面的一种侮辱。”因此，除了对人体实验提出问题之外，塔斯基吉研究还成为对穷人困境的一个深刻提醒。③

然而，这些人参与一个给出如此微薄的好处却具有可怕风险的实验的原因，无法仅以贫穷来解释。更完整的解释是这些人不懂这个实

---

① *Los Angeles Times*, July 27, 1972, Part Ⅱ, p. 6; *New Courier* 还指出，“在这个国家没有其他少数族群会被当成‘人形小白鼠’”，并解释道，“因为那些负责此事的人知道，他们可以这样对待黑鬼，事发后也不会受到惩罚”。August 19, 1972, p. 6。

② *Greensboro Daily News*, August 2, 1972, p. 6; *Gazette-Telegraph*, Colorado Springs, August 3, 1972, p. 8A; *Washington Post*, July 31, 1972, p. 20A. 也可参见 *Arkansas Gazette*, July 29, 1972, p. 4A。

③ *Los Angeles Times*, July 27, 1972, p. 20A.

验的内容是什么，也不懂自己暴露于何等危险之中。许多美国人也许认同《华盛顿邮报》的论点，即“若是小白鼠们能被充分告知实验详情和危险性，人体实验在伦理上是合理的”。但是，尽管公共卫生部发言人保证已得到了这些人的知情同意，塔斯基吉研究还是陷入了指控之中，人们说这些人要么是被骗去合作的，要么是没有能力给出知情同意的。①

亚拉巴马州的《伯明翰新闻报》对参与者都是自愿的这一说法不以为然，称：“其中大部分人不过是半文盲，可能根本不知道发生了什么事。”一名科罗拉多州的记者认为，他们被选中的真正原因是他们“贫穷、不识字，只能任由‘仁慈’的公共卫生部摆布”。北卡罗来纳州的一名编辑谴责了“胁迫或哄骗人们参加这种实验的做法”。②

有必要保护社会不受忽视人的价值的科学追求的影响，这是许多美国人从塔斯基吉研究中看到的终极教训。《亚特兰大宪法报》发表了关于此观点的最有力的评论。编辑在开头写道：“有时候，在心怀理想的前提下，科学家、政府官员以及其他为了我们全体的利益而奋斗的人，忘记了人就是人。他们全神贯注于计划、项目、实验以及数据—— 一众抽象概念——人变成了物、纸上的符号、数学公式里的数字或是科学研究中的非人‘对象’。”这是造成塔斯基吉研究的伦理问题的科学盲点——也就是《亚特兰大宪法报》所说的“一种道德乱象，只把这些黑人受害者看作研究的‘对象’，而不是人类”。科学研究人员必须了解，“道德判断应该始终是任何人类努力的一部分”，包括对“知识冷静、科学的探索”。③

许多编辑将公共卫生部官员道德上的麻木不仁归咎于他们既是官

① *Washington Post*, July 31, 1972, p. 20A.

② *Birmingham News*, July 28, 1972, p. 12; *Gazette-Telegraph*, August 3, 1972, p. 8A; *Greensboro Daily News*, August 2, 1972, p. 6A

③ *Atlanta Constitution*, July 27, 1972, p. 4A.

僚又是科学家这一事实。对联邦政府的不信任使得康涅狄格州的一名编辑指责这项实验源于“道德崩坏，是一个无脑的官僚机构一直重复相同动作，从未停下来检查理由、原因及后果所导致的”。对一名北卡罗来纳州的编辑来说，这项实验是“由其自身不人道的动力推动的，没人愿意费心说上一句：‘为了人类的体面，停下吧！’”。于是，从某种意义上来说，隶属于政府的科学团体本身也成了塔斯基吉研究的受害者。公众对他们的尊敬及信任被犹他州一名编辑所表达的疑惑和怀疑毁了，这位编辑想知道“相似或更糟糕的实验是否会在某个被官僚主义弄得一团糟的地方发生”。①

没过几个星期，医学界与公众对塔斯基吉研究的讨论热度就急剧衰退了，但许多问题仍没有答案。为何公共卫生部对研究黑人身上的梅毒感兴趣，他们是否在利用黑人来研究梅毒？这项实验是好的科学吗？启动这项研究的公共卫生部医生在 1930 年代不对病患予以治疗，是因为他们认为使用撒尔佛散治疗比疾病本身的伤害更大吗？当 1940 年代可以使用青霉素做治疗时，此药能令病患受益吗？或者话说回来，在 1930 年代或 1940 年代，可曾讨论过这些人的治疗方案？为何该实验在梅肯县进行？在那里黑人可以得到什么医疗服务？为何受试者同意配合该研究？患者被利诱、对实验的无知能解释这整件事吗？参与这项实验的医生如何看待他们自己？为何塔斯基吉学院及塔斯基吉退伍军人医院（两者在 1932 年时都是全黑人机构）会配合这项研究？该实验怎么会持续 40 年之久？在新闻揭露此事之前，是否有任何反对该实验的声音？

为了回答这些问题，有必要将塔斯基吉研究置于其所处历史和制度背景中来看待，并厘清该实验是如何顺应美国公共卫生运动的发展的。围绕在医生身上那种善良与神圣的医者光环，常使公众忘了医师

① *New Haven Register*, July 20, 1972, p. 14; *News and Observer*, August 1, 1972, p. 4; 相似观点参见 *Desert News*, Salt Lake City, Utah, July 26, 1972, p. 10A; 以及 *Colorado Springs Telegraph*, August 3, 1972, p. FA。

也是芸芸众生之一的事实。身为人类，他们反映着他们所处社会的价值观与态度。在亚拉巴马州梅肯县，所有被研究的梅毒患者都是黑人；而所有的公共卫生部医生及大部分做研究的医生都是白人。因此，通盘了解美国医学界的种族态度演变是理解塔斯基吉研究的关键。这种讨论必须从 19 世纪开始，当时白人医生与黑人病患间的互动产生了所谓的“种族医学”。

第二章
“一个声名狼藉的满是梅毒的种族”

一个多世纪前，著名的波士顿医生奥利弗·温德尔·霍姆斯指出：“医学，表面上宣称基于科学观察，但对诸如政治、宗教、哲学及想象力等外部因素的敏感，一如气压计对大气密度的敏感。”对于这番话，很少有例子比种族态度如何影响白人医生对黑人身上疾病的看法和反应更能加以说明。19 世纪的医生有充足的机会将种族成见带入日常工作中。医学更多基于传统而不是科学，它不仅是个分裂的学科，还分为不同的敌对派别，并且每个派别都宣称自己了解疾病的成因，每个派别都开出了不同的治疗方案。但他们对疾病的性质无法达成共识，以致对临床现象产生不同的解读。这些竞争派别难得达成的共识是，黑人的健康问题必须与白人的分开考虑。①

就像 19 世纪的其他美国白人一样，医生对黑人在很多地方表现出的不同很感兴趣。他们是最早以系统化方式研究黑人的公共团体之一；由于医学界宣称自己精通人体相关科学知识，他们的观点极具分量。白人社会普遍认为黑人的身体素质较差、智力低下，而医生身为白人社会的一员，对此说法并无异议。相反，他们做了大量工作来支持和阐述种族主义态度。不论是真实的或想象出来的，种族间的差异引起了关注，关于黑人的头发、面部特征、姿势和步态、气味、肤色、头盖骨和脑部大小等主题被反复说道。

这种专注于在种族间建立生理与心理差异的做法有一个令人信服的原因，远非因为人们想客观地追求经验事实。大部分写下关于 19

世纪黑人的研究文献的医生都来自南方，他们相信现有的社会秩序。他们认同奴隶制，并且在该制度被废除后仍坚信黑人没有资格拥有更高的社会地位，应被视为二等公民。太多的不同将这两个种族一分为二。而“不同”在此无疑代表了“低等”。因此，就算不提及其他因素，关于黑人具有特殊性的医学论述，为让黑人安分地待在自己所属的位置提供了一个伪科学理由。

黑人劣等论的大力鼓吹者，如莫比尔市的约西亚·克拉克·诺特医生及新奥尔良的塞缪尔·A. 卡特赖特医生，于 1840 年代和 1850 年代发表了大量文章，讲述他们认为黑人所特有的疾病及身体特征。而在助长了关于奴隶制的争议的一群南方医生中，诺特医生和卡特赖特医生仅是较为知名的两位。在那些被称为黑人特有的疾病中，有黑人恶病质（Cachexia Africana），亦称食土癖（Dirt-eating），有非洲结核病（Struma Africana），亦称黑人肺痨（Negro consumption）。受这些医生的影响，那些不想在专业医学帮助下治疗自己黑奴的奴隶主，恳求南方医生编写治疗黑人的手册。医生并没有回应他们的要求，而是继续咬定黑人在体格上不如白人，却又无法从医学的角度合理解释为何会有这些种族差异。他们所观察到的可完美地用于辩论，但对照顾黑人病患毫无用处。②

种族医学的支持者认为，种族间的天然免疫力、易受感染程度以及对各种疾病反应的严重程度往往不同。有时候他们的确记录了他们所观测到的情形，但在很多情况下，其观点种族偏见影响了他们的看法。

关于黑人罹患疟疾的医疗讨论就是一个很好的例子。在很多情况

① Holmes cited in Gerald N. Grob, *Mental Institutions in America: Social Policy to 1875* (New York, 1973), p. 3.

② John S. Haller, Jr., “The Negro and the Southern Physician: A Study of Medical and Racial Attitudes 1800 – 1860,” *Medical History* 16 (1972): 239 – 44. 也可参见 Mary Louise Marshall, “Plantation Medicine,” *Bulletin of the Medical Library Association* 26 (1938): 115 – 28; “Samuel A. Cartwright and States’ Rights Medicine,” *New Orleans Medical and Surgical Journal* 93 (1940): 74 – 78。

下，黑人似乎较不容易感染疟疾，就算染上了，病况也较轻微。但是医生仅看到了个别案例就推断整个种族皆是如此，因为他们想要维护奴隶制。只要宣称黑人相对不会患上疟疾或症状会较轻微，医生就可以做出将黑人送回稻田或是甘蔗田的医疗判断。换句话说，他们是在支持南方的论点，认为让奴隶从事这种不利健康的工作要比雇用白人劳工更为人道。①

关于黑人的医学观点也被用来回答废奴主义者的质疑。奴隶主利用医生的研究结果，称这个“特殊制度”② 为保护这一健康状况堪忧的低等种族提供了“温室”。他们坚信，黑人只有在密切监控及持续的医疗照护下才能存活。为了证明此论点，他们引用了 1840 年北方自由黑人人口普查资料里的数据。这份如今已被人们意识到极其不准确且带有偏见的报告，声称那些自由黑人不但生理和心理疾病高发，还伴有生育率下降及死亡率上升的情况。③

虽有人宣称黑人与白人多有不同，但治疗同一疾病时医生很少采取不同的治疗方法或医疗方案。放血是在“冒险式治疗”④ 风行时期行医的医生会采用的标准疗法（其他疗法包含灌洗及催吐等），尽管人们普遍认为黑人无法像白人一样承受失血，但黑人还是惯常会遭此疗法的折磨。不过，在少数情况下，医生会基于种族而采用不同的治疗方案。在路易斯安那州杰斐逊县种植园的奴隶中暴发了伤寒痢疾，一位应对此事的医生观察到欧洲的疗法并不奏效。“可怜的黑鬼，”

---

① Todd L. Savitt, “Sickle Cell and Slavery: Were Blacks Medically Different from Whites?” (Paper presented at the Southern Historical Association Meeting, November 1975), pp. 1 – 15.

② peculiar institution，专指旧时美国南方的黑奴制度。——译者

③ Albert Deutsch, “The First U. S. Census of the Insane (1840) and Its Use as Pro-Slavery Propaganda,” *Bulletin of the History of Medicine* 15 (1944): 469 – 82. 也可见 Gerold N. Grob, *Edward Jarvis and the Medical World of Nineteenth-Century America* (Knoville, 1978), pp. 70 – 75。

④ heroic medicine，即用烈性药、大剂量的药或一些方式进行冒险治疗，包括通过放血、催吐、腹泻、起疱等极端手段，逼出所谓毒素，以期恢复患者的体内平衡。——译者

他说，“虽用医治白人的方式治疗了他们，他们还是一直生病然后死了。”他的治疗方案是将黑人从种植园领到树林里，他试图在那里“模仿奴隶的生活”，同时用小苏打水、稀硫酸、滑榆树水以及刺梨茶来治疗他们。①

针对黑人开出不同的药方是例外而非定规。大部分情况下，奴隶得到的治疗与其主人相同。除了人道考虑外，奴隶的经济价值使得其健康成为重要的关切。因为医生未能编写出黑人治疗手册，所以只能将白人的治疗方案用于黑人病患身上。若是日常小病，无论是家人还是奴隶患上，奴隶主都用同样的家庭疗法医治；但当患上严重疾病，需寻求专业帮助时，治疗白人和黑人的会是同一位医师。事实上，许多南方医生的相当大一部分收入就来自护理与治疗奴隶。②

当南北战争爆发时，不论是南方或是北方的医生都警告称自由对黑人来说是灭顶之灾。当其他团体讨论自由黑人的未来时，医生争论的是这个种族是否真的有未来可言。他们认为解放运动是黑人健康状态的分水岭，其带来的主要后果可能是黑人健康状况的急剧下降，以至于危及种族的生存。大部分人承认（虽然有些人不大情愿）奴隶制是邪恶的，但辩称这个制度造就了健康的人种。奴隶制将黑人从充满疾病的丛林中解救出来，让他们来到这个能享受西方医学益处的地方。(大部分医生不愿提及把黑人带来新世界，致使其暴露于白人特有的疾病中。)

医生并没有声称奴隶制改变了黑人的体质劣势或对于许多疾病的极端易感性，但主张南方的“特殊制度”是一种仁慈的全面控制体系，它能为种族的生存与繁荣提供最好的必要条件。“每个奴隶主都以经济角度看待奴隶，让奴隶有房住、有饭吃、有衣服穿，因为这样做符合自己的利益，就像此时照顾马匹、股票及财产一样；奴隶死

---

① 引自 Haller, “Negro and Southern Physician,” p. 242。

② William Dosite Postell, *The Health of Slaves on Southern Plantations* (Baton Rouge, 1951), pp. 50–54, 66.

亡、受伤或贫困意味着大笔的财产损失。”一名南卡罗来纳州医生在1891年如此解释。他坚持认为一旦奴隶生病了，“他们会得到花钱可享受到的最佳治疗方案”。①

尽管从历史上看不是这样，但这些信念使得南方人认为奴隶制是个仁慈的制度。自由带来的最令人叹息的后果之一，就是奴隶主失去了对黑人性生活的掌控。奴隶主对自己奴隶的道德品行特别关注。他们相信黑人的性冲动强得令人害怕，但是罪恶就是罪恶，即便发生在奴隶之间。奴隶主付钱给牧师，让其向奴隶宣讲对上帝的敬畏以及对白人道德准则的绝对服从。他们还仔细地监管男女奴隶间的婚前接触。因为早婚似乎是这个问题最好的解决办法，所以奴隶主努力让奴隶知晓婚姻制度的神圣性。奴隶主主持的婚礼仪式或许简单，但是由此缔结的婚姻关系理应持续一生之久。婚外情既不可宽恕也不被允

---

① James McIntosh, "The Future of the Negro Race," *Transactions of the South Carolina Medical Association* 41(1891): 186. 其他关于黄金时代的理论观点，参见 F. Tipton, "The Negro Problem from a Medical Point of View," *New York Medical Journal* 43 (1886): 570; J. Wellington Byers, "Diseases of the Southern Negro," *Medical and Surgical Reporter* 43 (1888): 735; Edward Henry Sholl, "The Negro and His Death Rate," *Alabama Medical and Surgical Age* 3(1891): 340; Hunter McGuire and G. Frank Lydston, "Sexual Crimes Among the Southern Negroes-Scientifically Considered-An Open Correspondence Between," *Virginia Medical Monthly* 20(1893): 105 – 107, 112 – 14, 120; J. F. Miller, "The Effects of Emancipation Upon the Mental and Physical Health of the Negro of the South," *North Carolina Medical Journal* 38(1896): 285 – 94; J. T. Walton, "The Comparative Mortality of the White and Colored Races in the South," *Charlotte Medical Journal* 10(1897): 291 – 94。19世纪后，环境因素对黑人健康状况的影响越来越受重视，参见 D'Orsay Hecht, "Tabes in the Negro," *American Journal of Medical Sciences* 126(1903): 708; Henry McHatton, "The Sexual Status of the Negro-Past and Present," *American Journal of Dermatology and Genito-Urinary Diseases* 10 (1906): 6 – 8; Thomas W. Murrell, "Syphilis in the Negro: Its Bearing in the Race Problem," *American Journal of Dermatology and Genito-Urinary Diseases* 10 (1906): 305 – 306, and "Syphilis and the American Negro: A Medico-Sociologic Study," *Journal of the American Medical Association* 54 (1910): 846 – 47; Howard Fox, "Observations on Skin Diseases in the Negro," *Journal of Cutaneous Diseases* 26 (1908): 109; H. H. Hazen, "Syphilis in the American Negro," *Journal of the American Medical Association* 63 (1914): 463; Roy L. Keller, "Syphilis and Tuberculosis in the Negro Race," *Texas State Journal of Medicine* 19(1924): 498。

许，一旦发现将会受到惩罚。他们严格禁止奴隶之间深夜串门，尽可能去除奴隶之路上的诱惑，这些规则也确保了奴隶主的私人财产得到充分的休息。这不仅是道德品行的问题。幸福的婚姻令奴隶心满意足，而心满意足的奴隶会生下新的奴隶。①

到了20世纪初，许多医生、人类学家以及受欢迎的作家都越来越将奴隶解放运动视为对黑人不折不扣的死刑判决。第9次（1870）、第10次（1880）、第11次（1890）人口普查得出的惊人数据是引发他们担心的主因。例如，第9次人口普查结果显示，黑人人口增长率在1860年至1870年间比白人还低，由于战前情况通常与此相反，这种发展趋势令人不安。第10次人口普查则呈现出相反的趋势，黑人出生率超越白人，而悲观主义者很快发现这些明显的增长被黑人较高的死亡率所抵消。此外，当第11次人口普查再次显示黑人出生率低于白人时，许多人预测黑人这个种族将会灭绝。当时以保诚人寿为首的美国主要保险公司都拒绝为黑人承保，此事更加剧了人们对于黑人灭绝的担忧。②

就像当时其他知识分子一样，19世纪晚期的医生也是“社会达尔文主义”的信徒，他们很快得出结论：黑人难以在生存竞争中取得胜利。黑人注定会步印第安红种人的后尘走向灭绝，因为死亡率上升出生率却下降决定了黑人和印第安红种人会有相同的命运。

---

① 对道德监督的特别强调，参见 Mcguire and Lydston, “Sexual Crimes,” pp. 105–107, 112–14, 170; Hecht, “Tabes in the Negro,” p. 708; McHatton, “Sexual Status,” pp. 6–8; and Murrell, “Syphilis in the Negro,” pp. 505–506。当然，19世纪晚期的医学文献所呈现的黑人家庭形象带有偏见且过于简化，过于夸大奴隶主的仁慈与对奴隶的控制力。关于奴隶制对黑人家庭生活带来的影响的近期历史诠释，参见 Herbert G. Gutman, *The Black Family in Slavery and Freedom, 1750–1925* (New York, 1976); Eugene Genoverse, *Roll, Jordan, Roll: The World the Slaves Made* (New York, 1974); 以及 Robert Fogel and Stanley Engerman, *Time on the Cross: The Economics of American Negro Slavery*, 2 vols. (Boston, 1974)。

② John S. Haller, Jr., *Outcasts from Evolution: Scientific Attitudes of Racial Inferiority, 1859–1900* (Urbana, I11., 1971), pp. 40–44, and “Race, Mortality, and Life Insurance: Negro Vital Statistics in the Late Nineteenth Century,” *Journal of the History of Medicine* 25 (1970): 247–61.

医生还试图弄清楚，黑人应该从先天还是后天的角度来讨论——这是当时一个重要的科学论题。论争的焦点在于，影响种族发展的究竟是环境因素还是遗传因素。但是，随着医生们演示了种族主义信仰可以轻而易举地在遗传与环境对黑人必将消亡的解释之间摇摆不定，这一争论很快就不再重要了。对于先天–后天的争议，没人能给出比北卡罗来纳州夏洛特市的 J. 惠灵顿·拜尔斯医生更巧妙的解释。他说："社会上最虚弱的成员总是会被污染的，他们迟早会屈服于令人丧命的力量——放纵、疾病、犯罪、死亡。黑鬼特别不幸，他们不但要对抗与生俱来的弱点，如本能、激情和嗜好；而且要对抗一个公民自由的国家里自由体制所产生的有伤害性、诱惑性、毁灭性的影响。"①

19 世纪晚期和 20 世纪初期的白人医生将黑人健康状况的恶化归咎于其自我毁灭的行为特征。除了讨论黑人体质虚弱以及天生对疾病的易感性，医生不断责备其厌恶诚实劳动、耽于酒精，有犯法及性犯罪的习性，还说黑人不在意个人卫生，对营养的合理摄取一无所知，对自己的健康完全不关心。绝大多数研究黑人健康的医学文章有一个标准特征，那就是对一个种族的社会医疗情形的描摹，称这个种族的人迅速染病，变得衰弱无力，生活糜烂，都是他们自己造成的。②

---

① Byers, "Diseases of the Southern Negro," p. 737.

② 特别请见 Byers, "Diseases of the Southern Negro", p. 735; McIntosh, "Future of the Negro Race," p. 186; McGuire and Lydston, "Sexual Crimes," pp. 105 – 125; Hecht, "Tabes in the Negro," p. 708; McHatton, "Sexual Status," p. 9; Murrell, "Syphilis in the Negro," pp. 305 – 307, and "Syphilis and the American Negro," p. 847; Fox, "Observations," p. 109; Hazen, "Syphilis in the American Negro," pp. 463 – 64。其他强调黑人道德低下的文献，参见 Frank Jones, "Syphilis in the Negro," *Journal of the American Medical Association* 42(1904): 32; Eugene R. Corson, "Syphilis in the Negro," *American Journal of Dermatology and Genito-Urinary Diseases* 10(1906): 241, 247; Daniel David Quillian, "Racial Peculiarities as a Cause of the Prevalence of Syphilis in Negroes," *American Journal of Dermatology and Genito-Urinary Diseases* 10(1906): 277 – 79; E. M. Green, "Psychoses Among Negroes-A Comparative Approach," *Journal* (转下页)

在某种程度上，医生只是附和了美国中产阶级白人对穷人的看法，与种族无关。种族、阶层和生活方式是密不可分的。美国中产阶级的脑中充满了社会达尔文主义精神，往往认为低阶层的人是生存竞争中的“输家”，尤其是那些刚抵达的移民。爱尔兰人、意大利人和波兰人等群体都曾时不时被贴上过贫穷、委顿、易生病、酗酒、懒惰和道德败坏的标签。这么说虽然在科学上不严谨，但是这些命名法清楚地表明，这些中产阶级没有能力在生理、文化以及环境之间进行区分。

医生认定黑人健康问题与其种族特性有关，以此开脱他们对于他们所谓“黑人的劣化”（negro's deterioration）的责任。从事医生一职的人严格地按服务收费（Fee-for-service），却极少愿意担起责任，且其服务往往也让穷人可望而不可即。将失败归咎于无辜的受害者远比伤及医生的专业自豪感容易得多，这也纵容了医生发表一些自以为是的声明。当时一些医生公开评判黑人，称其患病是不检点的生活方式的报应。

这种将患病原因强行归为个人责任的态度，让梅毒成为有关黑人

（接上页）*of Nervous and Mental Diseases* 41(1941): 703 – 708; Kenneth M. Lynch, B. Kater McInnes, and G. Fleming McInnes, "Concerning Syphilis in the American Negro," *Southern Medical Journal* 8 (1915): 452; M. L. Graves, "Practical Remedial Measures for the Improvement of Hygiene Conditions of the Negro in the South," *American Journal of Public Health* 5(1915): 212。此类说法一直持续到 1920 年代，例如，参见 Ernest L. Zimmerman, "A Comparative Study of Syphilis in Whites and in Negroes," *Archives of Dermatology and Syphilology* 4(1921): 73 – 74; David L. Belding and Isabelle L. Hunter, "The Wassermann Test: VI. The Influence of Race and Nationality Upon Routine Wassermann Tests in a Maternity Hospital," *American Journal of Syphilis* 9 (1925): 126, 130; Franklin Nicholas, "Some Health Problems of the Negro," *Journal of Social Hygiene* 8 (1925): 281 – 85; S. W. Douglas, "Difficulties and Superstitions Encountered in Practice Among Negroes," *Southern Medical Journal* 19(1926): 736 – 38; and C. Jeff Miller, "Comparative Study of Certain Gynecologic and Obstetric Conditions as Exhibited in the Colored and White Races," *American Journal of Obstetrics and Gynecology* 26(1928): 662 – 63; Groesbeck Walsh and Courtney Stickley, "Arsphenamine Poisoning Occurring Among Negro Women," *American Journal of Syphilis and Neurology* 19(1935): 324 – 25。

健康的医学讨论的主题。还有什么例子能比病患性好渔色以致感染梅毒更能证实这种报应论的存在呢？虽然引起梅毒的特定微生物（螺旋体）到1905年都还未被分离出来，但19世纪末的医生预计这样的发现指日可待。在他们生活的年代，细菌致病说已为人广泛接受，当天花、霍乱等可怕疾病的病原体被查出时，他们跟世界上其他人一样兴奋。但在梅毒研究取得类似的突破性进展之前，医生只能等待，并为他们至少了解该疾病是如何传播的感到安慰。

医生们知道梅毒是经由性交感染的，但对于病原体以及传播方式的特点常常含糊其辞，尤其是写关于黑人感染梅毒的文章时。尽管大部分的人都知道进行性交而不感染此病是可能的，但是医生仍倾向于混淆充分条件与必要条件。由于大部分性交都是自主、自愿的行为，医生认为任何经由性行为而传染的疾病，都该由个人负完全责任。医生想要推卸责任，这让他们对先天性梅毒这一关键问题视而不见。医生太过专注于黑人性行为这个议题，因而完全忽略了黑人婴儿的困境，他们全然无辜，却一出生就染上了梅毒。①

大部分医生在讨论这个问题时都刻意强调黑人的性行为。他们写的文章不仅反映而且增强了公众对于这些人性行为的刻板印象。他们抱着陈旧而错误的观念，认为黑人身体发育成熟较早，并且一生中性行为的活跃度都比白人要高。他们解释说，黑人来自温暖的热带气候地区，因此在进化程度上与野性十足的人类祖先更为接近。医生还指

---

① 尤请参见 Byers, “Diseases of the Southern Negro,” p. 736; McIntosh, “Future of the Negro Race,” pp. 186 – 87; Hecht, “Tabes in the Negro,” pp. 705 – 720; Jones, “Syphilis in the Negro,” p. 32; McHatton, “Sexual Status,” p. 9; Murrell, “Syphilis and the American Negro,” pp. 846 – 49; and Quillian, “Racial Peculiarities,” p. 818。数名作者强调患梅毒的黑人妇女流产率极高，这个悲剧使得先天性梅毒难以受到公众关注。例如，科尔森医生在1893年提到，先天性［梅毒］过于致命，以致大部分婴儿无法足月出生。其后他强调治疗能有效使胎儿足月临盆，但是他也指出从未见过成年黑人患有先天性梅毒，称：“我只能如此解释，黑人孩童患病后活不了太久，才会导致此种现象。” Eugene R. Corson, “The Vital Equation of the Colored Race and Its Future in the United States,” in the *Wilder Quarter Century Book* (Ithaca, N. Y., 1893), p. 149; and Corson, “Syphilis in the Negro,” p. 245。

出了在解剖与神经系统方面的不同。黑人男子有着巨大的阴茎与较长的包皮，使得其感染性病的可能性大增。此外，医生坚信黑人无法洁身自好是因为其脑容量较小，以致无法发展出克制性冲动的大脑中枢。①

种族关系的基调与医生将黑人中的梅毒发病率归因于其体质不良或性滥交这两种内在人种特征的程度之间形成了惊人的对应关系。对于环境因素会造成影响这一点一直是同意的。虽然医生同意黑人生活在易染病的环境之中，但他们在黑人对其所处环境应承担责任的多寡上有所分歧。当种族之间的关系恶化、变得紧张时，医生就说是黑人自甘堕落，毁了自己的生活。当种族关系改善了，医生就说黑人是残酷环境的受害者。②

从南北战争到 1890 年前后，医生在黑人健康恶化的大背景下讨论了梅毒问题。梅毒被视为唯一一种会削弱黑人群体的疾病。关于淫乱的贬低性言论时有出现，但并未形成一种理论。医生之间的

---

① 关于完备的地理决定论(Geographic Determinism)，参见 McGuire and Lydston, "Sexual Crimes," pp. 115 – 16; Rudolph Matas, "The Surgical Peculiarities of the Negro," *Transactions of the American Surgical Association* (1896), pp. 483 – 86; Quillian, "Racial Peculiarities" (1906), p. 277; Daniel David Quillian, "Racial Peculiarities as a Cause of the Prevalence of Syphilis in Negroes," *Medical Era* 20(1911): 416; 或 Hazen, "Syphilis in the American Negro," p. 463。

② 讨论黑人健康问题的文章大多由南方医生撰写，这并不让人惊讶，因为此时大部分黑人都在南方。19 世纪开始出现北方医生写的文献，第一次世界大战后虽文章数量增加，但并不显著。北方医生的观点与南方医生并无太大不同，但较专注于分析城市生活对黑人的影响，并且得出结论称城市生活对黑人有负面影响。关于黑人梅毒染病率与致病原因确有不同意见，但整体看法仍一致。北方医生经常咨询并引用南方医学界的看法，可能由此形成了医学界的广泛共识。然而，一个更可能的解释是，北方和南方的医生有着相同的种族态度，但是南方医生认为有责任探讨黑人健康问题，参见 P. G. DeSaussure, "Is the Colored Race Increasing or Decreasing?" *Transactions of the South Carolina Medical Association* (1895), p. 119; Matas, "Surgical Peculiarities," p. 486; Miller, "Effects of Emancipation," p. 285; O. C. Wenger, "A Wassermann Survey of the Negroes of a Cotton Plantation," *Venereal Disease Information* 10(1929): 286; and Ferdinand Reinhard, "The Venereal Disease Problem in the Colored Population of Baltimore City," *American Journal of Syphilis and Neurology* 19 (1935): 183 – 84。

共识是黑人可以通过教育养成健康的生活习惯，但是这种进展将会很缓慢。①

然而到了世纪之交，种族关系降到冰点，医生公开发表的观点变得愈发严厉。他们继续宣称黑人天生就容易染病，同时还强调黑人的健康危机是由环境与生活方式造成的。他们批评黑人习惯性地忽视社区卫生与个人卫生的简单规则，语带嫌恶地指出黑人家中缺乏干净的水源以及适当的人类废弃物处理设施。当他们谈到黑人生活的困境时，几乎不带有任何同情与怜悯。从文字中可以看出，他们似乎认为黑人应为其所处的社会经济环境负完全责任，有人甚至暗示疾病是种族问题的最终解决方案。②

在这种气氛下，医生将梅毒描绘成一种典型的黑人疾病并不令人意外。大部分执业者无疑同意西北大学一位神经内科讲师的说法，他断定黑人染上梅毒是因为他们“性道德的标准越来越低”。黑人薄弱的道德标准成为一些医生的笑料。“道德对这些人来说简直是个笑话，只有在出于方便，或是没有欲望、没有机会放纵的情况下才有可能出现。”弗吉尼亚州里士满大学医学院的梅毒和皮肤病学讲师托马斯·W. 穆雷尔医生写道。他接着写道，“如果有机会且没有机械性障碍，黑人是不会拒绝性交的”，因为“其性能力是个中翘楚”。对黑人来说，“婚外情、通奸不是罪”，穆雷尔医生以嘲弄的口吻得出

① 虽然普遍对黑人健康问题达成共识，但是不同时期仍会有人提出异议。19 世纪晚期的部分医生坚决否认黑人因体质较差所以容易患病，他们认为黑人健康出现问题纯粹是由于环境因素造成的，但这明显是少数观点。参见 Robert W. Taylor, “On a Peculiarity of the Popular Syphilide of the Negro,” *American Journal of Syphilography and Dermatology* 4(1873): 107 – 109; William Powell, “Syphilis in the Negro as Differing from Syphilis in the White Race,” *Transactions of the Mississippi State Medical Association* (1878), pp. 76 – 78; and M. V. Bell, “Reply to Article by Cunningham, ‘The Mortality of the Negro,’” Medical News 64(1894): 389 – 90。

② 参见 Sholl, “The Negro and His Death Rate,” pp. 340 – 41; McIntosh, “Future of the Negro Race,” pp. 183 – 84, 187; Russell McWhorter Cunningham, “The Negro as a Convict,” *Transactions of the Medical Association of the State of Alabama* (1893), pp. 325 – 26; McGuire and Lydston, “Sexual Crimes,” p. 106; and Quillian, “Racial Peculiarities” (1906), p. 278。

结论，并补充道，“在某种程度上，黑人为行事方便而歪曲了《十诫》，并使自己免受第七条诫命的约束”。[①]

确实，有些医生怀疑黑人是否有能力控制自己的性行为。芝加哥内科与外科医师学院的泌尿生殖外科及梅毒学教授 G. 弗兰克·利德斯顿指出，即黑人的性行为激烈程度类似于公牛与大象性攻击时的强度。不过，鉴于这种狂躁举动所要付出的代价，医师并不会心生羡慕。来自美军医疗队的一个内科医生小组指出，螺旋体需通过皮肤上的伤口才能进入人体内，他们认为“黑鬼出了名的性冲动完全有可能造成性器官表皮（皮肤）的更多擦伤，因而比白人更常染病”。[②]

医生一致认为黑人妇女在道德上并不比黑人男性来的高尚，这对于维多利亚时代的绅士们来说并不常见。似乎这种双重标准只适用于白人一族。白人妇女因为有高尚的贞操观，所以梅毒的发病率只有黑人妇女的一半，然而道德标准低的黑人妇女对这种疾病的传播没有任何抵抗力。詹姆斯·麦金托什医生断言，梅毒“在男性间如此盛行，人们可以想象一下它在那些无德、无贞操观的妇女中会怎样”。这种疾病的传染不分男女，这名南卡罗来纳州的医生总结道，“因为这个种族明显极度缺乏美德和贞洁观念，所以没有任何方法能阻挡疾病的大肆传播”。[③]

不止一位业内同行同意此看法。“美德之于黑人族群一如‘天使’来访——少之又少，”佐治亚州雅典的丹尼尔·D. 奎利安医生如此打趣，并补充说，“在南方执业 16 年来，我从未在接诊中遇到年过 14 岁的处女。”三名隶属于南卡罗来纳大学医学院的医师报告称，他们接诊的黑人梅毒病患中女性的数量超过男性，认为这个事实说明“这些人的两性关系极度混乱，也证明了几乎所有未婚女性都存在性

---

① Hecht, “Tabes in the Negro,” P. 719; Murrell, “Syphilis and the American Negro,” p. 847.

② McGuire and Lydston, “Sexual Crimes,” p. 118; Loyd Thompson and Lyle B. Kingery, “Syphilis in the Negro,” *American Journal of Syphilis* 3 (1919): 386 – 87.

③ McIntosh, “Future of the Negro Race,” p. 186.

放纵”。一名佐治亚州医生的总结言简意赅：“黑人男子喜欢跟女人嬉闹；黑人女子喜欢跟男人嬉闹；所以他们纵情欢乐。”①

在一些医生看来，黑人梅毒病患极难治疗，因为他们不把这个病当一回事。佐治亚州黑人疗养院主管 E. M. 格林医生坚信，“让罹患梅毒的黑人认识到所患疾病的严重性是不可能的”。佐治亚州亚特兰大的尤金·科尔森医生认为，就算尽力去帮助黑人梅毒病患，也注定要失败，因为黑人并不在乎自己是否得了或是传播这种疾病。“这种绝对的冷漠是黑人的特点，不只是在梅毒这件事上，”这名医生解释道，“所有的疾病对他们来说都是如此，他们只关心当下所受的苦楚，并不总是担心日后如何。”科尔森医生称这种漠不关心的态度为“未开化”，并预测在黑人能意识到“某些理念的必要性”前，这种态度会一直持续。埃默里大学医学院的一群医生认为问题的根源在于，“大部分黑人只将性病当作生活琐事，某种非常年轻时就能预料到的事。只要这种心理状态普遍存在，那么就很难让这些病患认识到治疗的必要性”。②

就算黑人梅毒患者寻求帮助，医生也会抱怨黑人对疾病的忽视与漠不关心使得进行有效治疗十分困难，甚至是不可能的。“在我执业的那些年，”佐治亚州梅肯县的亨利·麦克哈顿医生写道，“我还没看到一个（黑人）病患会坚持任何性病的治疗，无论是作为自费患者去门诊还是去医院治病，只要他觉得病况好了一些，就不再去了。”其他医生同意此说法。“疾病源自无知与不洁的生活习惯，”一

① Quillian, “Racial Peculiarities” (1911), p. 417; Lynch et al., “Concerning Syphilis,” p. 452; L. C. Allen, “The Negro Health Problem,” *American Journal of Public Health* 5 (1915): 199. 也可参见 Louis Wender, “The Role of Syphilis in the Insane Negro,” *New York Medical Journal* 104 (1916): 1287; Thompson and Kingery, “Syphilis in the Negro,” p. 387; Belding and Hunter, “Wassermann Test,” p. 126; and Douglas, “Difficulties and Superstitions,” p. 737。

② Green, “Psychoses Among Negroes,” p. 705; Corson, “Syphilis in the Negro,” pp. 241, 244; James E. Paullin, Hal M. Davidson, and R. Hugh Wood, “The Incidence of Syphilitic Infection Among the Negroes in the South, Its Influence in the Causation of Disability, and the Methods Which Are Being Used to Combat this Infection,” *Boston Medical and Surgical Journal* 197 (1927): 349.

名弗吉尼亚州的医生解释道，“而在这里无知使我们无法为病患进行彻底的治疗。”黑人“会在病情初期或晚期来寻求治疗”，他继续说道，“但最好叫他们别这么做，虽然看起来不错或者觉得好转了，其实他们还病着。无知把科学当傻瓜”。布鲁斯·麦克维医生认为问题的根源在于黑人不懂医学的科学原理，他还补充说，如果黑人“认为自己在服药，感觉不到或是看不出身体有什么不妥……那么他就会觉得医生在贪他荷包里的钱”。其悲剧性后果是，就算有些黑人能接受长时间的治疗，也很少有人能坚持治疗到痊愈。因此，某些悲观的医生写道：“我们唯一可以做的就是施治，虽然我们并不是很愿意这么做。”这位医生预测，“再过50年，没有得梅毒的黑人就会被当成怪胎。除非有例如接种疫苗这样的措施，并且依法强制进行，这个种族才能得救”。如果找不到一个不需要黑人改变行为的科学的“快速解决方案”，那么这个种族的未来没有希望可言。①

以简单的逻辑来看，在科学家研发出有效的梅毒疫苗以前，只能施行严格的疾病预防方案，但医生质疑这样的方案是否能成功。在黑人强烈的性欲面前，教育的效果似乎微乎其微。刘易斯·温德医生写道：“以我们对黑人的了解，我们应该相信，黑人就算有受教育的机会，甚至是受了教育，他们众所周知的性滥交行为也不会有什么实质性的改变。”其他医生也赞同这一说法。“在黑人中进行梅毒预防特别困难，”H. H. 哈森医生解释道，“因为不可能说服可怜的黑人性满足是错误的，即便是此人正处于梅毒的活跃感染阶段。”此外，哈森医生认为“性卫生课也许对这类人来说一点用处都没有”。②

---

① McHatton, “Sexual Status,” p. 9; Murrell, “Syphilis in the Negro,” p. 307; Bruce McVey, “Negro Practice,” *New Orleans Medical and Surgical Journal* 20 (1892): 332; Murrell, “Syphilis and the American Negro,” pp. 847, 848.

② Wender, “Role of Syphilis,” p. 1287; Hazen, “Syphilis in the American Negro,” p. 465. 哈森医生对黑人健康问题态度的转变，成为代表公共卫生官员看法出现变化的极佳例子。在他的文献中写道，对于治疗造成重大阻碍的不是种族，而是大部分黑人的贫穷生活。参见 Hazen, “Syphilis in the American Negro,” p. 465, and “Personal Observations upon Skin Diseases in the American Negro,” *Journal* （转下页）

注定失败的预防方案加上不受约束的性行为，梅毒的高感染率似乎在所难免。在没有过硬数据的情况下，医生只好以个人观察来将就。换句话说，医生汇报自己的亲眼所见后，他们的估计与一般观点相同，即黑人已经成为某位医生所说的“一个声名狼藉的满是梅毒的种族”。据估计，成年黑人的梅毒发病率低于20%的情况极为罕见，而普遍认为的真实数据会高很多。佐治亚州的病理学家S. S. 辛德曼表示，95%的黑人人口在一生的某个时刻感染过梅毒。无论这些观察来自私人执业的医生、精神院病人、监狱人口还是诊所病患，医生们——即使在没有证明的情况下——仍假定白人的得病率要低很多。①

如果说医生认为梅毒在黑人中比在白人中盛行，他们也同样确信此病对各种族的影响相异，即梅毒在黑人与白人身上会产生不同的临床与病理结果。19世纪后半叶的医生争辩过白人与黑人是否同样容易感染梅毒，此病影响两个种族的严重程度是否相同，并发症是否会因种族而异。参与讨论者的报告基于有限的临床观察得出，并经过支持种族隔离的社会态度过滤。到第一次世界大战时，这些经验观察形成了一项医学共识，即两个种族同样易感染梅毒，并且染病后对两个种族都会造成严重后果。但是就算到了20世纪，医生仍继续认为梅毒的并发症因种族而异。②

（接上页） *of Cutaneous Diseases* 32 (1914): 712. Note also Keller, “Syphilis and Tuberculosis,” pp. 495 – 98。

① Baldwin Luche, “Tabes Dorsalis, A Pathological and Clinical Study of 250 Cases,” *Journal of Nervous and Mental Disease* 43 (1916): 393; S. S. Hindman, “Syphilis Among Insane Negroes,” *American Journal of Public Health* 5 (1915): 219.

② 19世纪晚期种族差异下的梅毒病情发展，请参见 Taylor, “On a Peculiarity,” pp. 107 – 109; I. Edmondson Atkinson, “Early Syphilis in the Negro,” *Maryland Medical Journal* 1 (1877): 135; McVey, “Negro Practice,” pp. 331 – 32; Cunningham, “The Negro as a Convict,” pp. 321 – 22; and Russell McWhorter Cunningham, “The Morbidity and Mortality of Negro Convicts,” *Medical News* 64 (1884): 113 – 17. 这些观察持续到了20世纪，请参见 Hecht, “Tabes in the Negro,” pp. 705 – 720; Quillian, “Racial Peculiarities” (1906), pp. 277 – 79, and “Racial Peculiarities” (1911), pp. 416 – 18; Hazen, “Personal Observations,” pp. 705 – 712; Hazen, “Syphilis in the （转下页）

重要的是，医生难以针对种族的不同特性形成持续且可靠的观察纪录。某些人看到了一些不同特征，而其他人列举的是别的特征。然而，他们仍坚信差异确实存在。1912 年，欧内斯特・齐默尔曼医生发表了一份关于 1843 位梅毒患者的广泛研究报告，对这些病患的观察是在美国首屈一指的研究机构约翰斯・霍普金斯大学的慈善诊所进行的。齐默尔曼医生这篇极具影响力并时常被引用的文章指出，骨梅毒与心血管梅毒在黑人身上比在白人身上常见，相反，白人患神经梅毒的几率更高。这些理论无疑影响了许多临床诊断，并且有力地提醒人们，种族态度会如何影响医学界的看法。不过，对黑人病患来说幸运的是，20 世纪的医生并没有根据种族来修改治疗方案。黑人得到的治疗跟白人一样。①

（接上页）American Negro," pp. 463 – 66; H. H. Hazen, "Twenty – five Cases of Extragenital Syphilitic Infection," *Interstate Medical Journal* 23 (1916): 661 – 64; Fox, "Observations," pp. 109 – 121; Green, "Psychoses Among Negroes," pp. 697 – 708; Luche, "Tabes Dorsalis," pp. 393 – 410。

① Zimmerman, "Comparative Study," pp. 73 – 88. 1919 年，汤普森医生和金里医生发表了一篇关于黑人患梅毒的文献综述，却只是在添乱，因为他们整理出的临床研究相互矛盾。("Syphilis in the Negro," pp. 384 – 97)。齐默尔曼医生的研究发现在 20 世纪受到普遍肯定，他接下来的临床研究转向了黑人梅毒患者的特别研究。引用齐默尔曼医生研究的例子，参见 Keller, "Syphilis and Tuberculosis," p. 497; L. D. Hubbard, "A Comparative Study of Syphilis in Colored and White Women with Mental Disorders," *Archives of Neurology and Psychology* 12 (1924): 201; Howard Fox, "Syphilis in the Negro," *New York State Journal of Medicine* 26 (1926): 555。更多 1920 年代的相关研究，参见 I. I. Lemann, "Diabetes Mellitus, Syphilis and the Negro," *American Journal of Medical Sciences* 162 (1921): 226 – 30; Hubbard, "Comparative Study," pp. 198 – 205; R. A. Bartholomes, "Syphilis as a Complication of Pregnancy in the Negro," *Journal of the American Medical Association* 83 (1924): 172 – 74; James R. McCord, "Syphilis of the Placenta in the Negro," *American Journal of Obstetrics and Gynecology* 11 (1926): 850 – 52; Curtice Rosser, "Clinical Variations in Negro Protology," *Journal of the American Medical Association* 87 (1926): 2084 – 85。

19 世纪有些医生认为梅毒只是黑人染上的小病，不需太多治疗，甚至有时会自愈。然而，在发现螺旋体以及研究出化学疗法后，两个种族间的治疗方案已标准化。参见 Murrell, "Syphilis and the American Negro," p. 848; Hazen, "Syphilis in the American Negro," p. 465; Frank Cregor and Frank Gastineau, "Stavorsal in the Treatment of Syphilis," *Archives of Dermatology and Syphilology* 15 (1927): 45 – 53; J. R. McCord, "The Results Obtained in Treated and Untreated Cases of Syphilis in Pregnant Negro Women," *American Journal of Obstetrics and Gynecology* 13 (1927): 100 – 103。

关于黑人是病人、教育无法令其改正健康习惯的贬损言论，将黑人健康状况的责任完全归咎于他们自身。有些医生将环境视为黑人健康恶化的最重要的影响因素，但即使是这些人也时常责怪黑人家中脏乱、育儿方法不当。似乎没有什么疾病比梅毒更适合黑人了，因为医生确信是过度的性欲及到处性滥交导致了黑人中梅毒的高发病率。

这些看法的效果是美国社会进一步孤立黑人——将他们从健康世界中移出，锁进疾病的牢笼中。不论有意还是无意，医生已经危险地接近了将黑人梅毒病患描绘成黑人之代表的误区。当患病取代健康成为这个种族的常态，某些东西就从医生定义疾病时的荣誉感和紧迫感中流失了。其结果是面对这种疾病时心安理得地不作为，因为医生依据自己的估计，认为此病是这个种族特有的。

第一次世界大战后，由于医学讨论日益偏向量化研究，并且医生更专注于临床表现，探讨黑人患梅毒的医学文献中的极其夸张、恶毒的态度有所减少。然而，对于黑人是“一个声名狼藉的满是梅毒的种族”的印象并没有消退，公共卫生官员是挑战医学界这种冷漠的唯一群体。

第三章
“病菌是世界上最民主的生物”

到了 19 世纪末，公共卫生官员已然发现自己无法承担忽视美国黑人健康状态的后果。为了保护白人，他们也必须帮助黑人。公共卫生官员所受的科学医学教育让他们认识到，同样的细菌在两个种族中会引发基本上同样的疾病，因此，人类是有可能掌握对大部分传染疾病的控制权的。但是，如果公共卫生官员不采取行动将环境清理干净，就算知道这些也没有用——对白人及黑人来说都是如此。他们从以往的痛苦经历（例如霍乱等流行病造成的死亡）中学到的是，不论在哪个区域，只要那里的居住环境恶劣、街道脏乱不堪，就会对所有人的健康造成威胁。保持公共卫生，将污秽的垃圾、瓦砾清理干净，并确保物品清洁，才是唯一的解药。

公共卫生官员还学到的一点是，要在州政府、地方政府内部有效地开展工作，制定相关法律以维护公众的健康。然而，在国家强制性管控与规划缺位的情况下，州与州之间、社区与社区之间的进展各不相同。19 世纪下半叶，细菌致病说被广泛接受，大部分地区卫生部门因此而加强了权责。除了原本的任务，例如数据统计与消灭传染病等，卫生部门还需重视预防医学及公共卫生。但这些措施不能交托个人，因为个体不负责任可能会危及整个社会。大多数州政府于 1880 年代与 1890 年代间设立了卫生委员会，认识到只有统一行动才能控制疾病的传播。截至 1914 年，除了怀俄明州与新墨西哥州之外，其他各州都建立了卫生委员会。

国家的卫生计划在很大程度上反映了州层面和地方层面的行动。在20世纪以前，联邦政府不太插手国家卫生相关议题。在19世纪期间，基于1798年的《海军医院服务法》（Marine Hospital Service Act），多个港口城市修建了海军医院。这些医院原本服务于海员，但医疗人员越来越多地为黄热病、天花与霍乱等流行病提供诊断和医疗护理。1902年，海军医院服务部更名为公共卫生与海军医院服务部（Public Health and Marine Hospital Service），以更好地反映其工作的全貌。同年，美国国会建立了一个国家卫生实验室来规范州际的药物销售。最终在1912年，公共卫生部开始统筹管理联邦政府与卫生相关的所有活动，安排提供以下四类基本服务：提升公共卫生行政系统，分配联邦政府给州及地方卫生部门的补助，疾病传播和公共卫生的州际管控，以及开展基础研究与应用研究。

公共卫生运动为社会各阶层带来的好处并不均等。不论在城市或是乡村地区，穷人的居住空间过于拥挤，公共卫生环境极为恶劣，与此相关的疾病的传播使得他们持续承受着极高比例的患病率和死亡率（尤其是在幼儿时期）。19世纪末，卫生官员面临的课题是促进地方、州与联邦机构间的合作与配合，给所有美国人带去现代医学的福祉。

20世纪的最初数十年间，尽管黑人贫困及教育匮乏等问题还未解决，但少数族群的健康问题有望得到巨大改善。细菌致病说的应用、公共卫生计划的实施及慈善家的努力，使得人们对黑人健康问题的态度有了大的转变。大多数私人诊所的医生继续附和对黑人高死亡率的种族解释。不过，这些观点越来越多地遭到公共卫生官员、公立医院医生及大学附属教学医院医生的反击。也许是因为这些医生日常接触的黑人要比他们在私人诊所执业的同行多，他们不太会将黑人健康问题归咎于种族因素。

公共卫生官员相信科学的力量更甚于相信某些种族的缺陷。无论人们对黑人的评价如何，黑人终归是人类，而科学使医生有能力帮助患病的人类。公共卫生官员不愿承认其专业知识有任何盲点；科学的规则对所有种族来说都应该是一致的。如果某种细菌导致某人种罹患某种疾病，那么同样的细菌也会导致其他人种患上同样的疾病。另外，同一治疗方案对于所有人种都应该起效。这些原则必须占了上风，公共卫生官员才能支撑他们有能力正确诊断和有效医治人类病痛的说法。现代医学奠基于科学法则之上，将种族劣等论与道德堕落当作黑人健康问题的万能借口已不再合适。

在 20 世纪的头几十年间，医学界发生了重大变化，使得白人医生对黑人病患的态度有了微妙的改变。许多不知名、不合规定的医学院校关门，不只许多劣质培训中心被淘汰，新医生的数量也大幅减少。1910 年发布的《弗莱克斯纳报告》仅仅是加速了这个趋势。引入标准化课程与设定更高的录取标准的结果是，医生间由于能力与培训所造成的显著差距，即使没有完全消失，也减少了一些。[①]

各州纷纷成立许可证委员会也有助于打造一个更加均质的行业。医学界在 19 世纪无可救药地分成了不同派别，以致本应负有责任的医学会无法就疾病原因及治疗方式达成共识，更别说定义并运用一个共同的知识体系来培训医生了。是以，由受过科学医学训练的专家来集中掌握证书的发放，是医学界迈向专业化的一大步。

一个受教育程度更高、自我监管更严格的行业有理由感到自信。医生掌握了一套深奥的知识体系，使他们能垄断某种社会珍视的服务体系，他们的声望与他们准确诊断并正确治疗危及生命的疾病的能力成正比。实际上，医学研究人员与非临床研究人员合作，在第一次世界大战后引领了一场名副其实的医学知识大爆炸。医学研究与医学实

① 关于《弗莱克斯纳报告》，参见 Stephan J. Kunitz, "Professionalism and Social Control in the Progressive era: The Case of the Flexner Report," *Social Problems* 22 (October 1974): 16 – 27, and Cableton B. Chapman, "*The Flexner Report* by Abraham Flexner," *Daedalus* 103 (Winter 1974): 105 – 117。关于该专业中日益增长的精英主义较为笼统的论述，请参见 Gerald E. Markowitz and David Karl Rosner, "Doctors in Crisis: A Study of the Use of Medical Education to Establish Modern Professional Elitism in Medicine," *American Quarterly* 25 (March 1973): 83 – 107。

践变得更加专业；开发出了更先进的手术技术、更安全的麻醉剂，发明了无数有效药物。仅一代人的时间里，20 世纪所取得的医学知识的总和就超过了此前几代人的集体成就。

医学界许多这样的革命发生在历史学家称为“进步时代”的时期，约莫在 1890 年至 1920 年间。这几十年里的活跃分子创造出的解决问题的方法，对于想要改善黑人健康问题的医生来说变得十分重要。许多改革者尝试采用“客观的”科学调查方法来纠正先前的错误。美国已经演化出一种工业的、城市的与物质的文化，并且很快就有“专家”就位进行管理。醉心于科学方法论和价值观的“专家”随时准备运用他们的知识和技术，以明智、有序且高效的方式来解决问题。“专家”主要是由医生、律师、教授、政府官僚、科学家、工程师及新闻记者组成，他们形成了美国新的世俗圣职体系。①

改革者相信“专家”能解决问题。身为环境主义者，他们对于只要改善人们的生活条件就能改善大多数社会问题这一点很有信心。此外，他们也相信，教育的力量能提升人们的素质。如果问题特别严重或复杂，他们也不吝于动用国家力量。

大多数在 20 世纪初开始大力呼吁改善黑人健康状况的公共卫生官员，响应了这股改革之风。身为科学医学的从业者，他们认识到自身的专业知识充足，有信心将公共卫生原则应用到黑人身上。确实，为遭遇健康问题的黑人找寻解决之道不是件容易的事，其过程缓慢并

---

① 进步主义由一系列的改革运动推动，这些改革的目的在于调整国家的政治、经济及社会生活状态，以适应美国在 19 世纪最后 30 多年迅速工业化及城市化的新时代。进步主义的领袖关注的部分要求如下：银行革新，下调保护性关税，由政府监管大型企业，承认劳工权利以利其组织和参与集体谈判，改革市、州和联邦各级政府的机制，废除童工，赋予妇女选举权，实施各种公共卫生措施等。进步主义倡导者希望改革能在现有机构的框架内进行，对于美国社会的基本结构不进行任何根本性的变动。政府一直以来只能采取有限行动维护公众利益，所以进步主义倡导者希望的有限变革能快速被纳入政府行动中。最重要的是，他们希望调整各竞争部门之间的关系，创造一个既有序又高效的理性社会。关于两种不同的解释，参见 Robert H. Wiebe, *The Search for Order*, 1877 – 1920 (New York, 1967), and Richard Hofstader, *The Age of Reform* (New York, 1955)。

且花费甚多。黑人的居住环境需要改善，要开发出大量教育项目来教会黑人维持健康的生活方式。因此，医生认为跟改善黑人健康有关的问题需要政府介入。

当然，私人诊所的医生也意识到了黑人健康出现的问题。事实上，许多私人医生花大量时间处理黑人社区中的医疗需求。不过，因为私人医生按服务收费，大多数黑人的贫穷状况使得医生为他们治病后难以收取足够的报酬。种族偏见也让许多黑人得不到医治，许多私人诊所及医院更是将黑人拒之门外。所以，那些有幸受到治疗的黑人通常最终成了公立或私立医院的病人，那里的医疗服务要么价格低廉，要么完全免费。

从 19、20 世纪之交开始，公共卫生官员着手填补由私人医疗部门倒闭造成的真空。美国白人要求改善黑人的医疗状况、提供更加卫生的居住条件是出于白人自身利益的考虑，远非因为对病患具有所谓的人道主义责任。此外，公共卫生官员不厌其烦地引述数据，阐述忽略黑人健康问题会给国家造成的经济损失。黑人生病不仅威胁白人的健康，还会损害白人的财力。

在这场国家健康保卫战中，慈善基金会成为了公共卫生官员的坚定盟友。其中，南方各州是最需要援助的区域，也是慈善机构的首要目标。特别值得一提的是洛克菲勒基金会，在二次世界大战之前，它与联邦、州及地方卫生官员合作，先是迎战钩虫病（hookworm），然后扑灭糙皮病（pellagra）。由于黑人在南方的人口中占比较大，他们从这些项目中受益良多。

黑人自己也加入了改善他们健康的行动。1913 年，弗吉尼亚州黑人组织协会发起了第一场遍及全州的运动，鼓励黑人清理自己的屋子、院子和整个社区。州卫生部门与地方卫生部门及各种志愿者组织一道协助宣传该运动的目标，弗吉尼亚州许多黑人社区随后开展的“清洁周”运动广获好评，这一消息传到了外地。

塔斯基吉学院的创始人、“黑人自助”（Self-help）概念的主要倡导者布克·T. 华盛顿，立刻发现了该项目的潜力。一个全国性的黑人健康周的想法与他“头脑、心灵、双手及健康”的实用哲学十分契合。在1914年的塔斯基吉黑人大年期间，他安排了一天专门讨论黑人的健康问题。此外，他还在这次会议后安排全国商业联盟于1915年发布公告，宣布开展全国健康改善周运动，该运动后来改名为“全国黑人健康周”。以弗吉尼亚州的项目为榜样，这个运动希望获得国家机构与州机构的支持，辐射到黑人生活的方方面面——医疗、教育、宗教、商业、兄弟会、公民权、城市和乡村。各地的健康周委员会纷纷成立，以促进在各项公共卫生和自助措施方面的合作与个人努力。①

布克·T. 华盛顿没能活着见到这项由他开始的运动的发展。他1915年去世，这项责任落到了接替他担任塔斯基吉学院校长的罗伯特·R. 莫顿身上，由其指导全国黑人健康周的推广，使之真正成为全国性运动。1920年代期间，公共卫生部成为该运动的有力臂膀，而对帮助黑人群体的项目尤为感兴趣的私立慈善机构朱利叶斯·罗森沃尔德基金会则提供了财政支持。这三个团体一起精心筹划这项运动，到1930年代，它不仅在全国各地推行并且变得十分多样化。黑人健康周运动一直持续到了1950年代，它协助在美国黑人中传播卫生观念的福音，并且使得那些关心公众健康的美国白人更加了解了黑人面临的问题。②

这是一个令人沮丧的奋斗过程。为了凸显黑人健康问题的严重性，美国公共卫生协会1915年在其整整一期的刊物中对这些议题进行了广泛的讨论。构成这一期的六篇文章，是南方的地方与州卫生官

① Marion Torchia, “Help Yourself to Health: National Negro Health Week, 1915 - 1950,” unpublished manuscript. See also Rosco C. Brown, “The National Negro Health Week Movement,” *Journal of Negro Education* 6 (1937): 553 - 64, and W. A Fischer and D. E. Breed, “Negro Health Week in Texas,” *Survey* 45 (1920): 100 - 101.

② Torchia, “Help Yourself to Health.”

员贡献的。还有一篇同一主题的文章，出自某联邦卫生官员之手，次年发表在该刊物上，文中对于具有改革思维的医生如何看待黑人健康问题提供了一个绝佳的例子。①

影响健康状态的主要因素是环境而不是种族。佐治亚州霍希顿的地方卫生官员 L. C. 艾伦医生断然否认肺结核的人种偏好与这种疾病在黑人中的高发病率有任何关系。艾伦医生写道："因此，我认为，肺结核对黑人造成了毁灭性打击并不是因为他们对这种疾病有特殊的种族易感性，而是因为黑人所处的环境——他们的不良生活习惯、肮脏的生活条件。"不卫生的环境对白人与对黑人的影响是一样的。"毕竟，"艾伦医生解释道，"部分白人也面对同样问题，它们并无太大不同。无知与贫穷不论在何处都会带来疾病与堕落。污秽与传染病，再加上无知与冷漠，总是能带来疾病与死亡。"②

佐治亚州萨凡纳的卫生主管威廉 · F. 布伦纳医生发现黑人的生活环境极为糟糕。他年复一年地恳求市里的官员派特别委员会来调查萨凡纳市黑人人口的居住条件。他知道他们会发现：居住空间拥挤不堪，公共卫生条件糟糕透顶。了解这些情况后，没法不让人明白形势多么令人绝望。"对黑人进行调查，"布伦纳医生请求道，"然后你就会很快知道，就算他们想要改善卫生条件也无法做到。请注意观察他们必须住在其中的屋子；他们不得不吃的食物，并通盘了解他们所处的环境。"他声称黑人无知到无法顾及自己的健康，但是不认为该为

---

① L. C. Allen, "The Negro Health Problem," *American Journal of Public Health (AJPH)* 5 (1915): 194 - 203; William Brunner, "The Negro Health Problem in Southern Cities," *AJPH* 5 (1915): 183 - 91; A. G. Fort, "The Negro Health Problem in Rural Communities," *AJPH* 5(1915): 191 - 93; M. L. Graves, "Practical Remedial Measures for the Improvement of Hygienic Conditions of the Negroes in the South," *AJPH* 5 (1915): 212 - 15; S. S. Hindman "Syphilis Among Insane Negroes," *AJPH* (1915): 218 - 24; Lawrence Lee, "The Negro as a Problem in Public Health Charity," *AJPH* 5 (1915): 207 - 11; and John Trask, "The Significance of the Mortality Rates of the Colored Population of the U. S.," *AJPH* 6(1916): 251 - 60.

② Allen, "Negro Health Problem," p. 199.

此责怪黑人。“对这些黑人来说，这不是一场公平的健康保卫战，”布伦纳医生写道，“他们是无知的，只要一直处在这样的环境下，他们将永远无法改变现况。”①

重要的是，布伦纳医生想强调，黑人为他们的环境所付出的生命代价以及遭受的痛苦，并想表明处于相同条件下的白人也会跟黑人付出一样高的代价。他说：“请注意有多少黑人婴儿一出生就死了，接着跟踪观察到5岁时的婴幼儿死亡率，再仔细研究死因。白人若是生活在同样的环境下，结果将会一样。”这样的情况让成人与儿童同样备受煎熬：“就算长大成人，他们也没有好过点，仍然处于恶劣的卫生环境下，失去对疾病的抵抗力，处于这种条件下，不论是谁都无法逃脱相同的命运。”②

社会阶层对健康有直接影响的论点攻击了种族主义者信念的基础，即黑人的高死亡率是由于体质不佳造成的。此种说法在其他作者的文章中有所暗示，而公共卫生部助理卫生部长约翰·W. 特拉斯克医生从统计学角度证实了这一点。他一上来就确认了1910年的人口普查结果，其中显示当时黑人的死亡率高于白人（如同19世纪晚期的人口普查报告所示）。特拉斯克医生表示，他为自己定的任务是找出这些差异存在的原因，具体来说，“是否因为某个族群天生具有的某种特质与其他族群不同”，另外，如果有的话，怎样才能把黑人的死亡率降到“与白人的死亡率相当”。③

特拉斯克医生通过比较城市与乡村居民间的死亡数字，在环境与人的健康状况之间建立了关联。1910年，在居民超过1万人的城市中，白人的死亡率为14.6‰，而黑人的死亡率为24.3‰。不过，在乡村地区，白人的死亡率降至12.5‰，黑人的则跌至17.7‰。特拉斯克医生强调说，如果拿城市白人与乡村地区黑人相比，他们之间每

---

① Brunner, “Negro Health Problem in Southern Cities,” pp. 186, 185.
② 同上，p. 189。
③ Trask, “Significance of Mortality Rates,” p. 254.

千人的死亡率相差无几，而这强而有力地证明了居住地点对人们的健康有直接影响。

特拉斯克医生也对比了不同城市间的死亡率。虽然他承认年龄分布有可能会造成数字的巨大差异，但他指出南卡罗来纳州查尔斯顿的黑人死亡率为 37.2‰，而堪萨斯州科菲维尔的黑人死亡率却是 15.2‰。可堪比较的城市间的数据差异如此之小。华盛顿特区的黑人死亡率为 24.4‰，而弗吉尼亚州罗亚诺克竟为 22.5‰。这个差距很小，但有助于驳斥黑人天生具有相同的生物钟这一谬论。在检查像亚拉巴马州的莫比尔与华盛顿特区等城市的黑人死亡率数据时，特拉斯克医生甚至发现了更有力的证据，并且意识到这一数据已经稳定下降超过 10 年。在他看来，这些事实清楚地证明了“有色人种的死亡率受各种不同因素的影响而产生变化，并且死亡率绝不是固定不变的”。①

对特拉斯克医生来说，财富的多寡是最有决定性的影响因素。“考虑到白人与有色人种间死亡率的差距，”他提醒道，“人们必须记住一种可能性，在许多社区，这种差距可能等同于根据产业或经济地位对人进行分类，有色人种中的低收入家庭死亡率较高。”他提醒自己的同行，无数研究已将收入多寡与新生儿的死亡率以及像肺结核等疾病的相对盛行联系了起来。显然，“若在一般社区根据经济情况（亦即根据家庭收入）对死亡率进行分类，那么高收入与低收入家庭间的死亡率差距大约会与白人跟有色人种间的死亡率差距一样大。”为了说明他的观点，特拉斯克医生引用了 1908 年纽约市的一项研究，其死亡率是按种族来分的。这项研究显示，爱尔兰人与意大利人的死亡率高于黑人。这传达出一个清晰的信息：影响健康的最重要指标不是种族，而是收入。②

① Trask, “Significance of Mortality Rates”, p. 257。特拉斯克医生也比较了美国黑人与多国白人的死亡率。1912 年，美国注册地区黑人的死亡率是 22.9‰。同年，匈牙利记录的死亡率是 23.3‰；罗马尼亚为 22.9‰；西班牙为 21.8‰；而奥地利为 20.5‰。经过比较后，他发现美国黑人的数据表现更佳。

② 同上.，pp. 258 – 59。

由于无知，人们愈加相信这个问题与低收入脱不开关系。除了收入，还与社会阶层有关。通过关注社会阶层，卫生官员开辟了教育之路以找到解决问题的办法。他们将教育视为一种提升道德与个人社会化程度的手段，一种对公民责任和社会控制方式的全面辅导。教育能让人们改善其所在阶层的状况。此外，如果黑人能受教，戒绝恶习，养成对健康有利的生活习惯，公共卫生官员的工作就会容易得多。虽然对种族隔离议题闭口不谈，但他们鼓励改善黑人学校条件，开设个人卫生与社区卫生课程。他们还敦促社区公费开办教育项目，以“宣传健康福音”。

艾伦医生支持教育项目，认为教育是改善黑人健康状况的“最重要的补救措施”。他强调，所谓的教育并不是指奴隶解放运动50年以来所教的那些东西。希腊语和拉丁语课不过是浪费时间。他热情称赞黑人领袖提出的对“黑人进行工业教育”的建议，并补充道，“应该向黑人灌输爱干净、不酗酒、贞洁、荣誉和自立自强的正确观念”。艾伦医生表示，“在教育黑人的过程中，应该咨询医生的意见并利用其专业知识”，因为“如果不教他们懂得讲卫生和爱护自己的身体，这样的教育是有缺憾的”。另一名卫生官员建议及早开始对年轻黑人进行卫生教育，并预测未来会取得可观的回报，他说：“在学校期间教他们简单的个人卫生与公共卫生规则，并且尽早开始这门课，例如在二年级。如此，将来某一天，卫生官员的工作有望顺利开展。”①

在佐治亚州萨凡纳工作数年的卫生官员劳伦斯·李认为，施教于黑人能令两个种族都受益。“通过教育，黑人也许能成为好公民，”劳伦斯·李医生写道，“住在更好的房子、更健康的环境里。他们不再是社会的负担，而是能适时照料好自己。”《哥伦比亚州报》（*Columbia*

① Allen, “Negro Health Problem,” p. 200; Fort, “Negro Health Problem in Rural Communities,” p. 193.

State）上的一篇社论建议在该州所有的白人孩童入学之前，不要将公共资金用于黑人教育，李医生斥责这是纯粹的疯话。如果黑人仍然不受教育，整个社会都会遭殃。①

卫生官员意识到也必须教育白人，让他们认识到帮助黑人的必要性。这一点，没人比亚特兰大的佐治亚州现场卫生委员会主管 A. G. 福特医生更了解。"部分黑人的无知和贫穷，以及部分地主和选民的无知所导致的漠不关心，"福特医生写道，"是造成'乡村地区黑人健康问题'的首要因素。"白人地主和选民以及黑人本身必须对黑人的健康问题有新的认知，事情才有可能取得进展。福特医生预测，一旦受了教育，"地主就会开始了解关注雇工健康给自己带来的好处。选民也会要求其民意代表支持相关卫生条例和财政拨款"。②

医疗改革者并不会要求提升黑人的教育水平，让其成为一流公民。就像其他大部分美国白人一样，他们并不相信种族平等这回事。对卫生官员来说，坚信黑人就是比白人低等在社会偏见与专业责任之间制造了一种紧张关系。他们只能通过将专业观点与社会观点分开看待来解决这种矛盾。一方面，他们认为以黑人目前的地位来说并没有权力享受美国公民的所有福利。另一方面，他们否认黑人的身体构造有任何阻碍他们从现代医学中获益的东西。

卫生官员坚信在疾病的易感性、严重程度与并发症方面存在种族差异。例如，黑人被认为尤其能对猩红热免疫，却特别容易感染肺结核。然而，卫生官员继续强调环境的重要性：如果黑人特别容易感染某些疾病，那就更有理由改善他们的生活环境和医疗服务。

李医生指责黑人医院糟糕的医疗质量使得许多黑人不愿去求医问诊。"我对许多黑人害怕去医院一点都不感到惊讶，"李医生写道，"我所见过的黑人医院令人望而却步，甚至能让那些比黑人有点见识

① Lee, "Negro as a Problem," pp. 211, 209.
② Fort, "Negro Health Problem in Rural Communities," p. 192.

的人感到害怕。”他解释说，因为萨凡纳没有黑人救济院，医院被迫“收治上了年纪的、病弱的、瘫痪的以及盲人。”于是，医院人满为患。在萨凡纳最大的黑人医院里，病患人数往往是病床数量的10倍或15倍。据李医生说，“不论天气有多热，一张单人病床上都要挤上两个病人，有些病人只能睡在地上或椅子上”。19世纪期间，美国底层白人认为医院比（穷人被送去等死的）传染病隔离病院好不了多少。进入20世纪后，黑人显然看到了种族隔离医院发生的情况，并得出了相同结论。①

卫生官员认为在不干预的情况下，改善的效果会大打折扣，对白人应该帮助黑人表示赞同。艾伦医生写道，“黑人健康问题是‘白人的负担’之一”，他还把黑人健康问题描述为“南方民众所面临的最艰难的健康问题”。布伦纳医生直言不讳地说：“黑人一直都在，他们依赖于白人所建构的文明体系。若这两种说法都是真的，那他们就是白人造就的。”李医生认为种族的提升将会被证明是困难的。“黑人是没法靠自己变得好起来的，”他如此写道，又补充道，对他们的帮助“几乎要强行为之”。②

卫生官员并没有摒弃种族偏见；他们只是不让种族主义影响他们的专业责任。不过，相比当时真正的煽动黑人仇恨之人，这些卫生官员所抱持的种族主义很轻微，但从他们的家长作风仍可看出他们的偏见。他们认为不同种族有不同的性情与能力，却没有明确定义这些差异，也没有将之界定为不可改变的状态。“虽然他们不是被涂成黑色的白人，也不具备白人的所有心态与道德，”布伦纳医生写道，“但黑人并不是没有能力改善自己目前的处境。”对布伦纳医生来说，真正的议题在于白人是否会向黑人提供其所需要的帮助。他警告萨凡纳的白人领导层，“除非你们通过立法改善黑人卫生环境，否则他们的

---

① Fort, Negro Health Problem in Rural Communities, "pp. 208, 209.

② Allen, "Negro Health Problem," p. 194; Brunner, "Negro Health Problem in Southern Cities," p. 183; Lee, "Negro as a Problem," p. 211.

死亡率将继续保持在高位。”①

立法的必要性使人们把注意力集中到了国家权力上。卫生官员称解决如此大且复杂的问题是国家的责任，而且他们要求公众支持共同努力，让农村与城市的黑人都能享有现代卫生设施带来的好处。据福特医生所说，农村黑人不得不面对的健康威胁令人震惊。他解释道，钩虫病与伤寒等疾病在黑人中极为盛行，因为仅有不到一半的黑人家中装有厕所。农村地区的教堂与学校的卫生情况也好不了多少。由于泉水及井水等饮用水的水源被污染，这些状况对健康构成了可怕的威胁。此外，门窗无遮无挡，招致由苍蝇传播的传染病大流行。福特医生宣称：“这种无知，亦即缺乏对几乎所有公共卫生准则的了解，导致了许多疾病在黑人中蔓延。”他认为，公众别无选择，只能“为农村地区提供现代的清洁标准，利用现代化的地方和州机制把卫生方法应用到各地，而这一切都需要地方和州税收的支持”。②

相似的观点还有建议清理南方城市的黑人居住区。布伦纳医生表示他并不认为衡量城市是否伟大的标准在于其体量是否扩大，他还反对的一个观点是城市人口的激增能证明该城市是受欢迎的。布伦纳医生写道：“你们的卫生官员总是抱持着在美国人中盛行的一种错误观点，即人口增长最快的城市在吸引着最优秀的公民阶层。”他主张应该更加关注人们的生活条件，而不是粗略的自然增长数据：“能为其居民提供最好的生活条件的城市，才是最能吸引人才的城市。”布伦纳医生恳请通过立法，改善黑人社区的卫生条件。③

一名公共卫生官员甚至倡议联邦政府进行干预。得克萨斯州加尔维斯顿市的卫生官员 M. L. 格雷夫斯医生准备打破传统，向南方提供适当的卫生保健措施。格雷夫斯医生写道：“我在南方出生长大，也

① Brunner, “Negro Health Problem in Southern Cities,” p. 188.
② Fort, “Negro Health Problem in Rural Communities,” pp. 191, 193.
③ Brunner, “Negro Health Problem in Southern Cities,” p. 188.

信仰州权理念。但我相信要想充分、有效地保障公众健康，就需要国家政府出力。”他还补充道：“不应再让政治迷思与过时的党派信仰阻挡我们的进程，让可预防的疾病与死亡造成如此巨大的宝贵生命代价及经济损失。”格雷夫斯医生坦率地承认，自己为进步时代期间政府所取得的成就着迷。“当我们考虑那些国家银行的效率以及联邦政府对其实施的监管，”格雷夫斯医生说，“当我们思及各地的不法分子对我们的联邦法院的尊重和恐惧，不难理解为何我们会求助于国家政府，希望它来保护我们人民的健康和经济效率。”①

格雷夫斯医生建议在“美国政府内部组建国家公共健康部门”，负责“美国境内的所有公共健康事务”，以创建合理控制公众健康的终极工具。他也提议让私人慈善基金去“资助一个研究南方黑人的委员会，以提升黑人健康状况”。除非这个委员会收到充足的资金并且妥善安排，否则不会有好的成果。格雷夫斯医生解释说：“钩虫病委员会与糙皮病委员会已极好地完成了任务，而这两个委员会的资金皆由热心公众健康议题的公民所捐，所以应该鼓励更多的富裕民众来捐赠，并组织一个相应的委员会研究南方黑人的健康问题。”②

卫生官员从白人的自身利益出发，说服白人为黑人健康计划争取更多的支持。布伦纳医生引用自己最近十年里的年度报告发表声明称：白人与黑人的健康问题无法分开来看待。他 1904 年的报告恳请站在黑人的立场上采取行动，因为“这样做我们能保护我们自己”。他 1906 年的报告中直接警告白人：“如果黑人感染了疾病，你们也会倒霉。”他年复一年地请求市政府指派一个特别委员会研究黑人健康问题。1908 年，他预计如果成立这样一个委员会，“它将毫无疑问地证明黑人确实污染了白人，而且这些污染是身体和道德两方面的”。③

艾伦医生转而从《圣经》中找寻具有启发性的例子，说明为何

① Graves, “Practical Remedial Measures,” p. 214.
② 同上，p. 215。
③ Brunner, “Negro Health Problem in Southern Cities,” pp. 185, 187.

白人要成为黑人的守护者。在使徒保罗致罗马人的《使徒书信》中写道："我们没有一个人为自己活；也没有一个人为自己死。"细菌致病说不允许有其他的结论。他提醒自己的读者："病菌是这个世界上最民主的生物，它们不在意什么'种族、肤色或受过奴役'。"①

种族隔离提供不了保护。也许传染病在黑人那一边滋生，但是黑人每天都会将其传播到白人社区。"我们每天都会碰见黑人——家里、办公室、商店里或街上的汽车里，以及我们所去的几乎任何一处。"艾伦医生写道。虽然"考虑这些事令人不快"，他仍希望公众意识到，身患淋病、梅毒或肺结核的有色人种如今在南方许多最富裕的家庭做仆人。只要这一点没有改变，人们就必须尽一切努力改善黑人的健康状况。②

因此，在进步时代，对于黑人的健康问题有了一个新观点。卫生官员否认种族与道德因素是造成黑人患病与死亡的原因，把关于黑人健康问题的争论转移到了环境分析上，并且坚称科学医学与现代公众健康管理能造福黑人。两次世界大战之间是观念的转型期，当时卫生官员与黑人领袖及白人慈善家合作，设立了各种旨在改善美国黑人健康状况的计划。直到 1920 年代与 1930 年代，卫生官员、慈善家和黑人领袖合力开展防治钩虫病和糙皮病的行动，公众健康运动才触及南方许多地区。1920 年代晚期，这些盟友也向梅毒发起了进攻。③

---

① Allen, "Negro Health Problem," p. 194.

② 同上。

③ 关于进步时代南方的公共卫生及社会服务改革概述，参见 George B. Tindall, *The Emergence of the New South*, 1913－1945 (Baton Rouge, Louisiana, 1967), pp. 254－84。

第四章
"在市场上高举瓦色尔曼试验的大旗"

20 世纪早期，科学医学为卫生官员提供了对付梅毒的工具。1905 年，人们等来了期待已久的消息，德国科学家埃里克·霍夫曼与弗里茨·绍丁分离出了引起梅毒的微生物，将之命名为梅毒螺旋体（*Spirochaeta pallida*/Pale spirochete）。紧接着在 1907 年，开发出了一种被称为瓦色尔曼试验的血清补体结合测试办法。作为一种通用术语，它指的是几种血液测试，能让医生诊断出梅毒，并能对治疗进展做出评估。然后，在 1910 年，人们发现了第一种治疗细菌引起的疾病的方法，医学界为之欢欣鼓舞。同样来自德国的科学家保罗·埃尔利希研发出了"灵丹妙药"——撒尔佛散——一种有机砷制剂，据称只要注射一次，一周内就能治愈梅毒。

喜悦很快被质疑的声浪盖过。这种疗法并没有那么神奇。有些病患对该药物产生了严重的不良反应，不出一年，那些被认为已康复的病患也复发了。而这套疗法正是现代医学中所谓的化疗。因为药物毒性太强，用药的频率与药量需要仔细地计算，才能在治病时不至于要了病患的命。为防止感染及复发，最终确认药量应为 20 到 40 剂次，给药时间要超过一年。治疗要通过肌肉注射药物来进行，且往往相当痛苦。此外，医生了解到，胂凡纳明及新胂凡纳明（两种最普遍的砷化合物）必须辅以汞或铋软膏的使用。虽然这些砷化合物不再被视为神奇的药物，但是它们仍是治疗梅毒的标准用药。到了 1920 年代，医生终于承认治疗梅毒是个艰巨的任务，需要注意细节，密切观察病患。通过多次的药物治疗经验，医生逐渐重拾对化疗的信心。许多人开始相信梅毒是可以控制的，也许在他们有生之年可以将其消灭。①

这种乐观态度甚至延伸到了黑人身上。尽管许多私人医生仍认为新疗法对黑人并没有好处，然而卫生官员与大型医院及诊所的医生却已经开始报告好结果。亨利 · H. 哈森医生任教于乔治敦大学，并在位于华盛顿的自由民管理局医院（主要服务黑人的慈善机构）开办了一间大型梅毒诊所。他指出："黑人就像白人一样老老实实地来就诊，'验血'这个神奇的词对他们很起作用……通常这些患者非常听话——尽管他们抱怨肌肉注射很疼，但还是会来打下一针。"他补充道，治疗黑人的秘诀就是"让他们看到你关心他们，并且你说话算话"。如果医生能照这些话做，就能得到好结果。哈森医生透露，"有些病患已经定期来就诊了两三年的时间"。②

亚拉巴马州伯明翰的一名医生认为，不论梅毒患者是黑人还是白人，普遍都不能坚持治疗到痊愈。根据他自己与公共卫生官员在梅毒控制项目上的合作经验，他发现，成功的关键在于建立一套能让病患持续受到照护的机制。"在没有随访机制的情况下，诊所或私人诊疗的治疗是不完整的。"这名医生写道。应对患者过早停止治疗的办法之一是不断提醒他们来回诊。然而，除非以必胜的决心采取行动，否则就算是有最好的随访服务也可能徒劳无功。这名医生解释道："我的护士常常告诉我，'我必须开车去找他们，否则他们不会来回诊。'"事实上，他认为黑人是流行病学项目的理想研究对象。"黑人往往比白人更容易招揽，这与其说是对治疗感兴趣，不如说是因为他们更容易

---

① 在 Martha Marquardt, *Paul Ehrlich* (New York, 1951)一书中，将撒尔佛散的故事讲得入木三分。

② H. H. Hazen, "Syphilis in the American Negro," *Journal of the American Medical Association* 63 (1914): 465, and "Personal Observations upon Skin Diseases in the American Negro," *Journal of Cutaneous Diseases* 23(1914): 711.

被驱策。”①

哈森医生责怪医疗的不足让黑人对治疗敬而远之。他指责道：“普通门诊治疗梅毒的方式让人感到羞辱。”问题的根源在于许多医生“不愿意用心治疗这种传染病，于是把活丢给实习生，而且还有许多医生对正确治疗梅毒所需注意的大量细节工作极度无知”。医生必须掌握新的治疗方法，才能将科学医学的益处带给自己的患者。“给病患开些药丸的老办法过时了，也应该成为过去式。我们现在必须处理血清反应以及撒尔佛散与汞的注射工作，在给足剂量的同时避免过量注射可能造成的伤害。”就像第一次世界大战前夕的其他美国人一样，哈森医生钦佩商业界的效率，并斥责其同僚：“如果一家工厂生产货物跟普通医院分发梅毒药物一样草率，那它很快就会倒闭。”②

讽刺的是，社会卫生学家——当时最旗帜鲜明地反对性病的人群——并没有给予卫生官员多少帮助。19 世纪晚期兴起了社会卫生运动，以打击卖淫、性病和性道德的双重标准。这一运动的参与者是受过良好教育的美国城市中产白人，他们将卖淫及性病视为核心家庭的威胁。③

---

① Stewart Welch, "Congenital Syphilis," *Southern Medical Journal* 16(1923): 420. 数名医生甚至敢于暗示，梅毒（如同大多数其他疾病）在任何群体中的发生率都是随社会阶层而变化的，并不与种族相关。位于加尔维斯顿的得克萨斯大学医学院的麦克尼尔发表了一项研究结果，显示“与黑人处于同一社会阶层的白人，其梅毒发生率似乎与黑人相差不多”。亨利·H. 哈森也认同这一观点。作为许多关于黑人梅毒患者的文章的作者，他一直十分注意区分底层与上层黑人间的不同。在谈到后一类人时他写道：“我与这些人打交道的经验丰富，我确信他们之间梅毒的流行率并不比白人高，虽然没有统计数字能证明这一点。”H. L. McNeil, "Syphilis in the Southern Negro," *Journal of the American Medical Association* 67 (1916): 1004, and Hazen, "Syphilis in the American Negro," p. 463。

② Hazen, "Syphilis in the American Negro," p. 435.

③ 关于社会卫生运动的简单讨论，参见 John C. Burnham, "The Progressive Revolution in America Toward Sex," *Journal of American History* 59 (March 1973): 885–908。最好的详细讨论是 James F. Gardner, Jr., "Microbes and Morality: The Social Hygiene Crusade in New York City, 1892–1917" (Ph. D. dissertation, Indiana University, 1973)。

1870 年代晚期及 1880 年代早期，热心民众首次尝试公开提出这些议题，但遭到了“纯洁十字军”（Purity Crusaders）的反对，这些人虽与社会卫生学家的背景相似，却认为这样的话题不适合公开讨论。社会卫生学家不屈不挠，因为他们相信推动形成公共意识远比让社会保持维多利亚时代的含蓄重要得多。他们表示，卖淫活动让男人沉溺于最卑劣的本能，并且腐蚀了本应是这个国家道德守护者的女人。它也让“正派的妇女”处于危险之中，因为那些花花公子迟早会染上梅毒或淋病，然后真正的悲剧就开始了。社会卫生学家创造出了“无辜的梅毒患者”一词，以此描述被任性的丈夫传染梅毒的忠诚的妻子所遭遇的不公与惊恐。被患病母亲传染的婴儿变成了这一运动的圣洁殉道者。①

在社会卫生学家的早期计划中，黑人并没有占据显著位置。这些改革者将他们的运动直接指向跟他们一样的美国中产白人。除了强调要为底层阶级树立一个好榜样外，他们并不在意那些穷人是来自哪个种族的。然而，就黑人来说，这种忽视尤其令人费解，因为医生多年来一直在警告梅毒对美国黑人有灭族威胁。

到世纪之交时，社会卫生学家已然建立了一个强大的联盟，其中包括医生、公共卫生官员、神职人员、教育家、律师、社会工作者、商人与慈善家。美国社会卫生协会（American Social Hygiene Association）组建于 1913 年至 1914 年间，倡导需有一套适用于男性和女性的性行为准则。通过将男性的道德标准提高到跟女性一样，消灭道德的双重标准。社会卫生学家的基本假设是，人类的性行为可以通过对公众进行再教育，要求两性都遵守同一个道德行为准则来控制。很少有假设能比这更充分地揭示出这个时代的乐观主义。

社会卫生学家对黑人的忽视，至少有部分原因要归于白人对黑人

① David Pivar, *The Purity Crusade* (New York, 1973) 是对于“纯洁十字军”力量的正式讨论。

性行为的印象。黑人遭受性病的折磨，是因为他们不愿意或无法克制性滥交。对白人来说，态度的改变可以带来行为的改变是社会卫生观念的基本假设。通过道德教育塑造性观念，可以产生一个单一的高尚道德行为标准。然而，对黑人而言，这似乎需要改变他们的本性。因此，社会卫生学家对黑人的忽视，部分源于他们对底层阶级普遍不感兴趣；种族偏见无疑是此种态度的基础。

第一次世界大战后，社会卫生学家开始从强调种族转向强调阶层，这种转变与医学和科学文献的讨论方向是一致的。为了服务人数虽少却在不断扩大的黑人中产阶层，美国社会卫生协会聘请了黑人专家富兰克林·O. 尼科尔斯担任现场代表。最初，他的计划是把时间一分为二，除了让黑人领袖熟悉社会卫生运动的目标，还要促进黑人当中的性病控制工作。他对后者并没有投注太多心力，虽然底层黑人迫切需要医疗服务。在 1920 年代，尼科尔斯反而是将绝大部分时间用于黑人大学的课堂上，并与黑人教育家合作设置大学里的性教育课程。他的受众是个很好的例子，展示了何为“得救者向得救者传教”，揭示了阶级意识对社会卫生学家的改革热忱的制约。真正需要了解社会卫生的人，这些底层阶级，并不在施教范围之内。[①]

因为这些改革家重视治疗，不论哪个种族的穷人都会从社会卫生运动中受益。第一次世界大战期间进行新兵体检时发现性病的感染率很高，社会卫生学家曾发出警示：性病会使美国军人丧失作战能力。国会因此于 1918 年成立了一个跨部门的社会卫生委员会，由战争部、

① 讽刺的是，尼科尔斯在职业生涯的早期赞同许多中产白人对于黑人性行为的看法。1922 年，他在佐治亚州亚特兰大举行的黑人社会工作者会议上表示，“过度纵欲”是导致黑人健康状况下降的一个重要原因。多年后，尼科尔斯改变了立场，认为许多底层黑人的不道德性行为是黑人家庭经历过的艰难险阻造成的。尼科尔斯为了突显家庭的重要影响力，将奴隶制对黑人家庭造成的损害作为底层黑人种种性行为的解释。Franklin O. Nichols, “Some Health Problems of the Negro,” *Journal of Social Hygiene* 8(1925)” 283, and “Social Hygiene and the Negro,” *Journal of Social Hygiene* 15(1929): 409. 尼科尔斯对于这个主题的持续研究成果，参见“Social Hygiene in Racial Problems-The Negro,” *Journal of Social Hygiene* 18(1932): 447 – 51。

海军及财政部组成。更重要的是，根据 1918 年的法律，美国公共卫生部成立了一个性病部门。国会向公共卫生部的性病部门提供了慷慨的行政预算，并额外拨款 100 万美元帮助各州组织社会卫生工作，性病预防与治疗并重。

联邦政府的支持产生了实质性进展。不出一年，有 44 个州在其卫生部门内设立了单独的性病控制办公室，这些新机构将大部分注意力集中在治疗贫困病患上。截至 1919 年，在 30 个州内设立了至少 202 间诊所，收治无力负担治疗费用的病患超过 6.4 万人。①

由联邦、州以及地方机构组成，负责梅毒控制工作的这个全国性上层机构的建设刚刚开始，就受到了政治上的严重打击。社会卫生学家早期的成功很大程度上取决于想要“赢得战争”的心理。战争结束后，公众对此事的关切程度降低。1920 年代，满脑子经济账的国会议员将社会卫生视为容易砍掉的项目。到了 1926 年，联邦政府撤销了对各州性病防治工作的所有补助。公共卫生部性病部门虽设法在预算被大幅削减的情况下存活了下来，但仅是美国社会卫生协会的附属，带着浓重的道德说教意味的性教育成了它的重要工作，而其先前从联邦层面领导全国各地开发治疗设施的努力几乎都付诸东流。

联邦政府的支持消长的后果直接体现在了亚拉巴马州身上。亚拉巴马州卫生局在 1918 年首次开展了性病防治运动，以此呼应联邦政府为战争所做的相关努力。但该州的卫生官员没有可靠的数据，无从得知性病问题的规模，也不知道如何防治。不过，他们一开始就决定，治疗方案必须是任何社会卫生计划的主要组成部分。当联邦政府的支持变少甚至停止时，该计划变得更加艰巨。作为应对，亚拉巴马州卫生委员会将梅毒病患分成三组：（1）可以承担按服务收费医疗的自费患者，（2）无法承担医疗费用的患者，（3）可以负担部分治疗费用的患者。

---

① Thomas Parran, *Shadow on the Land: Syphilis* (New York, 1937), p. 83.

除了需要接受性教育外，第一组人并不被视为公共卫生意义上的问题。但第二组人是个严重隐忧，为帮助他们，公共卫生官员在大的人口中心地带安排了免费诊所，并且呼吁私人医生对较小的镇或乡村地区的贫困患者予以治疗。截至1930年，亚拉巴马州卫生局（独自或与市政府合作）开办了14间免费诊所，还向愿意收治贫困患者的私人医生捐赠了一些必要药物。①

为了满足那些可以负担部分医疗费用的患者的需求，州卫生局把愿意合作的诊所联成了网络，其中每间诊所的私人医生都由县医学会指派。截至1930年，大约有175位临床医师同意每周贡献数小时来诊所坐诊。州政府提供必要的药物、注射器、针头与其他设备，条件是医生对每位病患只能收取不超过2美元的费用。负责监督这些合作诊所的是县卫生局，亚拉巴马州卫生局并不插手。在1930年，该州67个县中的52个都设有专职卫生部门，理论上覆盖了85%的人口。在未设有卫生部门的15个县，临床医师则直接与州卫生局接洽。

这些诊所于1919年开始运作，两年内接诊超过6000名病患，截至1929年，其收治病患达上万人。然而，亚拉巴马州的社会卫生项目所提供的治疗，在需要医疗服务的病患中仅占一小部分。这些免费诊所开在城市地区，而该州绝大多数地方是乡村，州政府官员天真地以为乡村地区的私人医生在没有补偿的情况下也会医治一些贫困病患。此外，给医生权力决定哪些患者有能力支付医疗费用，造成了仅有少数患者被定为贫困病患。在贫困地区行医的医生常常根据病患的支付能力调整收费，而且通常会要求病患拿其他东西作为酬劳。

有些患者能支付部分医疗费用，但卫生官员高估了准许医生向他们收取的费用。卫生官员可能以为，2美元是能激励私人医生参与该项目的最低金额。这个费率仅是标准费率的40%。然而，即使降到这

① D. S. Gill, "How Alabama Meets her Social Hygiene Problems," *Journal of Social Hygiene* 16(1930): 530－31.

个数也让很多囊中羞涩者望而却步。大部分人，包含赤贫者，或可设法付个几回 2 美元的诊费，但梅毒治疗见效需要一年内就诊至少 20 次。参与亚拉巴马州治疗项目的患者，仅付临床医师的诊费这一项，一年的花费就可以轻轻松松超过 40 美元。因此，在亚拉巴马州这样一个手头长年没有现钱的佃农高度集中的州，梅毒治疗方案令很多人望尘莫及。

亚拉巴马州的治疗项目完全忽视了乡村地区的黑人。虽然在城里公共诊所接受免费治疗、在小镇私人医师那里低价就诊的患者中黑人占了很大比例，但在乡村腹地，即本州超过 72% 的人口居住的地方，仍是公共卫生工作的未知领域。在 1930 年举办的美国社会卫生协会南方各州会议上，亚拉巴马州卫生局疾病预防局局长 D. G. 吉尔医生表示对 12 年来该州社会卫生项目所取得的成就感到满意，但也痛快地承认："乡村地区黑人中的梅毒问题仍亟待解决。"①

给进行新型治疗的诊所的资金直到 1930 年代末才到位，但就在吉尔医生发言时，一个重要的试验项目正在亚拉巴马州进行测试。该试点治疗项目是由朱利叶斯·罗森沃尔德基金会与公共卫生部共同运作的。1929 年，该基金会要求公共卫生部协助其在南方黑人中开展卫生项目。一名将西尔斯·罗巴克公司经营成了邮购业务巨头的犹太移民为该基金会注资，使其成为在推动美国黑人福利方面起了重要作用的慈善组织。布克·T. 华盛顿把朱利叶斯·罗森沃尔德拉进了这项事业，该基金会渐渐因在南方为黑人办学校而闻名。1928 年，该基金会仿照洛克菲勒基金会进行重组，交由专业人士负责运营。基金会仍继续为黑人服务，开展如医学经济学、医学专业奖学金、图书馆服务、社会研究、普通教育以及种族关系等方面的项目。

作为重组计划的一部分，迈克尔·M. 戴维斯被指定为医疗服务

---

① D. S. Gill, "How Alabama Meets her Social Hygiene Problems," *Journal of Social Hygiene* 16 (1930): 532.

部门主任。在加入基金会之前，戴维斯是波士顿诊所（Boston Dispensary）——美国最古老、最知名的慈善医疗机构之一——的主管。他奋力创建了后来所称的社区医疗，还在医学经济学领域完成了开创性的工作。作为享誉全国的医疗改革者，戴维斯试图通过支付成本让医疗系统变得更有效率。他的首要目标是让无力支付医疗费的美国人也能享有适当的医疗服务。①

整个职业生涯期间，戴维斯都在对美国的慈善医疗背后的假设提出尖锐的问题。例如，传统观念认为慈善机构应该只服务于穷人，但戴维斯反着来，在波士顿诊所开设了多家夜间诊所治疗患性病的工人。诊所会付医生薪水，而不是像通常那样由志愿者无偿服务。病人每次象征性地支付 50 美分，用于维持其就诊诊所的运营。这类诊所大获成功，当 1928 年末戴维斯跳槽到罗森沃尔德时，他已经全国知名，成为在按服务收费的基础上开发私人医疗的替代模式的权威之一。

由于该基金会从未设立医疗部门，戴维斯在维护该基金会的特殊利益——改善种族关系并为黑人争取更多机会——方面便有了广泛的活动空间。没过几个月，他就为一些新项目制订了计划，其中包括争取公共卫生部的补助等。因为缺乏处理乡村地区黑人健康问题的经验，戴维斯认为与公共卫生部结盟非常关键。1929 年 4 月，戴维斯去见了休·S. 卡明医生（美国公共卫生部医务总监）。

戴维斯向卡明坦露的一堆想法确实雄心勃勃。今后，基金会计划鼓励雇用黑人护士成为社区医疗人员，实验性地雇用一定数量的黑人卫生检查员，培训黑人公共卫生人员，通过安排实习让黑人医生得到适当的培训，通过建立捐赠途径来增加黑人医院的设施，协助建设并辅助其后援及维护（着眼于发展可成为良好的教学医院的黑人机

① 关于戴维斯早期职业生涯的讨论，参见 Ralph E. Pomeroy, "Michael M. Davis and the Development of the Health Movement, 1900 - 1928," *Societas* 2 (Winter 1972): 27 - 41。

构），协助建立并维护不分种族的医院，支持旨在解决如何保障黑人医疗服务的相关研究，以及为参加公共卫生培训的黑人护士提供奖学金。

显然，这需要公共卫生部派出顾问加以协助。在戴维斯披露了该基金会已创立医疗部门的消息后，引来了州卫生官员的大量询问和建议。因此，这位顾问的主要职责就是审阅这些（和未来的）建议，并且为基金会的应对措施提供指导政策。

医务总监选派了塔利亚费罗·克拉克医生担任此职，这名来自南方的医生血统可追溯至弗吉尼亚殖民地。1895 年，28 岁的克拉克医生入职公共卫生部，其后在众多职位上任负责人直到 1933 年退休。他之前的工作范围涉及心理测试、公共卫生、热带医学及入境检疫。指派如此资深的官员，说明医务总监相当重视与该基金会的合作。

除了派出顾问外，卡明医生还试着引导该基金会对一个重要的新卫生项目产生兴趣。1929 年 7 月，他写信告知戴维斯，公共卫生部最近完成了一项瓦色尔曼试验，对象为密西西比州玻利瓦尔县“三角洲与松树土地公司”的 2000 多名黑人雇员。结果显示，将近四分之一的受试者患有梅毒。医务总监强调，这是关于梅毒在乡村黑人中盛行情况的少数几个相对准确的研究之一，此次调查让公共卫生部有机会展示治疗方案的效力如何。卡明医生预测：“如果能在这个群体身上运用适当的治疗方法，那么它应该能为其他梅毒高发地区及行业的类似项目提供有价值的参考。”①

卡明医生预计在“为这个群体提供适当的梅毒治疗”的一年里需要花费一万美元。他报称，种植园管理者同意支付其雇员一半的治疗费用。由于州卫生官员无法填补剩下的资金缺口，卡明医生请基金会予以支持。

---

① Cumming to Davis, July 19, 1929, Rosenwald Fund Papers, Fisk University Archives [RFP-FUA].

戴维斯对此颇有兴趣，但他坚称该项目要做出调整，以符合基金会的运营政策与社会目标。他告知卡明医生，基金会出的钱不能用于支付员工的薪资，这笔款项必须视为“种子资金”，而且这样的资金后续不一定会再拨，雇用黑人护士作为项目人员将会提高项目获批的可能性。换句话说，戴维斯伺机推动基金会的主要目标之一——鼓励受其资助者尽可能雇用黑人员工，以促进黑人融入这份职业之中。然而，这个项目对戴维斯的吸引力是如此之大，甚至在卡明医生回复前，他就取得朱利叶斯·罗森沃尔德本人的批准。①

负责密西西比州瓦色尔曼试验的是奥利弗·克拉伦斯·温格医生，他是阿肯色州温泉城公共卫生局性病诊所主任。温格医生对黑人的态度反映出了当时医学界正经历的变化。在不经意时，他会口出种族恶言，但他也会对医学界普遍忽视黑人的健康需求表示遗憾。错位的专业精神使得许多私人医生反对针对穷人的公共卫生项目，温格医生无法苟同，他相当巧妙地规避了他们的反对意见。对待穷人及未受教育的人时他一派家长式作风，但他在南方工作时似乎与来自底层阶级的病患相处融洽。确实，温格医生在公共卫生部的同僚普遍将其视为处理南方乡村黑人健康问题的专家，而且这些同僚也不是唯一如此评价的人。当纽约市的 E. L. 凯斯医生，美国社会卫生协会前主席，在某个星期六下午看到温格在十字路口的商店采集黑人的血样时，将此景比作“在市场上高举瓦色尔曼试验”。②

一得知基金会同意资助密西西比州的项目，温格医生马上向戴维斯补充说明了该示范项目的背景。温格医生解释道：“密西西比州的

---

① Davis to Cumming, July 31, 1929, RFP-FUA.

② 引自 Parran, *Shadow on the Land*, p. 161。1884 年，温格出生于密苏里州圣路易斯。1908 年毕业于圣路易斯大学医学院后，他在圣路易斯卫生部工作数年并担任诊断医生一职。随后参军，1912 年至 1915 年在菲律宾保安部队服役。他在第一次世界大战期间担任美国远征军卫生队上尉。在第二次世界大战期间继续服役，成为加勒比海防御司令部参谋部的联络官，并以此赢得了英王乔治六世颁发的个人勋章。

情况也许跟南方其他任何一个有色人种的公共卫生问题迄今仍被忽视的州没什么不同。”他补充说，直到最近才有一些白人种植园主开始意识到，“对社会经济生活与棉花生产来说，黑人的健康是最重要的影响因子之一”，而这一事实，“棉花种植园主直到黑人外流到北方工业中心，造成棉花产地的劳动力短缺后，才真正意识到”。①

温格医生透露，对梅毒的担忧是偶然事件。一开始是因为县卫生官员发现，“三角洲当地的许多医生宣称使用新胂凡纳明治疗糙皮病收效甚好”。然而，当医生发现“这种好转很大程度上是由于许多病患除了患有糙皮病外还患有梅毒”，误会很快就澄清了。温格医生注意到，公共卫生部加入该项目是为了查清“三角洲罹患梅毒的有色人种数量究竟有多少”。②

由于种植园主自己的私人医生的收费黑人无力负担，只能放弃治疗，种植园主转而求助于公共卫生部与慈善基金会。第一次世界大战刚结束不久，公众对于防治性病仍热情高涨，密西西比州也像全国其他地方一样加入了这股热潮，在州卫生局内组建了性病部门。温格医生称：“设立了数间诊所，但仅运行了相当短的一段时间，因为医学界有敌对情绪，认为这样做是在往国家公费医疗的路子上走。”这些诊所废弃后，州里发起了一场教育运动，主要是课程宣讲与分发相关手册，但这项运动并“没有触及种植园的黑人”，因为他们大多“不会读写”。③

接下来发生的事不难想象。“由于密西西比州的医生对州内公共事务具有政治影响力，所以免费诊所不会重启，”温格医生写道，“此外，虽然私人医生对这个群体，即所谓的穷人，进行了些许治疗，但是治疗费用远高于患者的支付能力。”温格医生以数据进行了说明：“医生通常每剂新胂凡纳明收 5 或 10 美元，并认为两三剂足

---

① Wenger to Davis, August 13, 1929, RFP-FUA.
② 同上。
③ 同上。

矣，因为这就是种植园主愿意为其雇员预先支付的全部费用只够这些。”结果不言自明，“患者并没有得到适当的治疗，很快就会再度感染，并且对疾病会造成的破坏毫无概念，继续将病传给他人”。①

温格医生指出，不充分的治疗会导致病患再次感染，而打破此循环的唯一办法就是“给不同地区的较大黑人群体做检查，并制定一些治疗方案；这不是寻求治愈，而是希望使更多梅毒患者（瓦色尔曼试验结果为 4 个加号）不具传染性”。就像当时的大多数医生一样，温格医生相信梅毒是有可能治愈的。然而，由于存在赤贫的患者，他必须区分什么是医疗上可行的方案，什么是经济上可行的方案。以“治愈”为目标的话成本实在太高。他所能希望达成的最好结果就是让染病的患者不具传染性。②

在罗森沃尔德基金会的资助下，温格医生有机会将密西西比州的梅毒调查项目改为治疗示范项目以测试他的理论。这项艰难的任务于 1929 年夏末启动，由于他的各项目标太过大胆，这份工作耗尽了温格医生的精力和脑力。他计划这年的治疗要给“每位病患 25 剂新胂凡纳明和 200 次分量的汞擦剂”。他的临时诊所条件极其简陋，而且他时常因为检查和治疗时间需要配合病患的工作日程而感到挫败。无法为病患做更多的事，也让他觉得沮丧。9 月，他向性病部主任托马斯·帕兰医生汇报称：“我们在这些病人中发现大量身体病变，但他们之中没人得到过适当的治疗。他们是文盲，所以很难消除他们对治疗的疑虑。”③

但这一切并不凄凉，因为温格医生仍保持着鲜活的幽默感，尽管都是拿他的病人调侃。当他谈到他手下一名医生遇到的一件事时，很明显既想在苦中作乐又放不下家长式作风：

---

① Wenger to Davis, August 13, 1929, RFP-FUA.

② 同上。

③ 同上；Wenger to Parran, September 4, 1929, RFP-FUA。

> 我们遇到了一些有趣的事，这些事表现出黑人对这项工作的孩子气的反应。两名黑人在图尼卡抽了血后，回来找布雷瓦德医生，向他抱怨说，血从静脉被抽走后，他们觉得身体虚弱并且性能力大不如前。布雷瓦德医生耐心地听了他们的诉说，表示若他们需要可将血还给他们。他调配一盎司的红色安慰剂，并建议他们服下了几汤匙。两名黑人都非常满意，并且说立刻感到身体好了很多。①

当密西西比州的治疗示范项目接近完成时，温格医生告诉帕兰医生应该召开一次会议，让南方的卫生官员讨论一下是否开展新的检查和治疗项目。帕兰医生接受了这个想法，决定让公共卫生部来领导这场抗击梅毒的全国运动。自 1926 年接掌该部门以来，帕兰医生一直在推动新的工作方向。他一改先前把重点放在性教育及梅毒预防上，转而将该部门的工作变为以健康调查、科学研究以及治疗示范为导向。他很高兴能有机会在南方黑人中进行梅毒控制示范。除了解决严重的健康问题外，该示范项目还可以成为领导和控制这场全国性的根除梅毒运动的跳板。②

帕兰医生协助规划和组建了密西西比州的梅毒控制示范项目，并且深入跟进。到了初秋，他对该项目的了解足以让他确信它是合理的，其他州也应该开展类似的示范项目。帕兰与克拉克医生在大量借鉴温格医生的现场报告及建议后，起草了一份提议扩大该项目的文件。1929 年 10 月初，克拉克医生将文件发给了戴维斯。

---

① Wenger to Davis, August 13; Wenger to Parran, September 4, 1929, RFP-FUA。

② 1892 年帕兰出生于马里兰州的圣伦纳德。他就读于马里兰州的圣约翰学院，1911 年毕业。1915 年取得乔治敦大学医学院学位。第一次世界大战期间，帕兰负责亚拉巴马州马斯尔肖尔斯市的卫生工作，随后领导了密苏里和伊利诺伊州的县级卫生项目。1917 年加入公共卫生部，并在 1926 年成为性病部领导。有关帕兰职业生涯的简要传记，参见"Editorials-Thomas Parran, M. D. (1892 - 1968)," *Journal of Public Health* 58 (April 1968): 615, 617。

在给罗森沃尔德基金会的这份提议中，克拉克与帕兰医生坦率地承认，私人医生与公共卫生官员没有证明他们“能有效控制国内的梅毒感染”。但参考了戴维斯早年在波士顿的梅毒诊所的工作，他们观察到，“通过正规诊所为城市中染病的人口提供治疗的方法已被充分证明是可行的”。控制梅毒的秘诀在于及早发现，一丝不苟地治疗，在他们看来，要做到这些，最好的办法就是“通过现有卫生机构来进行，因为这样成本较低并且能保证持久性”，正如他们所说：“只要政府还在，卫生机构就不会消失。”①

在研究地点的选择上，帕兰与克拉克医生提议“最好是在黑人人口众多的乡村地区采取控制活动”。而且，作为常规操作程序，帕兰与克拉克医生建议：“在任何一州循例采取的方案皆需与州卫生当局和公共卫生部达成一致；并且主要关注点应放在为染病的个体研究出更有效的医疗方式上，以此防止这些疾病的扩散并促进治愈方法的传播。”②

该项目的医疗服务旨在符合基金会的长期目标。这些示范项目将“对白人及有色人种私人医生进行性病治疗的方方面面的培训”，“更大范围地分发防治梅毒的药物，并促进州诊断实验室设施的更广泛使用”。此外，示范项目还承诺鼓励“雇用黑人临床医生及护士，以补充县卫生局的现有人员”，更表示要“与实业公司合作为雇员提供更有效的医疗服务”。该项目最终的医疗目标是“扩展现有的临床服务或新建其他的临床服务”，这对戴维斯来说必定特别有吸引力。③

简而言之，这项提议给了该基金会加入公共卫生部一项开创性计

---

① Memorandum enclosed in Parran to Davis, October 9, 1932, RFP-FUA.

② 同上。

③ 同上。事实上，戴维斯很难在提案中挑剔出任何反对的理由。考虑到戴维斯早先对密西西比计划持保留态度，帕兰和克拉克为该基金会量身定做了示范方案。他们强烈建议基金会“考虑是否应该公布合作政策，明确宣示基金会不会承担控制性病的责任，不论是面向普通人或任何群体”。他们认可这项任务属于“官方卫生机构的职能”。因此，他们建议基金会限制这一领域的范围，只保持在“通过对官方卫生机构的临时援助，发展和推广有效的措施”之上。

划的机会。正如克拉克医生后来所说的那样：“这是个还未被其他任何基金会抢占的领域。”南方早期的卫生运动都忽视了梅毒，尽管数十年来这个国家最好的医学期刊上刊登了各种推论，却没有关于南方黑人社群的梅毒发病率的可靠数据。私人医生早就明白这个问题十分严重，但他们大多因无计可施而感到绝望，宁愿私下交流治疗黑人病患的难处。因此，公共卫生部对该问题突然抛出的宣言似乎并不过分，对采取行动的紧急呼吁也并无不当之处。①

基金会批准了这项提议。1929 年 11 月，董事会投票同意在 1930 年资助 5 万美元，“用于与美国公共卫生部、州及地方当局合作在南方乡村进行的性病控制示范工作”。②

医务总监立刻将基金会的行动通知了南方各州的卫生官员，并请他们拿出提案。各地的响应令人满意。帕兰、克拉克及温格医生审阅了这些提案，并根据以下这些因素选择地点：地理环境的基础、黑人的人口密度和职业多样性、当地卫生部门的能力、与当地医生及其他有影响力领导人合作的可能性、预算、州和地方卫生部门愿意提供的专业人员数量等。但是数年后，当帕兰反思他们的考量时，他建议此种遴选应该选择本质上不同的地区，这样才能学习如何在不同环境下处理问题。所有提案都表达了对梅毒控制的关注，对开展这项研究的强烈渴望。③

公共卫生部向基金会推荐了 5 个新的项目地点。加入密西西比州

---

① Taliaferro Clark, *The Control of Syphilis in Southern Rural Areas* (Chicago, 1932), p. 6.

② Minutes of the Julius Rosenwald Fund Executive Committee meeting, December 18, 1929, Records of the USPHS Veneral Disease Division, Record Group 90, National Archives, Washington National Record Center, Suitland, Maryland (此后简称 NA-WNRC)。

③ Clark, *Control of Syphilis*, pp. 9 – 10; Parran, *Shadow on the Land*, pp. 163 – 64. 在宣布新计划时，卡明强调示范项目旨在：确定黑人代表性样本中的梅毒发病率；测试大规模治疗的可行性，并评估已接受治疗群体发病率受到的影响；确定是否有可能在南部地区的这些项目中聘用黑人员工；鼓励州议会和卫生部门任命性病控制部门官员；通过向选出的乡村医生提供梅毒诊断和治疗的进修课程，提高梅毒治疗质量。

斯科特县梅毒控制示范项目的新地区为：田纳西州蒂普顿县；佐治亚州格林县；亚拉巴马州梅肯县；北卡罗来纳州皮特县；弗吉尼亚州阿尔伯马尔县。这六处可视为一组，代表了黑人在南方乡村生活的普遍状况的切面。虽然每个示范地区都有自己的奇妙故事，但梅肯县的项目是迄今遇到的最大挑战。

第五章
“医生不想替乡巴佬看病”

整个20世纪里，梅肯县的经济都很萧条。梅肯县坐落于亚拉巴马州的中东部（在蒙哥马利的州议会大厦东边大约30公里处），全境650平方英里皆位于被称作“黑土带”的肥沃黑土区内。虽然近年来该县在降低对农业的依赖方面取得了一些进展，但其经济始终与棉花息息相关。佃农大多种植棉花，靠着耕种小块的土地勉力维生。1930年的人口普查报告显示，梅肯县的人口刚刚超过2.7万人，其中82%为黑人。

40年过去了，这些数字没有什么改变。到1970年时，该县人口跌破2.5万人，但人种构成几乎保持不变。梅肯县绝大部分地方仍是乡村地带，黑人与白人的比例仍为4∶1。此外，几乎一半的居民在1970年时仍生活在贫穷线以下；1/3居民的屋内没有安装自来水管线。

1930年代时梅肯县的情况更糟。大萧条使得该地区长久以来的经济困境更加恶化，导致乡村贫困水平到了令人震惊的程度。在塔斯基吉周边的偏僻地区，住房条件十分恶劣。典型的住宅是破败不堪的棚屋，地面是泥土，屋里没有纱窗，家具少得可怜，床上的被子就是几块破布，若附近没有灌木丛的话，才会盖个茅房。人们取水的井不仅浅，还没有加盖，往往完全无法避免受到地表直接排水的污染。

住在乡村棚屋的居民吃的是容易得糙皮病的食物。“我在梅肯县所见的黑人中，只有塔斯基吉学院的学生及附近退伍军人医院的病患不受饥饿之苦。”帕兰医生在1930年代早期造访当地后写道。梅肯县大多数黑人居民的标准日常饮食为咸猪肉、玉米粥、玉米面包以及糖蜜，但是红肉、新鲜蔬果或牛奶（即使是有婴儿的家庭）很少出现在他们的餐桌上。因此，这导致了慢性营养不良与一系列同饮食相关的疾病造成了严重的健康问题。①

就连温格医生这样经验丰富的医者都震惊不已。1931 年初他到梅肯县工作之后，写信向克拉克医生描述了一幅生动的贫困乡村画卷。该县一名年轻的黑人护士莎拉·弗里曼组织了一个学校项目，每天给学童提供至少一餐热食。该项目要求每位学童每天早上带些食材来放到炉子上的大锅里煮。然而，77 名学童中，只有 19 人能拿出些许食材供炖煮。虽然有 15 名青少年带了铁皮午餐盒来学校，但只有 2 人的装有少许碎肉。其他人的饭盒里“只有一片湿答答的玉米面包或几片饼干”。与学童谈话后，他发现，有几个孩子没吃早餐，有 2 个更是指望着当天学校发的食物充饥。那天早上幸运地用过早餐的学童“说早餐有面包和糖蜜，只有 5 人早餐有面包和牛奶，2 人吃了面包和肉，至少有十几名学生的早餐仅有青菜和饼干等”。②

大人的日子也不好过。温格医生说，县卫生官员告诉他，“有位老人食用了在田里捡到的一大堆生红薯后死亡”。温格医生自己也见过，“4 名哺乳期白人妇女仅靠玉米面包和红薯糊口”。所有这些情况使他不得不坦承：“我见过菲律宾水稻歉收后的情况，对来自中国的报道也有几分熟悉，但这是我第一次意识到当下美国南部在发生什么。”③

梅肯县一如全国其他大部分地区，地方救济机构对大萧条难以招架。帕兰医生以讽刺的口吻描述了公共救济措施的不足：

---

① Thomas Parran, *Shadow on the Land: Syphilis* (New York, 1937), p. 170.

② Clark to Davis, February 17, 1937, Records of the USPHS Venereal Disease Division, Record Group 90, National Archives, Washington National Record Center, Suitland, Maryland [hereafter NA-WNRC].

③ 同上。

> 1932年我在这个有3万人的县时，一名热心的社会工作者身兼县失学稽查、福利专员和儿童援助官等职，他说："我认为本县的扶贫工作做得很好。县里今年拨了300美元给我使用。然后，我也可以从教会团体那里得到一些衣服和东西，这帮了大忙。"①

即使塔斯基吉学院就在梅肯县，但贫困导致学校的儿童设施极为劣质，成人普遍目不识丁。年复一年，亚拉巴马州花在每位学生身上的教育费用都几乎排在全国末位，梅肯县的黑人教育排名在本州内也不靠前。在亚拉巴马州的67个县中，只有7个县的黑人儿童入学比例较低。对于黑人教育家霍勒斯·曼恩·邦德来说，很明显"这些说法……关于塔斯基吉对学校，以及通过学校对梅肯县黑人生活的影响，以他们目前的状况来看都很难说得过去"。②

现在回想起来，邦德的判断可能是准确的，但太过严厉，因为塔斯基吉学院并没有足够的财政资源包办该县的黑人教育。此外，学院在许多方面都出了力——例如，为黑人建了数十间小学。导致黑人教育困境的真正原因是亚拉巴马州的贫困，这使得该州的教育拨款远低于国家平均水平，还有种族歧视，这使得黑人被隔绝在质量低下的学校，每位学生得到的教育资源远少于白人学校的学生。种族隔离与不平等恰恰是亚拉巴马州的双轨式教育系统的写照。正如可以预料到的那样，不同的系统产生不同的结果。1932年梅肯县的成人文盲率，白人为23‰，黑人则为227‰。③

梅肯县为乡村黑人提供的医疗设备很简陋。美国退伍军人医院坐

---

① Parran, *Shadow on the Land*, p. 170.

② Horace Mann Bond, *Negro Education in Alabama: A Study in Cotton and Steel* (New York, 1939), p. 223.

③ 两个体系间最生动的差异体现在付给教师的薪资上。1932年，梅肯县白人教师的人均工资为每名学生34.21美元，相较而言，黑人教师是每名学生3.10美元。Horace Mann Bond, *The Education of the Negro in the American Social Order* (New York, 1934), p. 432。

落于塔斯基吉学院校园的边缘，是一座实行种族隔离但设备齐全的医院，包括22名医生在内的工作人员全部是黑人。不幸的是，该医院没有门诊。事实上，据1931年对梅肯县的医疗设施和人员进行过研究的一位受过专业训练的医学观察员克莱德·D. 弗罗斯特医生所说，退伍军人医院的工作人员几乎与整个社区毫无关系，还表现出“一种知识分子的孤傲和专业人士的疏离态度”。①

第一次世界大战前设立于塔斯基吉学院校园内的约翰·A. 安德鲁纪念医院，与社区的关系要密切一些。受雇于此的4名黑人医生的首要任务是服务于学院的学生、教职员工，但安德鲁纪念医院的门诊也向当地民众开放。弗罗斯特医生认为，学院与安德鲁医院的管理者“十分体恤当地或社区的需求”，但也指责该医院“至今没有实质性地以社区卫生中心的身份参与大型项目”。因此，在他看来，不论是退伍军人医院还是安德鲁医院，都没有为社区健康做出重大贡献。②

1930年代早期，有16名私人医生在梅肯县行医，其中只有1名是白人。塔斯基吉学院有5名医生，而在基金会实施梅毒控制项目的区域内另有5名医生——2人在肖特的小型社区内，3人在诺塔萨尔加及其周边。他们的医疗服务对乡村地区黑人的健康并无太大影响，他们中的绝大多数人从出生到死亡都与适当的医疗照顾无缘。1932年，一名年长的黑人居民坦言：“我这辈子只看过一次医生，大概是在15年前。”这个人根本无力负担医疗费用。“你知道的，医生不想替乡巴佬看病；如果你去看医生，最好口袋有钱，如果他上门看诊，你最好把钱准备好。所以你看，当一个可怜人需要看医生时，他却看不了。”③

---

① Frost Report, November 16, 1931, NA-WNRC.

② 同上。

③ Interview #138, Box 556, Charles Johnson Papers, Fisk University Archives [CJP-FUA]。约翰逊教授为写作《种植园的阴影》（芝加哥，1934年）进行了采访，这些片段依顺序编号后存于田纳西州纳什维尔菲斯克大学的查尔斯·约翰逊文集中。此处我保留了原始抄本的拼写和标点符号。

其他黑人居民也说过类似的故事。决定一个人能否去看医生的前提不是种族而是钱，因为白人医生照例会接诊付得起钱的黑人病患。一位认为自己得了黄疸病的患者说："我真的病得很重需要看医生，但我没办法。他们说除非我有钱看病，否则他们不会来。"治疗费包括按里程计的上门费以及检查费。"医生过来每英里要收 1 美元的上门费，这段路有 12 英里，"另一名该县的居民回忆说，并补充道，"有时候你就是没办法看医生，除非把钱先准备好，否则他们一定不会来。"①

这人说的是对的。那些平均每天收入往往不到 1 美元的人，无力负担适当的医疗。许多人只能退而求其次，用家里偏方或成药治病。正如一位可敬的女士所说："我没有花钱买药，只买了一服黑色药水。如果我有钱，我会去看医生。我已经老得快死了，恐怕再也没机会看医生了。"费用将她与她的邻居们挡在了现代医疗的大门之外，使得他们除了那些宝贵的"黑色药水"，只能自作主张用传统药物来治疗，比如蓖麻油、盐、甘汞和奎宁等。②

佃农总是希望地主能请医生来照顾他们。有些种植园主的确会如此做，但是许多园主负担不起自己佃农的医疗费用。此外，有些地主会请医生来给值钱的佃农看病，但拒绝为其他佃农这么做。梅肯县的一名佃农在谈到他的雇主时回忆说："如果你是个好工人，在你生病时，塞格里斯特先生会叫医生上门为你看病，或是送你去看医生。当然，如果你不干活，他不会管你死活。我相信，那个老家伙绝对会这么做。"③

---

① Interview #122, Box 556, CJP-FUA; Interview #*231*, Box 556, CJP-FUA.

② Interview #232, Box 556 CJP-FUA. 关于在梅肯县使用的家庭疗法的讨论，参见 Johnson, *Shadow of the Plantation*, pp. 192 – 96。关于深南部的微薄医疗资源使用的分析，参见 Julian Roebuck and Robert Quan, "Health-Care Practices in the American Deep South," in Roy Wallis and Peter Morley, eds., *Marginal Medicine* (New York, 1976)。

③ Interview #138, Box 556, CJP-FUA.

由于黑人只有在危急时才向医生求助，患上像梅毒这样的慢性病时他们也只会忍耐。治疗过程实在太过漫长，就算有少数患者被确诊，也很难坚持到治愈。州卫生部门承认梅毒项目没有惠及乡村黑人，而梅肯县甚至直到1928年才成立卫生部门。当地之所以组建卫生单位，仅仅是因为一名颇有势力的种植园主想知道自己的种植园雇的700名黑人中有多少得了梅毒。他注意到他的佃农的婴儿存活率下降，并将之归咎于梅毒。为了进行相关调查及实施治疗，才设立了卫生部门。但是，此举仅惠及数百人，这种疾病对公共卫生的威胁却牵连数千人。①

幸好有盟友，梅肯县卫生官员在医务总监卡明宣布梅毒控制项目时做出了热情的回应。1930年1月，州当局同意保荐梅肯县成为示范区，随即向公共卫生部提出了申请。克拉克医生与斯图尔特·格雷夫斯医生（亚拉巴马州卫生局代理卫生官员）在蒙哥马利见面，对提案进行了若干修改。1月末，格雷夫斯医生向医务总监提交了申请，想“在亚拉巴马州梅肯县某一区的7000至1万名黑人中实施梅毒控制示范项目。该区的黑人人口比例极高，约为白人人口的8倍”。②

州卫生官员选中梅肯县是出于几个原因。格雷夫斯医生透露，塔斯基吉学院为该项目背书，承诺“在项目开展时提供力所能及的帮助”。他还强调：“包括梅肯县卫生局全体成员和梅肯县卫生官员在内的当地医生，以及黑人劳工的几大雇主，皆认可该项目并予以积极配合。”最后，格雷夫斯医生向医务总监保证，“一个积极行动、组织良好的卫生部门和一个直接监督该项目的极为合格的县卫生官员”将令它事半功倍。当然，亚拉巴马州卫生局将直接负责该示范项目。③

---

① Frost Report, November 16, 1931, NA-WNRC.

② Graves to Cumming, January 27, 1930, NA-WNRC.

③ 同上。

这一计划需要进行初步的瓦色尔曼试验，然后是为期一年的治疗项目。格雷夫斯医生需要 7750 美元，他保证其中 3000 美元会用于雇用一名黑人医生及护士。雇用黑人专业人士负责实地工作的做法，符合罗森沃尔德基金会的其中一项工作宗旨，但是该州无法保证会支付一位州性病控制官员的工资，这明显违反了基金会的政策，即要求州政府至少支付部分重要工作人员的薪资。因此，亚拉巴马州对该项目的财政支持承诺，从一开始就令人怀疑。

尽管如此，克拉克医生仍强烈支持该提案。戴维斯一时间有点犹豫，但是最后决定赌一把，赌亚拉巴马州兑现自己该付的那部分钱。1930 年 2 月 12 日，基金会执行委员会同意向亚拉巴马州卫生局拨两笔款项，分别为 7750 美元和 2250 美元，第二笔“只有在州政府向那名州性病控制官员拨付同等数额的工资与开支的情况下，才能动用”。①

数周后，一组医务人员忙着在梅肯县采集血样。县卫生官员监管现场工作，并遵照基金会的种族政策，由一名黑人护士协助一名黑人医生进行血液检测。不久后，黑人与白人临床医生间的分工就打破了，他们一起采集血样提供治疗。温格医生常常陪他们一起加班，在这几个示范点中，他似乎对梅肯县青睐有加。

有社会影响力的白人的配合与支持极为重要。为此，卫生官员提醒那些有名望的种植园主，南方早年的公共卫生运动成功地击败了诸如伤寒、黄热病及糙皮病等疾病。他们再三强调，只要种植园主同意他们来此地开展工作，梅毒也是可以战胜的。

还得说服种植园主相信消灭其佃农所患的梅毒对他们是有利的。帕兰医生与温格医生都同意，最能打动种植园主的做法就是诉诸经济利益。正如帕兰医生后来解释的：

① Clark to Davis, January 28, 1930, NA-WNRC; Davis to Clark, January 31, 1930, NA-WNRC; Minutes of the Rosenwald Fund Executive Committee, February 12, 1930, pp. 243 – 44, NA-WNRC.

> 我知道大部分种植园主都是好人，无论我们选择做什么来提升他们种植园里黑人的福利和幸福，他们都会表示赞同并祝福。但是如果我们期待他们为此做点什么，就必须说服他们相信一个健康的农夫会比一个生病的农夫带来更多利润。①

这一说法很有说服力。示范区的计划通常立刻得到批准，种植园主命令自己的佃户参加的情况也不罕见。一名园主对他的工头下令：

> 告诉那些黑鬼，医生今晚会在波索姆山谷学校看诊。他手上有政府给的治疗血液病的药。很多黑鬼都有血液病，病恹恹的，不中用，又懒；但这也许不是他们的错。医生会查清楚的。

种植园主在没有向工人解释的情况下就允许他们对工人进行检查的情形并不少见，更别说事先征得工人的同意了。在听了几位卫生官员的说教后，一名种植园主答道："好的，医生，去做吧。我这儿大约有 40 个种棉花的。你可以在这里检查他们吗？需要多长时间？"②

梅肯县的黑人不但服从命令，而且也很愿意配合这个项目。知名黑人社会学家、费斯克大学校长查尔斯·约翰逊 1934 年出版了他关于深南部黑人的经典著作《种植园的阴影》，书中探讨了黑人热切希望参与其中的一些原因。此书受罗森沃尔德基金会的委托所作，因为戴维斯希望有社会学者分析这些参与梅毒控制示范项目的黑人。1932 年，约翰逊与其助手在梅肯县采访了超过 600 户黑人家庭。整个问卷包含一般的医疗保健问题和特别设定的梅毒控制示范项目问题，他还特地询问了面谈对象为何会予以配合。他们的回答让约翰逊断言：

---

① Parran, *Shadow on the Land*, pp. 166.
② 同上，p. 167，两则引言皆出自此处。

“长期形成的依赖和服从权威的命令——不论这些是不是强制性的——的习惯，或可解释为何他们不会质疑叫他们去做检查和治疗的话。”①

基金会派了一名叫弗罗斯特的黑人医生来视察梅肯县的梅毒控制示范项目，他也得出大致相同的结论。弗罗斯特在提及该项目的病患时写道：“作为一个群体，他们分外善良，尽管不是有意制造这种印象，但也许暗示官方与此有关对他们来说是种诱因。”但正如他敏锐觉察到的，在这样一个经历数代白人统治后黑人已习惯听从命令的社区，无需动用官方权威。他们对权威人士根深蒂固的敬畏，再加上他们渴望得到医疗照顾，使他们自愿成为受试者。弗罗斯特解释道：“当地政府的指令畅行无阻，在县卫生官员与州卫生部门提议进行治疗时，乡下与当地的民众只需一丁点鼓励就接受了药物，不论是什么药。”②

弗罗斯特医生将之视为对权威人士的尊重，帕兰医生则认为这是对好心的朋友的信任。他解释道，黑人配合该项目是因为他们相信操办项目的每个人。他毫不迟疑地断言：

> 确实，在南方，总的来说黑人本能地信任白人，除非遭受过不堪的对待，那就有理由怀疑。他们信任医生——这归功于我们南方许多乡村医生的好品格。他们信任政府，因为……他们相信政府是他们的朋友，试图帮助他们。“政府的医生”因此有了一张通行证。如果医生待人公正，考虑周到，得到他们的配合并不是太困难。③

弗罗斯特医生还谈了在黑人社区如何让权威人士派上用场。首

① Johnson, *Shadow of the Plantation*, p. 202.
② Frost Report, November 16, 1931, NA-WNRC.
③ Parran, *Shadow on the Land*, pp. 164 – 65.

先，卫生官员赢得当地领袖的支持，然后，利用校舍和教堂作为临时诊所，且让学校教师和牧师作为“先遣人员”，散布“政府医生”到来的时间及地点等信息。正如他所观察到的：“利用学校与教堂作为治疗地点，也许隐含着一种官方许可。”就近提供治疗是另一个鼓励人们参加的原因。弗罗斯特医生得出结论，毫无疑问，许多人配合是因为他们可以“聚一下，有半天不用到田里干活”。①

老年人是特别重要的资源。卫生官员原本不想医治他们，因为他们很少具有传染性，并且很难扛住带有毒性的疗法。私人医生可以根据具体情况单独制定治疗方案，但公共卫生治疗是按年龄组进行的。因此，公共卫生部警告现场的临床医生：

> 谨记：这不是在治疗瓦色尔曼试验呈 4 个加号的老年病患，而是在治疗那些肾脏、肝脏和心血管系统已经 50 岁或以上的男男女女。瓦色尔曼试验呈 4 个加号只是他们人生中的小插曲。把他们当年轻病患医治，只会给临床医生及病患家属带来麻烦。

尽管伴随着种种困难，温格医生仍主张医治。“对于患有‘风湿病’的老年梅毒病患，给他无痛汞擦剂，在他感到好转后，会带全家人来治病。别忘了，他们会听自己祖父的话。”②

治疗的方式也影响着配合度。胂凡纳明需通过静脉注射给药，但汞剂可以由肌肉注射或涂抹给药——经皮肤吸收。“早就决定……，”帕兰医生写道，“不能在病患臀部肌肉处注射铋或汞剂。除非医生操作特别仔细，否则可能导致产生疼痛的肿块，诊所有过此种案例，黑人特别不喜。”③

① Frost Report, November 16, 1931, NA-WNRC.

② Taliaferro Clark, *The Control of Syphilis in Southern Rural Areas* (Chicago, 1932), p. 64; Parran, *Shadow on the Land*, pp. 164 – 65.

③ Parran, *Shadow on the Land*, pp. 167 – 68.

在此情况下，只剩涂抹这一选择，但是卫生官员没有时间操作。帕兰医生记得传言说，古时水手聚在甲板上，在凳子上围坐成一圈，赤裸上身为彼此背上涂抹汞剂。考虑到这个例子，他写道：

能否在此使用同样的方式？让他们到教堂集合，围坐一圈，请牧师带领他们唱灵歌，跟着节拍在各人背后上下左右涂抹汞剂。此法试过了，但成效不明显；有人说，牧师认为部分原因在于他们涂抹得不够用力。①

最终采用的方法是使用软膏和帆布带，“这是真的，是医生给的，”帕兰医生轻笑道，“医生的话带有白人的魔法，能赋予他们健康和力量。”医生嘱咐每个病患每天早上一起床就立即在腹部涂抹医生开的汞软膏，并在患处裹上特制的腰带。一天下来，身体动作带来的肌肉扩张与收缩让汞软膏吸收了进去。帕兰医生回想了一下，给病患的医嘱是这样的：

把这份药膏拿走，分成6份。每天早上，就像这样抹一份到腰带上。把腰带在你腰上缠紧；第七天洗个澡，要从头到脚洗干净，然后回诊。别忘了医嘱，从今天算起一周后，你会觉得自己跟骡子一样壮。②

从项目一开始，帕兰医生和其他人就对跟“一辈子没被医生治疗过”的人一起工作所带来的问题感到苦恼。临床医生甚至不确定如何在“一帮连梅毒这个词都不知道的人当中开始干活”。他们决定

---

① Parran, *Shadow on the Land*, p. 168.

② 同上。在红十字会地方分会志愿者的协助下，以有限的预算完成了这些特殊设计的腰带，以每条仅几美分的成本制作了数百条腰带。

放弃教病患这个病的正确医学术语，转而以南方乡村黑人的惯用语代之。[1]

公共卫生官员宣布，他们是来检查人们是否得了“脏血”的。无疑，他们用这个词是出于好意。提到“脏血”时，卫生官员一定认为自己是在说乡村黑人的土话。然而，某些用语具有通用性。在乡村黑人中，“脏血”的含义因人而异，通常指代不止一种病。“脏血”是一个统称，代表许多不同的病痛。

罗森沃尔德基金会雇用黑人医生 H. L. 哈里斯二世为评估这个梅毒控制示范项目，他在去过梅肯县后报告称：

> 人们完全不了解自己正在接受治疗的是什么病，若提交的报告显示某人的血液有问题，那他就必须去指定的中心报到接受治疗，若检查下来显示某人的血液没问题，那他就无需接受治疗。

哈里斯医生直言，这种做法造成了相当程度的混乱，因为“有些人虽然收到报告显示他们的血液没问题，但坚称自己感到不舒服”。他举了一名咬定自己身体不适的男子的例子。仔细检查后，发现此人患了崩蚀性溃疡和最令人痛苦的多发性瘘管，更别提还有个长了 30 年的囊肿，另外一个例子里的人肺结核已经中晚期。[2]

因为卫生官员没有向参与者解释清楚该项目内容，梅肯县冒出了一堆困惑而沮丧的人，约翰逊教授的采访团队一遍遍地听着相似的抱怨。一名老妇因为“政府医生”没有给她的孙子“打几针”而十分不满。当采访者问她为何她认为孙子需要打针时，她回答：“他看起来太瘦了。”另一名老者的太太身体不佳，他不能接受她的血液没有问题的说法：“说到诊所打的那些针，我一直不明白为什么不能给艾

① Parran, *Shadow on the Land*, p. 163.
② Harris to Davis, May 13, 1930, NA-WNRC.

伦（他的妻子）打。她病成那样，他们还来说她的血没问题，我比他们更了解情况。”第三位参与者抱怨道：“我和我妻子去了校舍让他们抽了血，然后他们说血是好的，但是我不明白为什么我们总是感觉到处疼。”人们明显相信“脏血”可对应多种疾病，还有一名参与者说：“我应该得了脏血，因为我之前得过（糙皮病）。”①

卫生官员没有理会这种误解。帕兰、温格和克拉克医生将梅毒与“脏血”这两个词混着用，从不考虑后者对他们的黑人病患有多重含义。事实上，这种做法在整个医学界很普遍。基金会的一名黑人医生也落入了同一陷阱。弗罗斯特医生写道：“正如我们在这个乡村地区发现的，黑人不会将梅毒与道德或社会污名联系起来，对他们来说，得了‘脏血’是预料中的事。”②

约翰逊教授在《种植园的阴影》中分析了这种表达的意涵。“在受访的全部 612 户家庭中，似乎没有人将梅毒与性行为联系起来，”约翰逊写道，“实际上，得了‘脏血’并不会带来污名，人们提起它就跟说起‘心脏病’或‘牙病’一样。”他回忆了一下，只有一名受访者认为“脏血”是先天的：“我知道因为我妈有淋巴结核，所以我一出生就得了‘脏血’。”他还提到，只有一名得了“脏血”的受访者意识到此病可能会传染——这名妇女手臂与胸部长了很多疮，正要给孩子喂奶，她抱怨道：“这些疖子痛得要命，胸口里面都痛。”在医生用硫与凡士林治疗她的疮之后，她说得给婴儿断奶，“这样疖子就不会传染给宝宝了”。③

约翰逊教授发现很多病症都叫“脏血”。他写道：“因此，人们寄希望于对脏血的治疗也能治愈头痛、消化不良、糙皮病、不育症、各种疮和一般的体弱。”也许最能说明对该项目这方面完全误解的例

① Interview #222, Box 556, CJP-FUA; Interview #178, Box 556, CJP-FUA; Johnson, *Shadow of the plantation*, pp. 202, 203.

② Frost to Clark, November 16, 1931, NA-WNRC.

③ Johnson, *Shadow of the plantation*, pp. 201, 202, 196.

子，是一位妇女以为此种治疗会让女人怀孕。“我从没见过像今年一样，有这么多女人怀孕，是打针让她们有了孩子。”她惊奇地说。她认识的很多妇女“已结婚多年，然而今年全都大肚子了”。她就是想不明白为什么会这样。“你觉得打针会让人怀孕吗”她这样问采访者，“我不想再要孩子了，如果真是这样的话，我宁愿得脏血。”①

这只能说，在黑人社区，“脏血”这个词就像一张网，什么都能往里装。由于“脏血”这个标签能括尽各式各样的病痛，从鼓励人们过来做检查的角度看，这是好事。梅肯县黑人的健康状况太差，以至于差不多每个人都有点什么病。他们将大部分病痛都归因于得了“脏血”。

无怪乎人们成群结队地来做检查和治疗。照梅肯县的黑人听到的消息，他们以为不论身体有何种不适，都能查出来治好。他们没有理由对参加这个项目感到羞愧。然而，基金会雇的年轻黑人医生哈里斯在给戴维斯写信时，提出了一个尖锐的问题：

> 如果用别的术语——一个会把梅毒跟病患所知不同恶疾的当地叫法区分开来的术语——来替代脏血这个称谓，看看其对诊所就诊量的影响，将是个有趣的事。黑人大量到诊所在一定程度上是因为在这些人的心目中，没有任何迹象表明得了梅毒有什么不体面的。②

哈里斯医生在质疑医生使用委婉的说法来形容疾病时本应更尖锐些。除了病人的知情权这种原则问题外，这么做还涉及隐瞒信息，而这些信息对于实现该项目的最终目标，即控制梅肯县的梅毒，极为重要。若没人告诉病患他们得的是一种特殊的、可确定的疾病，没人告

① Johnson, *Shadow of the plantation*, pp. 202, 203.

② Harris's Memo to Davis, September 22, 1930, Rosenwald Fund Papers, Fisk University Archives.

诉他们这病是传染的，没人告诉他们这病通过性交传播，没人告诉他们先天性梅毒的病菌是经由母亲的胎盘传给胎儿的，那还怎么在这群人中控制梅毒的传播呢？

由于卫生官员对这个项目的期待有限，所以无人在意这些问题。他们将它视为一项开创性的公共卫生工作，首要目标是向州、地方卫生官员以及私人医生证明，他们可以给乡村黑人做梅毒检查与治疗。公共卫生部的官员和基金会人员显然认定，在他们按部就班的实施过程中没空为受教育程度低的黑人开展社会卫生工作，或教他们梅毒预防知识。医生只想继续手头上的工作。

梅肯县梅毒控制项目的调查结果令人吃惊；确实，没有人料到数字会如此之高。根据一项（1926 年开始）对美国各地约 25 个社区的持续调查，公共卫生部表示“处于观察或治疗之下”的病患的梅毒发病率为 4.05‰，白人的发病率为 4‰，黑人的发病率为 7.2‰。这些数据显示黑人的感染率是白人的近 2 倍多，但梅毒控制示范区揭示的统计数字更令人担忧。在 6 个县里梅毒的平均发病率是 195‰。梅肯县的数据是其中最高的，达到了令人震惊的 36%，而自吹其患病率最低的弗吉尼亚州阿尔伯马尔县为 7%高一点。①

梅肯县的感染率恐怕会加深人们的印象，即梅毒是黑人特有的疾病。戴维斯担心，只在黑人中实施梅毒控制工作，也许会让此病带上种族意涵。3 月底，他向克拉克医生坦陈他已“对我们的性病示范控制……思考良多”，并强调他想提“一个一般性问题，特别是它在种族层面的影响”。戴维斯表达了基金会对种族关系的关注并警告道：“这势必将造成一种危险的印象，即梅毒在南方是黑人的问题，而不是两个种族都有的问题。”他尤其感到不安的是，这种“非常不当的强调”可能会“激起黑人群体的怨恨，不论是北方还是南方，只要

① Clark, *Control of Syphilis*, p. 27. 其余示范区的数字按降序排列如下：佐治亚州格林县 26.9%；田纳西州蒂普顿县 25.9%；密西西比州玻利瓦尔县 23.6%；北卡罗来纳州皮特县则为 11.8%。同上，p. 28。

是黑人人口比例大的社区”。①

克拉克医生的回应很谨慎并且语带安抚，因为他知道基金会不会长期支持一个有可能损害美国黑人形象的项目。克拉克医生承认他不能保证北方的黑人会如何反应，但他大胆地表示“其中大部分黑人都不会作他想”。不过，他确定南方黑人是支持该项目的。事实上，他唯一的遗憾是白人没有一道参与。“这项工作仅面向黑人，它事关合作，无关歧视。”他如此解释。②

克拉克医生回应戴维斯的语气是礼貌且恰当的，但是当他对一位朋友描述整件事时，却指称戴维斯“一定是受了某位极有种族意识的人的影响”才会忧心此事。然而，至少有一位参加治疗项目的病患与戴维斯有同感，他问约翰逊手下的采访者：“如果你们要找生病的人，为何不从所有人里找？白人跟我们一样会生病。”③

克拉克医生否认此病在黑人中如此盛行是因为“这个种族天生的易感性”，称这些差别可以用“他们各自的社会与经济地位不同”来解释。对于6个示范区之间存在的显著差异，他也持同样的观点，称“除了社会和经济因素外，很难以其他理由来解释这些差异”。④

将弗吉尼亚州阿尔伯马尔县与亚拉巴马州梅肯县的数据对比，可以完美地诠释他的观点。在阿尔伯马尔县，卫生官员发现这里的黑人是他们在南方见过最富有、最健康、受教育程度最高的。这个示范区以夏洛茨维尔为中心，因为弗吉尼亚大学是该地区最大的雇主，使得

---

① Davis to Clark, March 28, 1930, NA-WNRC. 1930年3月初（在梅肯县开始实施该项目数星期后），医务总监任命克拉克医生领导公共卫生部性病部。（在帕兰去了纽约州公共卫生委员会后，该职位就空了出来。）在告知戴维斯这一人事任命时，克拉克医生写道：“不言自明，这件事不应对我与基金会的关系产生任何干扰。”(Clark to Davis, March 11, 1930, NA-WNRC) 因此，克拉克不仅是性病部主任，也是基金会黑人健康问题首席医疗顾问，这让戴维斯有理由要求克拉克去处理其担忧的项目后遗症。

② Clark to Davis, March 31, 1930, NA-WNRC.

③ Clark to Wall, March 31, 1930, NA-WNRC; Interview #200, Box 556, CJP-FUA.

④ Clark, *Control of Syphilis*, pp. 53, 28.

镇上居民免受了大萧条的最恶劣影响。这所大学的医学院长期开设性病诊所，不分日夜地向白人和黑人开放。付得起诊费的病患，只需支付很小一笔治疗费；无力支付的，可以免费治疗。①

相比之下，梅肯县的黑人一直生活贫困，大萧条令其雪上加霜。他们极少进入医疗场所，因为“整个县都没有对他们开放的公共医院或诊疗中心”。从实际情况来看，这意味着梅毒患者很少受到治疗，就算他们治了，也鲜有人能坚持到产生疗效。克拉克医生透露：“在收治的全部1400个病例中，只有33个之前接受过治疗，即每人只平均注射过4.5剂新胂凡纳明。”此外，梅毒已经成为此地特有的流行病，失去了性病的特征：参与梅肯县项目的62%的病人患有先天性梅毒。温格医生私下里告诉克拉克医生，他知道“在菲律宾和中国的一些地方，向异教徒提供的医疗都比亚拉巴马州的好，即便此地有所谓的‘黑人哈佛大学’——塔斯基吉学院”。②

公共卫生部生怕梅肯县的梅毒患病率可能会让人怀疑塔斯基吉学院是否真像其所声称的那样能为当地带来有益的影响，以致其陷入难堪的境地。1930年5月初，温格医生由米勒医生（负责示范项目的县卫生官员）陪同，拜访了塔斯基吉学院校长罗伯特·R. 莫顿，解释项目的进展情况，还特地提醒对方注意已发现的惊人的梅毒发病率。温格医生在写给克拉克医生的信里提到了后续情形：“在告知我们的研究成果后，我问莫顿博士对我们的工作有何想法，而他平静地表示，他很惊讶数字居然只有36%而不是50%。”③

莫顿博士只提了一点要求：该研究的报告仅限在医学期刊上发表，以免影响黑人获得工作的机会。他非但没有反对该项目，反而提议扩大范围，并表示“这些信息若使用得当，也许能让国家资助我们更多款项在全州开展该项目”。温格医生向莫顿保证，公共卫生部

① Clark, *Control of Syphilis*, pp. 21 - 23, 29.

② 同上, p. 29, 35; and Wenger to Clark, May 17, 1930, NA-WNRC。

③ Wenger to Clark, May 17, 1930, NA-WNRC.

绝不会允许公开这些信息，而且医疗团体使用时也会极其谨慎。温格医生相信种族问题已有所缓和，并解释道："当我们离开时，我要求他对我们坦陈是否听到过任何谣传，还希望他给我们一些建议，那样我们就不会在无意中让他的学校难堪。他真心诚意地答应会照我们的要求做，并坚称他必将给予我们合作与支持。"①

这份谅解从未食言。当克拉克医生后来就罗森沃尔德基金会的梅毒控制示范项目发表文章时，此文只限于医学界人士之间流传。克拉克医生掩盖不了公共卫生部知道梅肯县的黑人生活在无知、贫困与疾病之中，但他特地赞扬了塔斯基吉学院，称其为"这个国家黑人文化的卓越典范之一"。同样，1934 年返回公共卫生部担任医务总监的托马斯·帕兰医生，在数年后出版的《大地上的阴影：梅毒》(*Shadow on the Land*：*Syphilis*) 一书用一整章的篇幅介绍了基金会的示范项目，但总的来说没有批评黑人，也没有点名批评塔斯基吉学院。他将在乡村黑人中的梅毒高发病率归咎于社会和经济因素，并且不遗余力地强调，"尽管有塔斯基吉学院的正面影响"，但是梅肯县仍处于"原始发展水平"。②

由此，公共卫生部成功地让罗森沃尔德基金会和塔斯基吉学院相信梅毒控制示范项目并不会被用来损害美国黑人的形象。不过，在示范项目的最后几个月里，他们未能成功说服基金会进一步开展工作，以打破梅肯县的贫病循环。

---

① Wenger to Clark, May 17, 1930, NA-WNRC.

② Clark, *Control of Syphilis*, p. 17; Parran, *Shadow on the Land*, p. 169.

第六章
“给霍屯督人买耳罩”

罗森沃尔德基金会对梅肯县的梅毒控制示范项目看得非常紧。作为一项开创性的卫生实验，该项目受到了基金会雇用的数名医学观察员特别严格的审查，他们几次造访当地，实地调查、报告医疗情况。第一位观察员是黑人医生 H. L. 哈里斯二世，他数次前往梅肯县，其后续向基金会提交的报告引发了一些难解的问题。

1930 年 5 月，哈里斯医生第一次拜访梅肯县时由温格和吉尔医生陪同，他只停留了短短数日。哈里斯医生不是在南方长大，那里的黑人的生活条件让他感到震撼，因此在给戴维斯的报告里他不由得多次表达了他的难以置信。事实证明，他很有见地。

哈里斯医生的报告指出，是不完善的规划导致了这些问题。他们一开始想要挨家挨户地采集血样，但是后来放弃这个方法，转而公布了一个会面地点并邀请当地居民集合到此做检查，因此，最初几周的宝贵时间就这样浪费了。尽管改变了做法，仍令人怀疑该项目能否覆盖到所有需要的人，“因为……医生只在附近有公路的地方活动”。哈里斯医生担心样本采集地点分布不均可能会使研究结果出现偏差。不过，他承认温格医生的判断也许是对的，后者断言任何地区，只要有 36%的人口查出患有梅毒，都“代表有麻烦了，不论这些接受检查的人是不是真能代表全体人口的实际情况”。哈里斯医生描绘了温格医生的务实态度，写道：“他仍相信，不论采取何种方法来解决问题，都好过不作为。”[①]

虽然哈里斯医生对这个观点深有同感，但是紧张的日程安排与简陋的诊疗条件让他心神不安。他的报告提到，每天早上 9 点他们准时开诊，直到下午 5 点才能下班，连吃午餐的时间都没有。接连几个月，医生及其助理“一成不变地工作着，承受着极大的压力”，这使得他们很有可能无法“在这种紧张状态下继续坚持太久”。他视察的诊所位于一所黑人学校的建筑里，那里只能用露营的汽油炉消毒医疗设备。“一栋小楼房里挤了 200 到 300 名成年男女及儿童，”他断言，“在这样的环境里，不可能完成令人满意的体检。”[②]

医务人员劳累过度、工作环境简陋以及没有进行彻底的体检，这些情况加在一起很有可能使得治疗无法顺利进行。温格医生承认，撒尔佛散对有些人产生了副作用，并认为这是产品的生产缺陷所致，但哈里斯医生想弄清楚“暴露在空气或是可能的蒸馏水污染中”是否才是罪魁祸首。他补充道，撒尔佛散的给药条件也容易出现气栓、手臂感染、组织外渗（从静脉向周围组织渗出）等问题，或者说，事实上任何常见的意外都可能发生。哈里斯医生也质疑，在梅肯县的现有条件下，让病患使用汞和腰带进行治疗是否适合？高温会将汞剂融化，这让人极度怀疑“到了病患家中，汞剂数量有没有 5%或 10%？”。[③]

约翰逊团队采访的病患证实了哈里斯医生的观察。见过诊所分发药片的一名老年病患回想起了那个有点混乱的场面：“他们就是把药丢到人群中，不告诉人们怎么服，什么都没有说。有人问怎么服，他就大喊，‘一天三次配一点水，’然后就没了。”另一名病患疾言批评“政府医生”查房时对他态度不好，更别提医生的能力了。“医生把我胳臂放下来的样子就像是在掏猪内脏，”这人抱怨道，“我告诉他

① Harris's Memo to Davis, May 13, 1930, Records of the USPHS Venereal Disease Division, Record Group 90, National Archives, Washington National Record Center, Suitland, Maryland [hereafter NA-WNRC].

② 同上。

③ 同上。

他弄疼我了……他对着我说‘我是医生’。我说好吧，但这是我的胳臂。”①

总体而言，哈里斯医生的评论很中肯。“某种程度上示范项目引起了县、州及联邦当局对落后的黑人社区健康问题的重视，”他写道，“这些努力是非常值得的。”但当说到“在现有条件下是否有治愈病人的可能性”时，哈里斯认为该项目的成功机会“渺茫”。虽然为“人们参与实验的兴趣与热情”所惊讶，但哈里斯医生离开梅肯县时仍对“手头的力量与问题的严重程度之间完全不成比例”忧心不已。②

哈里斯医生的评估结果让温格医生坐立不安。温格医生试图反驳，称这是“一名优秀的观察员的诚实报告，其对观察的主题一无所知，对一群于他来说陌生得像外国人一样的同胞也就那么远远看了几个小时。”他认可哈里斯医生对梅肯县条件的描述，并同意那里的黑人需要“更多的医疗服务，不仅治疗性病，还有其他病症”。不过，该报告的语气使得温格医生宣称：“对哈里斯医生来说，这些黑人是全然陌生的，就像是从火星来的。”③

对于该项目在梅肯县没有找对人群的推测，温格医生感到特别心烦意乱。住在交通不便的地方的人坐着马车或骑着骡子来接受治疗，这让诊所对居住在偏远地区的人们有了很好的了解。“如果我们像哈里斯医生暗示的那样，没有找对染病群体，”温格医生气得吹胡子瞪眼道，“那么我们不如现在就别干了，劝罗森沃尔德先生把钱拿去给霍屯督人④买耳罩，这样他的钱还花得值些。”⑤

对于工作时长以及患者管理方式的批评，温格医生不太赞同。

---

① Interview #494, Box 556, Charles Johnson Papers, Fisk University Archives [hereafter CJP-FUA]; Interview #271, Box 556, CJP-FUA.

② Harris's Memo to Davis, May 13, 1930, NA-WNRC.

③ Wenger to Clark, May 17, 1930, NA-WNRC.

④ Hottentots，为非洲西南部的本土人种。——译者

⑤ 同③。

"关于我们的工作时长，"他傲慢地吼道，"一个不知道怎么在这些无知、愚蠢的黑人中做实地工作的人，居然担心午餐问题。"再者，哈里斯医生对诊所的评估就算不是全错，也是不成熟的，因为他所观察的病人以前从未看过医生。"人们当然像羊群一样挤在一起，"温格医生写道，"大叔和大婶们问了100万个没必要的问题或诸如此类的事，但一周后，我们在同样的地点还要面对同样的病人。"他夸口道："我们的记录显示，我们给了157剂次新胂凡纳明，检查了28个新病例，做了66份瓦色尔曼试验，给了其他药剂68份……一天共计治疗了316位病患，并在下午2点前全部完成。"温格医生对于会有"职员过劳死"的想法嗤之以鼻，他解释道："一旦获得一点额外的帮助，诊所就能腾出手来劝说那些大爷和大妈要么待在家里，要么去树下嚼鼻烟，那么我们就有更多时间照顾有需求的病患。"①

对于哈里斯医生说临床医生在新胂凡纳明给药方面弄得一团糟，温格医生断然驳斥，他说"注射会造成空气栓塞的误解"很久以前就已澄清，感染也极为罕见，他不曾亲眼见过或读过任何相关文献。他承认曾发现9例组织外渗，其中大部分皆是他负责的，但考虑到注射过2000多次，他坚称这样的数据不是很糟。此外，他否认这些案例中有患者的状况严重到手臂动不了，并补充说："到目前为止，我们碰见的副作用都很轻微，而且每一起都是因为病患不顾劝告吃了太多的早餐。我们这里没有任何因为药物或其他原因发生副作用的情况。"②

哈里斯医生对于分发汞剂的意见，是不能随随便便打发的。高温之所以会融化汞剂，温格医生解释说，"是因为黑人把汞剂包在手帕中或是放在口袋里，然后坐在一起闲聊"。但是，说"到家只剩5%

① Hottentots，为非洲西南部的本土人种。——译者

② 同前页注③总体而言，关于周边条件对治疗安全所产生的影响，哈里斯的评估更加精确。空气栓塞确实是个风险；患者无一出现副作用的可能性小之又小。佛蒙特大学医学院的威廉·A. 蒂斯代尔医生对我讲述了他对此主题的看法，我在此向他表示感谢。

或10%”，完全是夸大其词，他继续说道，“因为当我发现这事的时候，我心平气和地走到人群中，指导他们马上把汞剂涂抹在皮肤上。”温格医生没有评论这是不是一种特别理想的治疗方式，他只是总结说：“药剂的浪费很少——病患只是一次用完了一周的剂量。”①

温格医生坚持在结果出炉之前应该暂缓对示范项目做盖棺定论。他对克拉克医生说，如果有足够的时间及金钱，“我们有把握说服任何了解目前情况的讲理的人以及我们正在收治的人相信，我们这项梅毒控制计划是切实可行的。”②

哈里斯医生于1930年秋天去进行了第二次视察。他对此行提交了两份报告，第一份出奇地乐观，称“在亚拉巴马州乡村地区为黑人施行大规模治疗并不太困难”。只要州与地方卫生当局继续投身其中，他预测黑人肯定是配合的。到此时，已有约1271位梅毒患者到梅肯县开设的6个诊所中接受治疗。不过，哈里斯医生对“一份关于这群人中发生的异常副作用的记录”表达了严重关切，其中包含“3例黄疸、25例皮炎、5例水肿、9例腹痛、5例呕吐、2例昏厥、2例腹泻、9例浸润、43例流涎以及4例死亡”。③

在这4例死亡中，哈里斯医生断定，“其中2例……似乎完全是治疗导致的”。第一例的患者患有“静止性结核”（arrested tuberculosis），因为“服用碘化钾而病情加重，并迅速引发粟粒性结核（miliary tuberculosis），随即死亡”。他解释道，第二例的患者死于“急性肾炎”。这名受试者“之前对砷化合物表现出特异反应，且被告知过绝不可采用此类药物进行治疗”，哈里斯医生补充道，“这名病患不幸注射了几剂新胂凡纳明——引发急性肾炎而死。”④

为了降低日后前来就诊的病患的风险，哈里斯医生提出了几项建

---

① Hottentots，为非洲西南部的本土人种。——译者

② 同87页注③。

③ Harris's Memo to Davis, September 22, 1930, Rosenwald Fund Papers, Fisk University Archives [hereafter RFP-FUA.]

④ 同上。

议，包含进行彻底的体检、仔细比对验血结果与体检报告，以及让严重的病患入院治疗等。他还提议咨询一流的梅毒学家商讨以评估示范项目，并请社会学与经济学专家为社区卫生制订跨学科的实施办法。

在梅肯县停留一周后，哈里斯医生提交了第二份报告，此时他明显变得更加悲观。亲眼看到的情形让他深信：

> 想要为亚拉巴马州梅肯县的乡村黑人治愈梅毒是无用之功，除非找到某种可以治疗大量结核病、营养不良和糙皮病患者的方法，还对其进行基本生活习惯的训练，提供必要的关照让人们有能力谋生。

简而言之，社区迫切需要一项全面的卫生及社会福利方案。哈里斯医生因此得出结论，梅肯县的梅毒控制示范项目已经“在可以期待的范围内做到了最好”，不应该再行延期。[①]

戴维斯接受了哈里斯医生的建议。10 月底，戴维斯与克拉克医生一起做好了准备工作，迎接梅毒控制项目的外部审查小组，包含一组梅毒学家和一名社会学家。克拉克医生赞同此做法，表示相信“州、地方官员会对这一审查大加欢迎”。不过，克拉克医生建议“不用让这位社会学家造访所有示范项目地点，而是先在亚拉巴马州梅肯县进行深入的社会学研究，以此作为我们当前计划的初步内容，或至少是同步措施，并将其与包括整个县在内的县总体健康促进方案结合起来”。[②]

这个提议被采纳了。寻找合适的学者花了很长时间，最后戴维斯提议聘请查尔斯·约翰逊博士——费斯克大学社会学系主任，一位才华有口皆碑的社会学家，还与罗森沃尔德基金会早期的一些项目有过

---

① Harris's Memo to Davis, October 1, 1931, RFP, FUA.

② Davis to Clark, October 22, 1930, RFP-FUA; Clark to Davis, October 25, 1930, RFP-FUA.

密切的合作。约翰逊博士与他的研究生助手于 6 月份开始这项研究，针对的是前一年参与过示范项目的一组家庭。其直接成果就是《种植园的阴影》。这本书中有一章就是关于这项梅毒控制示范项目，大致上也对卫生官员开展该项目的方式表示了赞同。①

然而，事实证明，梅毒学家的外部审查困难得多。公共卫生部对外部临床医生的审查意见中暗含的批评不满。只有在它和州及地方官员的批准下，由美国公共卫生协会辖下的行政卫生委员会选的审查机构给出的评审意见，才得到了公共卫生部的认可。在发觉他们有所迟疑后，戴维斯强调这项审查本质上并不具有威胁性，并表示："此次调查只是顺便评估一下项目的情况；主要是为了找到拓展此类工作或将之推广到其他地方的方法。"②

1931 年 4 月，戴维斯在纽约的宾夕法尼亚酒店召集了一组一流专家，讨论示范项目的社会及医学层面。跟戴维斯一起参加会议的还有美国社会卫生协会的威廉 · F. 斯诺医生；辞去公共卫生部性病部主任一职，现为纽约州卫生部卫生委员的托马斯 · 帕兰医生；美国公共卫生协会辖下行政卫生委员会的两名成员（记录中没有他们的全名）；约翰逊教授和克拉克医生担任主要发言人。约翰逊教授简要汇报了他的研究成果后，与会者重点讨论了临床审查意见。他们一致同意，在示范项目完成之前不应开展评估。③

戴维斯建议让帕兰医生执行审查工作，这令大家惊讶不已。虽然承认帕兰医生"绝对有能力进行这样的调查"，克拉克医生不得不扮

---

① Charles Johnson, *Shadow of the Plantation* (Chicago, 1934), pp. 202－207. 1931 年 3 月，约翰逊博士和温格医生在纳什维尔会面，一致同意将此项研究集中在梅肯县实施。当月稍晚，他们于梅肯县再度会面，还花数天时间与参加示范项目的家庭进行了谈话。次月，约翰逊向基金会提交了一份初步报告，说明这些家庭的社会及经济情况。Wenger to Davis, March 6, 1931, NA-WNRC; Clark's Memorandum, April 19, 1931, NA-WNRC。

② Clark to Cumming, January 14, 1931, NA-WNRC; Clark to Davis, January 15, 1931, NA-WNRC; quoted in Davis to Clark, January 13, 1931, NA-WNRC.

③ Clark's Memorandum, April 19, 1931, NA-WNRC.

演了一个不合时宜的角色，指出“他（帕兰医生）做这项工作，无异于公共卫生部在调查和评估自己的活动”。戴维斯尊重克拉克医生的反对意见，聘请了著名的梅毒学家、美国社会卫生协会前主席 E. L. 凯斯医生与帕兰医生合作进行审查。在纽约会议过去一年多之后，戴维斯告知克拉克医生：“帕兰医生与凯斯医生提交给我们的报告……热烈地赞扬了这些项目，不单是获得了关于梅毒流行率的重要信息，而且似乎预示了控制梅毒流行并非不可能。”①

由此，在一位知名黑人社会学家及两位杰出梅毒学家的赞美声中，此次梅毒控制示范项目评审圆满落幕。但是哈里斯医生更担心在该项目到期后延长是不是徒劳，这让戴维斯面临着一个艰难的抉择。除非基金会准备扩大该项目，不仅包括其他种类的疾病，还将全县纳入其中，否则基金会能希望完成到什么程度？就算基金会资助一个综合性的卫生项目来帮助县里 2 万多名黑人，面对惊人的无知与贫困，又能指望其成果维持多久？

温格医生在给克拉克医生的信中提到现场的患者普遍饥肠辘辘，他写道：“我们预期他们的梅毒感染一旦被控制住，他们的体重会增加，当我问及此事，他们通常回答‘脏血’不是问题，缺血才是问题，因为压根没东西可吃。”一名妇女的话一针见血，她在与约翰逊的采访者结束面谈时说：“我希望你们能做成这事，帮到那些病人。他们给人打针，但我想他们该给些吃的。”②

梅肯县面临的问题将会耗费很多资源，就连比公共卫生部资金充裕的机构都难以负担。罗森沃尔德基金会也无力处理这样规模与复杂度的一个项目。即使戴维斯想要尝试（他也确实这样做了），但基金会有严厉的政策，要求州及地方机构分担费用，这一规定阻碍了梅肯

① Clark's Memorandum, April 19, 1931, NA-WNRC. Davis to Clark, May 19, 1932, RFP-FUA.

② Wenger quoted in Clark to Davis, February 17, 1931, NA-WNRC; Interview #246, Box 556, CJP-FUA.

县的项目进行任何大规模扩张的可能性。不论是当地或是州政府官员都无法为卫生工作（特别是为了黑人）筹集足够的资金来满足这个要求，因为大萧条使得州公共服务部门都在紧缩开支。但是，它们一贫如洗的事实并没有阻止亚拉巴马州的卫生官员向基金会提出了无数的要求，包括让私人慈善机构去做州政府办不到的事。虽然理解他们的要求，但戴维斯无法重新制定基金会的政策。他所能做的不过是看看规则中是否有任何灵活运用的可能。

接下来的数月，州官员在克拉克医生的鼓励下提出了数项计划，试图将梅毒控制示范计划转变为一个综合性的卫生保健项目，先在梅肯县施行，最终推广至整个州。但每一项提议都落空了，因为州无法承担它那份费用，基金会也不愿意在大萧条期间发展新项目。然而戴维斯仍希望基金会的理事会能批准延长梅肯县的梅毒控制工作。

罗森沃尔德基金会的理事会在 1931 年 11 月召开了会议，梅毒控制项目在议程内。为了准备这次讨论，戴维斯给朱利叶斯·罗森沃尔德写了一封私信，表达了对南方的 6 个梅毒控制示范区的强烈支持。他解释说，他上周在蒙特利尔的美国公共卫生协会年会上见到了医务总监卡明。“在其中一个主要研讨会结束后，”戴维斯继续写道，“我与他进行私下交谈，他说：‘我认为这种处理梅毒问题的方式，可能是我们自防治钩虫病运动以来，首次在南方触及公共卫生工作中最重要的一块。’”不只卡明医生热衷于这个项目，戴维斯表示，在与南方多名州卫生官员交谈后，他发现官员们对“项目迄今所取得的成果表现出极大的兴趣”。①

戴维斯指出，6 个县内有 4 万人做了检查，其中大约 25%的人患有梅毒。摆在基金会面前的问题是，是否要加大力度跟进这一试验阶段，是否应该将问题交给州当局。“在我们与公共卫生部一同研究出

---

① Davis to Rosenwald, September 24, 1931, RFP-FUA.

六县的实验结果前，我还不知道我们日后可以做些什么，”戴维斯写道，“这个婴儿恐怕会变得很大，如果坐在我们的腿上会把我们压成肉泥。但是在我确定他可以独自待在一个冷血的世界之前，我不想放走他。”①

戴维斯同样向基金会的理事会强烈推荐该项目。在向理事会汇报时，他表示，梅毒控制项目“其实比预期的还要重要得多”。不过，他知道基金会绝不会支持一个综合性的治疗项目。这明显是联邦和州机构的责任。因此，在项目评估结果出炉前，戴维斯停止了对扩大项目范围的建议。他提议对这项工作临时拨款 1.5 万美元，直到评估完成，然后在理事会的春季会议上再来讨论该项目。②

理事会给了戴维斯所要求的东西——在等待约翰逊教授、帕兰医生及凯斯医生的评审结果时，授权他开展一个有限的项目。正如戴维斯向克拉克医生描述的那样，理事会已经意识到了“梅毒问题巨大的重要性……这些研究结果带来了难以想象的震撼”，现在更意识到此种疾病是一个“不只影响公共卫生，还影响无数民众的生命力及其工作效率”的问题。另外，戴维斯宣称：“此项工作清楚地表明，去乡村地区寻找病患是可行的，而且似乎已经形成了一种流程，可以有效地让他们中相当一部分人接受治疗。”

“接下来该怎么办?”戴维斯反问。他提出的办法是在最初的 6 个示范区和最后的大规模应用之间设置一个中间阶段。戴维斯解释说，在这个中间阶段必须将行政方式标准化，将项目纳入每个社区的一般性卫生工作中，将费用确定下来，并且协商出一个公众和医学界都接受的支付办法。这样就不会有违基金会的愿望，即减轻那些一穷二白的人肩上的财务负担，他补充道：“在很多这类乡村地区，明显只有非常小的一部分人有能力支付通常的私人医疗费用，完成像梅毒

① Davis to Rosenwald, September 24, 1931, RFP-FUA.
② Davis's Brief for the Fund's Trustees, November 7, 1931, NA-WNRC.

这样开销巨大的疾病的治疗。”然而，解决方案应由各州负责，因为基金会的资源“不允许其参与如此大规模的全州范围的梅毒控制项目”。①

有望得到临时拨款的消息并没有为梅肯县带来任何改变，工作已于8月份终止，因为亚拉巴马州长期以来无力承担它应负责的维系该示范项目的费用。但是，即使亚拉巴马州有能力支付费用，该项目也不会延长太久。当罗森沃尔德基金会召集春季会议时，理事会投票反对继续这个梅毒控制项目。大萧条对南方的财政收入造成了毁灭性影响，使得州政府无法有效参与梅毒控制工作，而基金会也无力承担这份重担的大部分资金。随着基金会股票市值的下降，其自身也正遭遇财政困难。理事会因此决议，不再进一步资助梅毒控制工作并且停止投入新的长期项目。

克拉克医生对基金会的决定感到非常失望。“我自己很久前就预料到了这项决定，”他对他的朋友帕兰医生说，“我意识到这个理事会，特别是它的主席，关心黑人的教育甚于维护他们的健康。”事实上，克拉克医生透露，他试过说服戴维斯削减教育资助，将更多经费用于卫生工作上。“虽然我并没有说出口，”他接着说，

> 我想问的是，对黑人进行过多的教育逻辑何在，也许培养出几代可以称为白领的黑人，除了游手好闲，什么也干不了。在现

---

① Davis's Brief for the Fund's Trustees, November 7, 1931, NA-WNRC. 戴维斯提醒克拉克医生，不要把示范项目中的贫穷黑人称为“穷人”，他说，“我们不应认为梅毒控制问题与贫穷相关；我们也不能假设，南方乡村大部分区域的社区居民能承受私人医疗的一般收费标准，治疗像梅毒这般昂贵的病。”戴维斯对梅毒治疗费用进行了大量研究，估计平均每年人均治疗费为300美元。根据这些数字他得出结论，以按服务收费的标准看，美国公众有80%无力负担梅毒治疗。Davis to Clark, November 2, 1931, NA-WNRC. 关于梅毒治疗费用，参见 Leon Brombert and Michael M. Davis, "The Cost of Treating Syphilis," *Journal of Social Hygiene* 18 (October 1932): 366–77; and Michael M. Davis, "The Ability of Patients to Pay for the Treatment of Syphilis," *Journal of Social Hygiene* 18 (October 1932): 380–88。

有条件下，这个阶级的黑人肯定没有大好机会赚钱谋生。当我看到基金会与当地社区在这里花费 2600 万美元为黑人建造的那些学校，我看不出这一支出会带来任何相应的回报，虽然如此，我还是希望数代之内能证明这是有用的。①

也许是察觉到克拉克医生对基金会的撤出极度烦恼，戴维斯试着安抚他，并向其保证理事会的行动并不是暗示对公共卫生部的不满。这个决定纯粹基于财政上的考虑，并遵从了理事会的一揽子决议，即“目前我们不会对新项目进行投入”。戴维斯用以下谢词为美国公共卫生工作史上的重要篇章写下了结语：“这是本基金会的荣幸，能够在研究的初期阶段提供协助，攻克南方乡村地区的这一重大问题。”②

示范项目完成了哪些目标？据医务总监卡明说，公共卫生部官员在该项目中负责的所有任务都已完成。在查阅个案记录、月度统计报表以及他手下官员的许多现场报告之后，他在给戴维斯的信中表示，“这项开创性的卫生工作的主要目标已达成”。具体而言，卡明医生宣称示范项目证明了：

这些是可行的，例如以社区为基础在黑人中进行瓦色尔曼试验；建立真实的疾病流行率的基准线以供将来作对比；为感染疾病者实施合理适量的治疗，让他们不再有传染性；州及当地卫生部门让黑人雇员成为这一特殊的公共卫生领域的一分子。

如此规模的成就值得赞赏，医务总监对这种场面也是应付自如。“我想说的是……这些示范项目将被视为美国梅毒控制史上的划时代事件，”卡明医生宣布，“这些项目做出了巨大贡献，让这个国家的

① Clark to Parran, May 17, 1932, NA-WNRC.
② Davis to Clark, November 13, 1931, NA-WNRC.

卫生机构，不论是官方的还是志愿者组织的，都更清楚地了解了此问题的严重性。”①

事实证明，他的话很有先见之明。1934 年，托马斯·帕兰医生接替卡明医生成为医务总监，在其有力领导下，美国于 1930 年代末在全国各地发起了梅毒防治运动。基于罗森沃尔德基金会示范项目所获得的经验，公共卫生部在全国范围内全面实施瓦色尔曼试验。随着美国的公共卫生工作引入大胆的新计划，实施大规模检测、投入流动诊所，这项运动不只针对白人，也针对黑人。1940 年，温格医生写信给罗森沃尔德基金会的一名官员，向其说明了帕兰医生所推行运动的由来，他表示：“我再次重申，目前的全国性病控制项目不过是罗森沃尔德基金会示范项目的扩大版，”又补充道：“就我个人而言，我将永远对基金会发起此项目心存感激。”②

然而，帕兰医生发起的全国运动从未触及亚拉巴马州梅肯县的某个黑人群体。在该项目开始前几年，公共卫生部已经将他们划入一项科学实验中，系统性地切断了地方、州或联邦卫生官员的梅毒项目为他们治疗的可能性。1932 年，卡明医生发表了他对罗森沃尔德基金示范项目的精彩评估，不久之后，公共卫生部官员回到塔斯基吉，将治疗项目转变为非治疗性的人体试验。

---

① Cumming to Davis, August 19, 1932, RFP-FUA.

② Wenger to Dr. M. O. Bousfield, director of Negro health, Julius Rosenwald Fund, June 12, 1940, RFP-FUA.

第七章
“我们要么一身荣耀，要么背负骂名”

在罗森沃尔德基金会不再支持梅毒控制示范项目后，克拉克医生撰写了总结报告。然而，故事并没有在此结束，该报告反而激起了一个新的研究想法，它演变为对未经治疗的黑人男性梅毒患者的塔斯基吉研究——医学史上历时最长的非治疗性人体实验。

这项研究的想法来自塔利亚费罗·克拉克医生。就像克拉克医生稍后向一名同事解释的那样，当他忙于分析最终报告的数据时“突然想到，亚拉巴马州社区提供了一个千载难逢的机会，让人们可以研究不治疗梅毒会产生什么结果”。公共卫生部发现在南方各地的梅毒控制示范项目中，梅肯县的梅毒患病率是迄今最高的。克拉克医生称之为“高得让人难以置信的患病率……35%”。假设该县其他黑人的患病率也是如此，那么研究人员就有望找到充足的对象用于研究。①

准确地说，此地的这些人正是研究所需要的——不只是黑人梅毒患者，而且是没有接受过任何医学治疗的黑人梅毒患者。确实，即使是从缺医少药的角度看，也很难想象一群受感染者能处于如此原始的状态下。根据基金会在梅毒控制示范项目期间收集的数字，克拉克医生估计，“在同意参加治疗的1400名黑人中，只有33人曾经接受过梅毒治疗”。但这些病患中无一人接受过公共卫生部在1932年规定的梅毒标准治疗的全疗程治疗。②

梅肯县还拥有独一无二的医疗设施。克拉克医生高兴地推荐道：

“位于县中心附近的塔斯基吉学院附属约翰·A. 安德鲁纪念医院，设备十分完善，基本上可以在那里进行所有必要的检查。”简而言之，梅肯县有数以千计的染病黑人，虽然生活在现代医学世界之外，身旁却有一家设备齐全、可兼作科学实验室的教学医院。③

毫无疑问，克拉克医生更愿意回到梅肯县去治疗黑人梅毒病患，而不是研究他们。他为梅毒控制示范项目付出的努力及展现出的领导才能，清楚地证明了这一点。但是不可能有新的治疗项目了，至少在可预见的未来是这样。基金会不再支持该项目就是明证。因此，公共卫生部在 1932 年面临的问题是，是否能从这个已终止的治疗项目中挽救出任何有价值的东西。

在克拉克医生看来，最好能在治疗项目完成后进行科学实验。医学研究人员确实已对梅毒的发展史有了不少了解，但他认为有必要更深入地研究——尤其是关于此疾病对黑人产生的影响。尽管医学界长期以来对这一主题非常感兴趣，当时的医学研究人员还没做出任何经验研究，证明梅毒对黑人的影响与对白人的不同。诚然，医学文献中到处都是列出了两者间无数差异的文章，然而，它们都是基于临床观察，完全没有经过严格的科学方法验证。

若要做出适当的比较，需要有白人感染梅毒后未经治疗的研究作为比对。已有一项此类医学研究完成。1929 年，挪威奥斯陆的性病诊所主任 E. 布鲁斯加德医生在德国某一流医学期刊上发表了一篇报告，谈及 1891 年到 1910 年间数百名原发性或继发性梅毒患者的命运，这些人虽然在该诊所进行了体检，却未经治疗。在写给罗森沃尔德基金会的迈克尔·M. 戴维斯的长信中，克拉克医生点名引用此文

① Clark to O'Leary, September 27, 1932, Records of USPHS Venereal Disease Division, Record Group 90, National Archives, Washington National Record Center, Suitland, Maryland [NA-WNRC].

② 同上。

③ 同上。

并做了详细讨论，还概述了他研究未经治疗的黑人梅毒患者的计划。①

奥斯陆的这项研究得出了关于隐性梅毒患者的心血管疾病与神经系统疾病发病率的有趣数据。布鲁斯加德医生的发现毫不含糊：心血管损伤很常见，而神经系统并发症却是罕见的。这些研究发现对克拉克医生所提议的黑人梅毒研究的重要性不言而喻。当时的医生认为，隐性梅毒对白人或黑人病患的影响最大不同在于，这种疾病更有可能攻击白人的神经系统和黑人的心血管系统。奥斯陆的这项研究确实没有提供关于黑人的数据作为比较的基础，但它给出的证据表明与心血管损伤相比，患隐性梅毒的白人发生神经系统并发症的情况是罕见的。而这正是医生认为黑人身上实际有的情况。那些对找出差异不关心之人，也许会看着这些证据得出以下结论：此种疾病对白人与黑人的影响并无二致。

克拉克医生还引用了约瑟夫·厄尔·摩尔医生的成果作为他提议的研究的先导。摩尔医生是一位杰出的梅毒学家，也是著名的临床合作组织（Cooperative Clinical Group）的成员，身为约翰斯·霍普金斯大学医学院教员中的佼佼者，他在那里的门诊部开展了大量关于梅毒的研究。摩尔医生的办公室里常常出现贫穷的病患，这些人大多饱受缺乏医疗之苦多年。他对患隐性梅毒但之前从没有得到治疗的病患特别感兴趣，因为这些个体能揭示出此疾病的自然发展过程。克拉克医生向戴维斯解释，摩尔医生对隐性梅毒的调查显示，“患隐性梅毒者终生未发展出任何活动性病变的几率大约为十分之二”。虽然克拉克医生没有说明摩尔医生的研究对象所属的种族，但众所周知，约翰

① Clark to Davis, October 29, 1932, NA-WNRC. 关于奥斯陆研究的首次公开报告，参见 E. Bruusgaard, “Über das Schicksal der nicht spezifisch behaldelten Luetiker [未经特定治疗的梅毒病患的命运],” *Archive fur Dermatologie und Syphilis* 157(1929): 309–332. 感谢露丝·W. 莫斯科普翻译这篇文章。

斯·霍普金斯大学门诊部的病人绝大多数是黑人。①

奥斯陆研究和摩尔医生的调查都是回顾性研究——基于病史，而不是持续不断的检查。克拉克医生确信，他可以通过开展一项前瞻性研究来改进这种情况，它将基于目前对在世患者的体检。他向戴维斯解释道："对这些病例的病史研究结果显示，有必要进一步深入研究未经治疗的梅毒患者对现在生活的和从事日常活动的人会产生何种经济影响。"在重述了在梅肯县进行这样一项研究的独特优势后，克拉克医生向戴维斯保证，"如果可以这么形容的话，这里简直有现成的条件……来进行我所提议的对未经治疗的黑人梅毒病患的研究"。②

克拉克医生在谈到这项研究时用了"千载难逢的机会"和"现成的机会"这样的词语，他是自信满满地，并不是随口一提。这些说法似乎表示任务不会碰到阻碍。一个对自己的提议有任何伦理或道德疑虑的人是不会说这些话的。无论实验是否进行，梅肯县的黑人梅毒患者的命运已经注定（至少在近期内）。从那些受苦的人身上得到更多知识，似乎是唯一的好处。确实，公共卫生部只需将现实情况放在显微镜下，就可以将该地区变成一座科学实验室。

这样的研究可以是关注黑人健康问题的一种表达方式，使公共卫生部成为促进黑人的医疗照顾的一股重要力量。这种疾病展现出的危害性越大，就越能迫使南方的立法机构为治疗项目提供资金。此外，借由与州、地方卫生官员——更别说还有塔斯基吉学院的黑人领导人——继续维持密切的工作关系，这项研究也能让公共卫生部在亚拉巴马州保持开展公共卫生工作的势头。

克拉克医生知道这项实验会给受试者带来风险。虽然大多数程序

---

① Clark to Davis, October 29, 1932, NA-WNRC. 关于奥斯陆研究的首次公开报告，参见 E. Bruusgaard, "Über das Schicksal der nicht spezifisch behaldelten Luetiker [未经特定治疗的梅毒病患的命运]," *Archive fur Dermatologie und Syphilis* 157(1929): 309－332. 感谢露丝·W. 莫斯科普翻译这篇文章。

② 同上。

是无害的，但体检时需要做腰椎穿刺才能进行神经性梅毒的诊断。为了取得液体样本，必须将一根相当大的针头直接插入椎管内。这个过程本身很痛苦，病人往往会有严重的头痛后遗症。在极少数情况下，腰椎穿刺会导致瘫痪甚至死亡。克拉克医生显然认为，从实验中获得的科学益处超过了对这些人造成的风险。

起初，克拉克医生没打算对患者长期不予治疗；这项实验本应只持续 6 个月到一年。无论他对“可接受的风险”的定义是怎么想的，若是治疗在未来可以普及，就不必权衡拒绝向人们提供治疗是否有违道德伦理。他不是在考虑一项旷日持久的研究，只是在盘算一个短期项目。

克拉克医生能自由地寻求个人科学好奇心的满足，这在很大程度上揭示了医生在美国社会为自己设立的超然地位。到了 1930 年代，医学已成为一个自主、自控的行业，其成员牢牢掌控着他们工作的条款、条件、内容和目标。事实上，从社会学的角度来看，医学已经成为一种典型的行业。①

抵制外行的控制是医学的基石。如果说职业地位对美国医生意味着什么，那就是有权制定标准和定义医学教育、执照和实践的条款——简而言之，他们构建了一种垄断权，使他们成为医疗事务的唯一仲裁者。虽然这个行业很难说是铁板一块，却是非常同质的。医生的价值观和态度比起更大社会层面的没有什么危险。

---

① 关于此处概念的分析，参见 Eliot Freidson, *Profession of Medicine: A Study of the Sociology of Applied Knowledge* (New York, 1972)。关于医学专业起源的历史探讨，参见 Joseph F. Kett, *The Formation of the American medical Profession: The Role of Institutions, 1780 - 1860* (New Haven, 1968); William G. Rothstein, *American Physicians in the 19th Century: From Sects to Science* (Baltimore, 1972); Rosemary Stevens, *American Medicine and the Public Interest* (New Haven, 1971); James G. Burrow, *Organized Medicine in the progressive Era: The Move Toward Monopoly* (Baltimore, 1977)。关于 19 世纪早期医学的对照观点，参见 Barbara G. Rosenkrantz, “The Search for Professional Order in 19th Century American Medicine,” *Proceedings of the XIVth International Congress of the History of Science* (Tokyo and Kyoto, 1974), No. 4, pp. 113 - 24。

批评人士指责医生有一种自私的职业意识，不够重视医疗体系的最终产品——医疗服务的质量和可获取性。特别可忧的是，该行业未能监管甚至监督持证行医者的工作。每当被问及这些问题时，医生总是表示当地医疗协会扮演着监管的角色。为该行业辩护的人也指出，发给执照的州委员会有好几个不同层面的专业协会加持——从地方医学会到美国医学会这样的全国性组织。但事实上，1930 年代的医生已经设法摆脱了大多数非专业人员的控制，而且不可否认的是，他们所构建的医疗体系更专注于掌控行医权，而不是审查持证行医者的工作内容。①

同行评审本可用来规范医学界。尽管批评者指责这就像让狐狸看守鸡舍一样，但医生表示，他们（且只有自己）拥有评估医学问题所需的专业知识。对于不属于医学范畴的问题，医生很快指出他们都是有道德的人，他们对非技术问题的判断是可以信赖的。

人们只是简单地假设，各位行医者能正确评断同业的道德准则，并以相同的标准行事。但如果他们没有呢？1930 年代，任何地方的医生都说“好的医疗”，而不用说明任何相关定义。与此相反，医生坚决不肯把任何类似于什么是可接受的执照行医者专业能力标准的声明落在纸上。无论出于何种目的，道德标准的问题是个不为人知的领域。这种不愿定义合理的医疗实践或阐明道德行为准则的态度，与他们对维护职业自主性的关注胜过一切是完全一致的。定义势必招来限制和审查，但沉默滋生出一个默许的世界。也许，如何准确地定义何种程度属于“合理的医疗实践”这一问题，对于一个很大程度上由技术人员并且几乎全都是对理论不感兴趣的人组成的行业来说，也是件难事。因此，一种不成文的看法逐渐形成，即医生之间的专业能力

① 关于颁发执照的委员会所扮演角色的广泛讨论，参见 Richard H. Shryock, *Medical Licensing in America, 1650–1965* (Baltimore, 1967). See also James G. Burrow, AMA: *Voice of American Medicine* (Baltimore, 1963)。

和道德标准都大致相同。①

持证医师很少对彼此做出评判，这并不令人惊讶。他们很少质疑且几乎没有审查过同行的专业医疗做法。除非明目张胆地乱来，引起了性格温顺的公众的注意，否则医学会不会进行调查，更不用说对自己人采取行动。可以想见，医生辩称谴责同行可能会破坏公众对医疗行业的信心。

1930 年代的医学研究人员享有与私人执业医生同样多的自主权——也许还更多。因为若是说外行人的知识不足以理性地审查一般行医者的专业能力，那么从事高度专业化研究的科学家们的活动有多神秘莫测？医学研究人员很少被要求证明其项目或研究方法的合理性。外行人既不懂相关知识，也没有机会审查医学研究人员的研究项目。②

此外，公众并不抗拒医学研究，他们的尊重里带着敬畏。医学科技使得克拉克那一代医生准确诊断和有效治疗一系列疾病的能力有了突破性的变化。医学研究者在与公众的有限和不常有的接触中，可以感受到公众对科学有一种带有偏见的好感。

科学调查人员在医学界形成了一个精英群体，其独特的工作性质将他们与别的群体完全区别开来。做研究需要具有特殊的思维方式以及特定知识体系中高度深入的专业知识，这些特点使得科学家有别于行医者。研究人员自己就能决定要开展哪些项目。因此，医学研究人

---

① 关于医学伦理历史的完整研究仍付之阙如。原始文件的历史概述，参见 Stanley Joel Reiser, Arthur J. Dyck, and William J, Curran, *Ethics in Medicine: Historical Perspectives and Contemporary Concerns* (Cambridge, Massachusetts, 1977)。医疗准则史的最佳短篇研究出自 Donald E. Konold, "Codes of Medical Ethics: History," in *Encyclopedia of Bioethics* (New York, 1978), Ⅰ: 162 - 71。他的专著是相同主题的长篇调查结果: Donald E. Konold, *A History of American Medical Ethics*, 1847 - 1961 (Madison, 1962)。

② 基本调查报告，参见 Richard H. Shryock, *American Medical Research: Past and Present* (New York, 1947)。

员在自己的行业内享有相当大的自主权和尊重。①

与医疗实践一样，医学研究的成果由同行评议来评估。科学方法是衡量研究是否有效的准绳，同行的看法则决定了哪些研究人员会得到嘉奖。结果才是最重要的。许多研究人员的工作涉及人体的非治疗性研究，他们无疑是有见识的，把他们的病人当作人，并在“知情同意”一词出现几十年前就想到了这一点，但1930年代并没有关于人体实验的规范性道德体系强制医疗研究人员怀着对病人权利的尊重按捺住自己的科学好奇心。就像私人行医者中间一样，一种无形的相对主义笼罩着这个行业，假设不同研究员进行实验的方式都一样道德。

当私人行医者审查公共卫生项目时，同行评议就是一出彻头彻尾的滑稽剧。私人医生与他们的协会会定期饶有兴趣地监督公共卫生官员的活动，与其说是关心卫生项目是否提供健全的、合乎道德的医疗，不如说是担心这些项目是否会威胁到私人医疗的经济利益。只要公共卫生官员将工作范围限定在穷人身上，就不需太过担心私人医生的反应，当然，前提是接着必须采取某些预防措施。公共卫生部的标准操作程序规定，联邦官员在进入其管辖区域启动新项目之前，先要与所有相关的公共和私人医疗机构进行协商。②

克拉克医生明白，在医学界，他就像是生活在一个金鱼缸里任人参观，所以他已经习惯于谨慎行事。他一开始就意识到，在实验开始之前赢得梅肯县私人医生的支持是必要的。此外，克拉克医生知道，他要得到亚拉巴马州卫生局、梅肯县卫生局以及塔斯基吉学院（约翰·A. 安德鲁纪念医院的本部）的官方支持与合作。

在与公共卫生部的几位同事讨论了这个想法后，克拉克医生在他

---

① 随着大学研究中心的崛起以及政府开始支持私人慈善机构，科学研究获得的敬重日益增加。参见 George Rosen, “Patterns of Health Research in the United States, 1900 – 1960,” *Bulletin of the History of Medicine* 39(1965): 201 – 25。

② Odin W. Anderson, *The Uneasy Equilibrium: Private and Public Financing of Health Services in the United States, 1875 – 1965* (New Haven, 1968), 内容为医疗金融概述。

信任的副手O. C. 温格医生的陪同下，于1932年9月前往亚拉巴马州为自己提议的研究打基础。第一站是蒙哥马利，他们在那里与梅毒控制示范项目的两名同事会面，即州卫生官员J. N. 贝克医生和预防疾病局局长D. C. 吉尔医生。克拉克医生没有谈论详细内容，因为完善的研究方案尚未制定完成。当然，他明确地指出，这项实验的目的是了解未经治疗的梅毒会对黑人产生何种后果（关于此事，他在安排此次会面的信中提到了不少），但对于采用的具体程序，他的说法必然是含糊不清的。

贝克医生和吉尔医生原则上都不反对这项研究，但克拉克医生做出一个重要的让步，以换取贝克医生的批准和合作：每个做检查并被发现患有梅毒的人都得接受治疗。治疗到何种程度是个问题。由于克拉克医生计划在6到8个月内完成这项研究，贝克医生对治愈梅毒所需的全部治疗计划的坚持是毫无意义的。因为那需要不止一年。①

毫无疑问，州官员最关心的是那些具有传染性的病人。现实一点来说，贝克医生能指望从这种情况中得到的最好结果就是一个短期治疗项目，虽然远不足以彻底治愈病患，但也许足以使之至少暂时不具传染力。一般卫生官员最关心传染病的传播，所以这样的折中办法对他们来说可以接受。从研究开始后实际完成的治疗量判断，贝克医生显然决定接受这种最低限度的治疗方案。每一位查出梅毒的患者，包括那些被选为受试者的，都应该接受8剂新胂凡纳明和一些汞剂药物的治疗，除非另有医学原因禁止对患者使用这两种药物。

记录中没有揭示贝克医生坚持治疗的原因。也许他认为医生就应该为患有疾病，想从那些希望进行实验的医务人员那里获得服务的人治疗。由于长期以来人手不足，他需要获得一切所能得到的帮助，特

① Clark to Dibble, September 21, 1932, NA-WNRC; Clark to Baker, September 23, 1932, NA-WNRC。实验开始后，由克拉克医生同事的实际所为看来，克拉克与贝克医生关于治疗达成的协议应如下：没有参与研究的确诊梅毒患者必须马上进行治疗，而加入该研究项目的梅毒患者的治疗则可以延至体检项目完成后。但一旦体检项目完成，这些患者也必须接受治疗。

别是在公共卫生运动取得进展相对较少的州的乡村地区。他的另一个动机可能是想向梅肯县的白人隐瞒该研究的真正目的。白人也许无法理解，为何只研究梅毒却不做治疗。罗森沃尔德基金会的梅毒控制示范项目已经增强了公众的意识，让他们认识到此病对本地的威胁。贝克医生大概能推断出，除非医生采取一些措施，否则白人雇主不会合作。

贝克医生坚定地表示该实验不应由公共卫生部官员单独管理。他不希望引发梅肯县私人医生的反感，如果公共卫生官员开始为黑人病患提供免费医疗，私人医生也许会感到有威胁。因此，克拉克医生必须寻求地方对研究的支持，当地医生会看起来像是负责治疗方案，而他们与这项研究间的关系将有助于打消当地医疗机构的疑虑。

选择塔斯基吉学院的理由是显而易见的。安德鲁医院（全体职工皆为黑人）的医生与地方、州卫生官员共同为黑人开展各种项目的举动，对梅肯县的白人医生来说早已司空见惯。塔斯基吉学院的配合将使研究得以进行，而不会引起私人医生的恐惧和疑虑。黑人医生的参与也会有助于确保受试者的合作，因为梅肯县的黑人信任和尊敬塔斯基吉学院。

贝克医生的要求无疑对这项研究是有利的。如果公共卫生部成功地说服安德鲁医院的医生配合，那么之前的梅毒控制示范小组的临床医生就会被重新召集起来，这项研究会看起来像是梅毒控制工作死灰复燃。实验的真正目的将会完全含糊不清，以便研究人员放手利用罗森沃尔德基金会梅毒控制示范项目在该县黑人及其白人雇主中培养出的善意及信任。克拉克医生很快就发现以这种方式向梅肯县的外行人士介绍这项研究的妙用，而且显然没有因为这种欺骗而感到丝毫尴尬。在研究真正开始后，他向罗森沃尔德基金会的戴维斯坦言："为了确保本地种植园主的配合，有必要将这项研究伪装成示范项目，并对那些暴露出来的需要治疗的新病患提供治疗。"①

---

① Clark to Davis, October 29, 1932, NA-WNRC.

由蒙哥马利的那次会议，克拉克和温格医生确信塔斯基吉学院是这项研究成功的关键。吉尔医生开了大约40英里车送他们去塔斯基吉，与塔斯基吉学院医学主任暨安德鲁医院院长尤金·H. 迪布尔医生见面。

会面中大多数时候是克拉克医生在说话。在温格医生和吉尔医生的坚定支持下，他提出了强有力的明显极有说服力的案例请迪布尔医生加入他们的研究。克拉克医生随后返回华盛顿特区，但温格医生在亚拉巴马州多留了一天。他充分利用了这多出来的一天。他和吉尔医生再次与迪布尔医生会面，以便确认迪布尔医生是否决定与雷蒙德·冯德莱尔医生合作，后者是克拉克医生和温格医生挑选出来负责这项研究的公共卫生部官员。①

在第二次会面结束时迪布尔医生正式承诺合作。迪布尔医生自愿派出他的实习生和护士，在冯德莱尔医生的指导下进行梅毒治疗；出借一间办公室和检查室用于开展临床检查和腰椎穿刺；若是公共卫生部提供相应耗材，也可使用医院的X光设备和技术人员。他还答应与梅肯县卫生局官员及该地区的私人医生见面，向他们讲解此项研究并化解任何可能的误会。②

剩下的就是让罗伯特·R. 莫顿博士批准塔斯基吉学院合作了。迪布尔医生努力争取这位校长的支持，告知对方这项实验不会花学院分毫，并强调医务总监已亲自要求双方合作。迪布尔医生还预言这项研究将具有“世界意义”，将为其实习生和护士提供宝贵的培训机会。塔斯基吉学院已开展护士培训多年，迪布尔医生自己也一直直接参与其中。不过，由于种族偏见，黑人护士就算在好年景里也往往很难找到工作。随着大萧条时期的到来，公共卫生工作相应缩减，求职

① Wenger to Clark, September 16, 1932, NA-WNRC.

② 温格还观察到，在与迪布尔医生会面期间，吉尔医生对于所提议的示范项目“变得越来越热心”，“还表示要提供尽可能多的免费新胂凡纳明”，这项提议必定让克拉克医生十分高兴。同上。

也更加困难。所以，迪布尔医生一定很高兴克拉克医生授权他“如果事情顺利就任命一名我们自己的护士来协助……开展这项工作”。①

当迪布尔医生补充说他们的护士与实习生将从这项研究工作的训练中受益匪浅时，他首先考虑的是他的教学医院从中能得到何等好处。在给莫顿博士的信中概述自己的立场时，他写道：

> 虽然这不会给我们医院带来任何额外的报酬，但肯定不会有其他支出，而且会给我们的学生和实习生提供非常宝贵的培训机会。正如克拉克医生所说，我们医院和塔斯基吉学院将因这项研究工作而赢得声誉。他还预测这项研究的结果将受到全世界的追捧。我个人认为我们应该参加此项目。②

迪布尔医生的一些观点，无疑让莫顿博士在几天后收到医务总监卡明医生以个人名义发出的呼吁时有了准备。跟克拉克医生一样，医务总监强调了公共卫生部对于研究未经治疗的梅毒的兴趣与先前的梅毒治疗项目之间的关系。卡明医生断言，高度集中的未经治疗的梅毒患者加上安德鲁医院将提供的帮助，“产生了一次开展这项科学研究无与伦比的机会，可能在世界其他地方都无法复制”。卡明医生强调了安德鲁医院对该实验的重要性，并告诉莫顿博士：“因此，你可以轻易看出，这项‘重要研究’的成功确实取决于你们的合作。”③

克拉克医生必然对塔斯基吉学院会提供支持有信心，因为在莫顿博士答复卡明医生的正式要求之前他已经开始为这项研究做安排。首先，他请在阿肯色州温泉城性病诊所的温格医生把自己手边能匀出的所有医疗用品寄给迪布尔医生。然后，他寄了预约表给迪布尔医生，并告知由后者选定的护士完成的。这样一来，对这份工作的性质就不

---

① Dibble to Moton, September 17, 1932, Tuskegee Institute Archives [hereafter TIA].
② 同上。
③ Cumming to Moton, September 20, 1932, NA-WNRC.

会有误解了，克拉克医生告知迪布尔医生：“你会注意到，这名护士的职称是科学助理，因为她的职责基本上是协助一项重要的科学研究。”她的工资按每年 1800 美元计算，其中 600 美元用于补偿她用自己的车接送病人往返诊所的费用。在 1932 年的亚拉巴马州，每月 100 美元再加报销对护士可说是相当丰厚的薪水了，尤其她还是一名黑人护士。①

然而，克拉克医生仍在焦急地等待莫顿博士的决定。“如果你能保证你会提供必要的检查设施，我会感到更放心，并采取更明确的行动，”他在给迪布尔医生的信中写道，“另外还需要让你的一名手下在县里的指定地点为病人做相对少量的治疗，这是州卫生局的贝克医生批准这个项目的前提。”数日后克拉克医生收到了来自迪布尔医生的电报，称莫顿博士已经批准了研究涉及的所有计划。有了莫顿博士的同意，这项研究终于可以进行了。②

在亚拉巴马州的安排告一段落后，克拉克医生将他的注意力转到了制定研究方案上。在这之前，他的确没有仔细考虑过这个问题。除了研究未经治疗的梅毒会对黑人病患造成何种影响这一模糊概念之外，克拉克医生对于他想达成何种目标或如何完成该目标等问题，并没有明确的想法。他与公共卫生部官员的谈话集中在所提研究的必要性及可行性上，并没有讨论其具体内容。现在他需要决定以下一些问题：需要多少人才能构成统计学上的可靠样本？实验是否应限于男性或女性，还是两者皆可？哪些年龄段的人应被选为受试者？患梅毒多长时间的患者应被选为受试者？应采用何种程序来决定诊断该疾病的科学依据及其对受试者的影响？受试者需随访多长时间，或者换句话说，实验要持续多久？如果需要的话，实验结束后要为受试者做些什么？

---

① Clark to Dibble, September 20, 1932, NA-WNRC.

② Clark to Dibble, September 21, 1932, NA-WNRC; Dibble to Clark, September 29, 1932, NA-WNRC.

克拉克医生不想独力制定方案。为遵循与同行商议的优良科学传统，他就自己与温格医生一同制订的总体计划征求意见和建议。他咨询的专家来自“临床合作组织”——由美国最杰出的梅毒学家组成的医学研究协会。克拉克医生向这些人寻求帮助并不令人惊讶。自该协会成立以来，他一直与他们密切合作各种研究项目。

9月下旬，克拉克医生前往巴尔的摩会见约翰斯·霍普金斯大学医学院性病诊所的约瑟夫·厄尔·摩尔医生和阿尔伯特·凯德尔医生。克拉克医生拿给他们看的计划不过是个框架，急需严格的审查意见。根据克拉克医生的会议笔记，他告诉他们，他希望“将尽可能多的成年黑人召集到选定的社区或种植园的某个地方，做一次初步的瓦色尔曼试验”。然后，将血样送往蒙哥马利的州实验室进行评估。阳性病例将会被带到安德鲁医院做彻底检查，包括了解“其完整的病史，特别是关于感染的日期、有无梅毒的临床表征、瓦色尔曼试验复查、胸部和骨骼X光检查（如有必要），最后是对同意接受手术的病例进行常规脊椎穿刺”。①

凯德尔医生很少发言，但摩尔医生提了几个有用的建议。他提议研究对象仅限男性，而不是男女兼有。之所以做出这种限制，既不是因为骑士精神，也不是因为对双重标准的执着。克拉克医生的笔记中写道，他希望把女性排除在外，“是因为要得知女性感染梅毒的准确日期几乎是不可能的”。在这里，摩尔医生仅仅是在提醒克拉克医生每位优秀的临床医生都知道的事：女性往往难以意识到此疾病的早期症状，因其生殖器大部分在体内，并且早期症状通常比较温和，很容易被误认为是阴道瘙痒和阴道灼热等不相干的问题。到了症状更为严重迫使她们求医时，妇女往往沮丧地发现病情已加重了。她们还发现很难向医生说明此病的早期症状是什么时候出现的，所以难以确定何

① Clark's notes on Baltimore meeting, September 26, 1932, NA-WNRC.

时感染了该疾病。①

摩尔医生进一步建议将研究对象限制在30岁或以上的男性。他担心，将更年轻的男性纳入研究会减少观察该疾病后期临床表现的机会，尤其是常发生在患病已久之人身上的神经系统和心血管并发症。根据克拉克医生的笔记，摩尔医生主张排除较年轻的男性是“因为收集这些才染病数年的病例，可能体现不出未经治疗的梅毒将会产生何种影响”。②

摩尔医生所提的最重要的建议是必须收集到准确的临床病史。摩尔医生建议将这些人“分批”带到诊所，仔细问询每个人的病史，以便排除那些不能说出确切感染日期的人。克拉克医生补充解释道：“他认为这一信息是头等重要的，因为基于那些有着感染日期不确定的病史的研究对象得出的结论，将使我们的研究发现受到不利的批评。”为了节省时间并避免给受试者带来不必要的风险，摩尔医生建议不要进行常规的脊椎穿刺，而是仅对疑似有神经系统并发症的病患施行此手术。③

在这次巴尔的摩会面结束几天后，摩尔医生寄出了一份接下来需要做的事的详细蓝图。不论瓦色尔曼试验结果是阴性还是阳性（梅毒），所有病例都要进行检查。“将所有男性都纳入检查是极其重要的，”摩尔医生解释道，“因为未经治疗的梅毒的自发进化可能导致相当大比例（约为25%）的阴性瓦色尔曼试验反应的自发产生。如果你只依赖瓦色尔曼试验，”他提醒道，“将会完全错失这个群体，而事实上，这个群体却是其中的关键。”换句话说，仅用瓦色尔曼试验是不可靠的，需要用彻底的临床病史调查加以补充。④

摩尔医生的后续信件详尽地阐述了如何选择他所谓的“临床材

---

① Clark's notes on Baltimore meeting, September 26, 1932, NA-WNRC.
② 同上。
③ 同上。
④ Moore to Clark, September 28, 1932, NA-WNRC. 26.

料”。在与黑人打交道时，“仅根据阴茎溃疡史来诊断梅毒是不够的，因为阴茎溃疡的黑人多如牛毛”。这个人群“只有在生殖器溃疡过一段时间，出现了二期梅毒病变的情况下，才应被视为阳性病例”。①

摩尔医生特地警告不要接纳接受过治疗的人，否则将会污染该实验。他强调“之前接受过治疗的病人应被排除在详细调研之外”。摩尔医生预测，若是开展该研究的临床医生能在全县进行彻底排查，找到完全符合他的遴选标准的“大约两三百名男性”并不困难。②

在挑选受试者之后，摩尔医生建议要获取全面的病史，“特别强调留意可能出现的骨骼或心血管症状”，因为他认为这些并发症“在黑人中特别常见”。他随后列出了15项极其彻底的体检步骤，规定对病人进行从瞳孔到脚底的详尽医学评估。他还建议进行实验室检查，包括尿液分析、血液的瓦色尔曼试验、脊髓液检查以及胸部的X光和透视检查。③

摩尔医生知道自己这些建议涉及的工作量十分巨大，他很有信心地表示这项研究“将具有极大价值”。这点从所选受试者的种族就可得知。“在许多方面，梅毒对黑人与白人来说几乎是两种不同的疾病。”摩尔医生如此宣称。④

摩尔医生的这番话会对该研究的未来具有无与伦比的意义。在1930年代，关于该疾病的致病原是否存在种族差异的问题，科学家给出了响亮的回答——“没有!”同样，临床医生也同意两个种族应接受相同的治疗。然而，医学界上下仍相信黑人与白人的梅毒病程发展不同。有了摩尔医生这样地位的梅毒学家说出这番话，半个多世纪以来的临床推测就有了科学上的依据。温格医生明白此事的意义，他在给克拉克医生的信中写道：“我很高兴第一次看到有像摩尔医生这

① Moore to Clark, September 28, 1932, NA-WNRC. 26.
② 同上。
③ 同上。
④ 同上。

样经验丰富、享有声誉的临床医生申明‘在许多方面，梅毒对黑人与白人来说几乎是两种不同的疾病’。”温格医生明确地补充说：“这项研究将突显这些差异。”①

在研究计划即将制订完成前，克拉克医生必须决定摩尔医生的哪些建议应该或是可以囊括进去。他和温格医生立即同意了将受试者限制在某一年龄以上的男性。温格医生主张最低年龄应该定为 20 岁，而不是摩尔医生建议的 30 岁。根据罗森沃尔德基金会治疗项目的数据，25 岁到 30 岁之间的男性梅毒发病率最高。温格医生认为，如果不包括 20 多岁的男性，会使该研究失去其最大一群潜在研究对象。温格医生还希望“包括感染梅毒 5 年或更久的病患，因为在 5 到 10 年之间，我们基本上可以发现明显的早期病变情况，特别是从一个没有接受过治疗的群体中”。最后，克拉克医生决定将最低年龄折衷定为 25 岁，并规定感染梅毒不超过 5 年的男性应予排除。②

较难采纳的是摩尔医生那个将瓦色尔曼试验阴性病例和阳性病例都纳入其中的建议。温格医生坚决反对此想法。他绝不相信随便一两个医生——无论其所受训练或经验如何——就能在现场条件下，实施摩尔医生计划中要求的详细、准确的检查。克拉克医生也认同这一点。尽管摩尔医生警告称，若不将瓦色尔曼试验阴性病例纳入研究中，就可能损失高达 25% 的未经治疗的潜在隐性梅毒患者，但克拉克医生还是决定该研究仅限于瓦色尔曼试验阳性病例。③

摩尔医生建议通过临床病史来明确感染日期，他尤其坚信只有出现了继发性皮疹，才能证明病患的阴茎溃疡是梅毒所致，这一点，温格医生也拒绝接受。虽然承认可能有办法“获知这些病例的下疳发生的年份或月份”，但温格医生认为并不是每次都能记录到继发性皮疹的出现，因为

---

① Wenger to Clark, October 3, 1932, NA-WNRC.
② 同上。
③ 同上。

> 许多采棉花的黑人身上有疥疮和其他皮肤感染……不洁的口腔、感染的扁桃体、奋森氏咽峡炎、一口引发口腔黏膜病变的坏牙，这些可能会与出现二期表现的病患弄混。最后，同样重要的是，黑人身上的皮肤表现往往难以分辨，因为从肤色上看不出重要症状。我们必须记住，这些病患很少洗澡，穿着肮脏的内衣睡觉，而且皮疹可能消失得很快，以至于他们都没有注意到。

温格医生再次证明了自己强大的说服力。那些回忆不出继发性皮疹出现日期的男性也被纳入了研究之中，下疳初发日期也被当作了感染开始的日期。①

虽然拒绝了摩尔医生所提出的那些不可行或不实际的建议，但克拉克医生并不是单纯地寻找捷径。出于对临床医学的了解，他并不认同摩尔医生只为疑似有神经系统问题的病人做脊椎穿刺的建议。和温格医生一样，他主张常规的脊椎穿刺是必要的，这样能防止诊断时漏掉无症状的神经性梅毒患者。克拉克医生因此决定，脊椎穿刺手术做得越多越好。温格医生则证明了他们背离摩尔医生的建议是情有可原的。他在给克拉克医生的信中写道："我们正在尝试以有限的人手在这样一种现场条件下进行一项通常应该在医学中心做的研究。但是，由于在这样的医学中心很难找到同样一群未经治疗的梅毒患者，所以，山不来就我，我便去就山。"②

随着方案的完成，在研究开始之前只剩下一项任务待办——确保得到梅肯县私人医生的支持。在温格医生的催促下，吉尔医生去了梅肯县卫生局。"只要能为这些人进行一些治疗，他们就同意支持这项研究。"吉尔医生写道。他们没有明确要求治疗多少，但是在当地医

---

① Wenger to Clark, October 3, 1932, NA-WNRC.

② Clark's notes on Baltimore meeting, September 26, 1932, NA-WNRC.

生通过其代表机构（梅肯县卫生局）表示同意后，研究之路上的最后一个障碍被清除了。①

克拉克医生在亚拉巴马州完成安排时对细节的那份关注，也表现在了他对临床团队的选择上。现场工作将会由雷蒙德·A. 冯德莱尔医生负责。克拉克医生非常了解冯德莱尔医生的能力，几年前他在担任公共卫生部委员会的主席时对冯德莱尔医生进行过录用面试。事实上，他曾向一位欧洲同事形容，冯德莱尔医生是“我们最有前途的年轻官员之一”。②

在被任命为亚拉巴马州这项研究的负责人时，冯德莱尔医生 35 岁，已在公共卫生部工作 7 年，经验丰富。他在梅毒学方面的背景令人印象深刻。他曾在里士满的弗吉尼亚医学院当过两年皮肤病学和梅毒学讲师，此外，还在欧洲几个最好的诊所完成了大量的研究生工作，研究方向为心血管梅毒，而这正是克拉克医生最想在黑人身上一探究竟的三级梅毒并发症。和克拉克医生一样，他也是南方人，一个曾就读于弗吉尼亚医学院的弗吉尼亚本地人。

尤妮斯·里弗斯加入了冯德莱尔医生的团队，这位年轻的黑人护士被迪布尔医生选为特别科学助理。她曾在迪布尔医生手下担任夜班护士主管，但她与塔斯基吉学院有着更深的渊源。

里弗斯护士 1899 年出生在佐治亚州的贾金市，是阿尔伯特·里弗斯与亨丽埃塔·里弗斯的三个女儿中的老大。母亲在尤妮斯小时候死于肺炎，因而她自小就受父亲影响很大。尽管他基本上只会写自己的名字，在里弗斯护士的记忆里他是个“非常开明的人”，不希望自己的女儿们“不得不像他那样挣扎求生”。③

在教育方面，阿尔伯特自有想法。当地的黑人学校是出了名的

---

① Gill to Wenger, October 10, 1932, NA-WNRC; 也可参见 Clark to Wenger, October 6, 1932, and Wenger to Gill, October 8, 1932, 两者都出自 NA-WNR。

② Clark to Madsen, June 26, 1930, NA-WNRC.

③ Author's Interview, Eunice Rivers Laurie, May 3, 1977.

差，所以他把女儿们送到了佐治亚州另一个社区的姨妈家，那里的学校好一些。但将她们留在那里的花费甚巨，为了赚到足够的钱，阿尔伯特只得白天在锯木厂工作一整天后，晚上再在自家的小农场里忙活。他对女儿们所受到的教育感到非常自豪，当每个学年结束她们回家过暑假时，他都要求她们全面汇报自己的学业进展。这些片段给里弗斯护士留下了生动的记忆，后来她还怀着爱和感激回忆起了父亲是如何“坐下来考考我们的！”。①

身为家里的老大，尤妮斯背负着为妹妹们开路的使命。跟他那一代其他成百上千的黑人家长一样，阿尔伯特·里弗斯也想让自己的孩子拥有自己不曾有过的机会，他在1918年将女儿送入了塔斯基吉学院就读。在学院的第一年她学的是手工艺，但是在父亲的坚持下，第二年她改学护理学。

学院里关于护理学方面的正式课程很少。课程的核心是在安德鲁医院进行岗位培训，护士学员们在医院专业人员的严格监督下工作。除了在校园里被灌输了大量“自立自强”的理念外，尤妮斯还学到了构成其专业精神核心的两件事：护士必须平等对待所有病人，尽可能为每个病人提供最好的护理，不去考虑病人的社会地位或支付医疗服务的能力；护士必须完完全全、毫不含糊、不折不扣地遵从医生的命令。从理论上说，这些信条之间不会发生冲突，但她在塔斯基吉的导师，特别是迪布尔医生，让她心里毫不怀疑如果真的发生冲突该怎么办：服从医生的命令！②

1922年毕业后，里弗斯护士离开了塔斯基吉的封闭环境，进入了广阔的医疗世界，那里的专业领域是由白人男性主宰的。跟许多遭受种族偏见而无法从事公共卫生事业的黑人护士相比，她极为幸运。她很快受聘于亚拉巴马州政府，该州与联邦政府合作，正在为农村黑

① Author's Interview, Eunice Rivers Laurie, May 3, 1977.
② 同上。

人人口开展一个社会服务项目。在一名家政学教师和一名农民服务机构的场经纪人的陪同下，里弗斯护士在接下来的几年里开着一辆名为“移动校车”的特殊装备卡车走遍全州各地。他们主要去乡村地区，每次在一户人家住一周左右，其间给这家人授课。里弗斯护士回忆，主要讲“普通的家庭护理、清洁和卫生知识，因为……（那些人）非常、非常穷”。①

数年后，里弗斯护士从开“移动校车”调职到州卫生局人口动态统计局，从事一项具有挑战性的新工作。截至1920年代中期，亚拉巴马州还未被纳入联邦人口普查的登记范围，该州的卫生官员急于收集黑人人口出生和死亡的准确数据。由于大部分黑人是由助产士而非医生接生的，所以黑人鲜有出生记录。助产士一职基本上并无规范可言，里弗斯护士的工作就是将其置于监管之下，或者如她所说，“拜访每一位助产士，帮她理清记录，告诉她如何开具出生证明，还有分娩时用到的一些卫生知识”。这是一项艰巨的工作，需要走遍亚拉巴马州黑土带上的所有县区，但她最终没有完成，因为大萧条来临，该州财政预算紧缩，迫使该州官员在1931年终止了她的职务。②

那个年头任何人都不好找工作。对于一位受训成为公共卫生护士的黑人妇女来说，尤其是个坏年景。面对日益恶化的经济情况，南方各州的公共卫生预算都暴跌。鉴于她所在领域的职缺极少，里弗斯护士确实幸运，因为迪布尔医生让她回塔斯基吉学院担任安德鲁医院的夜班护士主管。在工作了8个月后，迪布尔医生叫她接受克拉克医生提供的科学助理职位，协助公共卫生部在梅肯县开展的一项针对未经治疗的黑人男性梅毒患者的研究。迪布尔医生后来向莫顿博士解释，之所以选她来做这项工作是因为她“做过的公共卫

① Author's Interview, Eunice Rivers Laurie, May 3, 1977.
② 同上。

生工作……比我们小组中的任何一个人都有成效”。①

里弗斯护士并不确定她能否胜任这项工作。虽然曾协助罗森沃尔德基金会在梅肯县开展梅毒控制示范项目，但她担心自己对梅毒学的了解不足以在这种研究中担任“特别科学助理”，并坦率地向迪布尔医生表露了这种自我怀疑。近半个世纪后，他的回答仍在她耳边回响：“‘哦，里弗斯护士，你有能力做到他们想做的任何事。我不担心这个问题。’”这份鼓励正是她所需要的，因为正如里弗斯护士后来承认的那样：“我非常高兴能不值夜班，为此我愿意做任何事。”她接受了这项任命。随着里弗斯护士的顺利就职，项目的计划阶段完成，研究即将开始。②

这个项目只用了不到一个月的时间就完成了必要的安排。不仅选定了工作人员，亚拉巴马州卫生局、塔斯基吉学院和梅肯县卫生局也一个接一个地同意合作。克拉克医生计划进行一项为期 6 至 8 个月的研究，其中包括（在亚拉巴马州卫生部官员的坚持下，以及在梅肯县私人医生的要求下）至少为每位接受检查的患者提供部分治疗方案。因此，该项目最初只是一项严格意义上的非治疗性研究，调研黑人身上未经治疗的梅毒所产生的影响，但是后来转变为提供部分治疗的项目。

克拉克医生不遗余力地请人们对该实验提意见。除了塔斯基吉学院的校长莫顿博士之外，与克拉克医生讨论过这项研究的人无一不是医生，而他们愿意看到这项研究进行的原因，至少有一部分是源于医学界的科学偏见。没有人认为他所提议的研究在道德上是有问题的。确实，在 1932 年是否会有许多医生反对这项研究，这一点是值得怀疑的。大家的共识是这项实验值得做，而在一个其成员没有完善的规范性道德体系的行业，形成共识等同于形成了道德标准。

---

① Dibble to Moton, September 17, 1932, TIA.

② Laurie Interview.

克拉克医生欣喜于项目即将开始，他向朋友夸耀道："我很有信心，如果研究成果能接近我们的预期，一定会引起全世界的关注。"温格医生也抱有同样高的期望。他以自己都没有意识到的远见预测道："当它完成时，我们要么一身荣耀，要么背负骂名。"①

① Clark to Davis, October 29, 1932, NA-WNRC; Wenger to Clark, October 3, 1932, NA-WNRC.

第八章
“享受特殊免费治疗的最后机会”

从首都出发，在经过一段艰辛的车程后，冯德莱尔医生于 1932 年 10 月 19 日抵达蒙哥马利。他提前了几天离开华盛顿特区，是希望在下山途中到大烟山休个短假。但整个行程都在下雨，让他尝到了未来几个月妨碍研究的恶劣天气的滋味。

在蒙哥马利等着冯德莱尔医生的是温格医生，后者是被克拉克医生临时派到亚拉巴马州的。他们一起拜访了贝克医生和吉尔医生，以便安排最后的细节，好让研究能够在一两天内启动。为了再次确认该实验仍有该州高级卫生官员的批准，他们驱车大约 40 英里来到塔斯基吉，入住卡尔酒店，在此地停留期间他们食宿都在这里。他们只能选择这个酒店，因为镇上没有其他酒店可接待白人。

在与迪布尔医生和里弗斯护士会谈后，他们决定见见几位有名望的白人种植园主。他们需要这些种植园主告知梅肯县的黑人，一个新的梅毒控制示范项目即将开始。在这些会议结束后，冯德莱尔医生向克拉克医生汇报说：“种植园主们非常盼望这项研究，特别是治疗方法能取得进展。我们正计划对有色人种听众做几次惯常的讲话。”像上次一样，公共卫生部的临床医生提议将听众召集到梅肯县的黑人学校与教会，并宣布“政府医生”将回来为大家免费验血。①

这个计划奏效了。居住在哈拉韦、诺塔萨尔加和肖特等小型社区的梅肯县黑人成群结队地来了。在某些地方，黑人聚集在小型的白色校舍里，其中许多校舍是在罗森沃尔德基金会的帮助下建的。在其他地方，黑人聚集在教堂里；若是附近没有合适的集会场所，他们干脆就在路边大树下集合，等待“政府医生”的到来。

据里弗斯护士所说，他们“被前来抽血的人淹没了”。大多数人从来没有验过血，也不知道验血是什么。她解释说，这些人之所以愿意配合，是因为“这是件新鲜事，是他们从来没有过的医疗服务”，她补充道，他们之中大多数人“从来没有看过医生”。所以，他们充分利用这个机会，想看看自己身上的一大堆病。他们往往不停描述各式病症与苦痛，正如里弗斯护士所回忆的，“他们抱怨个没完”。冯德莱尔医生和温格医生认真地倾听、安慰病人，这样一来，这些病人肯定会回去向他们的朋友和邻居热情赞扬这些“政府医生”。②

分工是精心安排的。温格医生由一两名安德鲁医院的黑人实习生协助进行诊断和治疗工作，冯德莱尔医生则在里弗斯护士的辅助下，对温格医生为该研究筛选出来的病人进行全面的体检。在大约一个礼拜的时间里，冯德莱尔医生协助温格医生进行实地工作，直到从普通人群中挑出待选的受试者。他们一起排查了全县居民，每天在六七个小村庄抽血。就像吉尔医生安排的那样，血样每天或每两天会寄到位于蒙哥马利的州卫生实验室做分析。结果出炉后，病人会收到邮件通知。阳性病例被要求到流动诊所报到，接受治疗，这些诊所设在全县教堂和学校的便利地点。

第一周结束时，冯德莱尔医生和温格医生收集了大约 300 名病人的血样。然而，冯德莱尔医生在给克拉克医生写信时看起来并不自信：“我们现在不知道，下周我们想让黑人到学院的医院来参加研究时会发生什么事。”这项研究的成败取决于是否能说服这些人同意接

① Vonderlehr to Clark, October 20, 1932, Records of the USPHS Venereal Disease Division, Record Group 90, National Archives, Washington National Record Center, Suitland, Maryland [hereafter NA-WNRC].

② Author's Interview, Eunice Rivers Laurie, May 3, 1977.

受体检。克拉克医生承认，他也对这些人会不会配合感到“有些不安”。①

没有理由惊慌——第一次体检如期而至。在此次成功经验的鼓舞下，冯德莱尔医生预测，“只要我们碰到这些乡下黑人，就有办法说服他们来体检”。他汇报说，头两个人“跃跃欲试”。数星期后他向克拉克医生夸口道：“只要一个黑人能被说动检查血清，那么他基本上也会同意做体检。”②

冯德莱尔医生按照研究方案严格挑选受试者。待选者来自温格医生的诊疗中心。瓦色尔曼试验结果呈阳性并且至少有 25 岁的患者成了这项研究的主要候选人。与普通群众不同，他们验了第二次血以确认诊断结果。温格医生在收集所有人的病例记录后，进一步缩小了待选者范围。他将曾去治疗过“脏血”或感染时间不足 5 年的人都排除在外了。

里弗斯护士负责接送这些人往返医院。当得知她开的是一辆没有额外软座的车后，克拉克医生平静地对冯德莱尔医生说：“看来她每天要跑好几趟。”事实上，她每天需要往返两次（上下午各一次）才能将 4 名病患送至冯德莱尔医生那里，后者很快将之定为每日看诊的定额。③

除了开车接送这些病患，里弗斯护士还时常协助冯德莱尔医生对患者进行体检。此外，她还有其他职责。傍晚，她时常在清洗和煮沸注射器，并为温格医生准备现场门诊所需的其他用品。每周 5 天，每天十四五个小时，月复一月，她的日程都是这样。难怪她回顾实验初期时感叹道：“一开始的时候，日子像是看不到头。”如此惊人的责

① Vonderlehr to Clark, October 26, 1932, NA-WNRC; Clark to Vonderlehr, October 31, 1932, NA-WNRC.

② Vonderlehr to Clark, November 2, 1932, NA-WNRC; Vonderlehr to Clark, January 7, 1933, NA-WNRC.

③ Clark to Vonderlehr, October 31, 1932, NA-WNRC.

献并没有被忽视。在他们开始一起工作几个月后，冯德莱尔医生称赞了里弗斯护士“不懈努力的精神”，并坦率承认“确实是由于她的努力，患者缺席的数量一直在下降”。①

恶劣的天气为项目工作增添了更多困难。梅肯县是清一色的土路，一下雨，土路就会变成无法通行的泥潭。那个冬天，雨下个不停。圣诞节这一天，冯德莱尔医生向华盛顿方面抱怨天气“糟透了”，确实对实验造成了阻碍，因为“病患拒绝在这种情况下步行几英里来到治疗中心”。接下来的 40 年，这种抱怨对公共卫生部官员来说成了老生常谈。②

1932 年到 1933 年冬，流感疫情袭击了亚拉巴马州，也阻碍了研究的进行。人们卧床不起，现场诊所的就诊率急剧下降。更糟糕的是，疫情使得治疗缩水。温格医生担心有些患者去过诊所后得了流感，却责怪是治疗“脏血”导致他们生病。“由于这次流感疫情，我们的静脉注射进度放缓了，”他解释道，“因为若是给这些无知的病人注射一剂新胂凡纳明，然后他却感染了流感或是肺炎，那会非常麻烦。”令温格和冯德莱尔医生感到松了一口气的是，这场疫情在几周内就结束了。他们知道除非继续提供治疗，否则梅肯县的黑人不可能持续配合这项研究。③

事实证明，找到患梅毒的男子比大家预期的要困难。令人意外的是，前 300 名接受测试的男性感染率只有 17%，不到罗森沃尔德基金会示范项目期间曝出的惊人的 35%感染率的一半。“当然，下一波 300 人可能会大大改变这一局面，”冯德莱尔医生写道，“如果情况不是我设想的那样，那么我们可能不得不调查比我们最初预设的大得多的群体。”测试不是问题，治疗才是真正的问题所在。根据与州卫生官员的协议，他们有义务为确诊的每位梅毒病例提供最低限度的治疗

① Laurie Interview; Vonderlehr to Clark, January 7, 1933.

② Wenger to Clark, December 25, 1932, NA-WNRC.

③ Wenger to Clark, December 3, 1932, NA-WNRC.

方案，当然，前提是该治疗方案在医学上并非禁忌。虽然州当局愿意提供一些必要的药物和医疗用品，但大部分物资仍需由公共卫生部供应，而当时后者的预算已经缩减。①

治疗协议带来了沉重的负担。接近 11 月底时，冯德莱尔医生警告克拉克医生："如果按照现在的方式继续下去，我们必须要调查至少五六千名黑人，并且也许还需要在接下来的两个月，每周注射两三百剂次的新撒尔佛散。"实际数字远远超出此预测。到新年头上，县内需要在不同地点开设 6 个治疗诊所，才能容纳数百名乞求得到治疗机会的病患，而到了 1 月底，冯德莱尔医生报告每周需要治疗 500 名病人，他承认在研究结束且所有治疗停止之前，这个数字不太可能减少。②

克拉克医生愁眉苦脸。随着治疗费用的不断增加，他一再告诫冯德莱尔医生严格节约经费。1 月下旬时，他写道：

> 我从来没有想过，我们做这项研究的前提是治疗县内大部分地区的病患……但是既然情况如此，我们必须尽力而为，否则已经付出的时间和精力就打了水漂。

如果病人接受了足以治愈疾病的治疗，或者有任何机会让州政府来承担这项责任，那么他的忧虑可能会少一些。他向冯德莱尔医生坦言："不幸的是，关于实施这项研究的前提条件，也就是我们现在正在承担的这些相关工作，我看不到能长久持续下去的可能性。因此我倾向于，甚至认为应该在不影响我们研究的情况下，尽可能地限制这项相关工作（治疗）的支出。"③

---

① Vonderlehr to Clark, November 2, 1932, NA-WNRC.

② Vonderlehr to Clark, November 28, 1932, NA-WNRC; Vonderlehr to Clark, January 7, and January 22, 1933, NA-WNRC.

③ Clark to Vonderlehr, January 25, 1933, NA-WNRC; Clark to Vonderlehr, January 31, 1933, NA-WNRC.

治疗计划的扩张需要更多的人力。11 月中旬，梅肯县卫生官员默里·史密斯医生来找冯德莱尔医生询问有无工作机会，并解释由于资金的缺乏，当地卫生部门很快将会关闭。冯德莱尔医生敦促克拉克医生同意雇用此人。“我认为我们很难找到比史密斯更适合现场工作的人，”冯德莱尔医生写道，“有了他，我想我们可以挑出县内所有理想的黑人，而且他在白人中的威望也会为我们带来很多的支持。”①

克拉克医生同意了。史密斯医生在 12 月底遭县政府解雇后，立即到现场诊所当了临床首席医生，取代了返回阿肯色州的温格医生。史密斯医生完美地融入了这个项目。冯德莱尔医生在观察几次史密斯医生的工作操作后向克拉克医生汇报：“看来史密斯医生似乎对现场工作得心应手，来到诊所进行初步检查的病患越来越多。我不知道史密斯医生对梅毒了解有多深，但他肯定很了解来自乡村的黑人。”②

克拉克医生认为史密斯医生的成功并不完全是好事，因为验血数量的增加必然导致接受治疗的病人数量增多。克拉克医生越来越怀疑，史密斯医生的人道主义关怀可能使其忽视了研究的真正目的。冯德莱尔医生矢口否认这一指控。他在给克拉克医生的信中写道：“我确信史密斯医生的首要目标是顺利完成我们的项目，而不是建立临时治疗中心。我也相信，他完全理解这些临时措施是相对效率低下的。”③

尽管冯德莱尔医生一再保证现场的临床医生正尽其所能将治疗计划限制在最低限度内，克拉克医生和他还是一直为治疗问题争论不休。冯德莱尔医生坚持在挑选并检验完所有样本前，必须维持最低限度的治疗计划。这涉及特定的协调安排问题。在抵达梅肯县后不久，冯德莱尔医生很快决定将脊椎穿刺推迟到春天，等到他完成了所有人的体检再说。所有男子都要带到安德鲁医院两次——第一次做体检，

---

① Vonderlehr to Clark, November 18, 1932, NA-WNRC.
② Vonderlehr to Clark, January 7, 1933, NA-WNRC.
③ Vonderlehr to Clark, January 28, 1933, NA-WNRC.

第二次做脊椎穿刺。这意味着，那些在现场工作接近尾声时才来的患者，两次就诊之间的间隔很短，但对于那些在研究开始时就接受检查的人来说，间隔则长达数月之久。

在这个间隔，只有提供治疗才能留住这些人。冯德莱尔医生解释道："如果这项研究要成功，就必须让我检查过的每个病例都保持兴趣，直到做完穿刺为止。如果这些人能够维持对项目的兴趣及配合，为他们花几百美元购买药物是可取的，也是必不可少的。"每次克拉克医生抱怨费用问题时，冯德莱尔医生的回答总是一样："不治疗，我们的实验就继续不下去。"①

所有参与该研究的都获得了治疗。至于其数量及形式，则取决于病患何时接受检查、手边碰巧有哪些药物，还有患者年纪是否太大或病情是否重到不能同时使用新胂凡纳明和汞剂治疗。此外，整个冬天和春天，药品短缺都拖了研究的后腿。吉尔医生无法供应全部的所需药物；克拉克医生则是不愿。至少有一次，治疗诊所被迫在没有药物的情况下将病患拒之门外，引得冯德莱尔指责"这给黑人留下了不利的印象"。但药品短缺造成的最糟糕后果是，只能以手边现有的药物进行治疗，而不是适当治疗所需的平衡使用新胂凡纳明和汞剂的方案。②

研究对象可以优先治疗。许多人拿到了新胂凡纳明和汞剂，其他人却只得到其中一种。造成此种差异的部分原因是药品的短缺，但是在很多情况下，治疗方式不同在医学上是合理的。冯德莱尔医生在1月初告知克拉克医生，因为患者年龄较大，"超过一半的人……只适合用重金属治疗方案"。③

冯德莱尔医生在2月初决定对一些病患进行第二次验血，以此对治疗结果做出抽检。他写信给克拉克医生称："完成第一次（根据我

---

① Vonderlehr to Clark, January 22, 1933, NA-WNRC.

② Vonderlehr to Clark, January 28, 1933, NA-WNRC.

③ Vonderlehr to Clark, January 7, 1933, NA-WNRC.

们的协议内容）疗程的50名病患，用了8剂新胂凡纳明和或多或少的重金属，在为他们重新检查后，只有3%呈现血清转阴。”换句话说，几乎所有人的血检结果仍是阳性。这一点也不令人惊讶。该研究中患者所能获得的最大治疗剂量，还不到公共卫生部推荐用以治愈梅毒的一半。①

即便治疗不太有效，费用仍然很高。冯德莱尔医生一再努力增加受试者的人数，并压低分到治疗诊所的患者数量。只检查男性是显而易见的解决方案，这样就能让需要治疗的人数减半。然而，问题在于去现场诊所就诊的女性与男性一样多，而将男性区别对待的做法常引起质疑。冯德莱尔医生向克拉克医生报告称：“在12月期间，我们想让更多的男性参加初次检查，但是在某个社区，人们指控我们是在帮军队做征兵体检。”②

冯德莱尔医生十分幸运，他利用联邦政府在该地区解决失业问题的项目设计了一些计划。在研究刚进行不久，复兴金融公司（RFC）提供的资金就开始到达梅肯县，冯德莱尔医生当即与其当地的负责人接洽，要求派驻两组临床医生到复兴金融公司的登记中心，为前来申请就业的黑人男子抽取血样。“复兴金融公司的当地职员全力配合，允许我们同步对所有前来登记的黑人进行瓦色尔曼试验，”冯德莱尔医生写道，他还补充道，“这件好事为研究带来了三四十个病例。”③

去塔斯基吉红十字会大厦的黑人也等来了相同的命运。冯德莱尔医生每天会安排一组医生在此采集来求医或吃口热食的男性血样。“现在我们每天从这里获得5到10名符合年龄段的男性血液，几乎没有遇到什么麻烦，”冯德莱尔医生汇报说，“在现场工作的最大难处是找到这些人，而现在简直可以说是他们已经站在了我们的门前。”④

① Vonderlehr to Clark, February 6, 1933, NA-WNRC.
② Vonderlehr to Clark, January 7, 1933, NA-WNRC.
③ Vonderlehr to Clark, February 11, 1933, NA-WNRC; Vonderlehr to Clark, March 6, 1933, NA-WNRC.
④ Vonderlehr to Clark, January 7, 1933, NA-WNRC.

虽然经常为血样检测与治疗的问题所困扰，冯德莱尔医生仍觉得为病患做体检很令人兴奋。他为自己查出的病状得意。“过去一两天里，我所看到的由梅毒引起的病状比以前都要多。”12 月初时他向克拉克医生如此说道。“在最近的 5 个病例中，有 4 个呈现出巨大变化，”他接着说，“第一个发生了视力萎缩，第二个的梅毒瘤侵入了鼻腔并破坏了鼻中隔，第三个的左腿产生了匐行性梅毒疹。”由于第四个的“梅毒病症涉及心血管系统”，冯德莱尔医生表示，他在这个病患的病历上“做了标注，动脉瘤……出现了”。他无法掩饰喜悦，感叹道：“这个病例是给我的奖励。”克拉克医生为这些发现感到高兴，他回信道：“如果你以现在的效率继续在黑人身上发掘梅毒感染的残留，那么我们的研究将永久打消一般人认为的得了梅毒对黑人后果不大的看法。”①

随着检查的推进，冯德莱尔医生越来越迫不及待地想在病患身上查出心血管并发症。然而，他只能借由对病患的胸部 X 光片的主观解读来诊断，而他并不是读 X 光片的专家。因此，他决定求助曾就职于塔斯基吉退伍军人医院的黑人医生罗姆 · J. 彼得斯，一位病理学家和放射学专家。彼得斯医生在读了 X 光片后赞同了冯德莱尔医生的观点——这些病患的心血管梅毒的发病率非常高。

这些报告让克拉克医生大吃一惊，他决定听听其他人的意见。他向该实验的巴尔的摩顾问约瑟夫 · 厄尔 · 摩尔医生透露：“我对关于这些片子的单方面说法不放心，写信来是想询问你是否可以在这个问题上提供帮助。”克拉克医生强调，他之所以采取这种预防措施是因为冯德莱尔医生“发现的病状比我想象的要多，特别是关于心血管系统的，这似乎是黑人在梅毒发作时的弱点”。②

---

① Vonderlehr to Clark, December 8, 1932, NA-WNRC; Clark to Vonderlehr, December 10, 1932, NA-WNRC. 这种趋势一直持续。一完成第 85 次检查后，冯德莱尔医生立刻再次向克拉克医生保证，“这些病例仍然表现出相当明显的病理特征”。Vonde-rlehr to Clark, December 17, 1932, NA-WNRC。

② Clark to Moore, December 20, 1932, NA-WNRC.

在接下来的几个月里，摩尔医生收到了数百张X光片。每次收件后他都会即时将片子寄回，并附上对每片X光片的解读。他的解读有让彼得斯医生判断出的心血管系统梅毒并发症的数量减少的趋势，但摩尔医生一再强调他没有足够的数据对其中许多病例做出确切的诊断。尽管如此，在体检于春天接近尾声时，摩尔医生毫不犹豫地宣告："冯德莱尔医生似乎发现了心血管梅毒的完美金矿。"①

在这些体检中很少发现中枢神经系统梅毒病症。由于研究人员相信神经梅毒极少发生在黑人身上，他们并没指望会发现高比例的中枢神经系统梅毒并发症。但是有人担心，除非冯德莱尔医生在做体检时特别警觉和敏锐，否则可能会漏掉某些个别病例。事实上，一名神经梅毒专家出身的顾问警告说，临床症状"通常在**黑人身上以一种怪异和非典型的方式**表现出来"。②

冯德莱尔医生努力不错过任何神经梅毒病例。他不指望会发现很多晚期病例，"因为他们被关在某个机构里"。令冯德莱尔医生感到困扰的是，他在这些病患之中完全没有找到任何神经系统被波及之初的临床证据。在经过两个多月徒劳无功的搜寻后，沮丧的冯德莱尔医生向克拉克医生坦言："我知道识别出黑人轻瘫的早期主观症状十分困难……但是这似乎不太寻常，在我检查的大约200名病例中，连一例有轻瘫的早期病例都没有。"③

克拉克医生责怪是底层黑人的行为让人难以分辨临床表现。他安慰冯德莱尔医生道："我非常同意你的看法，从这些大字不识的人身上识别出轻瘫是毫无希望的。我希望脊髓液检查能对这一问题有所帮助。"④

事实上，冯德莱尔医生一到塔斯基吉就开始战术讨论，即如何推

---

① Moore to Clark, April 17, 1933, NA-WNRC.
② O'Leary to Clark, September 20, 1932, NA-WNRC [underscored in source].
③ Vonderlehr to Clark, February 11, 1933, NA-WNRC.
④ Clark to Vonderlehr, February 17, 1933, NA-WNRC.

行脊椎穿刺才是最好的。他从一开始就决定要将脊椎穿刺推迟到项目尾声时施行。他知道这苦对患者来说不好受。即使是在设备良好的医院、由技术高超的医生实施，脊椎穿刺仍有风险，因为针头刺入时几乎不容有错。最轻微的计算错误都可能导致暂时甚至永久的瘫痪。此外，脊椎穿刺做起来可能十分顺利，只是有相当一部分病人会出现令人不快的后遗症。可能持续数天甚至数周的严重头痛是很常见的，颈部或四肢的麻木、僵硬（部分瘫痪）也并不罕见。

冯德莱尔医生知道，如果某人因为实验而瘫痪或者出现严重头痛的传言传遍全县将会产生什么后果。这项实验所仰赖的合作精神及自愿态度，将会大打折扣。就算坦言相告也难以保证人们会继续配合，所以只能想个其他办法。

冯德莱尔医生决定采取赤裸裸的欺骗政策。他计划将这些人集合到各个现场诊所，然后每天用汽车送 20 个到安德鲁医院，在那里对他们进行脊椎穿刺，这些人会被留在医院过夜以便观察各种不良反应。冯德莱尔医生在向克拉克医生详述他的策略时写道：

> 我把他们一大群一大群地带来，是想在黑人群体能够发现发生了什么事之前，在某一地区完成手术。单独前来的病患，则会被告知是来接受体检的，但在我们把他们带到这里后，他们必须在此过夜，而穿刺技术的细节也应尽量不让他们知道。[①]

克拉克医生喜欢这个计划，但提醒这个手术会让“医院增加相当大的开支”，并警告冯德莱尔医生谨记，公共卫生部“没有钱支付住院费用”。塔斯基吉学院需要自行承担这些人住院过夜的费用。重要的是，克拉克医生并不反对对这些人隐瞒手术实情，也不反对用治疗中心作为他们真正计划的幌子。“我同意你的想法，脊髓液检测期

① Vonderlehr to Clark, January 12, 1933, NA-WNRC.

间治疗工作也应继续，借此降低社区居民对这一活动的关注。”克拉克医生写道。稍后，他向摩尔医生解释这一计策是合理的：“这些黑人非常无知，那些对聪明人来说不重要的小事，却很容易对黑人造成影响。”①

在脊椎穿刺的准备过程中，为防止对任何病患造成严重伤害，冯德莱尔医生想了很多。他认为“对 65 岁以上的男性进行常规的脊椎穿刺是不安全的”，同样，“试图对晚期的心血管病患者穿刺也是不明智的”。这项研究需要有一定数量的接受脊椎穿刺者，而将这几类人从名单中剔除会直接影响到需做检查的病患总数。“应将脊椎穿刺人数定为 300 个病例，”冯德莱尔医生估计，“我相信我们将需要大约 400 个病例完成研究的第一部分。”②

随着体检的推进，冯德莱尔医生越来越坚信，速度是其计划成功的关键。4 月，他告诉克拉克医生，他们必须在“住院条件允许的情况下，尽快完成所有的穿刺手术。因为若是太慢，关于副作用的消息就有足够的时间在一个社区的工作完成前传开，那么剩下的病人就不会来了”。为了加快工作速度，他要求让温格医生暂时到塔斯基吉来帮忙，克拉克医生同意了。③

冯德莱尔医生自信他和温格医生每天可以完成 20 例脊椎穿刺，也就是美国国立卫生研究院与马里兰州贝塞斯达海军医院的实验室可以检测的最大液体样本量。1930 年，国会创立了美国国立卫生研究院，为公共卫生部卫生学实验室（Hygienic Laboratory）发展起来的实验室与研究业务提供独立的资金和架构。（国立卫生研究院直到 1950

---

① Clark to Vonderlehr, January 16, 1933, NA-WNRC; Clark to Moore, March 25, 1933, NA-WNRC.

② Vonderlehr to Clark, January 12, 1933, NA-WNRC. 克拉克医生征求摩尔医生的意见，对方立即表示大致上同意冯德莱尔医生对禁忌症的判断标准，不同的是，他认为疑似脑瘤患者也应被排除在外。Clark to Moore, January 16, 1933, NA-WNRC; Moore to Clark, January 17, 1933, NA-WNRC。

③ Vonderlehr to Clark, April 11, 1933, NA-WNRC.

年才完成组建。）美国国立卫生研究院的实验室主要侧重于癌症研究，却是全国最好的实验室之一。由知名的优秀实验室对脊椎穿刺样本进行分析，对于该实验可能产生的成果会不会被任何学术期刊接受是十分重要的。正如温格医生向冯德莱尔医生解释的那样，研究黑人

> 需要由一些能力毋庸置疑的人来检查样本，因为当你的工作被批评时，这个国家的每一位权威人士都会不遗余力地在你的结论中寻找破绽。我们必须始终牢记，这个行业仍然坚信黑人的脊髓液变化是相对罕见的，因为该种族罹患神经梅毒的临床证据并不多。①

也许正是对围绕黑人梅毒问题的科学争议的担心，使得冯德莱尔医生就算没有真的遇上，也至少考虑了这项实验最明显的科学短板：这些人接受的少量治疗对疾病的自发演变有什么影响。“在实施脊椎穿刺期间，”他写信给克拉克医生说，“我计划利用这个机会再次对这些病人问诊，察看那些第一次体检时查出的各式病状，以确定在治疗开始后是否有任何变化。”虽然似乎只需要临床检查就够了，冯德莱尔医生还是询问了克拉克医生是否想要“加一次 X 光检查作为所有病例的例行项目”。克拉克医生表示反对，认为“在这么短的间隔内不会发生任何重要变化”。②

从监测有限治疗的效果中解放出来后，冯德莱尔医生全心投入数据的整理工作。这些检查使他能够看到的与梅毒相关的大体病理，比大多数临床医生一辈子观察到的数量和种类都要多。别人可能会觉得紧张的日程安排让人筋疲力尽，他却乐此不疲。是的，他认为这工作很吸引人。即使是有成堆的文书工作要做，他也热情不减。在花了一

---

① Wenger to Vonderlehr, April 14, 1933, NA-WNRC.

② Vonderlehr to Clark, April 8, 1933, NA-WNRC; Clark to Vonderlehr, April 12, 1933, NA-WNRC.

晚上更新完文件之后，冯德莱尔医生在给克拉克医生的信中稍稍抱怨了几句，但随后补充道："不过，请不要认为我很累或感到灰心，因为我觉得这些是我所看到过的最有趣的信息。就算需要完成2倍于此的文书工作仍然是值得的。"①

确实，冯德莱尔医生并不希望实验就此结束。4月初，他小心翼翼地与克拉克医生谈起这个话题。"关于这里开展的未经治疗的梅毒研究，我已经思考了一段时间，其中有件事可能你还没注意到，"冯德莱尔医生起了话头，"我提出这个想法，并不是想让你当成建议，而是希望你在我回到华盛顿工作之前，把这事放在心上。"接下来他给出了一个大胆的蓝图：在未来几年继续进行这项实验。②

只要想到可以从这些人身上获得多少科学知识，解散这个群体就是毫无道理的。"如果能跟踪这些病例5至10年，"冯德莱尔医生解释道，"就能得知许多关于未经治疗的梅毒的发病过程与并发症的有趣事实。"例如，他指出"可以确定这些梅毒患者的寿命"，并表示他相信"在美国国立卫生研究院的配合下，许多尸体解剖（验尸）可以通过（塔斯基吉）学院附属医院来安排"。冯德莱尔医生认为这些病患仍可被视为未经治疗的，因为他们所得到的治疗远比现代医学规定的少得多。"在这个项目结束时，我们应该会有相当数量的病例出现各种梅毒并发症，这些人只接受了汞剂治疗，也许仍可被视为未接受过现代意义上的治疗。"③

这项研究的运作成本低且容易管理，不会对公共卫生部的有限资源造成负担。随访工作可以由一名"兼职社工完成……我们的一名官员可以不定时监督整个方案的施行"。冯德莱尔医生有把握，"如果认真考虑这项随访工作，还可以发掘出其他有趣的研究点"。据他所述，公共卫生部只考虑"经济成本"，对此他并不气馁，但最后以

---

① Vonderlehr to Clark, April 24, 1933, NA-WNRC.

② Vonderlehr to Clark, April 8, 1933, NA-WNRC.

③ 同上。

迫切的语气恳求道："我认为失去这样一个不寻常的机会似乎是件憾事。"①

克拉克医生表示赞同，但并不鼓励该想法。他同意有"进一步研究黑人中的梅毒问题的可能性"，并答应在冯德莱尔医生回到华盛顿后"讨论这个问题"。克拉克医生指出，目前的财政紧缩造成了"非常艰难的时期"和普遍存在的"不确定感"，他冷静地总结道："在这个节骨眼，我对于扩大我们活动的可能性不抱任何希望。"②

冯德莱尔医生全神贯注于这项工作，丝毫没有退缩。他以一个新手的热情而非干完了事的心态来实施脊椎穿刺手术。他以格式信函吸引这些人来到医院，信函内容却巧妙地利用了他们的无知与需求。这可以称得上是骗局中的杰作。

没有什么文件能看起来比这封信更具有官方色彩了。信的抬头是"梅肯县卫生局"，副标题是"亚拉巴马州卫生局、美国公共卫生部与塔斯基吉学院合作项目"，这显然是用所有相关医疗当局的威望背书。信中并没有提到脊椎穿刺。冯德莱尔医生反倒是抛出了一些诱惑。③

在习惯性的称呼"尊敬的先生"之后，开头一段写道：

> 不久之前，您完成了一次彻底的体检，从那之后，我们希望您已接受过多次"脏血"治疗。现在，您将有最后一次机会进行第二次体检。此次检查十分特殊，检查完之后，如果我们认为您的身体状况可以承受，您还将获得一次特殊治疗。

想接受"特殊检查"和"特殊治疗"的人被告知，必须在某个地点、

---

① Vonderlehr to Clark, April 8, 1933, NA-WNRC.

② Clark to Vonderlehr, April 11, 1933, NA-WNRC.

③ Undated letter, appended to Vonderlehr to Clark, April 21, 1933, NA-WNRC. 信结尾如下："随信附上寄给所有接受脊椎穿刺者的信件副本。在这封信寄达约 10 天前会先寄出一份通知，告知收件人注意将有重要信件送达。"

日期和时间（信中的这几处留了空）去找护士，然后护士会把他们“送到塔斯基吉学院附属医院接受这项免费治疗”。[①]

这封信提醒收件人，他们可能需要在医院过夜。“您应该记得，在上次接受完整的检查时等待了一段时间，我们希望您知悉，由于我们预计现场将十分忙碌，可能需要您住院一晚，”这封信如此说明，为了令他们安心还补充道，“必要时，我们将为您提供膳食、床位及免费的检查和治疗。”信的结尾动情地劝告收信人：“**要记住这是您享受特殊免费治疗的最后机会。一定要去找护士。**”信的落款为“梅肯县卫生局”。[②]

这封信产生了预期的效果，脊椎穿刺的工作在5月开始进行。医生继续掩盖真相，告诉这些人他们正在打的是“脊椎针”，不让他们知道这个过程是在诊断而非治疗。参与实验的一名男子在提到迪布尔医生时回忆道：“他说他要放一些药……进去。就是这样！他说他要给我打脊椎针——他就是这么告诉我的——打在我背上。”由于许多人注射了新胂凡纳明以治疗脏血，他们自然而然地将“脊椎针”当作一种疗法。[③]

冯德莱尔医生预计这些人中的一部分会出现令人不快的后遗症，他估计“20%的病例会感到头疼”。实践不仅证实了这一预测，而且加深了他对速度及保密性的关切。脊椎穿刺开始才几天，他对克拉克医生吐露：“脊椎穿刺越快完成越好，因为我们已经发现符合常规比例的脊椎穿刺后头痛案例，而这一消息肯定会传开。”温格医生也提到了脊椎穿刺后头痛的情况，但认为“并不严重”，并指出“绝大多数病人在医院或家里休息24小时后就能复工”。[④]

---

① Undated letter, appended to Vonderlehr to Clark, April 21, 1933, NA-WNRC. 信结尾如下：“随信附上寄给所有接受脊椎穿刺者的信件副本。在这封信寄达约10天前会先寄出一份通知，告知收件人注意将有重要信件送达。”

② 同上。

③ Author's Interview, Charles Pollard, May 2, 1977.

④ Vonderlehr to Clark, April 17, 1933, NA-WNRC; Vonderlehr to Clark, May 8, 1933, NA-WNRC; and Wenger to Clark, May 24, 1933, NA-WNRC.

里弗斯护士回忆起脊椎穿刺时对这些人颇多同情。站在近半个世纪后回望，她对该操作过程的形容是“粗暴，在那个特殊时期非常的粗暴”。在她记忆中，主要的困难是“技术不熟练”，“很多人被戳了两三次”。实际穿刺时“非常痛苦”，许多人出现了“严重的头痛”。乘车回家的路上很颠簸，这似乎加重了他们的痛苦，因为“路太不平”，她解释道，“等我把他们送到家，术后反应再度袭来”。里弗斯护士认为，脊椎穿刺一定是“十分危险，因为很少有人术后不抱怨的”。①

这些人的恐惧令里弗斯护士心有所感。她清楚地记得，这些人是如何一想到有东西“进入脊椎或脊髓”就“吓得半死”。当然，她的主管们对病人的这些反应已经习以为常，不为她的担忧所动。她回忆道：“温格医生认为我太同情病人了，我确实如此。我关心病人，因为他离开后我还得住在这里。”②

根据这些人对自己所经历的脊椎穿刺的描述来看，她并没有夸大术后反应。一名受试者回忆道：“它把我放倒了，我告诉你，我以为我挺不过去了。我晕倒了，昏过去了，你知道吧。我瘫在家一两天，什么事都做不了。”另一人的脖子变得僵硬，以至于他不得不在家里躺了两个星期。“好几次我以为我要好了，可以下床了，但我得托着我的（后）脖子……用膝盖慢慢挪。”他抱怨道。还有个人记得自己躺了一星期，头疼得厉害。“问题是，我一想到这件破事还是很气。”他在做了脊椎穿刺 40 年后抱怨道。③

从某种意义上说，这些人没有一个忘记此事。脊椎穿刺让他们对“政府医生”心有余悸和不信任。里弗斯护士记得在从医院开车送他们回家的路上，她听到不止一人喊道：“里弗斯护士，如果每次去他

① Laurie Interview.

② 同上。

③ Author's Interview, Carter Howard, May 2, 1977; Pollard Interview; Author's Interview, Bill Williams, May 2, 1977.

们都要往我们背后打针，我就不去了。”①

到 5 月下旬这项工作结束时，冯德莱尔、温格以及帮忙做最后几例的迪布尔医生一共完成了 307 人的脊椎穿刺。在他们开始做脊椎穿刺前检查了 407 名男性，冯德莱尔医生估计其中大约 370 人没有出现手术禁忌症。关于那些没来做脊椎穿刺的男子（约占合格群体的 20%），冯德莱尔医生写道：“有些人是因为恐惧，有些人因为他们的白人雇主不允许请假，还有一些人已经搬离该县。”尽管如此，没有任何临床医生觉得缺席者的数量过多。温格医生称他们的成功率是“一次了不起的表现”。②

里弗斯护士没什么好高兴的。她是第一个感受到与这些人关系受损带来的实际后果的人。在冯德莱尔医生与温格医生离开该州后，她的任期延长了几周，以便她能联系那些胸部 X 光片看不清楚的人，说服他们回来再拍一次 X 光。“让这些病患回来拍 X 光非常困难，”她沮丧地写道，“有 3 人根本不肯来，其他人找了各式各样的借口。我一再去找他们，希望他们回心转意，但他们害怕我让他们回去是为了做脊椎穿刺。”③

史密斯医生也讲述了类似的故事。夏天里，他被再次任命为梅肯县的卫生官员，他到乡下巡视时经常接触到参加过这项研究的人。史密斯医生显然被他们的反应逗乐了，他向冯德莱尔医生反馈道：“真希望你能看到一些 S. P（脊椎穿刺的首字母缩写）弟兄的反应——当我在县里四处走动时，他们一看到我就飞快地逃进了树林。”在随后的几年里，这些人对脊椎穿刺的恐惧变成了谈及“政府医生”时最喜欢的笑话和道听途说。他们似乎从不厌倦谈论“冯德莱尔医生的

---

① Laurie Interview.

② Vonderlehr to Clark, May 4, 1933, NA-WNRC; Wenger to Clark, May 24, 1933, NA-WNRC; Vonderlehr to Clark, May 20, 1933, NA-WNRC; Wenger to Clark, May 24, 1933, NA-WNRC.

③ Rivers to Vonderlehr, June 5, 1933, NA-WNRC.

金针疗法”的轶事。(他们用20号金色针头进行脊椎穿刺。)①

最后一次脊椎穿刺本应标志着实验的结束，至少就与这些人的任何进一步临床接触而言。在5月之后的一个多月，研究看起来将按计划结束。参与的医生都回归原职。里弗斯护士需要多留几周到6月份，以完成对这些人的随访，接着开始找新工作。在整个临床团队中，只有她一人失业。意识到没时间感到害羞或自豪，里弗斯护士向其前雇主求助。她写信给冯德莱尔医生，表示自己“手头一份工作也没有”，并补充道：“我确实很喜欢这份工作，若有机会再次需要我效劳，请不要忘记我。”②

看起来，公共卫生部不太可能再次雇她——至少不会很快。根据冯德莱尔医生的上级表现出的各种迹象来看，他们将按计划结束实验。医务总监卡明医生以个人名义写信给莫顿博士，感谢他与约翰·A. 安德鲁纪念医院工作人员的“精诚合作”。克拉克医生也给塔斯基吉的“退伍军人管理之家”负责人J. H. 沃德上校发了一封类似的短笺。③

如果不是发生了重要的人事变动，这项实验可能在那时就结束了。克拉克医生于6月底退休，接替他的冯德莱尔医生先是担任了代理部长，接着正式就任性病部主任。他的晋升为接下来的40年开创了一种清晰可辨的官僚模式，这种模式毫无疑问地决定了该实验的进行，并在很大程度上解释了它不会在短时间内结束。当性病部领导层有职位空缺时，通常由从事过此项研究工作的人来填补。鉴于高级官员的数量有限，加上公共卫生部近亲繁殖的晋升政策，几乎注定只能如此。

毫无悬念，冯德莱尔医生一上任就将继续这项实验。他将他生命

---

① Smith to Vonderlehr, June 26, 1933, NA-WNRC.

② Rivers to Vonderlehr, June 29, 1933, NA-WNRC.

③ Cumming to Moton, June 2, 1933, NA-WNRC.

中的9个月投入其中，做了9个月艰苦的实地工作。他绝对相信该实验具有科学价值。他确定公共卫生部正站在重要发现的边缘，即将查明黑人的梅毒若未经治疗会产生何种结果，尤其是对于心血管系统。在他们还没有从中了解更多东西之前就结束此项研究，简直就是没有科学意识。

冯德莱尔医生完全无视该实验所包含的致命缺陷：它已经无可救药地被治疗所污染。他急于继续该研究，掩饰了这些人都接受过少许治疗的事实，辩称这些人实际上以“现代意义的疗法”看仍是未经治疗的。它若是研究梅毒治疗不足所产生的影响，实验也许仍有些许价值；若研究的是梅毒未经治疗的后果，该实验是无效的。

出于对科学的兴趣与改革的热情，冯德莱尔医生渴望继续这项研究。在许多病患身上发现这种疾病的严重表现，无疑增强了他坚持研究的决心。纯粹从科学角度来看，病理学是迷人的，但是其中牵涉的事情很多。只要医学界与一般公众仍然认为梅毒只是黑人生活中的小事，那么争取到公共卫生项目资金来防治这种疾病的希望就很渺茫。但是，若公共卫生部可以证明梅毒对黑人与白人一视同仁，各州的立法机构（甚至国会）可能会被说服，支持类似罗森沃尔德基金会梅毒控制示范项目的方案。相当讽刺的是：对于不治疗梅毒的研究，也许能推动治疗方案的发现。

但对参与实验的男性来说并非如此。1933年夏天成为塔斯基吉黑人男性未经治疗的梅毒研究的历史分水岭。研究非但没有结束，还有了未来，一个开放式的未来。如果说克拉克医生是该实验之父，那么冯德莱尔医生就是它的主要监护人和保护者。他确保了这些人还能见到“政府医生”。①

---

① 关于意向声明，参见 Vonderlehr to Clark, December 17, 1932, NA-WNRC。

第九章
“送他们去验尸”

在1933年的夏天里，为了让实验能存续下去，冯德莱尔医生迅速行动了起来。无论是他刚接手性病部代理主任一职，还是因大萧条而制定的《经济法》造成了公共卫生部财政紧缩，都无法阻挡他的行动。他花了一个半月的时间查阅合适的文献，并与其他官员讨论该项实验。7月中，他写信给温格医生表达了想继续该实验的心愿，并请对方提出如何实施到最佳程度的建言，还强调“每个人都同意继续观察参与实验的黑人男性并最终送他们去验尸才是适当的程序”。[①]

对这些人进行尸检是这项实验的重要补充方案。显而易见，相较于临床医生看X光片，病理学家在显微镜下检查病变器官，能有更多发现；尸检会使得研究人员能够补充和修改他们的临床评估，科学界认为，尸检得出的数据比仅依靠临床观察得出的更可靠。

冯德莱尔医生知道，尸检一事将为实验持续多久带来不确定因素。他在给温格医生的信中写道，尸检“对于一些较年轻的病例来说也许行不通”，但是“对于那些年龄较大、重要器官有严重并发症的人来说，我们应该只需要跟踪几年即可”。当然，这一预估并没有为实验结束设定一个明确的截止日期。他从未定下确定的期限，也没有任何迹象表明他曾经具体说明需要做多少次尸检。由于这些疏漏，该研究无可避免地有了无限期的特质，我们完全有理由相信，冯德莱尔医生希望事情这样发展。[②]

参与实验的群体与先前的大致相同。遵循克拉克医生先前的做法，冯德莱尔医生告诉温格医生，他想与“州、地方卫生部门合作，最重要的是，获得塔斯基吉医院的配合”。为了确保得到后者的协助，他建议公共卫生部给迪布尔医生一个荣誉职位，如“代理助理医务总监，年薪一美元”。这样一来，就可以要求迪布尔医生同意他们使用安德鲁医院的医疗设施并协助尸检，并且在“政府医生”来访之间的空档指导、监督负责跟踪这些受试者的护士。③

由于冯德莱尔医生计划每年只派卫生官员到塔斯基吉一次，所以他非常重视护士的作用。她将成为该实验在当地的代表，受试者最常接触的人。他选中了里弗斯护士担任这一角色，并告诉温格医生，他计划只“聘用她三分之二的工时，并且需要她自备交通工具，工资为每年 1000 美元”。由于预算吃紧，冯德莱尔医生估计，“每年（除里弗斯护士的工资之外）增加 200 美元用于额外的需求，如少量药品的购买等”。因此，每年该研究的总成本（刨去相关卫生官员的工资和差旅费）仅需 1200 美元。④

现场主管的选择遇到了困难。人员裁撤已经使得华盛顿的员工由 15 人减为 12 人，还有 2 人的职位也岌岌可危。由于冯德莱尔医生无法在不给他的工作人员带来额外压力的情况下一走了之或者从性病部总部派人来，他问温格医生是否可以从温泉市抽一名职员来担任。这样，就不会有任何关于实验的授权问题了，冯德莱尔医生称他已经寄了一份备忘录给卡明医生说明此事，并补充道：“我有理由相信医务总监会同意这项计划的。”⑤

尽管冯德莱尔医生如此急切地劝说，温格医生还是拒绝借一名职

---

① Vonderlehr to Wenger, July 18, 1933, Records of the USPHS Venereal Disease Division, Record Group 90, National Archives, Washington National Record Center, Suitland, Maryland [hereafter NA-WNRC].

② 同上。

③ 同上。

④ 同上。

⑤ 同上。

员给他。温格医生也缺人手，但他慷慨地给出了建议。首先，温格医生反对雇用里弗斯护士。“除了用光汽油、每周打电话给这些病患外，我看不出她还能做些什么。在我看来，根本没有必要做这些事。”温格医生写道。在这些病患还活着的时候给予过多关注，他觉得完全是在浪费时间。“在我看来，”他说，“在这些病人死之前，我们在他们身上捞不到更多好处。”①

温格医生不想雇用里弗斯护士，而是想采用另外两种方式来确保不漏掉尸检。“当这些病人死亡时，”他开口说道，“梅肯县的十几名或更多的医生必须开具死亡证明，并交到县卫生官员默里·史密斯医生手中。史密斯医生可以随即通知迪布尔医生，由后者安排验尸。”他说，这种方式需要先确保迪布尔医生同意配合并且

> 安排梅肯县的医生将任何向他们求诊的示范项目病例转交给迪布尔医生。如此，迪布尔医生就能保有这些病例更完整的记录，若病患死亡，他会有更多时间说服家属同意进行尸检。

温格医生知道，第二个计划取决于当地医生的支持，他打着包票补充道：“我很了解梅肯县的医生，我相信他们会配合。”②

温格医生很快就承认第二个计划有个小问题：“如果有色人种知道了接受免费医疗意味着死后进行尸检，那么每个黑人都将离开梅肯县，这会连累迪布尔医生的医院。”但是有个办法可以解决这个问题。“这是可以避免的，”温格医生解释道，“只要能将梅肯县的私人医生拉入我们的阵营，并要求他们小心行事不要泄漏这项计划的目的。”从某种意义上说，温格医生提出这种建议是意料之中的，因为向受试者隐瞒研究的真正目的，一直以来都是“政府医生”遵循的

---

① Wenger to Vonderlehr, July 21, 1933, NA-WNRC.
② 同上。

政策。唯一不同的是，梅肯县的私人医生将成为公共卫生部阴谋的正式帮凶。①

出于对实验的科学有效性的考虑，温格医生提出了最后一项建议。他提议不让迪布尔医生或他在安德鲁医院的实习生实施尸检，并警告说："他们的研究发现，不会比我俩来做尸检的所得更有科学价值，所以，为什么不把美国退伍军人医院的病理学家请来呢？这样我们就会拥有有价值的验尸记录了。"温格医生属意的人选是杰罗姆·J. 彼得斯医生，这位年轻的黑人医生曾为这些患者做过脊椎穿刺。②

冯德莱尔医生对这些建议的反应不一。他认为请当地医生提交病患死亡证明给史密斯医生的做法完全不可行。他解释道："这绝对行不通，因为在死亡证明寄达史密斯医生的办公室之前，大多数病患已经下葬了。"此外，许多病患都住在邻近几个县，这意味着"他们的死亡证明不会被转给当地（梅肯县）的卫生单位，即使那里有（卫生单位）"。冯德莱尔医生认为，取得当地医生的配合是较为合理的想法，但表示"不仅是塔斯基吉当地的医生配合，还需要梅肯县及其郊区的邻近城镇和村庄医生的合作"。③

冯德莱尔医生断然拒绝弃用里弗斯护士。他断言："我想，除非那人在当地工作、时刻将研究的成败放在心上，否则这项研究不会有什么成就。"里弗斯护士将作为"随访人员"，"与一般病例保持大约每年一次的联系频率"。她将"与那些出现严重的梅毒并发症、很可能会一命呜呼的病人保持更密切的联系"。她所做的工作并非不受监管，"大约每年一次，公共卫生部的某些官员应（会）前往梅肯县，花数个星期的时间检查该护士的工作，并对病情达到后期阶段的病例

---

① Wenger to Vonderlehr, July 21, 1933, NA-WNRC.
② 同上。
③ Vonderlehr to Wenger, July 24, 1933, NA-WNRC.

进行简短检查，给予那些需要治疗的病患一些安慰剂”。①

冯德莱尔医生同意由彼得斯医生来操作尸检。实际上，他与迪布尔医生早就讨论过此项任命，并已决定“安德鲁医院病理学家彼得斯医生将操作必要的尸检”。而组织样本将被寄往华盛顿，由那里的“美国国立卫生研究院进行分析研究”，这一决定反映出冯德莱尔医生念念不忘由知名的杰出机构进行实验室分析，这样科学界才会对该实验的结果有信心。②

温格医生仍然不相信里弗斯护士对该研究来说很重要，他再次建议不要雇用她。他提议聘用县、州卫生人员来做她的事。可以把受试者的名单发给他们和当地医生，这样就能依靠他们把消息给到华盛顿方面。③

在温格医生看来，唯一可行的替代方案就是让冯德莱尔医生直接写信给这些病患，与他们保持联系。据此，冯德莱尔医生需要设计一份格式信函（类似于调查问卷），附上回邮信封，并要求这些人每月回信一次。那些汇报自己生病的人将会被劝告去见迪布尔医生，若有必要，迪布尔医生会让他们住院。“在我看来，最后这个方案是最实际的，因为这些病人认识你且喜欢你，我相信大多数人会每月寄回报告，因为他们知道你是关心他们的。”温格医生写道。他狡黠地提到了那封冯德莱尔医生起草的脊椎穿刺邀请信，补充道：“以你给黑人写信的天赋来看，这个计划似乎是最可行的。”④

最终，冯德莱尔医生没有采纳温格医生的建议，仍然决定雇用里弗斯护士，但此后数月，温格医生的其他建议明显让他受益不少。将当地医生和卫生工作人员拉入己方阵营、向他们提供完整的受试者名单、使用格式信函与病患联系——许多富有建设性的意见都来自温格

① Vonderlehr to Wenger, July 24, 1933, NA-WNRC.
② 同上。
③ Wenger to Vonderlehr, August, 1933, NA-WNRC.
④ 同上。

医生。冯德莱尔医生并没有将这些建议视为相互排斥的选项，而是自由地运用它们拼凑出了精细的系统，密切监视这些人并“将他们送去验尸”，如此，该系统良好地运行了近半个世纪。

除了解决与尸检有关的后勤问题外，在1933年夏天，冯德莱尔医生还花大量时间争取对该实验极为重要的团体的合作。他的第一个目标是塔斯基吉学院。7月中旬，他提醒迪布尔医生先前两人曾就是否继续该实验探讨过。冯德莱尔医生回忆道：“那时候，你说约翰·A. 安德鲁医院也许会愿意配合，让研究中的400名受试者免费入院，以免引发任何足以致死的严重疾病。”一旦确定这话还算数，冯德莱尔医生接着提议，“立刻请医务总监与莫顿博士就此议题正式接触”。①

迪布尔医生回复，他“当然对这个项目仍有兴趣”，并主动提出会与莫顿博士讨论此事以便“看看能做些什么”。成本是他最关心的问题。为了减少开支，他建议雇员方面以里弗斯护士为主，或许让史密斯医生和安德鲁医院的几个实习生辅助即可。这个回复令冯德莱尔心潮澎湃，他立刻回信说明自己已采取措施，“安排里弗斯小姐接受公共卫生部的这份兼职”，并且催促迪布尔医生“让塔斯基吉学院也以兼职雇用她”，暗示他们的“协议就是对她实行共同雇用制”。②

7月下旬，医务总监卡明医生写信给塔斯基吉学院校长，说明冯德莱尔医生希望能深入研究“未经治疗的梅毒会对人类经济造成何种影响”。卡明医生解释道，去年冬天冯德莱尔医生与安德鲁医院合作开展的那项研究“主要是临床性质的”，“指出病患身体各重要器官经常出现的严重并发症，表明梅毒确实会造成极大损害”。然而，还需要更多的证据，才能让其他医生接受这些研究发现。卡明医生解释道：“由于临床观察所得在医学界并不被视为定论，我们希望继续

① Vonderlehr to Dibble, July 18, 1933, NA-WNRC.

② Dibble to Vonderlehr, July 20, 1933, NA-WNRC; Vonderlehr to Dibble, July 25, 1933, NA-WNRC.

观察在近期研究中选出的病例，如果可能的话，为其中一定比例的死亡病例进行尸检，以便从病理学上确认病程。”①

没有提出其他论点来要求开展该实验；也没有进一步讨论该采用哪些程序。他最后正式要求“塔斯基吉学院对这项调查研究给予支持和合作”。②

公共卫生部对该实验的命名是在打破一些种族界线。它采用了一种奇怪的规约，很大程度上暴露了冯德莱尔医生对种族规矩的想法，而这规矩是为了确保塔斯基吉学院的黑人领袖合作而必须遵从的。当卫生官员彼此之间或与其他白人医生通信时，总是将该实验描述为研究梅毒对“黑人男性”的影响。但当他们与莫顿博士和迪布尔医生讨论这项实验时，他们小心翼翼地称其为梅毒对“人类经济”的影响的研究。措辞上的变化很重要，因为这改变了研究的外貌，从关于种族与疾病的调查研究，变成了关于疾病与人类的调查研究。

没有人被这种文字游戏骗到。莫顿博士和迪布尔医生都知道这项实验只研究黑人男性。黑人中产阶级专业人士想要在白人主宰的社会中取得成功，没有什么比这更能显现出他们所面临的困境。白人的目的不是欺骗黑人，而是让他们更容易自我欺骗。卫生官员礼貌而精明地避免提到这个明显的事实，让莫顿博士和迪布尔医生停留在假想之中，即塔斯基吉学院不会为种族主义实验提供跨种族的支持。

还没有等到塔斯基吉学院的答复，卡明医生就通知贝克医生他计划恢复这项实验，并正式征求亚拉巴马州公共卫生局的合作和批准。就在一年前，贝克医生曾回复过类似的请求，他坚决要求尽可能治疗病患。这一次，他没有向公共卫生部提出任何要求，还向卡明医生明确保证：“本部门非常乐意合作，将尽可能好好配合。”③

---

① Cumming to Moton, July 27, 1933, NA-WNRC.

② 同上。迪布尔医生信守承诺，对医务总监的要求表示了支持，写信敦促莫顿博士同意这项研究。Dibble to Moton, August 3, 1933, Tuskegee Institute Archives。

③ Cumming to Baker, July 27, 1933, NA-WNRC; Baker to Cumming, July 29, 1933, NA-WNRC.

在卡明医生与亚拉巴马州的官员谈判时，冯德莱尔医生也没有闲着。除了研读有关梅毒和黑人的医学文献外，他还联系了该领域的大量专家（包括“临床合作组织”里的大多数成员），讨论他为研究制定的程序和计划，并请他们批评。大多数的回应都是充满热情与鼓励的，这清楚地证明了科学界对这项研究极为感兴趣。唯一提出严重质疑的是美国心脏协会，质疑的重点在该实验的科学有效性上。

在写给美国心脏协会主席斯图尔特·R. 罗伯茨的信中，冯德莱尔医生寻求证实他对于高发的梅毒性心脏病的诊断，并帮助区分由梅毒引起的并发症和与其他心脏疾病（如动脉硬化和高血压）有关的并发症有何不同。冯德莱尔医生承认他不得不依赖他所谓的“主观测量方法”来判断心脏疾病，将“不正常发现与正常发现区分开来”，他请专家给他意见“以确定这种区分是否恰当”。①

他得到的回复令人极度不安。到目前为止，冯德莱尔医生最重要的研究发现就是心血管梅毒，他向美国心脏协会求助是希望对方能证实他的诊断。然而，该组织的发言人 H. M. 马文医生全盘否定了做出该诊断的程序与检测的科学有效性。马文医生强调官方回复有待进一步商讨，但他尖锐地指出，“我坦白说，你信中提到的根据医学观察得出的结论，就算有价值，我认为也不太多”，并补充道，这些程序与测试“都有受到严厉批评的空间”。②

在马文医生看来，这些诊断建立在无可救药的主观观察上，冯德莱尔医生借由看 X 光片进行观察，然而这根本看不出梅毒造成的心脏损伤。这一观点，稍后得到了美国心脏协会召集的十人特别专家组的支持。在 1933 年 10 月发布的报告中，该委员会的批评并不亚于马文医生一开始的评价。③

---

① Vonderlehr to Roberts, July 29, 1933, NA-WNRC.

② Marvin to Vonderlehr, August 2, 1933, NA-WNRC.

③ “Report of the Reference Committee to the Executive Committee of the American Heart Association,” October 10, 1933, NA-WNRC.

美国心脏协会的报告丝毫没有动摇冯德莱尔医生的想法。他将其视为一种简单的意见分歧。在回复中，他仅承认“整个主题是可以公开讨论的”。显然，冯德莱尔医生仍然认为自己的诊断是正确的，认为他发现了心血管梅毒的“完美金矿”，他正一步步证明该疾病对黑人的影响与对白人的不同。若他以个人身份向美国心脏协会申请拨款去开展这项研究，几乎能肯定他的提议会被否决。但作为公共卫生部的一员，冯德莱尔医生掌握了实验的所需资金。他不必担心来自某个团体的负面反应，无论这个团体多么有声望或权威。正如他在这个例子中所做的，他可以相对自由地把负面评价抛到一边。①

冯德莱尔医生更乐于接受他认为具有建设性的意见，其中之一就是在实验方案中加入尸检；另外，他还决定增加一个对照组。7 月下旬，他写信给迪布尔医生表示该研究应扩大范围，纳入“一些没有患梅毒的证据的人作为对照组”，并且这些人“应该从我们去年冬天研究的人群中挑选”。冯德莱尔医生预测，“在适当的年龄组中挑出大约 200 人来做体检，应该是件非常容易的事”。对照组的体检项目将与梅毒组的相同，除一项明显的例外。“我不打算让对照组做脊椎穿刺。”冯德莱尔医生透露道。②

加入对照组是一次重要改进，因为它为实验中缺失的比对提供了一个基础。研究人员对两组人进行定期体检，并通过尽可能多的病例尸检报告来加深认识，这使得他们可以将梅毒患者与那些过着相似的生活却未感染此病之人进行比较。其结果将是对该疾病会如何影响人产生更清晰的了解。

为了招募对照组，冯德莱尔医生觉得有必要再次用上他那套欺瞒手法。跟梅毒组一样，对照组也没被告知该研究的真正目的。他们也只知道“政府医生”将回到社区为大家检查“脏血”。

---

① Vonderlehr to Marvin, August 5, 1933, NA-WNRC.

② Vonderlehr to Dibble, July 28, 1933, NA-WNRC.

冯德莱尔医生倾向于他亲自或是由温格医生来为对照组做检查。然而，由于两人都无法从其他工作中抽身，这项任务落在了公共卫生部性病部初级官员约翰·R. 海勒医生的身上，冯德莱尔医生称他“是位异常聪明的年轻医生，具有临床思维”。正如他稍后所述，海勒医生在“许多被派往塔斯基吉进行研究的年轻卫生官员中是首批出发的”。①

海勒医生在南卡罗来纳州出生、长大，三代都是医生，他于1929年获得埃默里大学医学学位，巧的是，他跟梅肯县卫生官员默里·史密斯医生是大学同学兼好友，多年来与其在该实验上合作密切。1933年秋天，海勒医生即将结束他在公共卫生部的第二年聘期时，冯德莱尔医生将之派往梅肯县。他后来强调自己并没有“参与该研究的早期讨论”，而是“仅仅遵从冯德莱尔医生的……指示”。②

随着对照组的准备工作接近完成，塔斯基吉学院仍没有正式同意出借其医疗设施和工作人员，这让冯德莱尔医生越来越不安。从夏天到初秋，他都在催促迪布尔医生做出决定。每次迪布尔医生的回复都是保证他个人对项目是支持的，然后提醒道，由于学院不稳定的财务状况，莫顿博士可能会否决该项目。

还有一个绊脚石是要求学院支付里弗斯护士部分工资。当冯德莱尔医生得知这不太可能时，他退而求其次地要求学院为其提供食宿。学院不需支出现金，而里弗斯护士只要为医院和实验各工作半天就可以赚到生活费。迪布尔医生认为这是个可接受的提议。

更难同意的是冯德莱尔医生的其他要求——让病程已到晚期的受试者住院，并且在安德鲁医院进行尸检，因为这些涉及员工的工作时长与费用。直到10月初，对方也没有只言片语传来，于是冯德莱尔医生决定亲自处理此事，安排与莫顿博士开会。他们于1933年10月

---

① Vonderlehr to Moore, August 14, 1933, NA-WNRC; Author's Interview, John R. Heller, November 22, 1976.

② Heller Interview.

20 日在塔斯基吉会面。在会议结束时，莫顿博士宣布了他的决定：塔斯基吉学院将与项目全面合作。晚期病人将入住安德鲁医院；尽可能在此进行尸检；里弗斯护士将在医院工作半天以换取食宿。其余时间她将投入实验。①

迪布尔医生很高兴。他现在可以参与一项他认为具有重大科学意义的研究了，他将扮演关键的角色。除了收治晚期病例和协助进行尸检外，他还同意监管里弗斯护士的病患随访工作，并愉快地接受了年薪仅一美元的“公共卫生部特别顾问”荣誉职位任命。

迪布尔医生对于医院有望得到的好处充满热情。他对莫顿博士说：“对一家一流诊所来说，前景是一片光明。它肯定会给我们的实习生及护士以极大的教育优势，并使医院的地位得到提高。”后者尤其吸引迪布尔医生，因为参与联邦、州当局的重大研究项目极有可能为他个人和他就职的医院赢得认可和声望。②

冯德莱尔医生有充分的理由感到高兴；他已经从莫顿博士那里得到了他想要的一切。但他在造访塔斯基吉期间发现了一件事，让他更急切地想着手进行该研究。他发觉获取数据的机会正在流失：近期有 3 名受试者去世，却无一被送去验尸。他在写给温格医生的信中表示：“这些病例中有 2 人是心源性猝死，因此，对这些病例的随访应立即开始，刻不容缓。”③

随访中有部分重要工作须依靠州卫生部门。在前往塔斯基吉的途中，冯德莱尔医生造访蒙哥马利市，希望吉尔医生帮助他确认是否有不为公共卫生部所知的死亡病例发生。此外，信息系统还需进行改善才能汇报后续发生的死亡事件。为了解决这两个问题，他给了吉尔医生一份实验参与者的名单，叫对方“将这份名单与亚拉巴马州卫生

---

① Memorandum on Conference, October 20, 1933, Tuskegee Institute Archives [hereafter TIA].

② Dibble to Moton, November 6, 1933, TIA.

③ Vonderlehr to Wenger, October 24, 1933, NA-WNRC.

局收到的所有死亡证明进行核对”，另外，“若有任何受试者不幸死亡，需寄一份死亡证明副本”给公共卫生部。吉尔医生答应转寄“目前梅肯县的死亡名单”，并表示：“今后我们会把所有死者与这份名单进行核对，并且将那些死亡证明副本寄给你们。”吉尔医生遵守了他的诺言。此后多年，亚拉巴马州卫生局例行提供这一信息。①

更重要的是，冯德莱尔医生必须努力争取私人医生的合作。确保他们的支持并不是件易事，因为他必须争取的人数太多，有数十人。把目光集中在梅肯县的医生身上是没有用的，因为许多参加实验的男性其实居住在邻县。为了落实温格医生将当地医生拉入他们阵营的建议，冯德莱尔医生要接触的不仅是梅肯县的医生，还有李、布洛克、拉塞尔和塔拉波萨等县的医生。

在与莫顿博士的会议成功结束后，他立刻写信给各县医学会与卫生委员会的主席。他告诉他们，公共卫生部正在“梅肯县黑人中开展一项未经治疗的梅毒会产生何种结果的研究”。他解释说，由于迄今为止的记录显示该疾病“引发病患心血管疾病表现的比例极高”，公共卫生部“希望继续该研究一段时间，以便验证原先研究工作中的临床发现”。随后，冯德莱尔医生要求在 11 月初召开各县医学会和卫生委员会的特别联席会议，这么一来，他就能与他们交谈，告知如何配合该研究。他愿意亲自承担这项艰巨的任务，证明了他对该项目的热忱。②

冯德莱尔医生于 11 月初回到亚拉巴马州与各医学会进行商议。他在安排会议的信件中强调，亚拉巴马州卫生局和梅肯县卫生局皆赞助了该实验。冯德莱尔医生在随后的会议里用了这一招，试图消除私

① Vonderlehr to Gill, November 17, 1933, NA-WNRC; Gill to Vonderlehr, November 29, 1933, NA-WNRC.

② Vonderlehr to Dr. A. J. Sanders, president, Macon County Medical Society, and Vonderlehr to Dr. P. M. Lightfoot, chairman, Macon County Board of Health, October 23, 1933, NA-WNRC. 内容相同的信件在同一天寄给了各邻县的医学会与卫生局负责人。

营医疗部门对联邦政府可能单方面行动的担忧。根据和他一起参加会议的海勒医生所说，冯德莱尔医生在每场会议开始时都会表示，塔斯基吉学院与退伍军人医院是该研究的正式伙伴。听众们似乎觉得这一信息令人安心。确实，海勒医生后来认为，这“实际上确保了周围地区的医生愿意合作”。①

与当地医生的会议开得像是关于实验的小型研讨会，双方交流得十分坦诚。海勒医生说：“我们基本上告诉了他们我们在做什么。”他接着说道：“在我们尽可能小心地对他们解释之后，他们明白了。他们理解了我们追求的目标，对此十分赞同并且……鼓励我们。”事实上，将这些当地医生当作他们同一阵线的伙伴、当成实验项目的同事是非常聪明的，这一点在所涉及团体的反应中明显可见。海勒医生记得会议听众“非常配合、十分乐意倾听”，还记得许多人“参与了讨论”，并对其中的“医学部分”特别感兴趣。②

没有人质疑这项实验是否合乎道德，甚至没有人这么想。“我不记得有任何哲学上的讨论。”海勒医生称。从他的评论中浮现出一种行业形象，即该行业的人在得知一项研究具有真正价值后，会靠拢在一起。这项实验显然引起了他们的科学好奇心，根本没有任何人想过不应该这么做。③

没有讨论治疗方案。会上的每个人都知道，实验的目的是研究未经治疗的梅毒所产生的后果。他们的赞同暗示着他们保证不会治疗这些病患。此外，不必叫这些医生别去治疗病患；他们本来就不会这么做。这些受试者缺医少药，他们过去没有受过医疗照护，没有理由认为他们将来就会有。

然而，即使这些人能筹到钱，也没有什么机会能获得有效的治疗。据海勒医生说，在该地区行医的私人医生都是差劲的临床医生，

---

① Author's Interview, John R. Heller, April 21, 1977.
② First Heller Interview.
③ 同上。

不擅长使用胂凡纳明，也不愿意用。当地医生唯一的治疗方法可能就是开点口服药，而他与冯德莱尔医生一点都不担心这个，因为他们知道这对治疗梅毒几乎无效。①

在这些会上，除了告知当地医生该实验的情况、得到他们的支持并达成不治疗这些病患的默契外，还涉及更多的利害关系：公共卫生部需要他们的帮助、他们的积极配合。冯德莱尔医生希望他们能成为将受试者送上解剖台的中转人。由于三级梅毒基本上是无症状的，他知道这些人也许直到病入膏肓才会求医——无论是什么病因造成的。实验成功的关键，在于得知这些病患在濒临死亡时的情况。有些人在家中去世，很可能在他们下葬后消息才传到塔斯基吉，而为他们验尸的机会将永远消失。最保险的做法是，让他们在迪布尔医生和里弗斯护士的注视下，在安德鲁医院咽下最后一口气。

这些医生的帮助是绝对必要的。在会上，冯德莱尔医生分发了受试者的完整名单，并要求这些医生核对自己的黑人男性病患是否名列其中。除了那些已经病入膏肓的患者外，医生需要将名单中的男性例行转介给里弗斯护士。那些重病病患将立即被转介给迪布尔医生，以便他将其马上送至安德鲁医院，最好病患能在该医院里去世并接受尸检。②

这些医疗团体一个接一个地同意全面合作。在每一次承诺支持的声音中，冯德莱尔医生成功地将这项实验牢牢地绑到了这些病患身上。私人医生将成为他的双眼；他们帮他诊断，将一直看着人死去；他们将帮忙把这些人送去验尸。每一声承诺支持，就意味着成功地关闭了通往治疗的又一扇大门，降低了这些人获得医疗服务的可能性，不论这种可能性有多低。等到他们讨论完，这些受试者就被永远地封在了实验里，被隔绝在了仍向他们邻居开放的医疗世界之外。

---

① Second Heller Interview.

② Vonderlehr to Dr. Lett, November 20, 1933, NA-WNRC，同一天还寄了5封同样的信给其他地区的医生。

毫无疑问，医生加入这项实验时是头脑清醒的。毕竟，他们是在联邦、州和地方各级卫生官员的认可下被要求提供协助，更不用说塔斯基吉学院的黑人领袖都参与其中。但是，他们没有觉察到这项研究存在任何伦理问题这一事实本身，并不能解释为什么他们如此乐意加入其中。

物理隔离可能是答案之一。他们是在小镇和乡村行医的医生，这使他们与更广大的医学世界隔绝开来，很有可能对于被叫去参加一项重大的科学实验感到受宠若惊。许多医生必定认为这项研究具有科学有效性，他们的同行可以从它产生的信息中获益。

或许这些医学会最显著的特征是成员的种族：他们都是白人。1930 年代的亚拉巴马州因斯科茨伯勒事件[①]而声名狼藉，是一个种族隔离的社会，其中的专业组织也不例外。所有与冯德莱尔医生和海勒医生会谈过的私人医生都是白人，而该实验的所有对象都是黑人。对那些惯于回避与黑人社交的医生来说，避免与这些人进行专业接触也是理所当然的，尤其是，不为这些人治病并不会威胁到医生的经济利益。医生没有任何损失，因为这些人很穷，并且没有任何证据表明这些白人医生会特别关心那些无法负担按服务收费的黑人病患的健康问题。

当地医生的配合对受试者的生活产生了什么实际影响呢？的确，无知和贫穷已经注定了他们大多不会得到医疗服务。同样，该地区的医生也没有能力对梅毒进行有效治疗，即便对那些想要接受治疗、有能力支付费用的病患亦是如此。

但是，公共卫生部和当地医生之间达成的协议产生的效果将事实上的情况提升为一种政策。这些人不再被视为潜在的病人；而是成了永久的受试者。他们的地位发生了巨大的变化；从这个意义上来说，

---

① 斯科茨伯勒事件是美国历史上最著名的民权案件之一。1931 年 9 名黑人青年被错误地指控强奸了 2 名白人妇女，其中 8 人被判死刑、1 人无罪。——译者。

他们比当地没有参加研究的梅毒患者的情况更糟。未来公共卫生运动的发展，也许某一天使他们所能获得的医疗服务质量有所改善，但只要实验继续进行，对冯德莱尔医生名单上的人来说，这样的可能性就不存在。他们必须保持现状，以便研究人员将其置于显微镜下进行科学观察。

冯德莱尔医生在与医学会和县卫生局顺利讨论后回到了华盛顿，海勒医生则留下来挑选和检查对照组。根据日程安排，海勒医生需要先工作到 11 月底，12 月的第一周左右才能休息，然后他会休个假，返回亚拉巴马州完成其余工作。一切都很顺利。天气晴朗，道路畅通，并且他所联系的绝大多数人都很配合。只是他不得不将其中几个来报到的人打发走，因为他们现在的验血结果是阳性，但在大多数情况下，他从之前罗森沃尔德基金会的项目中选人的进展十分顺利。①

“政府医生”回来了的消息一传开，梅毒组的患者开始出现在安德鲁医院。海勒医生说：“现在每天都有几个 407 人名单中的患者到我这里报到，希望医生看诊并‘开药’。”虽然不应治疗这些人，但海勒医生跟之前的冯德莱尔医生一样忽略污染问题，给这些人少量他们想要的低碘化物药片。不过，不久之后，他开始发放粉色的阿司匹林片取代之前的药物。这种被医生昵称为“粉色药片”的阿司匹林，立即在这些人中大受欢迎。他们大多以前从未服用过阿司匹林，十分惊叹于这种药物缓解不适与疼痛的能力。从那时起，“政府医生”每次给这些人做检查时都照例发放小瓶装的“粉色药片”。几年后，“政府医生”也开始发放补铁剂给这些人，这种补剂也变得非常抢手。也许没有比这更好的安慰剂了。②

具有讽刺意味的是，对照组出现的唯一问题源于另一个联邦机构

---

① Heller to Vonderlehr, November 28, 1933, NA-WNRC.
② Heller to Vonderlehr, November 20, 1933, NA-WNRC.

在该地区的活动。海勒医生在开始工作大约三周后向冯德莱尔医生报告：

> 除了土木工程署在此地停留得太久，简直让埃塞俄比亚人的生活乱成一团外，项目现在进展得非常顺利。据估计，今天上午有不少于3000名男性（其中2700人是有色人种）在梅肯县法院大楼附近登记，要去土木工程署规划地点工作。自然，我们的客户已经忘记了跟我们预约这种琐事，加入了疯狂的工作战。昨天不得不叫警长来让他们安静下来，但今天他们看起来相当有秩序。还好我们已经稍微提前完成了12月9日之前应做完的100名额度的一部分，然而，就算我们不得不在法院扎营才能完成目标数量，我们也会这么做。

尽管有这样的决心，海勒医生还是没能实现他的目标，在12月回到其位于田纳西州纳什维尔的家中时，只完成了95人的检查，还有5份未完成，可想而知，他将其归咎于“土木工程署的活动和过去几天的恶劣天气”。①

在海勒医生启程几天后有一名受试者病危，这提供了测试冯德莱尔医生费尽心思建立的确保能进行尸检的系统的第一次机会。病患的主治医生，也就是亚拉巴马州诺塔苏尔加市的尤金·S. 米勒医生，立即联系了迪布尔医生。

当冯德莱尔医生读到接下来发生的事情时，他一定会面带微笑。“一接到米勒医生的通知，里弗斯小姐立即去了，并把他带到了医院。”迪布尔医生写道。这名男子在到达医院之前就失去了意识，进了医院不久就去世了，接下来就是里弗斯护士的事了，她要获得其家

---

① Heller to Vonderlehr, November 28, 1933, NA-WNRC; Heller to Vonderlehr, December 12, 1933, NA-WNRC.

人对尸检的许可。“她让他们签名时遇到了一些困难，”迪布尔医生继续写道，“但她处理得非常圆滑，我们才如愿以偿。”尸检是严格按照冯德莱尔医生制定的规则进行的，从大脑、脊髓到各种器官的组织样本，包括最重要的心脏，都被立即运往美国国立卫生研究院。“请知悉，彼得医生和我自己都很享受这次尸检的过程，”迪布尔医生在给冯德莱尔医生的信中写道，“如果在今后还有其他需要帮忙的地方，我们将非常乐意效劳。”①

冯德莱尔医生显然对他的系统运作得如此之好感到高兴，他的回信中充满了赞美。他对迪布尔医生说：“你和里弗斯小姐在获得这一宝贵信息时的警觉性值得赞扬！我觉得我们对于未经治疗的梅毒的研究中，最重要、最困难的部分终于开了个头。”对那些提供过协助的当地医生，他更是不吝溢美之词。在对米勒医生“最近将……（死者姓名）转诊到塔斯基吉学院的约翰·A. 安德鲁医院的周到合作和善意”表示感谢后，冯德莱尔医生宣称：“梅肯县医生这般的配合，是未经治疗的梅毒之后果研究能取得最终成功的最关键因素。”②

在蒙哥马利与州卫生官员进行了例行会谈之后，海勒医生于 2 月返回塔斯基吉继续寻找对照组成员。因为他想在春季播种开始之前完成病患的体检，所以他要动作快些。尽管如此，他还是抽出时间与该地区医生举行了又一轮会议。他开始相信他们会保持警惕，并且会有更多尸检可做。“我们没有注意到其他死亡病例，”他在 3 月去信给冯德莱尔医生时写道，“虽说我在盯着几名可能有资格进入迪布尔医生和彼得斯医生的尸检名单的病患。”③

海勒医生的信心并没有被辜负，因为很快就有更多的转诊和尸检

---

① Dibble to Vonderlehr, December 18, 1933, NA-WNRC.

② Vonderlehr to Dibble, December 21, 1933, NA-WNRC; Vonderlehr to Miller, December 21, 1933, NA-WNRC.

③ Heller to Vonderlehr, March 4, 1933, NA-WNRC.

到他们手上。事实上，东塔拉哈西的一位医生甚至把一名受试者送到了迪布尔医生那里，此人并没有病入膏肓，仅仅是右臂上有异常严重的溃疡性梅毒。冯德莱尔医生公开表示很高兴看到了这个证据，证明转诊系统是多么有效，并主动给该名医生送去了病患的活检报告副本。然而，私下里他对这个系统仍有一些疑虑，在写给迪布尔医生的信中他承认了这一点：

> 我意识到，我们是在要求在梅肯县和邻近各县进行全科诊疗的各位医生在一件他们可能会对其中的科学性感兴趣，但不会给他们带来任何经济回报的事情上比平常更加警觉。整个随访计划是一个非常有趣的实验，并且我确信这是非常值得的。

如果有什么的话，那就是冯德莱尔医生大概小看了这些当地医生；显然，助力科学发展是他们唯一想要的回报。研究结束多年后，海勒医生不记得有哪位医生向其讨要过将受试者送往迪布尔医生处的转诊费。①

到了 3 月中旬，疲惫不堪的海勒医生选出了最后一名受试者，也挑完了 200 人的对照组。这些人的体检记录被寄往华盛顿，在那里，冯德莱尔医生和他的几位同事花了数星期埋头研究这些数据，摩尔医生也协助评估了这些人的胸部 X 光片。之后，这些材料被小心翼翼地归档以供将来使用。跟梅毒病患的记录放在一起，它们将为健康男性与患梅毒男性的身体情况比较提供依据。

还有最后一项任务待完成，那就是激活冯德莱尔医生精心构建的系统，送这些人去尸检。1934 年春末，他将受试者和对照组的完整名单发给了各州卫生当局、迪布尔和史密斯医生、所有当地医生及里

① Vonderlehr to Dr. D. D. Corrington, February 12, 1934, NA-WNRC; Vonderlehr to Dibble, April 6, 1934, NA-WNRC; Second Heller Interview.

弗斯护士。

所有收到名单的人中，没有人比里弗斯护士用得更好。在随后的几十年里，她让冯德莱尔医生有充分的理由感到高兴，幸亏自己当时不顾温格医生的反对雇用了里弗斯护士。

第十章
“我生命中的快乐时刻”

最初的几次尸检让里弗斯护士感到不安。尸检由彼得斯和迪布尔医生操作，但她需要从旁协助。“我没有这种经验，”她表示，“看着他们做尸检并不是一件容易的事。”事实上，对他们来说，她的反应很像一个门外汉。切开死者的身体，取出重要器官、大脑和脊髓，在里弗斯护士看来似乎很“粗鲁”，而且因为感到于心不忍，她发现自己很难完成所有吩咐，特别是确保这些家属同意尸检。“我不认同尸检，”她承认，“所以我难以说服别人同意此事。”①

里弗斯护士努力克服她的个人情绪。她认为自己是职业女性，是可以遵从医生指挥的护士。协助尸检和获得家属的同意是她最重要的职责之一，她亦下决心要做好自己的工作。她希望人们对塔斯基吉学院的护士培训项目留下好印象，并且让将她推荐给冯德莱尔的迪布尔医生感到满意。渐渐地，她对尸检的厌恶消减，随后完全消失，这使她与这些人的亲属打交道容易了一些。她回忆道：“我发现我的处境比这些人的家属还糟糕，家属会立即说：‘好吧，里弗斯护士。’”事实上，她接下来经手的病例尸检同意率极高。在实验的头 20 年里，她接触了 145 个家庭，除了其中一家之外，其他都同意接受尸检。②

里弗斯护士的成功并非偶然。她应对每个家庭的程序都大致相同，只是细节略有差异。在受试者死亡后，她会立即亲自向其近亲宣布这一消息，在大多数情况下，近亲是该男子的妻子。她对时机的把握十分敏锐。她解释道：“我不会马上提到验尸的事，我会先与这些家属待在一起，因为他们会期待我去并安慰他们。”在这几个小时里，只有悲痛的啜泣声打破寂静。③

通常情况下，家属会先开口。面对亲人的离去，他们会向她寻求一些解释。许多人担心自己可能患上同样的疾病，希望有人保证他们不会这样死去。但是，如果没有这样的开场白为她创造条件，里弗斯护士就准备自己提起验尸的事。④

里弗斯护士的要求总是以高度个人化的措辞表达，并且对家属的意愿非常敏感，因为她有运用语言的天分。“现在我想请你帮个忙，”在她俩都停止哭泣后，她会恳求男人的妻子，“你可以不这样做；我们也可以不这样做。”然后她会向对方解释医生想知道这名男性的死因，但她没有提到“尸检”一词，而是用了对方能理解的术语。“你知道手术是什么，”里弗斯护士会安慰她，“这就像是一次手术，只不过人已经去世了。”⑤

然而“手术”一词有时会引发人们对遗体损伤的恐惧。里弗斯护士回忆道：“他们只关心这件事。他们不希望有人认为遗体曾被剖开过。”每当家属担忧此事时，她都会向他们保证医生不会损伤遗体，并称：“当亡者穿上衣服时，你都看不出他曾做过手术！”⑥

这个回复解决了亡者胸口跟腹部的伤口暴露问题，但是未能缓解对头部伤口的担心。因此，里弗斯护士认为有必要生动详细地讲解医生是如何切开后脑勺，将头发拉到脸上，取出大脑，然后小心地将头发放回原位的。由于这些人将会仰躺在棺材内，伤口会被遮住，没人

---

① Author's Interview, Eunice Rivers Laurie, May 3, 1977.

② Laurie Interview; Eunice Rivers, Stanley H. Schuman, Lloyed Simpson, and Sidney Olansky, "The Twenty Years of Follow-up Experience in a Long-Range Medical Study," *Public Health Reports* 68(1953): 394.

③ Laurie Interview.

④ Rivers et al., "Twenty Years," p. 394.

⑤ Laurie Interview.

⑥ 同上。

能看到手术的痕迹。①

此外，里弗斯护士向这些家属保证尸检将绝对保密。事实上，她把可能发生的任何泄密的责任推给了他们，并声明："没有人会知道尸体解剖过。如果除了我、你以及医生之外有人知道此事，你得明白是怎么回事。"②

里弗斯护士确定医生是知道家属会担心遗体受损这种事的。在刚开始进行尸检时，她记得她对彼得斯医生半开玩笑地说："我只有一件事要跟你说，如果你搞砸了这具尸体，你就不会再有机会得到下一具。"当然，无法完成更多的尸检将威胁到实验的未来，如果实验失败了，里弗斯护士知道自己要么不得不去找新的工作，要么回到安德鲁医院担任夜间护士主管，而她真心不喜欢这份工作。"我可能会失去现在这份工作，"她向彼得斯医生抱怨，并笑着补充道，"你已经有工作了，别害我失业。"③

从1935年开始她的工作变容易了，因为公共卫生部开始提供丧葬津贴以换取家属同意进行尸检。这个想法似乎源于第一个进行尸检的受试者遗孀要求现金补偿。据里弗斯护士所说，这位妇女开口要"150美元，因为我们用其丈夫的遗体做了尸检"。虽然这一要求被礼貌地拒绝了，但冯德莱尔医生很快发现，丧葬津贴是吸引家属的绝佳手段。④

1934年10月，公共卫生部正式向罗森沃尔德基金会申请500美元，并且默认在接下来的十年里每年都可续期，以便每年提供丧葬津贴10份，每份50美元。卡明医生感觉到基金会可能不希望公开与这项研究的来往，于是写信给戴维斯："如果你不想在这项研究中出现

---

① Laurie Interview.

② 同上。

③ 同上。

④ Rivers to Vonderlehr, January 3, 1934, Records of the USPHS, Venereal Disease Division, Record Group 90, National Archives, Washington National Record Center, Suitland, Maryland [hereafter NA-WNRC].

罗森沃尔德基金会的名字，我可以安排。”罗森沃尔德基金会拒绝了这项申请。戴维斯解释说，申请被拒并不是因为基金会反对这项实验，而是因为它被迫采取了严格的政策，无法支持新提案。他最后说：“我非常希望你们有别的方法获得这 500 美元，继续进行这些项目。”①

公共卫生部又找了纽约备受尊敬的医学基金会——米尔班克纪念基金会，这次运气好很多。1935 年 5 月，该基金会给了公共卫生部 500 美元，付给那些同意尸检的家属，作为死者的丧葬津贴。卡明医生在发给基金会的第一份报告中写道，为每个亡者准备的 50 美元“足以支付安葬费和与尸检有关的附带费用”，并请基金会“继续支持这项研究，每年最多补贴 10 次尸检、每次 50 美元，或是一次性支付 500 美元”。请求得到了批准。事实上，在将近 40 年时间里基金会每年都会拨款，并视需要增加每年拨款金额，以跟上成本上涨。②

丧葬津贴是激励人们与该实验合作的一种有力措施。“对于大多数贫困农民来说，这笔财政援助是真正的福音，”公共卫生部在 1953 年发表的一份报告中声称，“而且这往往是他们唯一可以指望的‘保险’。”据报告的主要作者里弗斯护士所说，梅肯县的黑人“身无分文，无法办葬礼”。③

里弗斯护士把丧葬津贴视为那些办不起体面葬礼的人的福音。这份现金津贴也为那些在医院以外的地方去世而错失验尸机会的人提供了保障。她说：“当有人去世时，他们会让我知道，因为在早年用 50 美元办葬礼是一大笔钱。”偶尔，这些人中可能有人会犹豫，抱怨自己需要在还活着的时候得到帮助，而不是死后。但一旦发生这种情况，公共卫生部的报告中写道：“她会以无私的角度说服他，告知丧

---

① Cumming to Davis, October 4, 1934, NA-WNRC.

② Cumming to Milbank Fund, November 29, 1935, Tuskegee Files, Center for Disease Control, Atlanta, Georgia [hereafter TF-CDC.]. 公共卫生部提供给米尔班克基金会的报告内，收录了该实验逐年死亡人数的最清晰数据。

③ Rivers et al., “Twenty Years,” pp. 391 – 93; Laurie Interview.

葬补助对他的家庭意味着什么：可以支付葬礼花销或为他留下的孤儿买衣服。”大多数家庭毫不犹豫地接受了津贴，认为自己能得到丧葬补助很幸运。里弗斯护士个人也对此心怀感激，因为有了这些钱，她就不必两手空空地面对他们。“我可以去找他们，叫他们同意尸检，因为我知道这 50 美元马上会到位。”①

在这些家庭同意进行尸检后，里弗斯护士对他们的关心不会就此结束。她出席了每一场葬礼，并经常与死者的亲属坐在一起。她说：“他们期待我的出现，他们也是我的家人。”②

她的成功，很大程度上取决于她与这些家庭能否有密切且持续的融洽关系。与那些男性保持联系至关重要，因为如果联系中断，可能会错失尸检的机会。在实验的最初几年，人们似乎倾向于低估里弗斯护士作为随访工作者将遇到的困难。“梅肯县的黑人似乎多年来一直待在同一个地方，”卡明医生写道，“经常遇到一些老黑人，告诉我们他们出生在离集会地点一两英里远的地方，并且从来没有搬离过这个县。”在他眼中，梅肯县就像是个密封的实验室、研究梅毒的理想环境，“在现今的文明世界里，很少有这种地方”。③

正如里弗斯护士很快发现的那样，梅肯县的情况并不这么简单。即使这些人待在原地，监控数百人也是困难的，何况许多人其实漂泊不定。有几十名男子四处流浪，一次次地在这个地区的不同地方落脚。还有些人想找工作，离开了亚拉巴马州，跟着黑人移民大军去了克利夫兰、底特律、芝加哥和纽约等北方城市。但是，无论他们居住在一个固定地点还是四处迁移，里弗斯护士都要负责追踪他们、培养他们对实验的兴趣。而随着时间的流逝，这些职责耗尽了她所有的毅力、耐力和智谋。

里弗斯护士竭力确保对这些人的准确记录，投入了大量时间与精

① Laurie Interview; Rivers et al., "Twenty Years," p. 393; Laurie Interview.

② Laurie Interview.

③ Cumming to Gentlemen [Milbank Memorial Fund], November 29, 1935, TF-CDC.

力及时更新自己的档案。但尽管她尽了最大努力，许多人根本无法被记录在案。有些人完全消失了，再也没能听到他们的消息。还有一些人在研究中来来去去，这一年来了，下一年就不见了。事实上，在档案上被登记为已死的受试者又活生生地出现在塔斯基吉街道上的情况并不少见。

住在附近的男性最少出现这方面的问题，因为他们的行动很容易追踪，并且可通过邮件与其保持联系。然而，虽然格式信函是宣布“政府医生”或类似人员即将来访的一种有效手段，但这并不能替代与医务人员的面对面交谈。里弗斯护士越来越倾向亲自接触这些人。

家访变成了她随访活动的一个重要部分。通过这些家访，她深入了解了这些男性及其家庭。“在医生的两次看诊之间，里弗斯小姐会过来看我们。”其中一名男子回忆道，“是的，先生，她确实会。她过来看我们，跟我们说话，问我们情况。”那人接着说，“有时她会摸摸我们的脉搏，看看我们的血压如何……这非常好。”他感激地补充道。由一些内容相似的赞美之词可见，公共卫生部的报告并没有夸大其词：“一次家访胜过十数封信件上的千言万语。”①

里弗斯护士去拜访病人更频繁了。有一位在床上躺了两个星期的受试者记得她往他家“跑了三四趟”。她依靠医生、病人家属以及病人本人的直接通知，及时地了解病情。受试者对她的帮助尤其大。除了联系她报告自己的情况外，他们还向她汇报其他人的情况，到处都是里弗斯护士的耳目。她尽力让自己无处不在，因为病人可能情况突然恶化，而她的工作就是人在那里，以防万一送去安德鲁医院似乎是明智的建议。那些惊讶地看到她突然出现在自己病床前的男人，往往会问她是如何得知其病情的。“哦，一只小鸟告诉我的。”里弗斯护士会笑答道。②

---

① Author's Interview, Carter Howard, May 2, 1977; Rivers et al., "Twenty Years," p. 394.

② Author's Interview, Charles Pollard, May 2, 1977; Laurie Interview.

例行家访与病人巡查的节奏很轻松，但是每年“政府医生”再来的那几个星期节奏会大幅加快。里弗斯护士会定下确切日期，协调好他们的拜访与农业生活周期，通常安排在1月底或2月初，以免干扰春播的准备工作。她寄出信件告知这些男性何时何地去见“政府医生”。

卫生官员将自己到亚拉巴马州的短期考察称为“年度召集”。很多年里，来此地考察的都是不同的医生团队。若是冯德莱尔医生和海勒医生来给病患体检，会让临床人员有连续性，但两人不得不放弃这项实地工作，因为他们在公共卫生部里青云直上，无法每年中断其他工作两三周。于是，转由初级官员来替病患体检。实验存续期间，在其他人口中治疗过梅毒的年轻卫生官员被派往塔斯基吉，派了好几代人，目的是磨练诊断技能，学习应对没受过教育的农村人的经验。

配合这么多不同的医生让里弗斯护士的工作变得不轻松。每次都要向这些病患介绍陌生的医生团队，“有些医生受到所有病人的喜欢；有些医生只赢得少数人的欢心。”一份公共卫生报告上承认。同样，有些医生似乎很喜欢跟这些人一起工作，而另一些医生却迫不及待地想离开。被医生与受试者夹在中间的是里弗斯护士。也许大多数人都会觉得夹在中间不舒服，甚至不愉快，但她以富有哲学意味的超然态度接受了这个角色。她说：“有些人让他人感到不舒服，总得有个人可以起缓冲作用。”①

有几位医生态度恶劣并且居高临下，表现出权威和优越感，这有可能给实验注入明显的种族紧张气氛。“我一直观察医生对待这些人的态度，因为我们必须对此非常非常小心，因为这些病患对白人很敏感。”里弗斯护士如此说道。她对受试者来找她时所说的话记忆犹新：“里弗斯护士，我不喜欢那个人。他不知道怎么对人说话。”每当这种情况发生，她解释说：“我会立刻就去找那个医生，我会对他

① Rivers et al., “Twenty Years,” p. 392.

说：‘医生，也许我可以帮上一点忙……我认为有些病人不理解你的想法。他们不喜欢你对着他们咆哮或是吼叫。’”停顿片刻，等对方理解她说的意思后，里弗斯护士会告诉医生，她确信他有能力让所有人都配合检查。然后，她会视情况尽可能坚定地补充道：“如果你有任何问题，他们不懂，你也不明白的，尽管告诉我，我们一起解决。”①

有些聪明的医生领会了她的意思，当即改变了自己的举止。不过，里弗斯护士特别记得有一名年轻医生百般找借口，声称没有意识到自己的行为带有冒犯。虽然事件发生在多年前，但当谈到自己当时的反应时她的背脊紧绷，眼睛眯了起来，嘴唇也抿紧了：“我（对那位医生）说：‘你不必抚慰他们；你不必求他们。只要正常交谈。只要和他们谈话；他们能听懂。你不需要卑躬屈膝，只要有点礼貌，将他们当人来对待。’”几分钟过后，这名医生道歉了。②

有几位医生走向了相反的极端，用夸张的语气表示关心和礼貌。他们的做法也适得其反。那些男子认为医生是“冒牌货”，对其讨好态度反应消极。“你知道的，”里弗斯护士说，“有时你太想表现得友善一些，但是当你这么做了，就把事情搞砸了。”她的解决办法是告诉医生表现得自然一些，只要做自己就好。换做任何其他的方式，可能让这些人避之不及。“而我已下定决心不让病人离我们而去。”她如此表示。③

医生这边开始尊重她关于人际关系的认识，并且重视她的建议。一名卫生官员对里弗斯护士的描述大概代表了他同事们的看法——她是“很好的左膀右臂，很棒的人”。他坦陈，她最值得称赞的一点是她“会暗示我她认为对那些病患可以做哪些事，不可以做哪些

---

① Laurie Interview.
② 同上。
③ 同上。

事……。她不让我犯任何容易犯的错。她很小心地让我远离麻烦”。①

如果说里弗斯护士是个“缓冲”，那么她也是医生与这些男子之间的“桥梁”。卫生官员有时抱怨这些人不配合或是对于指示的回应太慢。在处理这种情况时，她会转述医生的话，让这些人准确地理解医生的意图。最令卫生官员感到生气的是，这些受试者只要没有感到身体不适，就会拒绝接受体检。医生将这种态度视为“忘恩负义，如果个人承担这些彻底的医学检查需要花很大一笔钱”。那段时间，公共卫生部的报告写道：“这名护士提醒医生，他与那些病人在受教育程度和对卫生的看法上存在差距。”②

匆匆给这些人做完体检而不给他们时间说明自己的不适与疼痛，是年轻医生所犯的大错。这些人觉得被忽视了，没有得到照顾。但是每当这种情况发生时，他们不是向医生反映，而是去向里弗斯护士诉苦，她会倾听他们的抱怨并且好言安慰。公共卫生局报告称：“她总是试着向他们保证医生只是太忙了，需要关心很多事，但是他们在医生那里确实是第一位的。”③

虽然这些人可能相信她的保证，许多人还是会好奇为何来的多半不是上次的医生。“每年都派不同的医生过来，”一名受试者说，“你再也不会见到他们这些人了。”一名上过 8 年学、在受试者中受教育程度最高的男子更强烈地表达了自己的质疑：“我告诉你，这些年来让我思考的唯一一件事是来给我们看病的医生从来都不是上次来的那个……这就是为什么我可能开始觉得奇怪。”他对医生中没有上点年纪的面孔感到震惊，他补充道：“他们都是年轻人，这让我好奇。我（对自己）说：‘我想知道，他们是不是在实习或者拿我们练手什么的？’但从没人向我们解释。”④

---

① Author's Interview, John R. Heller, November 22, 1976.

② Rivers et al., “Twenty Years,” p. 393.

③ 同上，p. 392。

④ Howard interview; Author's Interview, Frank Douglas Dixon, May 2, 1977.

这类问题很少传到医生那里。这些男子更愿意讨论健康问题而不是人事变动。此外，里弗斯护士这个熟悉的身影始终像老朋友一样出现在每次年度召集中。她的在场无疑使医生的这种轮换显得不那么重要。

这些男子大多从没有对该实验提出疑问，至少没在他们自己的圈子之外。对他们来说，里弗斯护士没有给出任何解释；她的特点之一是知道何时保持沉默。“她从来没有告诉我们他们（医生）在做什么。”一位受试者失望地抱怨道。然而，当这些人有了疑问，他们只会问里弗斯护士。她以完美的技巧应对每个问题，根据不同谈话对象调整她的回答，并且仅透露当时所需的信息。①

她的回答往往只是重复这些男子在一开始时被告知的内容。“她会回答我：‘你只是得了脏血，我们正在努力帮你。’”一名受试者回忆道。虽然通常云里雾里，难以捉摸，里弗斯护士也知道如何利用这些人的无知与对医疗的需求为该实验辩护，还让他们觉得很有道理。一名受试者抱怨自己身体一直不好，问及为什么还要留在研究中，他记得她回答说：“你可能得了某种你不知道的病，如果你做完这项研究，你就会知道你出了什么问题，也就知道该怎么治了。”②

里弗斯护士与这些人发展出的关系是让他们留下来接受实验的关键。比起其他人来说，她更能让这些人相信自己正在接受有用的医疗护理。“她了解他们；他们也了解并信任她，”海勒医生说，“她会让他们相信我们的意图是高尚的，我们是为了病人的利益着想。”③

从受试者的评价中可以看出她的工作做得有多好。“我们信任他们，因为我们认为他们可以为我们、为我们的身体状况做些事，”其中一名受试者说，“我们对自己的身体无能为力。”当被问及参与实验的情况时，另一名男子回答道：“我们（是）顺着护士的意思。”

---

① Pollard Interview.

② Howard Interview; Dixon Interview.

③ Heller Interview.

他肯定也相信自己从研究中受益了，因为他补充说："我认为他们（医生）是在为我好。"①

就像这些人真的信任和尊重里弗斯护士一样，她对这些人的忠诚也丝毫不假。在所有的研究人员中，只有她把这些人当作个体来认识。她到他们家里拜访，在他们的餐桌上吃饭，坐在他们的病床前，并且去他们的葬礼上吊唁。她的生活与他们的交织在一起，形成了一种超越友谊的纽带。实验开始时，她还是位年轻女士，然后她与那些幸存的患者一起变老。从现实意义上说，她分享了他们的生活，他们也成为她生命的一部分。在看见她与这些人及其家人的互动后，一位"政府医生"认为，对她来说，"这项研究就是她的生活"。②

从这些人跟里弗斯护士轻松地开玩笑可以看出，他们的关系是密切的。多年来，他们常常一起乘车往返塔斯基吉去见"政府医生"。在这些旅程中，他们聊了很多故事，从不介意里弗斯护士的性别。她解释道："当他们想要聊天或是深入谈论一些话题时会跟我说：'里弗斯护士，我们今天都是男人。'"她从心底里赞同这个方法，因为一旦这些人把她也当成男人，他们就什么都敢说，会用他们下流的幽默让她发笑。她特别记得有一次在车上，一名男子转身问他的朋友，为何医生要求他在检查室脱掉**所有的**衣服。还没等那人回答，另一位乘客插嘴道："嗯，他没有什么你没有的……。如果有（什么不同），下次我跟你一起去。"这时，里弗斯护士喊道"主啊，请怜悯我!"，并要求这些男人说话含蓄一些。她补充说："如果男士身边有女士，

---

① Author's Interview, Herman Shaw, May 2, 1977; Pollard Interview, both quotes.

② Joseph G. Caldwell to William J. Brown, June 29, 1970, TF-CDC. 在信中，考德威尔表示了不满，因为里弗斯女士批准了 125 美元的验尸费，这超过了米尔班克基金会的支付标准，于是布朗拒付。考德威尔气的是她个人几乎要对这事负全部责任，他表示若不想放弃这项实验就该大力支持。他指责布朗医生这样做是因小失大。考德威尔当时即将离开公共卫生部到其他地方工作，于是尖锐地批评了性病部。

那么，你说话就得注意点。知道吧？”①

“我们处得很愉快，我们很开心，” 里弗斯护士一再说着，“这是真的，当我们和那些人一起工作时……那是我生命中的快乐时刻。”②

一名参与该研究的卫生官员觉得，她和这些人之间形成的关系似乎很温暖，甚至充满关爱：“他们感觉跟她在一起有归属感；她也是他们之中的一员。他们都知道她的教名，并且非常尊重她，我认为他们对里弗斯护士有感情。” 另一名卫生官员很肯定这种感觉是相互的；事实上，对里弗斯护士来说，这种感情更深：“她真的爱那些人、认识他们每一个人、知道他们做的每件事、关心所有的事，并且他们可以随时去找她。” 而且，这名卫生官员说，当里弗斯护士谈到这些人时，“就像谈起她的家人”。③

在人生的大部分时间里，这些受试者是里弗斯护士在塔斯基吉最亲近的家人。她的血亲住在其他地方。她直到50多岁才成家，婚后，她仍然留在这个项目里工作，她嫁给了朱利叶斯·劳里——安德鲁医院的护工、某对照组成员的儿子。在她结婚后，“政府医生” 称其为“劳里夫人”，但对研究中的大多数人来说，她依然是“里弗斯护士”。

里弗斯护士能够一眼认出这些人，这有助于公共卫生部阻止这些人获得治疗。在实验的头几年，这些人根本不可能得到医疗服务。但是，1937年，罗森沃尔德基金会决定再次支持梅毒控制项目，并派了哈佛大学公共卫生学院的黑人医生威廉·B. 佩里前往梅肯县。冯德莱尔医生担心重新开始治疗活动可能危及该实验，又意识到佩里医生非常需要帮助，所以他精明地安排了里弗斯护士担任其助手。佩里医生同意充分配合该实验，并与里弗斯护士一起工作了几个月。她在

---

① Laurie Interview.

② 同上。

③ Author's Interview, William J. Brown, April 6, 1977; Author's Interview, Sidney Olansky, November 10, 1976.

治疗诊所的出现无疑确保了实验中的这些人没有机会接受治疗。①

在一年多之后，当另一个可能使这些人获得治疗的项目出现时，里弗斯护士被叫去执行同样的任务。在托马斯·帕兰 1935 年当上公共卫生部医务总监后不久，由于他的积极领导，公共卫生部在全国范围内发起了消灭性病的运动。派联邦卫生官员到地方卫生部门开展有效的教育和治疗项目是这项运动的一部分，1939 年，公共卫生部一个流动治疗队被派往梅肯县。冯德莱尔医生立即采取行动让里弗斯护士加入了该小队。他解释说，这样做是为了“方便随访包括我们未经治疗的梅毒研究中的病患”。不过，据一位在 1939 年至 1941 年间参与梅肯县公共卫生工作的黑人医生所说，里弗斯护士所做的不仅仅是跟踪实验中的这些人。“当我们发现某人来自塔斯基吉研究时，”雷金纳德·G. 詹姆斯医生回忆道，“她会说：‘他参加了研究，不能接受治疗。’”②

参加实验的男子讲述了相似的经历。由于里弗斯护士的阻挠，他们没能得到 1930 年代末 1940 年代初公共卫生部引入的快速治疗诊所的医疗服务。这些诊所是实验性质的，给出了一个密集、加速的用新胂凡纳明和铋软膏治疗的计划，将规定的治疗周期从一年或更长时间

---

① 参见 Vonderlehr to Waller, May 27, 1937, TF-CDC; Bousfield to Vonderlehr, June 1, 1937, TF-CDC（布斯菲尔德是罗森沃尔德基金会的黑人卫生部主任）；Smith to Vonderlehr, September 27, 1937, TF-CDC, 史密斯对于未经治疗小组成员的治疗问题的关切；Vonderlehr to Parran, January 15, 1938, TF-CDC, 要求准予派里弗斯护士到彼得斯医生处；Parran to Baker, January 18, 1938, TF-CDC, 称佩里医生已充分了解该实验并同意合作；Vonderlehr to Smith, February 24, 1938, TF-CDC, 称里弗斯护士已被指派给彼得斯医生，不仅需协助其工作，还需融入他“与研究黑人中未经治疗的梅毒有关的措施”的控制工作；Perry to Vonderlehr, June 24, 1938, TF-CDC, 信中对里弗斯护士热烈赞扬。

② Vonderlehr to Walwyn, June 13, 1939, TF-CDC; *New York Times*, August 7, 1972, p. 16. 一个流动单位由牵引车带挂车组成。他们在挂车的车头抽取病患血液样本，并且注射新胂凡纳明。在车尾隔出一片空间，用于检查身体或涂抹铋软膏。大部分流动单位的专业人员组成如下：一位受过梅毒治疗培训的白人医生、一位白人护士及一位黑人护士助手。参见 Thomas Parran and R. A. Vonderlehr, *Plain Words About Venereal Disease* (New York, 1941), p. 171。

减到一个星期或更短。乡下的患者被运到城里的诊所，在那里待到疗程结束。有一名受试者在等待与其他黑人（诊所当然是种族隔离的那种）一起登上开往伯明翰的巴士时，被里弗斯护士从队伍中拉了出来。他记得她说："你不能去那里，你不能去打针。"①

另一名受试者虽抵达了伯明翰，但对方拒绝为他治疗。对方一定是接到了塔斯基吉打去的电话，因为在他到达的第二天早上有一名护士向整组人宣布，诊所里多出了一个不应在此的人。当她喊出他的名字时，这位一脸困惑的受试者立即站起来表明身份。这名男子回忆道："她说：'好吧，过来，过来。你为什么在这里？你不应该在这里。你归梅肯县的里弗斯护士管。'我说，'他们叫我来的'，然后我被送上了回去的巴士。"②

里弗斯护士并没有因为她履行的职责而感到不安。事实上，她从来没有怎么考虑过实验的伦理问题。她认为自己是个好护士，总是照医生的吩咐行事。她一次也没提议治疗这些人。事实上，她从未提出要讨论这个问题。她解释说，她之所以没有这样做，是因为"身为护士，我不觉得那是我的责任，这是医生的事"。任何其他回答对她那一代的护士来说都是不可思议的，里弗斯护士如此说道，因为"在我接受护士培训的时候，我们所受的教导是我们绝不诊断；绝不开处方；我们只遵从医生的指示！"③

如果真要说的话，在实验的最初几年里，里弗斯护士对于不治疗这些人是心安理得的。新胂凡纳明和铋软膏是当时的治疗用药，而她对副作用问题感到担忧。她说，"我看到了这些药物造成的许多反应"，特别强调一名妇女"还没从椅子上站起来让我们把她送上担架就死了"。类似的经历使她对药物态度冷淡，这无疑使她更容易接受不给这些人用药的做法。"我对新胂凡纳明和所有这类东西都没有好

---

① Pollard Interview.

② Shaw Interview.

③ Laurie Interview.

感。”她声称。[1]

她对药物持保留态度，但这里面存在着明显的矛盾。不可否认，新胂凡纳明和铋软膏偶尔会产生有害反应，然而人们仍使用它们的理由很充分：医生认为这些药物利大于弊。如果像里弗斯护士暗示的那样，实验中的这些人没有接受治疗会更好，那么她用这些药物帮助治疗过成千上万的病人一事又该怎么解释呢？治疗这些病人是帮倒忙吗？当然不是，那些病人获得了当时情况下公共卫生官员所能提供的最好治疗。很显然，里弗斯护士拿她对药物的怀疑（也许参考的是过去经验而不是现今的情况）当借口，为不治疗这些人找理由。

为拒用青霉素一事找到让人信服的理由则更加困难。在 1940 年代初发现此药的数年内，青霉素就被全球的医学权威誉为神奇药物。青霉素相对便宜，对大多数病人来说很安全，起效快并且极为有效，对医生来说，青霉素是世界上有史以来治疗梅毒的最佳药物。

里弗斯护士没有认真考虑过要使用青霉素，至少没有考虑过将之用在实验参与者身上。当青霉素被广泛使用时，这些人已有超过十年没有接受过任何治疗了。一种势头已经形成：不对他们进行治疗已成惯例。

具有讽刺意味的是，里弗斯护士真正担心的是这些人成为特权群体。与他们的邻居相比，她认为这些人得到的医疗照顾是“最顶尖的”。她在实验的最初几年形成了这种心态，并在余下的职业生涯里抱定不改。当研究开始时，梅肯县许多地方的黑人人口生活在现代医学世界之外。尽管钩虫病、糙皮病、结核病和梅毒（仅提及几种疾病）在该地区流行，许多人从出生到死亡都没有看过医生。

在里弗斯护士看来，这项实验给了这些有幸被选中的对象优渥的医疗条件。这些人没有被忽视，反而每年都有一组医生为其进行体检，得到免费的阿司匹林治疗不适和疼痛，发放“春季补品”为其

---

① Laurie Interview.

补血，还有专门的护士照顾他们。“他们没有接受梅毒治疗，但得到的更多。”她如此声称。她认为医学既是艺术，也是科学，她还说受试者认为自己得到的这些照顾是具有医疗价值的。“他们喜欢有人从华盛顿或亚特兰大远道而来（塔斯基吉），花上两周时间在街上来来回回，去看望他们，听他们的心跳，为他们量血压等诸如此类的事，”她说，“这对他们的帮助不亚于一服药。”①

最让里弗斯护士感到困扰的是另一种困境：人们跑来恳求加入该研究。“有很多人只想做个体检，仅此而已。”她说。听这些人讲了从“政府医生”那里得到的无微不至的照顾后，他们也想要。她回忆道：“他们会来对我说，‘里弗斯护士，我得了脏血。’”大多数时候，她会回答：“你得先去跟医生谈谈。”但偶尔她也会屈服，把几个外人和其他病患混在一起，这样他们也能做上体检并得到一点药。她这样做是因为知道这对他们意义有多大，她也不忍心拒绝所有人。“那是唯一让我忧心的事，”她感叹道，“有这么多人需要同样的照顾，但他们没有资格参加这个项目。”②

在这方面，妇女面临的问题比较特殊。没法将她们塞进实验里，这些妇女“为她们不能去而生气”，因为“她们也生病了”。受试者的妻子尤其难缠。“其中一人跟我说，‘里弗斯护士，你来找约翰，但我也病了呀！’我说：‘嗯，亲爱的，我不能带你走。我必须按医生说的做。’”不过，相对于接受这个说法的妇女，旁人会说：“里弗斯护士，你就是偏心男人。”医生最终救了她，医生指示里弗斯护士告诉这些妇女，只有男人可以进检查室是因为病人需要脱掉衣物。如果妇女来参加该研究，就需要一名女医生在场，但是当时没有这样的人。“所以这就是我们脱身的借口。”里弗斯护士解释道。③

不仅外人恳求加入该实验，受试者也为身在实验中心存感激，因

① Laurie Interview.
② 同上。
③ 同上。

此里弗斯护士在道义上确信，这项研究正在使这些人受益。即便在梅肯县引入的多个新卫生项目已在事实上破坏了这一信念的基础后，她仍抱持着这样的信念。基于这些项目而设立的治疗诊所并不分发阿司匹林。它们提供抗梅毒药物给每个需要治疗的病患，费用很低，甚至免费。里弗斯护士没有注意到实验中的那些男子已经逐渐成为局外人，没有意识到让他们远离诊所已经把他们变成了一个一无所有的群体。她却反而为实验初期形成的态度所束缚。这些事超出了她联想或理解它们的能力。

里弗斯护士将其一生奉献给了这项研究，她问心无愧。对她来说，这些男子就是实验本身，她认为自己为他们服务得很好。她受的教育要她遵从医生的命令，好好照顾病人。她所受的护士培训中，没有预设什么让她意识到在照医生指示行事和照顾病人最大利益之间可能存在着矛盾。教过她的塔斯基吉的老师、该地区的私人医生，以及担任她领导的公共卫生部官员都参与了这项实验。她从未想过要质疑他们的判断。

另一个职业等级结构也对里弗斯护士造成了影响：医疗从业者和医学科学家之间的差距。塔斯基吉研究开始时，科学家在美国社会的地位很高，在她的职业生涯发展的同时，医学研究也不断进步，这进一步提高了科学家的声望。里弗斯护士从未假装能够评判该研究的科学价值。她的背景是临床医学，作为一名从业者，她没有受过挑战科学家权威的专门训练。里弗斯护士一点也没有为研究的科学有效性烦恼，而是全盘接受了上级的专业看法。“我不是科学家，”她坦然承认，“我从来没有在这上面考虑太多。”①

性别角色强化了她在道德上的被动性。大多数医生是男性，而大部分护士是女性，无论在医学界还是美国社会，都是男性占主导地位。对男性权威人物的尊重在里弗斯护士的生活中形成了一种模式。

---

① Laurie Interview.

她早年主要受她父亲的影响；迪布尔医生把她培养成才，还亲手挑选她参加实验工作；她工作中的所有主管都是男性。虽然她会为维护受试者而毫不犹豫地与医生争论，但在大多数情况下她是听命行事的。

种族在里弗斯护士的世界里是权威的最后象征。她是黑人，而控制该实验的医生是白人。确实，医学界是白人主导的。虽然塔斯基吉学院的参与增加了些许跨种族的支持，但指导实验的仍然是白人。黑人或许执行日常运作，但他们向华盛顿的白人当局汇报工作，他们的贡献在每次年度召集时由白人来查验。在塔斯基吉地区白人医生的帮助下，州、地方卫生部门充当了地方监督者的角色，这张罩住受试者不错过尸检机会的黑色大网更牢固了。

然而，若是里弗斯护士服从于这种种族权威，她就绝不会意识到这些男性是它的受害者。她知道，只有黑人男子被选为受试者，他们被选中是因为生病，这些人被系统性地误导和欺骗，他们被隔绝在治疗之外，他们之中许多人死于梅毒。但她仍然会说，“我没有因此认为这是个民权问题”，并且宣称：“我不认为这是个涉及种族迫害的实验。”①

奥斯陆研究是个关键。里弗斯护士知道，塔斯基吉实验旨在提供一个黑人版本与奥斯陆研究进行比对，她也理解，研究的整体目的是证明白人和黑人感染梅毒后反应不同。这表明不同种族得到了平等的对待。她完全忽略了两项研究之间的区别。对她来说，重要的是医生研究过未经治疗的梅毒在白人身上的后果。“在挪威他们也没有治疗那些病人，”她声称，“这就是我的看法：他们在研究黑人，就像之前研究白人一样，知道吧，他们在做比较研究。”②

对于她拒不承认这项实验带有种族迫害，最好的解释是她的阶级意识。她遭遇的困境与参加实验工作的所有黑人专业人士一样：一方

---

① Laurie Interview.

② 同上。

面，科学的力量与资金被用于研究长期为科学和医学界所忽视的患病黑人；但另一方面，实验设定为对“患者”而非“疾病”的研究，整个概念因而打上了种族主义印记。里弗斯和这些男性之间存在的社会差距，使得她对试图证明黑人确实与白人不同的全部含义不太敏感。被职业的忠诚强化了的阶级意识在功能上成为种族的对应物，让她和其他黑人临床医生站到了白人研究人员那一边。作为向上流动的黑人，他们似乎并没有因为动手证明黑人可以在某方面被贴上“不同”的标签而感到自己受到了威胁。

就算里弗斯护士避开了与实验带有的种族主义的艰难对抗，但她并没有推卸她所看到的对受试者的责任。对医生来说，这些人只是受试者，但对她来说，他们是病患。她的上司规定不能为这些人治疗梅毒。这一决定限定了她所能做的事。但是，在按规定行事的范围内，里弗斯护士努力保持她的职业操守并以人性对待这些人。

里弗斯护士花了一辈子照料他们那些与梅毒无关的病痛，也给了他们家人极好的照顾。使这种情况成为可能的是她职务的双重性质。这项实验只是她工作的一半；另一半是常规的公共卫生工作。她回忆说，当她不忙于处理这些患者的问题时，会花时间照顾“我的妈妈们、我的老伙计们和我的孩子们”。1940 年代，她的大部分活动集中在公立学校和塔斯基吉的妇产科诊所，还花了大量时间在全县各地奔走，查看助产士，探访生病在家的患者，并提供产前和产后护理。①

组织救济活动是她日常工作中的重要部分。她会向塔斯基吉的教会和民间团体募集食物和衣物，然后将这些物品分发给偏远农村的贫困家庭。跟他们的邻居一样，受试者的家人也要感谢里弗斯护士的诸多善意。

从某种意义上说，里弗斯护士设法将自己工作的两个部分结合起来。受试者分散于全县各地，她会在处理其他事务时顺道拜访他们。

① Laurie Interview.

"我探望这些妇女时，也会去探望那些男子。"她解释道。随着时间的推移，她工作的两个部分似乎融合在一起，里弗斯护士开始将自己视为每个人的护士，不管对方是否参与了实验。不过，并不是所有这些男性都愿意让别人得到她的照顾。有一次，一个受试者看到她离开邻居家时拦住了她，想知道为什么她去看望邻居而不是他。当她辩称她不知道他生病了需要看望时，那人回答道："不，女士，我没有生病，但你是我们的护士；你属于我们。"在她心里，她也许是同意这个说法的。①

她多年的服务赢得了国家的认可。1958 年 4 月 18 日，尤妮斯·里弗斯·劳里成为奥维塔·卡尔普·霍比奖的第三位获奖者。该奖以美国卫生、教育与福利部②第一任部长的名字命名，是该部门授予其雇员的最高荣誉。她隐约知道自己被带去首都是领奖，但除此之外一无所知。她搭乘普尔曼豪华火车前往目的地，坐的是头等车厢（当然，是种族隔离车厢），有餐食供应，抵达华盛顿时她兴奋不已。"当助理部长爱德华·福斯·威尔逊宣布她获得了这个人人梦寐以求的奖项时，她站在这个部门的大礼堂里，无法动弹，不知所措，眼里充满了泪水。"《华盛顿邮报》的一名记者如此描述。"我吓得要死，"她回忆道，"（我）站在那里哭了起来。"③

当里弗斯护士听到人们对她的那些赞美时，不禁感到有点难为情和不太自在："那里的人很友好，我非常感激，但我在想自己是否配得上这一切。"她从来没有认为自己是个了不起的人。在她看来，她所做的只是"每天的常规工作"，没指望会仅仅因为履行职责而获奖。"我是一名公共卫生护士，"她坚定地说，"我不是为了荣誉或任何类似的东西而工作的。我是为了人道，是为了人道主义而

① Laurie Interview.
② 前身是卫生与公共服务部，1953 年更名。——译者
③ *Washington Post*, April 19, 1958; Laurie Interview.

工作。”①

虽然仪式上没有提到该实验的名字，尤妮斯·里弗斯·劳里确实是因为在塔斯基吉研究中所起的作用而被授予奥维塔·卡尔普·霍比奖。她收到一份装裱好的证书，证书上赞扬“她在 25 年的时间里，通过无私的奉献和人情练达确保了亚拉巴马州梅肯县性病控制项目的受试者对于研究的兴趣和合作”。该证书由卫生、教育与福利部的部长马里恩·富尔松签署。她把它挂在她位于塔斯基吉的家中的客厅墙上，自豪地置于马丁·路德·金的照片与刻有弗洛伦斯·南丁格尔誓言的牌匾之间。

里弗斯护士在获奖后继续工作了好几年。她表示，在她生命的最后几年里人们经常在街上拦住她问：“里弗斯护士，你怎么还在随访这些老人?”她的回答总是一样：“是的，我还在随访。他们是我的朋友，我在努力跟踪他们的情况，以便卫生部门能跟得上……我喜欢这些人，我喜欢到他们那里去，坐下来跟他们聊天。”1965 年，已届高龄的里弗斯护士退休了，但她每年仍会抽出数周时间去帮忙举办年度召集，直到实验结束。②

---

① *Washington Post*, April 19, 1958; Laurie Interview.
② 同上。

第十一章
“即使有短命的风险”

开启了塔斯基吉研究的美国公共卫生部官员，在他们的职业生涯里致力于根除梅毒。对他们那一代人来说，梅毒是一种可怕的疾病，就像癌症之于二战后的美国人一样。公共卫生部官员的专业偏向临床诊疗，科学实验是次要的。因为他们是行政人员及临床医生，而不是科学家，他们主要关注的是开展全国性的运动来防治性病。

在性病部工作的公共卫生部官员称自己为“梅毒人”，他们对自己的工作就是如此认同。他们是十字军战士，是虔诚的信徒。保护公众健康是他们的使命，而作为狂热分子，他们倾向于夸大他们遭遇的挑战。他们把梅毒称为“致命杀手”，宣扬预防疾病、及时诊断和尽早治疗的理念。在他们眼中，这是最阴险的疾病。“（那个时候）当一个人得了梅毒，之后发生的一切都可归咎于梅毒——梅毒性嵌甲①、梅毒性胡子、梅毒性秃顶，诸如此类。”一位公共卫生部前官员调侃道。②

公共卫生部官员并没有忽视美国黑人的健康问题。他们已经与罗森沃尔德基金会合作，调查了几个黑人社区的梅毒染病率，还帮流动诊所配备了人员去农村地区为黑人提供治疗。他们的这些做法成了几年后帕兰医生发起的全国性运动的模板，届时，流动诊所再次被派往南方地区。在私人诊所的白人医生不想与黑人医生有专业接触的时候，公共卫生部官员雇用了黑人医生。尤其是冯德莱尔医生与温格医生，他们推动了对黑人的聘用，并一再利用自己的影响力为年轻的黑人医生安排有吸引力的住院医生职位，还为年纪稍大的黑人雇员争取在全国领先的医学院进修的机会。③

简而言之，按照1930年代的标准，塔斯基吉研究背后的公共卫生部官员在种族上是开明的。在医学界，他们是真正的改革派。他们开启这项实验是出于对黑人健康的关注，再加上对于研究梅毒对黑人的影响感兴趣。正如他们在私下聊天和公开发表的文章中不厌其烦地反复提及的那样，梅肯县是这项实验现成的实验室，这种条件的实验室在全国其他地方是不可复制的。卫生官员们还相信，黑人身上的梅毒与白人身上的梅毒在本质上是不同的疾病。他们期望科学家会经由该实验准确得知其中有哪些差别。

从行政层面说，塔斯基吉研究是很容易运作的项目，需要公共卫生部官员支持之处不多。随访受试者与确保尸检得以进行的机制都运行得相当好，并且大多数工作皆由梅肯县的卫生专业人员完成。维持该实验的费用也很低。里弗斯护士是唯一全职参与这项研究的工作人员，她的工资从来就不高。米尔班克基金会出钱支付丧葬津贴，其他费用则被公共卫生部以日常运营成本的名义轻松消化掉了。④

在实验的最初几年，外部事件偶尔会影响该实验，但公共卫生部官员很善于处理这些问题。对那些可以在梅肯县范围之内解决的问题尤其如此。当地医疗机构，要么与塔斯基吉研究进行合作，要么对该研究毫不关心。通过公开发表文献，该实验在全国的梅毒学家中发展出一批拥趸。在研究进行的过程中，也没有引起医学界以外的太多注意。在此事曝光，导致实验结束之前，公共卫生部官员实际上避开了外行的打扰。

塔斯基吉研究在公共卫生部内部几乎没有受到恶意批评，多年来

---

① 嵌甲，即脚趾甲向内长。——译者

② Author's Interview, Sidney Olansky, November 10, 1976.

③ 例如，公共卫生官员为迪布尔和彼得斯安排了研究生课程的训练。

④ Author's Interview, William J. Brown, April 6, 1977.

反倒是有了许多同盟。大多数关于该实验的讨论都是围绕着如何从科学角度提升它。少数情况下，当有人直接质疑这项研究时，为其辩护的人总是会指出这项研究已经持续多长时间，公共卫生部已经投入了多少工作量，如果这项研究继续下去将如何为科学带来益处。辩论的结果只是加强了官僚作风，使该实验轻易地存续下去，还因此强化了所有人从科学上提升该实验的决心。

冯德莱尔医生在 1935 年至 1943 年间担任性病部主任时，第一次面对实验存续与否的挑战。他觉得自己应该更加关注这项研究，却因太过忙碌而无法亲自这么做，因此选择了奥斯丁·V. 代伯特医生来负责此事。1938 年秋，代伯特医生去了塔斯基吉，打算做一件比年度召集更重要的事。他的任务是给这些男子做个彻底的体检。除了第二次世界大战那段时间有 10 年的中断外，此后的体检大约每 5 年会重做一次。①

代伯特医生开始做检查后不久就惊讶地发现，这些据称未经治疗的梅毒受试者实际上已经接受过剂量不等的新胂凡纳明和铋剂。他立即写信给冯德莱尔医生，要求对方解释为什么一项对未经治疗的梅毒的研究会在已接受过治疗的人身上开展。为了重拾该实验的科学性，他建议将接受过治疗的梅毒受试者从研究中剔除，代之以真正未经治疗的梅毒患者。②

冯德莱尔医生对此表示同意。他承认这些男性接受过治疗，但坚称此种情况是不可避免的。他解释说，刚开始时并没有打算长期进行这项实验。另外，如果不对这些人进行一些治疗，很难保持他们对实验的兴趣。“因此，”他说，“我们其实为所有出现早期表现的患者，以及不少隐性梅毒患者都做了治疗。”冯德莱尔医生赞成将接受过治疗的人换下来的想法，但他没有明确说明应该把受试者接受过多少治

---

① 体检年份为 1938, 1948, 1951 - 52, 1958, 1963 和 1968。

② Deibert to Vonderlehr, November 28, 1938, Tuskegee File, Center for Disease Control, Atlanta, Georgia [hereafter TF-CDC].

疗算是接受过治疗。所有的梅毒受试者或多或少都使用过新胂凡纳明或铋剂，显然，他只关注那些打了不少剂次新胂凡纳明的患者。①

代伯特医生期望会在年轻男性中发现较高比例的心血管疾病。然而，他却发现这个年龄组的严重病例相对较少。这似乎暗示了这些男性从冯德莱尔医生提供的少量治疗中获得了一些益处。代伯特医生写道：

> 临床发现的匮乏仍令我吃惊，但我认为是接受过少量治疗的群体造成了这种情况。该群体的患者大部分处于25至35岁年龄段，其中没有任何人出现主动脉炎，这让我相信，即使是很少量的治疗也能在很大程度上避免心脑血管并发症的发生，尽管我承认现在对这一事实做出定论还为时过早。②

早些年前，冯德莱尔医生曾对污染问题视而不见，但他不可能无视代伯特医生的警告，不理会对这些年轻男性的治疗可能改变了自然病程。现在他赞同接受过治疗的病患必须换掉。他写道："如果无法在研究中加进未经治疗的黑人男性梅毒患者，自然，未来就有必要将所有几年前接受过治疗的人都剔除。"冯德莱尔医生认为研究这些人没有任何意义，补充道："我怀疑用心检查这些接受过治疗的病患是否明智，因为我们在'临床合作组织'的诊所里已经有相当多适龄黑人男性，他们接受过部分治疗并在我们的观察之列。"换句话说，其他地方的临床医生（尤其是约翰斯·霍普金斯大学的约瑟夫·厄尔·摩尔医生）早就汇集了梅毒治疗不足所造成的影响的数据。③

如果代伯特医生按字面意思理解这些指令，他就不得不把整个梅毒小组从研究中淘汰掉。然而，他不理会这些男性全都至少接受过部

---

① Vonderlehr to Deibert, December 5, 1938, TF-CDC.

② Deibert to Vonderlehr, November 28, 1938, TF-CDC.

③ Vonderlehr to Deibert, December 5, 1938, TF-CDC.

分治疗的事实，显然采纳了冯德莱尔医生的观点：治疗只在少数人身上是个问题。

代伯特医生一旦对这项工作产生兴趣，便很快对于将接受过治疗的病患留在研究中不感到自责了。他之所以改变主意是出于战术上的考虑。他告知冯德莱尔医生，自己已继续为接受过治疗的病患进行体检，除非接到停止的指令，否则他将坚持下去。“出于心理学原因，我觉得应该留下这些病例：我们已经建立了一种‘团队精神’，如果他们被抛弃，在‘名单’上的其他人会起疑。”代伯特医生写道，“这样一来，我们就要不停地解释，我会和里弗斯护士一样，不知道该说什么。”①

代伯特医生也坦陈，这些接受过部分治疗的受试者引起了他身为研究员的好奇心。他在写给冯德莱尔医生的信中说：“这个群体的身体维持情况激发了我的临床研究兴趣，他们为该研究提供了另一个‘X’因子。”他预测，“事实应该证明仅接受过部分治疗的群体是有价值的，不仅从最终的病理学角度，从临床和血清学角度也是如此。”尽管冯德莱尔医生在几周前还认为应该剔除接受过治疗的受试者，但他念头一转，允许代伯特医生将其留在研究中，只要这事“不太困难”。他还重申，增加新的受试者来加强梅毒组是个很好的想法。②

受试者惧怕脊椎穿刺，这是招募新人之路上的巨大障碍。代伯特医生在写给冯德莱尔医生的信中说：“在我们不会给他们打‘背后针’的消息充分传开后，他们就会从灌木丛中走出来。”他还写道：“希望我对黑人心理的理解是正确的，但无论如何，我尽力让他们高高兴兴地离开，向家里的朋友大声称赞我们诊所。”③

代伯特医生计划利用已加入研究的人来招募新的受试者。“为了

---

① Deibert to Vonderlehr, February 6, 1939, TF-CDC.

② 同上; Vonderlehr to Deibert, February 8, 1939, TF-CDC。

③ Deibert to Vonderlehr, March 20, 1939, TF-CDC.

给这项研究注入新的血液，”他向冯德莱尔医生报告称，“现在我们已经给所有接受过体检的病患寄了信，催促他们告诉朋友，诊所正在扩招。我们正乐观地期待能‘筛选出’150名更合适的候选人。”他解释说，他们迫切需要增加新的受试者，因为从体检结果看，病患群体中只有不超过125名男性可以被视为未经治疗。“重要的是，”代伯特医生再次警告道，“必须加入新人来稳定这项研究。”①

在体检早期，代伯特医生就发现对照组出了个问题。“现在大约有十几名对照组成员的血清呈阳性。”他在给冯德莱尔医生的信中说。不像那些染病已久的病患，新感染梅毒的人是具有传染性的。然而，在塔斯基吉与华盛顿之间的来往通信中没有谈及治疗。代伯特医生并没有将这些新染病的人踢出该研究，也没有为其做治疗，而是简单地将其分到研究的另一组。根据已发表的报告，有12名在1939年发现感染梅毒的对照组人员被移至梅毒组。②

但代伯特医生提议的大规模重建梅毒组的计划从未实现。在他结束了对原有受试者的体检后，代伯特医生只增加14名新的梅毒受试者到研究团队中。为何他这些满怀抱负的计划会失败仍是个谜。他没有说明究竟遇到了什么困难，在即将离开塔斯基吉之前，他告知冯德莱尔医生：“由于目前条件不充分，增加更多新病例一事必须推迟。”③

虽然县卫生官员默里·史密斯医生不断谈到在接下来的几年增添新的受试者，1939年之后梅毒组却没有增加任何新人；也没有剔除任何人。尽管忧心治疗已让其中许多人变得毫无研究价值，但后续接

---

① Deibert to Vonderlehr, March 27, 1939, TF-CDC.

② Deibert to Vonderlehr, February 6, 1939, TF-CDC; 亦参见 Stanley H. Schuman et. Al., “Untreated Syphilis in the Male Negro: Background and Current Status of Patients in the Tuskegee Study,” *Journal of Chronic Diseases* 2(1955): 543 – 58; Sidney Olansky et al., “Untreated Syphilis in the Male Negro,” A. M. A. *Archives of Dermatology* 72 (1956): 516 – 22; and Donald H. Rock well et al., “The Tuskegee Study of Untreated Syphilis: The 30th Year of Observation,” *Archives of Internal Medicine* 114 (1961): 792 – 98。

③ Deibert to Vonderlehr, May 1, 1939, TF-CDC.

手的研究人员仍将其留在实验中，把代伯特医生的“X”因子留到了最后。①

到了 1938 年体检期间，惯性使得实验渐趋稳定。任务的划分很明确，便于新来的人员继续执行，无论他们是否清楚该研究的前因后果。塔斯基吉学院作为丧葬津贴的财务代理角色就是最好的例子。自 1939 年起，尸检的地点变成当地的殡仪馆，而不是塔斯基吉学院附属的安德鲁医院。两年后，史密斯医生尝试说服冯德莱尔医生，应该让梅肯县卫生局取代塔斯基吉学院来作为米尔班克基金会的财务代理机构。史密斯医生写道：“塔斯基吉学院的高层已经不是几年前与你我合作愉快的那些人了。他们对这项研究一点也不了解，对病人不闻不问，而且这两年来的尸检都是在殡仪馆做的。”②

据史密斯医生说，塔斯基吉学院的新校长 J. A. 肯尼医生并不了解这项实验，但米尔班克基金会的丧葬补助却要经他批准才能拨付。史密斯医生写道：“如果你允许我们（梅肯县卫生局）分发这些费用，这会使我们与这些家庭及丧礼承办人之间有更紧密的联系，否则目前他们都觉得是塔斯基吉学院在帮他们。他们看不到这样一个事实，卫生部门仍在尽其所能推动研究按计划进行。”③

冯德莱尔医生驳回了史密斯医生的请求。他解释说，指定塔斯基吉学院为来年的财务机构的申请书已经提交给米尔班克基金会，他建

① 史密斯医生建议，从潜在新病例的名单上剔除向福利部登记找工作或申请救济金的黑人。他还建议，利用实验室里的黑人征兵体检报告寻找新的受试者。参见 Smith to Vonderlehr, September 20, 1939, TF-CDC; and Smith to Vonderlehr, February 14, 1941, TF-CDC。所有接受过部分治疗的受试者都留在了研究小组内，但是有些人被排除在该实验某些已发表报告的数据分析之外。参见 Austin V. Deibert and Martha C. Bruyere, “Untreated Syphilis in the Male Negro: III. Evidence of Cardiovascular Abnormalities and Other Forms of Morbidity,” *Journal of Venereal Disease Information* 27(1946): 303; Pasquale J. Pesare et al., “Untreated Syphilis in the Male Negro,” *American Journal of Syphilis, Gonorrhea, and Venereal Diseases* 34(1950): 4; and Schuman et al., “Untreated Syphilis,” p. 544。

② Smith to Vonderlehr, November 27, 1941, TF-CDC.

③ 同上。

议与塔斯基吉学院好好合作下去。简而言之，塔斯基吉学院继续掌握丧葬津贴的发放权。①

外部事件也会影响这项研究。第二次世界大战爆发之前，里弗斯护士在当地及州卫生当局的帮助下，成功地让这些受试者失去早期治疗的机会，但战争也造成了另一种局面，公众中的代表在努力确保梅肯县的男性梅毒病患得到治疗。1941 年，约有 250 名年龄在 45 岁以下的梅毒受试者成为“A－1”登记人。一旦他们入伍时的体检结果显示患有梅毒，就会开始收到当地征兵委员会的信件，命令其去接受治疗。1942 年春，史密斯医生向华盛顿通报了这一问题并请求指示。②

冯德莱尔医生知道史密斯医生是当地征兵委员会主席 J. F. 西格雷斯特的朋友，因此建议他与西格雷斯特先生面谈，告知该实验的详细情况，特别要强调其科学重要性。由于这些受试者都超过了 35 岁，基本上不会应召入伍，所以冯德莱尔医生预测：“如果把加入这项研究的黑人男性名单交到西格雷斯特先生的手上，让他配合你完成这项科学研究应该不是问题。”数个星期后史密斯医生报告，卫生局同意将参与研究的这些人排除在“需要治疗的新兵名单”之外。显然，这一安排的效果很好，因为在夏天结束时他向冯德莱尔医生夸耀道：“到目前为止，我们一直没有让已知的阳性患者获得治疗。”③

亚拉巴马州公共卫生法规中规定必须公开报告并及时治疗性病病例，而阻止受试者接受治疗的行为一直在违反法规。1943 年，这些法规被《亨德森法案》（Henderson Act）取代，后者是一部应战时紧急情况而制定的极其严格的公共卫生法案。该法不仅适用于肺结核和

---

① Vonderlehr to Smith, December 2, 1941, TF-CDC.

② Smith to Vonderlehr, April 27, 1942, TF-CDC.

③ Vonderlehr to Smith, April 30, 1942, TF-CDC; Smith to Vonderlehr, June 8, 1942, TF-CDC. 冯德莱尔通知亚拉巴马州卫生局已与塔斯基吉兵役登记委员会达成协议，所以州卫生官员也不需强制要求治疗这些人。参见 Gill to Vonderlehr, July 3, 1942, TF-CDC, and Vonderlehr to Gill, July 10, 1942, TF-CDC。

性病，还要求州、地方卫生官员检测州内所有年龄在14岁至50岁之间的人，对查出的染病者予以治疗。在该法的支持下，卫生官员开展了本国历史上最大的州级检测和治疗计划。但是，正如参与塔斯基吉研究的男性被排除在早期的治疗计划之外，《亨德森法案》从未惠及这些人。而州、地方卫生官员继续配合着这项研究。①

1943年的两个事态使得这一年成为这项实验历史上的一个重要年份：海勒医生接替冯德莱尔医生成为性病部主任，公共卫生部开始在全国各地的一些治疗诊所用青霉素治疗梅毒患者。作为部门主管（1943—1948），海勒医生占据了一个战略性位置，使他有权处理任何可能会终止这项研究的事态，而每一次他都证明了自己是该实验的忠实朋友。

如果海勒医生想给这些人开青霉素让实验结束，他完全可以这样做。然而，对海勒医生来说，相较于早期治疗方案，青霉素的出现并没有带来更多的道德问题。多年之后当他被要求针对此事发表评论时，他表示不记得曾有人讨论过给受试者用青霉素一事。不发此药的原因与实验开始时不用其他药的理由一致：治疗将会终结塔斯基吉研究。海勒声称："研究持续得越久，我们能得到的资料就越好。"不值得为这些男子进行道德辩论。他们是受试者，不是患者；他们是临床材料，不是病人。②

具有讽刺意味的是，公共卫生部官员认为卫生计划的进步和青霉素的发现为继续该实验提供了额外的理由。在1943年底提交给米尔班克基金会的年度报告中，帕兰医生请求继续支持研究，声称它已经变得"更有意义，现在已经有了一系列治疗梅毒的快速方法和时间表，筛查梅毒业已成为公民的定期检查任务"。他解释说，这些事态提高了该实

---

① 关于《亨德森法案》的讨论，参见 Robert T. Daland, *Government and Health: The Alabama Experience* (University, Alabama, 1955) and Thomas D. Clark, *The Emerging South* (New York, 1961), p. 170。

② Author's Interview, John R. Heller, November 22, 1976.

验的价值，因为现在可以将其当作“一种必要的控制，不仅可以用于推算梅毒快速治疗的结果，还可推算发现和治疗感染者的成本”。①

青霉素的价值一旦确立，公共卫生部便坚信继续塔斯基吉研究一事迫在眉睫。1951 年给米尔班克基金会的报告辩称，治疗方案的改善已经使该实验成为一个绝无仅有的机会。神奇药物在各种疾病中的广泛使用，实际上消除了找到另一群数量巨大的梅毒患者的可能性。报告宣称，该研究产生的资料“永远无法复制，因为青霉素和其他抗生素正广泛用于其他疾病的治疗，治梅毒可谓是对症下药”。②

如果青霉素没能改变海勒医生对于治疗这些人的观点，那么他也同样不会为纽伦堡审判期间引起的对人体实验的道德关切所动。他认为塔斯基吉研究和纳粹科学家的暴行之间没有丝毫关联。“我和大多数人一样，对于这些在犹太人身上实施的恶行感到震惊，例如，他们不仅实施人的活体实验，还做了一些会导致受试者死亡的事，”他后来回忆道，“所有这些事情在我看来都是骇人听闻的，我和其他大多数人一样，对此强烈谴责。”海勒医生没有将塔斯基吉与纽伦堡联系起来，他坚称：“因为对我来说，这两者之间没有任何相似之处。”继任海勒医生职务，负责该研究的卫生官员无疑同意这一判断。《纽伦堡法典》（Nuremberg Code）是从审判中总结出的 10 条人体实验基本结论或原则，没有证据表明有人照着《纽伦堡法典》对塔斯基吉研究进行过讨论。③

然而，纳粹实验和塔斯基吉研究之间有一个相似之处，它远超两者所涉及的种族主义和医学性质。如同纳粹德国军事等级制度中的指挥体系一样，塔斯基吉研究在美国公共卫生部的官僚体系中占有根深蒂固的地位，降低了个人的责任感和道德关怀。对大多数医生和公务

① Parran to Miss Catherine A. Doren, November 4, 1943, TF-CDC.

② Bauer to Doren, November 27, 1951, TF-CDC.

③ Heller Interview. 关于《纽伦堡法典》的讨论与 10 条原则的文本说明，参见 Henry K. Beecher, *Research and the Individual* (Boston, 1974), pp. 227 – 34。

员而言只是在完成自己的工作。有些人仅仅是“服从命令”；其他人则是为“科学的荣耀”拼搏。

由谁来掌舵并没有什么区别。当海勒医生 1948 年离开性病部，升任国家癌症研究所所长时，塔斯基吉研究已经运行了 15 年。在医务总监帕兰医生的帮助和批准下，海勒医生和冯德莱尔医生一直维系该研究，其间经历了全国梅毒防治活动、第二次世界大战、青霉素的开发以及公众对纽伦堡审判的反应。事实上，在他们的指导和支持下，这项实验已经演化成公共卫生部内部“不容置疑的信仰”。

掌管该实验的新一代高层官员，如西奥多 · J. 鲍尔（主任，1948—1952）、詹姆斯 · K. 沙弗博士（主任，1953—1954）、克拉伦斯 · A. 史密斯（主任，1954—1957）和威廉 · J. 布朗（主任，1957—1971），在公共卫生部随着塔斯基吉研究一同成长。这些人大都是该研究发起人的朋友和门生。大多数人曾作为初级官员主办过年度召集，或者至少听过其上级在专业会议上宣读关于这项实验的论文。他们是关系紧密的官员群体，见证了这项研究成为一个活的传统。简而言之，该研究已经成为惯例，他们对此已习以为常。

因此，1940 年代末到 1950 年代期间权力移交到新的高级官员手上并未真的危及塔斯基吉研究。由于接手该研究的卫生官员无法从新的角度看待这项研究，也就不能做出客观的评审。他们在上任之前就熟悉得如同其中一分子。该实验从没有受到一次重新审查。

海勒医生一离开就发生了一件事。1948 年 7 月，新任命的性病部主任西奥多 · J. 鲍尔医生收到了来自该部门统计办公室主管艾伯特 · P. 伊斯克朗的备忘录，尖锐地批评了该实验。伊斯克朗在阅读了发表于 1948 年的三篇文章后，对实验的科学价值产生了怀疑及担忧，也对它的道德意涵有点不放心。在对研究方案中的几个程序和概念上的缺点表示反对后，伊斯克朗问起受试者是否“遵照亚拉巴马州法律做了检查，如果是，研究组中是否有人接受了治疗？”。此外，他还重提代伯特医生十年前的指控，即该实验已被治疗污染。他注意到提及对据说未经治疗的梅毒的治疗，他表示："也许挽救这件事的最好办法是转而研究未被充分治疗的（梅毒）。"重要的是，伊斯克朗并没有建议结束这项研究；仅仅是提议努力以科学来改进这项研究。①

伊斯克朗的备忘录没有激起任何实际行动，但在那几年，大家都认为这项研究充满了问题。没有人知道受试者的确切人数（几乎每份已发表的报告都给出了不同的数字）；记录不完整、整理得也不好；年度召集的出席率下降，许多受试者无法查清；治疗污染问题仍未解决。

1951 年，公共卫生部对截至当时所遵循的程序启动了一项全面审查。审查是由负责塔斯基吉研究的两位官员（西德尼·奥兰斯基医生及其助手斯坦利·H. 舒曼医生）主导，两人皆任职于佐治亚州钱布利（亚特兰大市郊）的公共卫生部性病研究实验室。他们联系了该研究的几位发起人与多年来操持该研究的所有高级官员，征询该研究是否应该继续进行以及如何改进。

老派人士一致建议继续进行该研究。海勒医生坦言他没有什么具体的建议，但表示他仍然相信"原先的想法是对的，就是要随访这些人"，并敦促他的继任者"尽可能记录更多资料，尽可能多地了解他们的情况"。温格医生的意思更明确："我们现在知道了以前搞不懂的事，其实是我们害他们病痛、短命。"他写道："我想我们至少可以说，对那些以生命为代价促成这项了不起的研究的病患来说，我们负有很高的道德义务。"另一位高级官员称，"我们在这上面投入了近 20 年的部门利益、资金和人力"，还有"照顾幸存者的责任，必须（向他们）证明他们作为受试者（即使有短命的风险）的善意（并非无

---

① Iskrant to Bauer, July 30, 1948, TF-CDC.

用功）。最后，我们亦有责任为梅毒的自然演变史进行补充”。①

在这番咨询之后，奥兰斯基医生和舒曼医生与应邀前来塔斯基吉的数个不同领域的专家进行商谈。该议程的最重要议题是治疗污染问题，但在讨论的过程中，卫生官员早已对答案心存偏见。他们没有回顾这些人自1932年以来接受的治疗，而是表示他们问询的目的在于："了解自抗生素广泛引入以来，这群不应接受治疗的梅毒患者接受了多少治疗。"换句话说，他们限制了自己的审查范围，拒绝正视这个问题。②

结果是可以预见的。随后发表的文献提及了这些治疗时坚称这些人仍然可以被视为未经治疗的病患，因为他们所接受的治疗不足以治愈疾病。因此，冯德莱尔医生的继任者与其立场相同，否认塔斯基吉研究受到了污染。③

奥兰斯基医生和舒曼医生尤其渴望重新点燃受试者对研究的热情。他们的计划强调要增加"病人所怀有的善意"，办法是分发一点治疗日常疾病的药物、与随访工作人员保持密切联系、重视丧葬津贴的分发、以小组形式向这些人讲授"这项研究的重要性和意义，并

---

① Heller to Schuman, September 18, 1951, TF-CDC; O. C. Wenger, "Untreated Syphilis in Male Negro," unpublished manuscript, 1950, p. 3, TF-CDC; John C. Cutler to Olansky, October 22, 1951, enclosure entitled "Outline of Problems to be Considered in Tuskegee Study," TF-CDC. 奥兰斯基医生满意于这项推论。他以明显赞同的语气写道，"就像O. C. 温格医生指出的，我们肩负着让研究成功的道德义务，不仅是对于先前的研究人员如此，对于每位承担不治疗疾病所致风险的病患亦是。" Olansky to Cutler, November 6, 1951, enclosure entitled "Outline for Tuskegee Study," TF-CDC。

② Olansky to Cutler, November 6, 1951, enclosure entitled "Outline for Tuskegee Study," TF-CDC.

③ 大多数关于塔斯基吉研究的发表文章都承认，有些梅毒患者已接受过低剂量的治疗。然而，也有竭力想要否认治疗会有损于实验的文章，参见J. K. Shafer et. Al., "Untreated Syphilis in the Male Negro: A Prospective Study of the Effect on Life Expectancy," *Public Health Reports* 69 (1954): 688; Schuman et al., "Untreated Syphilis," pp. 550 – 53; Olansky et al., "Untreated Syphilis," pp. 517 – 18; and Rockwell et al., "The Tuskegee Study," pp. 795, 797。

展示各组照片来加强这方面认知”。只要巧妙地处理这件事，他们认为甚至有可能说服这些人再次同意接受腰椎穿刺（脊椎穿刺）手术。“善意（即将病人当作人来对待）和团体心理（即作为一个团体来接受所有程序）将是我们确保腰椎穿刺进行的主要手段。”他们如此写道。①

研究人员还试图推动塔斯基吉研究和奥斯陆研究之间的协作和数据共享。幸运的是，当奥兰斯基医生和舒曼医生正在努力恢复实验的活力时，久负盛名的奥斯陆研究也处在审查之中。1951 年，奥斯陆研究的现任负责人特里格夫·杰斯特兰医生正好访问美国，同年 11 月，他应邀前往塔斯基吉审查该实验。

杰斯特兰医生在塔斯基吉停留了一个星期。见证他此行的人注意到，杰斯特兰医生立即被“亚拉巴马州乡下黑人农民与皮肤白皙的挪威人之间显著的社会经济和种族差异”震住了，此人后来说：“当第一批男子列队步入医院接受检查时，杰斯特兰医生和检查人员觉得仿佛在看一场奇怪的可永载史册的游行。”在离开之前，他给出了改进该研究的详细建议，其中最重要的是重新整理、更新记录，并审查梅毒和梅毒性心脏病的临床诊断标准。②

可以预见的是，经过 1951 年的审查后，卫生官员坚信这项实验应该继续进行。相关的咨询和讨论花了数月时间，却没有人提出真正的问题。没人探究实验污染的问题；没人质疑这项研究是否合乎道

---

① Olansky to Cutler, November 6, 1951, enclosure entitled “Outline for Tuskegee Study,” TF-CDC.

② Schuman et al., “Untreated Syphilis,” pp. 544－45; Schuman to Bauer, November 21, 1951, enclosure entitled “Conference with Dr. Gjestland and Dr. Cutler in Atlanta, Georgia, on November 17, 1951,” TF-CDC. 尽管美国卫生官员有兴趣将这两个实验放在一起比较，但不曾有人发表塔斯基吉研究与奥斯陆研究的联合文献。杰斯特兰对奥斯陆研究数据的再探讨，在其拜访塔斯基吉 4 年后才正式发表。参见 T. Gjestland, “Oslo Study of Untreated Syphilis: Epidemiologic Investigation of Natural Course of Syphilitic Infection Based upon Restudy of Boeck-Bruusgaard Material,” *Acta Dermatovener* (Stockholm) 35, supplement 34(1955): 1－368。

德。讨论的重点反而集中在程序的改进上，忽略了一系列可能在当时就会使该研究走向终点的问题。

这次审查确实引发了该实验的一项重大改革。1952 年，文件被重新整理，一组统计学家将尸检报告转录到穿孔卡片上，并采用了一套统一的诊断标准。塔斯基吉研究的人事则毫无变化。里弗斯护士仍是研究团队一员，而彼得斯医生继续负责尸检工作，直到 1960 年代初才退休。为了提高他的工作质量，彼得斯医生在 1952 年收到了一套新仪器，以取代一位卫生官员称为“看起来像高级尼安德特人设备的年代久远的工具”。①

1952 年开展了受试者的第四次大检查，号称迄今为止对这些人做的最彻底的医学检查。另外，研究人员还投入了大量精力去联系那些已经搬离该地区的受试者。根据里弗斯护士提供的姓名和地址，公共卫生部首次充分利用其全国性网络的优势去查找。部门主任鲍尔医生向全国各地的州和地方卫生官员提供了居住在他们附近地区的受试者的姓名和地址，并要求他们将这些人带来体检。他寄给每个卫生官员一个检查用品包，并在某些情况下安排公共卫生部官员将受试者带到诊所和医院。没有任何卫生部门拒绝听命，其中，芝加哥、克利夫兰、底特律和纽约的卫生官员对鲍尔医生尤其配合。在接下来的 20 年里，鲍尔医生利用州、地方卫生部门将这些人留在研究中，而这种做法成了标准操作程序。

在 1952 年的体检期间浮现出了一个该实验继续下去的新理由：塔斯基吉研究有望成为一项研究衰老的重要调查。受试者要么是老年人，要么是中年人（1952 年时最年轻的受试者是 44 岁），这为研究人员带来了跟踪衰老过程以及梅毒造成的影响的机会。在检查了 100 多名受试者并协助彼得斯医生做了几次尸检后，舒曼医生宣称，“区

① Schuman to James H. Peers, January 14, 1952, TF-CDC. 皮尔斯医生（美国国立卫生研究院的一流病理学家）多年来为该研究完成了大部分病理学相关工作。

分梅毒变化和衰老过程的问题对他来说是最刺激的”。在快要完成体检任务时，舒曼医生更斩钉截铁地宣布：“就我而言，这个塔斯基吉项目只实现了一半，它还有发展的可能性。它的结论不仅将帮助了解梅毒问题，还可能对我们了解导致衰老和心脏病的因素有很多启发。”①

舒曼医生的说法与早期发表的报告相符。1946 年的一篇关于该研究的文章写道，在实验初期，介于 25 岁至 45 岁之间的梅毒患者的预期寿命比同年龄的对照组低 20%。这篇文章解释说，在 45 岁以后，随着年龄的增长，两组人群预期寿命之间的显著差异会逐渐减小。这清楚地表示：梅毒明显缩短了患者的寿命，但大部分伤害出现在这些人还相对年轻时。②

其后有关塔斯基吉研究的报告将衰老的重要性提升为公共卫生部的信条。在 1954 年的一篇文章中，研究人员称：“自然衰老过程反映在对照组和梅毒组人群身上的影响，往往掩盖了老年群体因梅毒病程而产生出的任何差异。”同年发表的一份报告预测：“在未来的岁月里，与衰老有关的死亡率往往会掩盖梅毒的可能影响。”而 1964 年的另一篇文章指出，梅毒组只比对照组多出少量的异常情况，“这一发现在意料之中，因为预计梅毒会更容易夺走年轻患者的性命。而患者

---

① Schuman to James H. Peers, January 14, 1952, TF-CDC. 皮尔斯医生（美国国立卫生研究院的一流病理学家）多年来为该研究完成了大部分病理学相关工作。Schuman to Olansky, January 29, 1952, TF-CDC。

② J. R. Heller, Jr., and P. T. Bruyere, “Untreated Syphilis in the Male Negro: II. Mortality During 12 Years of Observation,” *Journal of Venereal Disease Information* 27 (1946): 39；几年后（1954 年），另一篇文章指出，实验开始时年龄在 25 岁至 50 岁之间的梅毒患者预期寿命比同年龄的对照组缩短 17%。其中，45 岁至 50 岁的年龄组预期寿命大约缩短 17% 至 20%。参见 Shafer et al., “Untreated Syphilis,” p. 689. 卫生官员还表示，梅毒组的病患除了寿命缩短外，身体情况普遍比对照组成员差，这个发现让研究人员发出警示，未经治疗的梅毒患者将“有相当高的风险因其他致命情况的发生导致寿命缩短。此外，与未染病者相比，患者预期会经历更多各种健康不良的”症状。参见 Deibert and Bruyere, “Untreated Syphilis,” p. 313。

55 岁之后浮现的衰老因素，对这两个组别似乎都是重要因素。”①

借由将重点放在衰老和梅毒所造成的影响上，舒曼医生和奥兰斯基医生形成了一种新的理论依据，支持继续该实验，直到最后一名病患死去。之后，这项研究需要人们有更多耐心（1954 年发表的一篇文章预估，到所有受试者离世至少还有 20 年时间，这一预估后来被证实是保守的），因为余下的梅毒患者已经度过了最高风险期。此外，实验的时间越长，幸存者能够带病生存的时间越长，后续研究人员就越难发现实验在伤害这些人。1950 年代到 1960 年代期间，公共卫生部官员之所以温和地看待该实验，很大程度上是由于这些幸存者的寿命很长。②

毫无疑问，相信这项实验对这些人无害让年轻官员们从每年对塔斯基吉的走访中获得了快乐。据高级官员说，被派去进行年度召集的初级官员都喜欢这项工作。奥兰斯基医生回忆道，1950 年代有位卫生官员“被那些人强烈吸引，以至于想回去再次研究他们的情况”。即使民权运动兴起也没有改变他们对此事的热情。在公众对南方的种族不公感到不安的多年之后，公共卫生部仍然有工作人员热衷于在亚拉巴马州举办年度召集。1957 年至 1971 年间担任性病部主任的威廉·J. 布朗医生表示，他可以毫不费力地指派卫生官员去为这项实验工作，包括那些在北方长大的医生。布朗医生指出：“这些来自东部的年轻医生喜欢去那里……他们喜欢到那里去看望这些人，为他们做体检。”③

卫生官员之所以喜欢搞年度召集，至少部分原因在于受试者的热情接待。在该实验整个 40 年的历史中，卫生官员的报告中不断提到

---

① Shafer et al., “Untreated Syphilis,” p. 689; Jesse J. Peters et al., “Untreated Syphilis in the Male Negro: Pathologic Findings in Syphilitic and Nonsyphilitic Patients,” *Journal of Chronic Diseases* 1(1955): 129; Rockwell et al., “The Tuskegee Study,” p. 795.

② Peters et al., “Untreated Syphilis,” p. 129.

③ Author's Interview, Sidney Olansky, November 10, 1976; Author's Interview, William J. Brown, April 6, 1977.

病患是多么感激和快乐。“他们总是非常开朗；他们总是非常高兴见到我们。”奥兰斯基医生回忆道。他解释说，这些人很感激可以得到阿司匹林和补铁剂，经常送“政府医生”礼物以表达感激之情。“他们带来了玉米面包、饼干，任何他们可以做出来的食物，”奥兰斯基医生补充道，“如果你吃了，他们会非常非常高兴。”①

初级官员从年度召集中获得的不止这些礼物。他们大多是年轻医生，没有太多临床经验。塔斯基吉之行让他们有机会通过观察晚期梅毒的并发症来磨炼自己的诊断技能。因此，举办年度召集除了能采集血样、激发受试者的兴趣之外，还成了年轻官员的培训项目。

此行也是一次再好不过的喘息机会，可以暂时放下其他工作。治疗梅毒患者是一项枯燥的工作，在发现青霉素之后尤甚。年度召集使这些医生能逃离治疗诊所的例行工作，体会一下成为他们上级认为十分重要的科学实验研究人员的脑力激荡，哪怕只有几个星期。此外，对于有科学志向的医生来说，塔斯基吉研究提供了发表文章以及提升个人职业生涯的机会。

就像他们的前辈一样，指导这项实验的卫生官员在实验的第二个20年间也证明了他们善于保持受试者对研究的兴趣。例如，1958年，他们给这些人发了感谢信和25美元现金——研究每进行一年发一美元。证书印在厚厚的纸上，上面盖有美国公共卫生部的章，有医务总监勒罗伊·E. 伯尼医生的签名，看起来就像主日学的出勤奖状，证书点名感谢这些人“25年来积极参与塔斯基吉医学研究”。证书大受欢迎。颁奖仪式过了两年后，里弗斯护士仍在努力为那些没有出席的人讨要这份证书，据她描述，有个受试者感到“非常闹心”，因为他没有收到属于他的证书。“这提醒了我，”她幽默地抱怨道，“我也没有收到我的证书！”②

---

① Olansky Interview.

② Rivers to Brown, April 11, 1960, TF-CDC.

1960代初，研究人员将年度召集的日子从冬季改为夏季，以便受试者和卫生官员在会面期间有更好的天气。这些男子已经老去，许多人也已退休，没有理由担心他们的工作会受到影响。卫生官员还开始定期发放小额现金，每人一两美元，作为这些男子合作的奖励。

随着时间的流逝，官员们不由得认为，这项研究将继续到最后一个受试者死去。公共卫生部仿佛把梅肯县及其周边地区变成了它自己的实验室，在这样的“病院”里，可以不对患病的受试者做进一步治疗，还可以利用每年的年度召集将他们赶到一起做检查。主导1970年那次年度召集的某卫生官员甚至谈到“圈养”这些人供研究。这项工作对卫生官员没有情感上的要求，因为他们与受试者的接触并不需要他们发展出人际关系。他们从未把这些人当作病人或者人来了解。①

卫生官员的行为反而像是不在场的地主，从远处发号施令，要求严格说明日常事务，只在需要时才出现在塔斯基吉。从他们的角度看，“病院”的运作近乎完美。他们可以自由地分析数据和写文章；每年在年度召集期间手忙脚乱几周，就是他们在亚拉巴马州要做的全部工作。其余的事情就交给时间、疾病和里弗斯护士来处理。

① Memorandum from Joseph G. Caldwell to Brown entitled "Fifth (final) Report, Tuskegee Study, 1970," June 11, 1970, TF-CDC. 当研究人员与实验对象来自不同背景时，后者的权利更有可能被侵犯。参见 Hans Jonas, "Philosophical Reflections on Experimentation," *Daedalus* 98(1969): 234－37。

第十二章
“学到的东西连一个病例都无法预防、发现或治愈”

除公开披露，只有针对人体实验的联邦指导方针才有可能迫使公共卫生部官员自愿结束塔斯基吉研究。自 1945 年起，公共卫生部和美国国立卫生研究院的官员就开始讨论对外部研究项目中的人体实验进行监管的必要性。这些早期讨论没有得出什么结论。纳粹实验实际上对他们没有产生影响，因为美国官员倾向于将德国的研究视为精神错乱的科学家的个别行为——纯粹的疯狂，永远不会再次发生。

进入 1950 年代和 1960 年代，公共卫生部和美国国立卫生研究院内部仍在进行关于人体实验的低调讨论，很大程度上是因为官员认为，推动科学研究的政府机构应该鼓励学术界和私营企业的研究人员依据联邦指导方针来建立一个科学家自我监管的体系。1960 年代期间，民权运动呼吁关注少数群体的困境，此举无疑在施加压力要求改革，消费者权利运动也是如此，它要求业界提供更好的服务、承担更多的公共责任。为了对沙利度胺①悲剧有所交代，出台了第一部明确规定管控人体实验的联邦法律。1962 年的《纯净食品和药品法修正案》要求医生在给病人处于试验阶段的药物时要告知，试图以此保护公众利益。

来自国际方面的声音成为政府监管的额外动力。世界卫生组织 1964 年发表的《赫尔辛基宣言》中指出，美国政府机构未能采取行动来保护科学实验对象，其行为与国际医学发展脱节。《赫尔辛基宣言》宣布了一系列指导方针，相比《纽伦堡法典》，较少专注于法治方面，更着重于人体实验的伦理问题。这份准则实际上得到了美国所有一流医学组织的支持，其中关于知情同意的条款尤其严格。

1964年，一份来自美国国立卫生研究院的报告进一步推动了采取行动。经过多年调查，该报告揭示，在美国医学界并没有公认的临床研究准则。涉及人体对象的实验的法律地位充其量只能说是模糊不清，并且官方对人体实验的态度也存在很大的差异。随着一项令人震惊的实验曝光，滥用实验的可能性变得明朗起来。在审查美国国立卫生研究院自己的人体实验报告时，官员发现正在进行的某项研究中，美国医学科学家将活的癌细胞注入病人体内。此事曝光令政府卫生官员苦恼不已，并意识到需要填补这个明显的真空地带，于是开始起草灵活的指导方针，它将使联邦政府对研究保有最低限度的控制，同时营造出采取果断行动的表象。②

1966年2月8日，医务总监办公室发布了第129号政策与程序令，概述了公共卫生部对临床研究和培训拨款的首个指导方针。该方针建立了一个由研究人员所在机构的常设小组执行同行评审制度。委员会成员有责任审查该机构所有提案，并向公共卫生部提交"合规保证书"。③

有人批评审查小组会偏袒研究人员，公共卫生部遂于1969年修改了指导方针。此后，审查小组必须包括非科学背景的成员。1971年，医务总监试图再度明确该政策，要求审查小组需包括有能力按照社群标准来评判项目的成员。但实际上，1969年和1971年的修订并没有产生什么效果。这些法条的核心仍然是同行评审，而且政府也没

① 此药可治疗麻风病，但有致命的副作用，对此药的滥用，最终大面积地造成了新生儿畸形。——译者

② Mark Frankel, "The Politics of Human Experimentation," unpublished manuscript, pp. 150 – 54.

③ 同上，pp. 150 – 59。借由公开披露不道德的实验已在美国科学界遍地开花，这篇有影响力的文章成为促进改革的动力。参见 Henry K. Beecher, "Ethics and Clinical Research," *New England Journal of Medicine* 274(1966): 1354 – 60。

有试图采用刚性的规则来应对不同的研究提案。卫生官员无意起草实质性的道德或伦理准则，而是更倾向于靠分散的审查委员会来应用这些程序性的指导方针。①

值得注意的是，这些指导方针中没有适用于公共卫生部自己的研究项目的条款。当然，除了法理精神之外，该指导方针中没有任何内容要求公共卫生部达到与被批准方相同的标准。因此，在批评者开始提出疑问之前，与塔斯基吉研究有关的卫生官员无一表达过对任何道德问题的担忧。

1965 年 6 月，底特律的亨利福特医院员工欧文·J. 沙茨医生成为第一个站出来反对塔斯基吉研究的医学界人士。在阅读了一份已发表的关于该实验的报告后，他写信给这篇 1964 年发表的文章的第一作者：

> 我知道这件事后简直目瞪口呆，居然有医生在已有办法有效治疗的情况下，允许患有潜在致命疾病的病人一直处于未经治疗的状态。我假设你认为观察这一未经治疗的群体所得的资料是值得他们牺牲的。如果是这样的话，那么我建议公共卫生部和有关医生重新评估他们对此事的道德判断。

沙茨医生没有收到过回复。他的信被埋在了美国疾控中心的档案里，上面有安妮·Q. 尤布斯医生（引发他抨击的那份报告的共同作者）订上的字条，写着："这是我们收到的第一封这种信件。我不打算回复此信。"②

彼得·布克顿没有那么容易被打发。他 1937 年 9 月出生在捷克

① Frankel, "Politics," pp. 154 – 59, 355.

② Irwin J. Schatz to Donald H. Rockwell, June 11, 1965, Tuskegee File, Center for Disease Control, Atlanta, Georgia [hereafter TF-CDC]. 尤布斯的字条附在沙茨的信件内。

斯洛伐克的布拉格，在第二次世界大战前夕，他的犹太父亲和信天主教的母亲为躲避纳粹而逃离欧洲，带着还是婴儿的他来到了美国。他在俄勒冈州的农场里长大，后来毕业于俄勒冈大学政治学系。在军队里，布克顿有幸接受了精神病社工方面的培训，1965 年 12 月被公共卫生部的旧金山分部聘为性病访谈员和调查员。

在亨特街医院（Hunt Street Clinic）工作后不久的某天午餐时间，布克顿听到同事们在讨论塔斯基吉研究。他很难相信竟有这种事。“这听起来不像是公共卫生部应该做的事。”他如此说道。既然布克顿的工作之一是每两个月写一篇关于性病或流行病学的短文，他决定将塔斯基吉研究当作下一篇的主题，并向疾控中心索取已发表的该实验论文复印本。他回忆道，当收到复印本时，“我翻阅了一下，感到更不安了”。他发现关于梅毒性心脏病的讨论特别棘手，他读的越多，就越发现受试者缺乏医学知识、不知道别人对自己干了什么。“这是真正令我感到气愤的事。”他说。①

1966 年 11 月初，布克顿寄了一封（挂号）信给性病部主任威廉 · J. 布朗医生，表达了对该实验严重的道德关切。他问该实验的目的是否为了获得“这些人所能承受的梅毒伤害的上限”资料。他还询问，这些人中是否有人获得适当的治疗，是否有人被告知这项研究的性质。最后，他问：“是否仍有人随访这些未经治疗的梅毒患者，以便安排后续尸检？”②

几个星期过去了，疾控中心一言不发。布朗医生起草了一份两页纸的答复，却从未寄出，而是请疾控中心一位刚好去旧金山过圣诞节的同事顺道拜访亨特街医院，并与布克顿讨论这项实验。两人见面后，布克顿试图解释自己反对该实验的道德考虑，却自始至终觉得这位来访者认为他有点蠢。布克顿回忆道：“他仍然有些不解，但他说

---

① Author's Interview, Peter Buxtun, May 23, 1979.

② 为了清楚表明观点，布克顿附上他所写论文的副本，在文章中间接地将塔斯基吉研究与纳粹实验作比较。Buxtun to Brown, November 6, 1966, TF-CDC。

会把我的想法告知布朗医生。”[1]

数月后，布克顿应邀出席在疾控中心举办的一场由政府出资的梅毒研究会议。然而，他一到会场就渐渐发现参加会议只是个幌子，请他来亚特兰大的真正原因是讨论塔斯基吉研究。下午晚些时候，他被引荐给布朗医生，后者陪同他来到一间行政会议室，里面有张红木大桌，周围放了十几把椅子。房间很大，装饰得很庄重，一侧挂着美国国旗，另一侧是公共卫生部的旗帜。除了布朗医生之外，布克顿还遇到了与他在旧金山交谈过的那位使者及约翰·卡特勒医生——一位对这项研究有着深入了解的卫生官员。

据布克顿所说，卡特勒医生从他们坐下的那一刻开始就对着他长篇大论。“他被激怒了，”布克顿说，“他显然读过我写的材料，认为我是某种疯子，需要立即惩戒，于是他就这么做了。”卡特勒医生随后发表了一通对该实验的慷慨激昂的辩护，并特别强调它将如何有益于正在治疗黑人梅毒患者的医生。[2]

布克顿既没有被吓倒也没有被打动。他坚称，这些男性不是志愿者，“他们只不过被愚弄了，被当作了小白鼠的替代品。”他表示公共卫生部有责任考虑这项研究的道德意涵，并建议其寻求法律意见。此外，布克顿警告，如果此事落入黄色新闻[3]的记者之手，会被拿来攻击整个公共卫生部，那些有价值的项目也会被殃及。[4]

布克顿带着“一种不确定感”离开了会议，他说，“就好像我朝他们扔了颗炸弹似的，没有人知道该怎么做”。他回到旧金山，以为

---

① Buxtun Interview; Dr. Brown’s draft was dated December 7, 1966. 在该答复中，布朗医生坚称所有病人皆是自愿参与实验，并且“完全可以随时退出该实验”。他还表示，这些人多年来已经接受了公认有用的各式治疗，并称：“参与实验者在任何时间都可自由地去看病。”此外，他还认为这些实验对象已经接受了许多医疗照顾，而这些医疗资源是由于他们加入研究才有的。Brown to Buxtun, draft, December 7, 1966，TF-CDC。

② Buxtun Interview.

③ 以煽情手法捏造或渲染新闻，吸引读者目光。——译者。

④ 同③。

自己会被解雇。然而这件事没有发生，布克顿回到了工作岗位上。他预料不会立即收到来自亚特兰大的回应。反倒认为卫生官员会“以他们的专业能力和官僚做法”来处理这件事。几个月过去了，毫无动静。①

1967 年 11 月，布克顿从公共卫生部自行辞职。第二年秋天，他进入了黑斯廷斯法学院。但他仍然挂心这项实验，遂在 1968 年 11 月写了第二封信给布朗医生。自他第一次询问此事以来，已经过去了两年。在此期间，美国数个城市爆发了种族骚乱，布克顿对该实验的种族意味越来越警觉和悲观。“这群人百分之百是黑人，”他说，“这本身就是政治炸药，容易被新闻界肆意曲解。”这项研究的人群的种族构成正好也支持了一种看法，即“黑人激进分子所认为的，黑人长期被用作‘医学实验对象’和县医院急诊室的‘教学案例’”。布克顿不接受这些受试者是自愿的这种说法，他把这些人的特征概括为“没有受过教育，不谙世事，并且对于未经治疗的梅毒的后果相当无知”。1932 年为开始这项研究而给出的种种借口和理由，如今已不再适用。“时至今日，对这样一个群体开展这样的研究是不道德的，”他声称，“即使是加入‘里弗斯护士丧葬协会’这样的劝说也可能不足以成为诱因。”布克顿最后表示，希望这些受试者已经得到治疗或很快会得到治疗。②

这一次布克顿得到了回音。布朗医生给他的上司戴维斯·森瑟医生（疾控中心主任）看了这封信，这是开始该实验以来，卫生官员第一次意识到手上有个麻烦。他们并不认为他们做错了什么，但他们担心如果媒体介入，那些不了解医学研究的人可能会闹出事来。他们把这项实验看成一个公共关系问题，可能会产生严重的政治反响。

1969 年 2 月 6 日，森瑟医生和布朗医生召集了一组特别甄选的专

① Buxtun Interview.

② Buxtun to Brown, November 24, 1968, TF-CDC.

家讨论塔斯基吉研究。会议在疾控中心举行，就在两年前卫生官员与布克顿会面的同一会议室里。这一次的与会者都是医生。委员会由三位医学教授、亚拉巴马州卫生官员和米尔班克纪念基金会的一位高层组成。除了森瑟医生和布朗医生外，公共卫生部有数位高级官员出席。已从公共卫生部离职、此时受雇于埃默里大学医院的奥兰斯基医生被叫来担任特别顾问，讨论实验的早期情况。没有医学伦理专业的人受邀参加会议，与会者中也没有黑人，在随后的讨论中，没有人提及公共卫生部自己对人体实验的指导方针或其他联邦机构的此类指导方针。

在介绍完小组成员后，森瑟医生简要介绍了塔斯基吉研究，然后告知公共卫生部需要他们帮忙做出决定，是终止还是继续。他解释说，在研究刚开始时人们并不关心种族歧视，不对这些人提供治疗并不构成任何问题。然而，近年来问题冒了出来，这项研究已成为一种政治负担。“我们需要你们的建议来做出决定，”他告诉小组成员，“我们在此就是要讨论这个问题。”①

随后，布朗医生接手主持会议，将注意力集中在1932年组织这项研究时的情况；参与者多年来的命运；以及幸存者当前的状况。他告诉小组成员，最初的研究群体有412名患有梅毒的黑人男子，还有204名黑人男子组成的对照组。根据最新的数据，有56名梅毒患者和36名对照组成员仍健在，已知两组共有373名男子死亡，其余的受试者则情况不明。布朗医生表示，有83名梅毒患者在死亡时出现这种疾病的相关症状，但强调他个人认为其中只有7人的主要死因是梅毒。他透露，幸存者的年龄从59岁到85岁不等，还有1人自称有102岁。②

会议一进入自由讨论环节，迈阿密大学眼科副教授J. 劳顿·史

① Ad Hoc Committee Minutes, undated, TF-CDC.

② 同上。凯泽医生告知小组成员，在东海岸有一项调查高管心脏病死亡率的研究。他表示虽然他们接受一流的医疗照顾，但大部分病患仍死于该疾病。凯泽医生对于塔斯基吉研究的存活率数据感到惊讶。

密斯医生立刻表示支持继续该研究。这并不令人惊讶，这项实验若继续下去对他有利。多年前他就已经知道这项研究，并且还去塔斯基吉对受试者进行过与他自己的研究有关的检查。史密斯医生描述了他在1967年给这些人做的眼部检查，表示当时他还拍了眼底（瞳孔后面的眼球部分）照片，并夸口道："20年后，当这些病人去世之后，我们可以公开这些照片。"①

史密斯医生认为是时候改变研究重点了。他敦促他的同行："首先，强调病理学，抛开血清学，你们再也不会有机会进行这样的研究了；要好好利用它。"他甚至自愿回到塔斯基吉，到受试者的家里解释该实验的内容，并再次为他们体检。史密斯医生表示："这是将这项研究转变成病理学研究的黄金时刻。"②

相比之下，吉恩·斯托勒曼医生更关心的是幸存者，而不是实验的科学潜力。他是田纳西大学医学系的主任，在整个小组中，只有他在应邀审查塔斯基吉研究之前并不知道这项实验。情况很快明朗起来，在整个小组中，他也是唯一将受试者视为病人并认为他们有权接受治疗的人。

斯托勒曼医生在会上多次尝试将讨论重点转移到公共卫生部对治疗这些人负有道德义务。他反对将会议聚焦在科学议题之上。在他看来，该实验引发了道德问题，委员会坚持将幸存者作为一组受试者而不是一个个病人来讨论，这让他忧心。他力劝他的同行制定治疗标准，对这些人进行全面体检，并根据每个人的具体情况决定是否治疗。他颇有先见地警告道，除非这些人接受了治疗，否则这项研究肯定会受到批评。③

这些同行中，几乎没人赞同斯托勒曼医生的建议。他们没有理会他提出的道德关切，而是将会议变成了一场关于治疗是否弊大于利的

---

① Ad Hoc Committee Minutes, undated, TF-CDC.
② 同上。
③ 同上。

医学辩论。没有人试着依据一个个病例的具体情况来衡量风险，甚至不认为这可能是个好主意。相反，这些医生把所有人的情形合在一起来谈，并列举了几种用青霉素治疗可能导致的严重并发症（赫氏反应、肌纤维震颤等）作为绝对危险的情况。不论是作为第一作者或共同作者，奥兰斯基医生发表的关于这项研究中的文章比其他任何研究人员都要多，他特别强烈地讲述了自己担忧，认为治疗也许会对这些人造成伤害。①

该特设委员会也听到了别的证词，说治疗可能对这些人并不会有所帮助。布朗医生引用了史密斯医生最近的一项研究，指出尽管青霉素可以治愈梅毒病变，但往往不能杀死藏在身体某些组织内的螺旋体。“我对能治愈他们表示怀疑。”史密斯医生严肃地指出。迈尔斯医生进一步贬低治疗方案，指出即使提供治疗，这些受试者可能不会接受（却没做任何解释）。“我没有见过这群人，”他承认，“但我认为他们不会乖乖接受治疗。”②

最后，特设委员会推翻了斯托勒曼医生的意见，并建议不要进行治疗——至少目前不要。可想而知，这一决定结束了关于塔斯基吉研究的未来的辩论：它将继续下去。医生把这项实验当作医疗事务来处理，一旦做出不为病患施治的医学判断，他们就认为没有必要停止这项研究。除了斯托勒曼医生之外，其他医生看不出在这个实验中自己的科学利益与试图决定什么是受试者的最大利益之间会产生冲突。这些医生认为塔斯基吉研究具有科学重要性，并且还有很多东西要学。既然他们已经说服自己相信这些人无法从治疗中获益，那么在他们看来，科学的探索不应有边界。

决定了这项实验的未来之后，特设委员会将注意力转移到保护公共卫生部上。让这些人以书面形式给出“知情同意书”当然再好不

---

① Ad Hoc Committee Minutes, undated, TF-CDC.
② 同上。

过了，但这需要用他们能够理解的语言向他们解释这项实验，还要特别强调他们所面临的风险。没人认为这些人有可能听懂并理解这一切。委员会中的大多数人反而从一开始就认为，不可能从教育程度有限、社会地位低下的人那里获得“知情同意”。根据他们的判断，这些人没有能力理解这项实验的实际情况并自己得出结论。

另一种可能的解决方案是寻求梅肯县医学会的批准，从当地医生那里获得类似某种“代理知情同意书”的文书。迈尔斯医生警告称，该协会的种族构成近年来已经完全改变，从一个全是白人的组织变成了几乎全是黑人的组织。尽管如此，迈尔斯医生承认他们仍然是很讲道理的合作伙伴，自己所担忧的真正的麻烦并没有发生。他建议让当地医生了解实验的最新情况，以便将来联邦和州卫生当局能够“与他们密切合作、让他们知道我们所做的一切”。史密斯医生赞同这个想法，并建议派人向该协会的人说明这项实验的详情。“他们可能和（我们）的想法一样，”他表示，“如果当地医生同意没有必要治疗这些病人，这会是个很好的公关方向。”①

再度让梅肯县医学会参与这项研究，确实对于保护公共卫生部十分关键。多年来，与当地医生的关系没被重视，因为一旦里弗斯护士与病患建立了牢固的关系网，这些当地医生对实验来说就变得相对不重要了。曾经与冯德莱尔医生或海勒医生合作过的医生要么死了，要么退休了，取而代之的新一代医生对这项实验知之甚少。

森瑟医生完全赞同与他们重新建立联系，这样一来，公共卫生部就可以受益于医学界一项历史悠久的原则：在任何社区，“好的医疗”都是由在那里行医的医生来定义的。他告诉同事，如果公共卫生部成功地与梅肯县医学会搞好关系，就根本不需要回应那些批评。因此，在没有意识到他们做了什么的情况下，特设委员会和卫生官员将塔斯基吉研究又带回了原点。跟这项实验的发起人一样，他们把当

① Ad Hoc Committee Minutes, undated, TF-CDC.

地医生视为重要的盟友，没有这些医生的帮助，研究就进行不下去。具有讽刺意味的是，1969 年时森瑟医生和他的同事对于赢得黑人医生的支持充满了信心，正如实验发起人在 1932 年自信能争取到白人医生的支持一样。①

迈尔斯医生建议在向当地医学会摆出友好姿态之前，最好先与“非常优秀”的前尼日利亚传教士、县卫生官员露丝 · R. 贝里医生讨论一下这项实验。他提醒这群人贝里医生可能会倾向于治疗这些病患，并对他们说：“她爱这里的人，她对他们非常好。”尽管如此，他还是认为去争取她的支持是值得一试的，因为她“对研究非常感兴趣”，与当地医生的关系也很好。迈尔斯博士毫不怀疑她的支持很可能有助于说服当地医生准予进行这项研究。②

几乎所有人都认同这项研究需要进行科学升级。除了要尽更大努力去寻找与实验失联的当地受试者外，公共卫生部还得准备将更多的金钱与人力投入到实验的最后几年里。甚至有人谈到要提供一些免费治疗给需要的人。森瑟医生表示要找个年轻点的护士来取代里弗斯护士，以便继续随访工作，让那些出现梅毒活跃症状的病人能得到治疗。而其他人仍维持不治疗的状态。③

迈尔斯医生早在讨论之初就警告过，如果整个项目不出错就不能对这个实验采取新的行动，但是到了会议的尾声，小组成员变得更乐观了。在休会之前，森瑟医生请米尔班克基金会的主席凯泽医生发表意见，说说推动这项实验是否含有种族与政治意味。“如今它已成为一项不可复制的研究。公众的良知不会允许，”凯泽医生答道，“如果你在当前研究里加入治疗方案，我会赞赏这样的计划——但我不知道基金会是否会增加经费。”森瑟医生在总结时向所有人保证，公共

① Author’s Interview, David Sencer, November 10, 1976; Author’s Interview, Sidney Olansky, November 10, 1976; Author’s Interview, William J. Brown, April 6, 1977.

② Ad Hoc Committee Minutes.

③ 同上。

卫生部将会遵照他们的建议，并且他个人打算倚重“埃拉（迈尔斯）”。[①]

数周后，迈尔斯医生与亚拉巴马州卫生局的同事讨论起了亚特兰大会议。他们听得很认真，然后投票一致同意将整件事托付给梅肯县医学会。之后，他与贝里医生谈了。据迈尔斯医生所述，她并没有听到任何人批评这项实验，甚至怀疑当地医学会是否知道这项实验的存在，但她希望医生们能赞同此事。在当地的准备工作完成后，迈尔斯医生将医学会医生的名单寄到了疾控中心，并建议布朗医生与他们直接联系，以安排演讲。[②]

对公共卫生部而言，1969 年与梅肯县医学会的会议非常成功。森瑟医生派布朗和另两名联邦雇员——莱斯利·诺林斯医生与阿方索·H. 霍尔金医生去了塔斯基吉，后者作为公共卫生部代表团发言人，向该学会的人解释了实验的详情。据布朗医生所说，他们听得很专心，并立即“自愿表示配合、赞同和支持”。确实，梅肯县的黑人医生就像他们的白人前辈在差不多 40 年前所做的那样，答应协助公共卫生部。“他们真的同意了，”布朗医生继续说，“只要他们有一份这些病患的名单，就不会在知情的情况下开抗生素……而是会将这些人转到当地的卫生部门以及里弗斯护士处。”不需多说，每位当地医生都收到了一份名单。[③]

显然，没人想到阻拦治疗的道德问题，而这治疗并不仅限于梅毒。必须强调的是，抗生素可以治疗各种感染。

公共卫生部也重新建立起以往与约翰·A. 安德鲁医院工作人员的合作关系，这样一来，就可以为这项实验找回跨种族的支持。迪布

---

① Ad Hoc Committee Minutes.

② “Minutes of the State Board of Censors,” February 19, 1969, TF-CDC; Myers to Brown, March 13, 1969, TF-CDC.

③ Brown Interview. See also Sencer Interview; Brown to Dr. Alexander Robertson, executive director, the Milbank Fund, November 19, 1969, TF-CDC.

尔医生退休后，医院里就没人与这项研究有直接联系了，尽管塔斯基吉学院还在作为米尔班克基金会所发丧葬津贴的财务代理。1970 年 4 月，负责年度召集的卫生官员约瑟夫·G. 考德威尔医生与约翰·A. 安德鲁医院的行政及医疗主管见面，签订合同，让受试者可以在该院新建的三层楼建筑里进行 X 光检查。医院的行政主管刘易斯·A. 拉布先生不仅同意合作，还坚持亲自领着考德威尔医生与里弗斯·劳里护士参观了这栋新建筑。无疑，数星期后在那里接受检查的受试者觉得这间医院令人赞叹。在回到塔斯基吉学院的校园后，他们将会有一种似曾相识之感。①

1970 年 9 月，公共卫生部聘请黑人女子伊丽莎白·M. 肯尼布鲁担任塔斯基吉研究的护士。意识到她的工作并不轻松，其中一位主管后来写信安抚她："里弗斯护士与这些病患建立的极其融洽的关系并非一日之功，但我相信持之以恒的拜访将帮助你与他们熟悉起来。"在信件的最后，他指示她"至少每两个月亲自接触一次在塔斯基吉地区要随访的病患"，并补充道："这些病患不论任何原因住院，都应每日去探望一次。"肯尼布鲁护士轻松地适应了她的例行工作，她向在亚特兰大的主管汇报道："大部分病患似乎都很欢迎我的到访，因为他们可以收到止痛药和/或补血剂。"②

公共卫生部得到了当地医生的拥护，与塔斯基吉学院重新建立了工作关系，雇用了新护士，于是决心在 1970 年代继续该实验，直到最后一名受试者死亡。尽管特设委员会进行过讨论，但这些人无一得

---

① Memorandum from Dr. Joseph G. Caldwell to Dr. Arnold L. Schroeter, April 9, 1970, TF-CDC; and Memorandum from Caldwell "Third Tuskegee Report," may 8, 1970, TF-CDC.

② 当公共卫生部推迟肯尼布鲁护士的任命时，贝瑞医生好心地从州政府资金中按联邦标准支付其 9 月份加班超过一星期的工资。参见 Berrey to E. C. Kendrick, August 21, 1971, TF-CDC; Don W. Printz to Kennebrew, April 27, 1972, TF-CDC; and Kennebrew to Schroeter, April 24, 1971, TF-CDC. 退休的里弗斯护士特地出山帮忙训练继任者。里弗斯在肯尼布鲁护士第一次参与验尸期间教她如何操作，并且陪她完成了第一次年度召集。

到梅毒治疗，而这项研究的重点与先前一样——对这些人随访到他们入土，以追踪梅毒未经治疗会产生的后果。唯一不同的是，公共卫生部寻找这些人的热情。

这是1950年代初期之后，首次有卫生官员花这么多力气寻找失联的受试者。他们花招百出地想办法找到这些人。一名卫生官员说服塔斯基吉邮局的助理局长协助搜寻，另一名官员则转而向私人企业求援：他请零售信贷协会追查那些很难找到的病患，每个的报酬是30美元。在一片繁忙中，甚至有人说要雇疾控中心的全职员工来监督和协调这项研究最后几年的工作，包括编一本汇报所有研究发现的专著，其各章节交由与公共卫生部无关的专家来写。①

此外，从现场的报告看来，塔斯基吉研究对于年轻的医生并未丧失吸引力。从考德威尔医生1970年的一些话中可以听到冯德莱尔医生那些热情洋溢的信的回响，考德威尔发现了一名早就从研究中失联的患者，此人患了“典型的主动脉瓣关闭不全和梅毒性心脏病”。据考德威尔医生所说，此人“甚至出现了德谬塞氏征与毛细管搏动，这是主动脉瓣关闭不全的病患身上从未有过的”。（德谬塞氏征：患者心脏的左心室瓣膜严重受损，无法正常关闭。因此，当心脏收缩，瓣膜泄漏，引起血液通过动脉回流到头部，其力量足以使患者的头部点动。）考德威尔医生写道：“然而，不幸的是，我们花了29年的时间才找到他，把他带回来做检查，这让我们丧失了很多跟踪此种梅毒

① Memorandum from Caldwell to Brown, “Report of second week, 1970 survey, Tuskegee Study,” May 4, 1970, TF-CDC; Report of Telephone Call, June 1,” from Andrew Theodore to Caldwell, TF-CDC; and Memorandum, “Tuskegee Study,” from Schroeter to Brown, August 5, 1970, TF-CDC. 考德威尔医生担心，成功找到这些失联的受试者也许会使该研究出现偏差。“我们现在正寻找那些足够幸运、不知为何能与梅毒和平共处的病患，”他写道，“尽管这些人感染了梅毒，我们还是会将其当作相对健康的患者并纳入实验，而那失联的61人可能再也无法讲述自己的人生故事了。” Memorandum from Caldwell to Brown, “Fourth Report, Tuskegee Study, 1970,” May 18, 1970, TF-CDC。

并发症发展的潜在机会。”①

除了梅毒的病理学描述外，这些报告中还记入了对于社会情况的评语。与实验的发起人一样，1970 年代的卫生官员也为他们眼前的梅肯县面貌大为震惊。对考德威尔医生来说，当地的情形“原始得令人难以置信”。他谈到他拜访的某位受试者“住的地方没有电，房屋距离最近的泥土路或邻居家有两三英里远”。有一名受试者的两头骡子上个月死在他家“棚屋”前的小土丘上，但他年纪太大且不良于行，无力处理这些动物的尸体。“我们做体检的房间里（他的棚屋）弥漫的臭味简直让人无法忍受，”考德威尔医生写道，“两只老鼠在房间里窜来窜去也为当地风情添上了一笔。”当“政府医生”在为这名男子体检时，他年近六十的妻子就在外头用他们剩下的骡子耕种几英亩西瓜田。为了完成全部体检，考德威尔医生将这对夫妇带到塔斯基吉，他在描述这次旅程时说：“毫无疑问，这是那一年他俩最开心的事。”②

尽管这些报告与近 40 年前实验发起人的评论相似，1970 年代的卫生官员看待这项研究的角度却大为不同。他们不像前辈一样自信，反而充满了自觉。因为在“工作一切照旧”的表象下，有着日益增长的不安，察觉到事情已经有所不同。卫生官员并不认为塔斯基吉研究是不道德的。他们怕的反而是这项实验公开后的后果。他们知道今时不同往日，医学研究人员无法无视公众对人体受试者的保护的关注。

---

① Memorandum from Caldwell to Brown et al. , “Third Tuskegee Report, 1970, May 8, 1970, TF-CDC. 考德威尔汇报发现了“5 名梅肯县患有严重心血管梅毒的存活病患”，尽管特设小组前一年才刚讨论过实验对象的心血管梅毒治疗问题，考德威尔却完全没有提及为其做治疗，而是建议进行研究：“我想，我们应该试着记录他们的心脏杂音、脉搏压力以及心尖搏动异常，既然我们现在在医学上已经足够成熟，有能力进行这些测量。”

② Memorandum from Caldwell to Brown, “Report of second week, 1970 survey, Tuskegee Study,” May 4, 1970, TF-CDC.

故而，公共卫生部越来越担心事实曝光，觉得束手束脚。当布朗医生的一位老朋友讨要近期发表的文献时，他回复："这几年的风气（不喜欢涉及人体志愿者以及种族紧张关系的研究）不利于塔斯基吉研究结果的大量出版。"他甚至更坦率地承认，他不太愿意批准将新文章交给米尔班克基金会，并解释道："我们认为应该等到全国的风气变得更友善的时候，再来分析迄今收集到的数据。"①

在一个例子里，这种忧虑引发了一点批判性思维。1970 年末，詹姆斯·B. 卢卡斯医生（性病部副主任）终于说出了公共卫生部其他官员不曾说出口的话：塔斯基吉研究与公共卫生部的目标是不一致的。更糟的是，这项实验"不科学"，因为它已经被治疗污染了。"学到的东西连一例梅毒感染都无法预防、发现或治愈，也无法让我们更接近我们控制美国性病传播的基本使命。"卢卡斯医生指出。此外，这项实验的价值已经被削弱，他解释说是"因为梅毒组的大部分病患已接受了有效的、未记录在案的治疗"，由于大部分人"在'偶然'的情况下用青霉素治疗过其他疾病"。②

---

① Brown to Harold J. Magnuson, associate dean, School of Public Health, University of Michigan, February 16, 1970, TF-CDC. 1971 年; and Brown to Robertson, November 16, 1969, TF-CDC. 1971 年，美国性病协会年会在新泽西州大西洋城举行，当时公共卫生部确实同意在该年会发表一篇关于塔斯基吉研究的论文。这篇论文重点关注了主动脉瓣反流问题，并且，讽刺的是，作者阐述其研究发现"在疾病晚期使用特定抗微生物剂治疗可能有用"。这与 1969 年特设委员会的结论截然相反。他们还断言，与"发烧、心绞痛或动脉瘤破裂的赫氏反应的风险相比，使用青霉素治疗对于现有的损害只能起到微不足道的修复作用这一说法，可能并不能令其不用青霉素治疗这些病患的做法显得合理"。虽然承认其他权威机构可能不同意其看法，他们仍建议进行治疗！参见 Joseph G. Caldwell et al., "Aortic Regurgitation in a Study of Aged Males with Previous Syphilis," presented, in part, on June 22, 1971, p. 7. 这篇文章后续以此标题发表："Aortic Regurgitation in the Tuskegee Study of Untreated Syphilis," *Journal of Chronic Disease* 26 (1973): 187 – 94。虽然这篇论文的初版在标题中避免提及塔斯基吉研究，但出版的版本（在该实验被披露并终止后一年）中注明了出处。显然，已经不需要特地小心避免提及该实验，但是道德家们一定会想要与期刊编辑争论出版这篇文章的决定是否合适，因为此举像是在奖励作者对这项实验的付出。

② Memorandum from Lucas to Brown, "An analysis of the current status of the Tuskegee Study," September 10, 1970, TF-CDC.

卢卡斯医生表示，这种无意间发生的治疗造成的影响几乎无法评估，“但毫无疑问，梅毒在未经治疗的情形下的病程发展（这项研究本应阐明的）已彻底改变”。因此，他得出结论，“也许塔斯基吉研究所做的并能继续提供的最大贡献是我们实验室研究的有记录的血清”，而这些血清唯一的用处就是用来“评估新的血清学测试”。因此，卢卡斯医生承认，塔斯基吉研究对医学科学的主要贡献是为实验室提供血液样本，用于评估新的梅毒血液测试，例如，像欣顿氏试验（Hinton）这样已取代瓦色尔曼试验的沉淀试验。但是，当有人记起有些献血者后来死于梅毒时，这样的益处似乎微不足道。①

不过，就像他的前任一样，卢卡斯医生反对结束这项实验。公共卫生部“不仅默认还声明”自己有义务不抛弃“余下的梅毒患者”。卢卡斯医生强调“劳里女士与现任的肯尼布鲁女士为塔斯基吉研究所做的长期工作，展现出了我们的善意与真诚”，并坚称“只要有相当数量的病患仍健在”，公共卫生部就有义务“保持目前的观察水平”。因此，他建议实验“继续沿用目前的方法，定期进行临床观察和血清学监测”。卢卡斯医生承认“外部专家”也许“因为这项研究的敏感性，不愿与实验有所牵连”，但认为公共卫生部没有理由不让自己的医学人员继续发表文献报告。②

最后是彼得·布克顿（在媒体的协助下）终结了塔斯基吉研究。直到特设委员会开完会，布朗医生才回复布克顿的第二封来信。他通知布克顿，从政府之外抽来的高级专业人员组成的一个委员会审查了该实验的方方面面，并决定不治疗这些病患，布朗医生坚称这项决定是“基于医学所做的判断，因为这种治疗方案的益处必须足以抵消个人所面对的风险”。对此，布克顿没有试图挑战委员会的医学权威，他坦率地承认，“大部分的身体伤害及过早死亡已经发生，幸存

① Memorandum from Lucas to Brown, “An analysis of the current status of the Tuskegee Study,” September 10, 1970, TF-CDC.

② 同上。

者的高龄也让其难以承受治疗”。他回顾了这项实验的实情，一步步追踪，看看这些人怎么会走到这样的地步——他们再也得不到帮助，也“不再有从梅毒中解脱的选择权”。他敦促布朗医生在医学问题之外，还要留意法律和道德问题，最后问道：“什么才是合乎道德的事？给幸存者补偿？给所有受试者的家人补偿？或是疾控中心应该等着幸存者安静地死去，希望这件事就此平息？”①

布克顿对于他的问题没有得到答复并不感到惊讶。他写信是为了宣泄愤怒与沮丧，而不是真的期待一个答案。然而，就读法学院期间，该实验始终在他心里挥之不去。除了与朋友谈论这项研究外，他还将此事告诉了数名法学院教授。他们对此感到同情，但几乎都爱莫能助，并表示大多数死亡病患的诉讼时效已过。有一位教授倒是建议他给美国公民自由联盟写封长信，附上所有的文章和来往信函的副本。“我很遗憾忽略了这一点，因为当时我的法律工作火烧眉毛了。”布克顿回忆道。②

1972 年 7 月初，布克顿终于找到愿意做点什么而不是只礼貌地听听故事的人了——伊迪丝·莱德尔，在旧金山的美联社做国际新闻记者的一位老朋友。他向她提过一次该实验，但她似乎没有明白他的意思。不过，这一次她一字不漏、津津有味地读了布克顿给的作为证据的信件及文章。

莱德尔把这些材料给她美联社的上司看了，要求去报道此事。让她失望的是，她被告知塔斯基吉研究的报道将交给东部的调查记者，一个要离此事源头更近且有跟政府部门打交道的经验的人。她立刻想到了她在华盛顿特区的美联社调查部工作的朋友让·海勒——一个很受器重的年轻记者。她将关于塔斯基吉研究的材料寄给了海勒，事实上，对海勒来说，这个故事仿佛天上掉馅饼，还打了个漂亮的蝴蝶结。

---

① Brown to Buxtun, February 27, 1969, TF-CDC; and Buxtun to Brown, March 29, 1969, TF-CDC.

② Buxtun Interview.

海勒无法立即开始调查，因为她得先完成在迈阿密举办的民主党全国代表大会的报道。不过，乔治·麦戈文一获得提名，海勒就返回华盛顿，去填补布克顿材料中存在的缺口。经过一番挖掘，她发现了更多关于这项实验的医学文章，但事实证明，她最好的信息来源是疾控中心的官员。虽然海勒没有去亚特兰大，但她的问题获得了直截了当、实事求是的回答——无论多么敏感或表面上对公共卫生部有多大伤害。疾控中心的发言人甚至提供了预计已死于各种晚期梅毒并发症的受试者数量。简而言之，卫生官员表现得很坦荡、无意遮掩。①

当海勒 1972 年 7 月 25 日在《华盛顿星报》上揭露此事时，公共卫生部官员为了忠于跟踪受试者直到最后一人死亡的目标，仍在开展该实验。讽刺的是，另一位公务员的病史同时曝光。密苏里州参议员、麦戈文参议员的竞选搭档托马斯·伊格尔顿被爆料有抑郁症病史，需住院治疗并进行休克疗法，引起一片哗然，塔斯基吉研究被迫与这桩耸人听闻的秘辛争夺头条。卫生、教育与福利部的一名高级官员私下向海勒承认，当塔斯基吉研究和伊格尔顿的事在同一天登上全国报纸的头版时，他松了口气。“他的事比我们的显眼。”这位官员感叹道。②

① Author's Interview, Jean Heller, June 5, 1979.
② 同上。

第十三章
“我从来就搞不懂这项研究”

在新闻披露此事后，卫生、教育与福利部分管卫生和科学事务的助理部长默林·K. 杜瓦尔医生对记者表示，塔斯基吉研究令其感到“震惊与惶恐”。“尽管该研究始于1932年，尽管治疗这些病人的时机早已过去，”杜瓦尔医生称，“我现在要启动一项相关情况的全面调查。”他承诺一定尽力查明，“为何在青霉素已经是治疗此病的有效药物的情况下，这项研究仍被允许继续进行。”①

杜瓦尔医生的发言人解释说，在发现青霉素之前的梅毒治疗通常是致命的，他暗示的这个事实很可能为1930年代研究开始时不为病患做治疗找到了正当性。这名发言人还强调，接下来的调查将尽力确保“其他使用人体受试者的医学实验不会继续到对患者的益处不再大于风险的地步”。②

在接下来的数周里，杜瓦尔医生的声明为这项实验曝光后的官方回应定了基调。总部位于华盛顿的卫生、教育与福利部上上下下的发言人都小心避免直接为该实验辩护或找借口。他们反而响应了公众谴责这项研究的呼声。甚至任职于亚特兰大美国疾控中心的公共卫生部官员也发出公开谴责，而疾控中心正是负责塔斯基吉研究最后那几年运作的机构。在疾控中心性病科官员唐纳德·普林茨看来，这项研究几乎像是“种族灭绝”，他挺身而出，宣称“这对于其中一些人来说等于是判处死刑”。然而，无论卫生官员如何谴责该研究，他们终究试着放软批评的口气，称该研究开始时人们对人体实验的态度与现在不同，并且当时治疗起来比患这个病本身还糟。他们还坚信这些男子现在已经无药可救，借此强烈暗示近年来继续这项研究并没有对其造成真正的伤害。③

在这些论点里隐藏了几个让人困惑的假设。杜瓦尔医生断言“治疗这些病人的时机早已过去”，这种说法似乎免除了现任行政机关继续不对这些人予以治疗的责任，而事实上，从来没人试着从一个个体的角度判定这些人中是否有人可能从治疗中受益。杜瓦尔医生还完全忽略一件事实，即实验一开始就决定不使用“首选药物”——胂凡纳明与铋软膏。他完全没有证据表明，1932 年的医生相信治疗比疾病本身更糟。

确实，官员们没有办法拿出证据证明实验的发起者们曾讨论过治疗的利弊。同样，现任官员表达的震惊与愤慨能起到让他们与开启这项研究的那代卫生官员拉开距离的效果，然而并未提及现任卫生官员决定继续这项实验所应负的责任。最后，政府所承诺的审查让其处于自我审查的境地。作为抢先采取公共行动的一种手段，政府调查也许有一些价值，但是真的可以信任卫生官员对自己的评判吗？

紧跟联邦官员之后，塔斯基吉学院也发出新闻稿称对这项实验“深表关切”。学院承认投入了医疗设备与人员供该实验使用，但强调合作仅限于美国医务总监在 1930 年代的个人请托，学院只是作为一个大型治疗项目的一部分参与该实验。学院称这些受试者是“自愿参加”这项旨在“开发新的更有效的治疗方案”的实验，并坚称该研究“在 40 年前那样的临床条件下是可以接受的，当时可用于治疗的药物……很危险，其长期疗效也尚未确定”。④

---

① *Atlanta Constiution*, July 27, 1972, p. 30A.

② 同上。

③ *Atlanta Constiution*, July 26, 1972, p. 1A。

④ *Atlanta Daily World*, August 3, 1972, p. 30A.

学院声称到了1940年代青霉素可用之时，自己已与这项实验断了联系。安德鲁医院离开了治疗项目和对未经治疗的梅毒的研究，到了1946年“全部事宜由梅肯县卫生部门接手”。学院称，从那时到现在，“塔斯基吉学院附属约翰·A. 安德鲁医院就没有与公共卫生部这项研究相关的在研医疗项目”。从技术上讲，这话没错，但它忽略了一个事实，即塔斯基吉学院在这些年来默许这项研究持续使用其设备及医务人员。确实，安德鲁医院院长刘易斯·拉布在学院发表正式声明前几天告诉记者，两年前有受试者在医院里做过X光片检查，但他否认这构成了对研究的直接参与，因为这家医院的X光设备人人可用。①

塔斯基吉退伍军人医院的病理学家彼得斯医生在1963年退休前曾操作过一些尸检，该医院也想与这项研究划清界限。这家医院的院长罗伯特·S. 威尔逊医生否认他的医院直接涉足过这项研究，尽管他可能无法排除过去有间接参与的可能性，因为有些受试者可能是退伍军人。“退伍军人医院不会容忍或允许这样的做法。”威尔逊医生如此告诉记者。②

其他合作机构也采取了类似的立场。亚拉巴马州卫生官员埃拉·L. 迈尔斯医生告诉记者，他的部门只是帮助公共卫生部观察和评估受试者的情况。他重复了一个相似的论点，即该研究是在“对梅毒并没有太多的治疗办法”时开始的。他解释说，受试者是“出于自愿”参加的，并且坚称后续对这些人进行了“仔细的随访，以确认每个人都受到了照顾”。在他看来，公众的批评并不公正。迈尔斯医生表示：“有人想小题大作。”③

然而，迈尔斯医生没有提及，当公共卫生部三年前就是停止还是继续该实验征求意见时，州卫生委员会拒绝表态。当《蒙哥马利广

① *Atlanta Daily World*, and *Birmingham News*, July 27, 1972, p. 4.
② *Birmingham News*, July 27, 1972, p. 4.
③ 同上。

告报》宣称其发现 1969 年 2 月的会议记录显示，委员会在没有任何说法的情况下一致投票决定将塔斯基吉研究转交给梅肯县卫生部门，对此，迈尔斯医生也不予置评。①

实验曝光后，梅肯县医学会对此事表达了关切并承诺提供帮助。该学会主席 H. W. 福斯特医生告诉记者，他印象里公共卫生部好像要立即停止该实验。至于学会这边，他们一致投票同意“找出这项研究余下的幸存者，并且立刻为这些人提供适当的治疗”。②

不过，在这番话发表数天后，《蒙哥马利广告报》到该州卫生部门追踪报道这条新闻，该报联系了该学会的发言人，询问他们是否真的在 1969 年同意继续这项实验。学会秘书长 S. H. 泽特勒医生承认他们在 1969 年与公共卫生部代表见过面，也承认赞同这项研究继续下去。不过，他否认他们被告知过这项研究将剥夺病患的治疗机会，这种说法立刻遭到与该学会谈过话的公共卫生部发言人的质疑。阿方索·H. 霍尔金与威廉·J. 布朗医生告诉《蒙哥马利广告报》，当地医生清楚这项实验的性质，也同意不应对这些病人进行治疗。③

这项研究的合作伙伴在发表其最初声明后齐齐陷入了沉默，联邦政府则推动了一项调查。屈服于公众对内部调查的反对，政府改变做法，任命了一个九人公民小组调查该实验，其中 5 位为黑人。杜瓦尔医生于 1972 年 8 月 24 日宣布，塔斯基吉梅毒研究特设咨询小组将由杰出的黑人教育家、新奥尔良迪拉德大学校长布罗德斯·纳撒尼尔·巴特勒领导。④

---

① *Montgomery Advertiser*, July 30, 1972, p. 1.

② 同上。

③ 同上。泽特勒是在福斯特发表声明后数日才做出说明的。然而，双方声明出现在了同一篇新闻报道内。

④ “New Release,” August 24, 1972, Office of the Secretary, DHEW, Tuskegee File, Center for Disease Control, Atlanta, Georgia [hereafter TF-CDC]. 其他小组(转下页)

特设咨询小组的种族构成旨在减少对白人洗白此事的疑虑。“我想要一个会与公众的观点共情，而不是从科学或事实来考虑的小组，所以我在里面安排了愤怒的黑人，”杜瓦尔医生在小组成立一年后宣称，“我的目的是来一次自我鞭挞，如果可以这么说的话。”他还补充道：“我知道我们将会为塔斯基吉研究付出代价，我想我们应该接受所有的惩罚——也许这样就不会再有批评的声音了。”①

虽然杜瓦尔医生急于“接受所有的惩罚”，但他还是严格地限制调查范围。如果他希望进行全面的调查，就应该允许小组列出自己的问题清单。但他反而如此指示该小组：

> 1. 确定这项研究是否合理，以及这项研究在青霉素普及后是否应继续。
>
> 2. 对这项研究现在应否继续给出建议，如果不应，该如何以符合幸存的实验参与者权利与健康需求的方式终止这项研究。
>
> 3. 确定现有政策是否足够且有效地保护了参与卫生、教育与福利部所进行或支持的卫生研究的病患的权利，如果需要的话，对这些政策提出改善的建议。②

杜瓦尔医生明显想要该小组专注于知情同意这个议题以及不用青霉素治疗这些病患的决定上。他没有提及最初决定不用撒尔佛散与铋软膏之事，他还不让小组探询为何该实验只限于黑人参与，借以避开种族

(接上页) 成员：全国城市联盟总顾问罗纳德·H. 布朗；国家医学会基金会股份有限公司执行董事让·L. 哈里斯医生；纽约市卫生局性病控制部主任沃纳尔·卡夫医生；耶鲁法学院杰伊·卡茨教授；普林斯顿神学院苏厄德·希尔特纳牧师；宾夕法尼亚州哈里斯堡的律师弗雷德·斯皮克；劳联-产联亚拉巴马州劳工委员会主席巴尼·H. 威克斯；霍华德大学牙科学院研究生事务副院长珍妮·辛福德医生（D. D. S.）。

① *Medical World News*, September 14, 1973, p. 58；关于该实验正面的一般性讨论，参见 *Medical World News*, August 18, 1972, pp. 15 – 17。

② “News Release,” August 24, 1972, Office of the Secretary, DHEW, TF-CDC.

议题。不过，杜瓦尔医生敏锐地意识到行动要快。他要求该小组在1972年12月31日前完成调查并提交一份最终报告，除非他个人同意延长期限。（小组随后提出请求，他确实批准了延期至3月底。）①

特设小组分为不同组别调查这三个指示中的问题，他们举行了多次会议，收集了大量口供，采访了许多证人，造访了塔斯基吉，并审查了一堆某小组成员说"差一点就有3英尺高"的文件。关于第二个指示很快有了结论。10月底，该小组通知杜瓦尔医生这项实验"应该立即终止"，并且应该治疗那些因参与这项研究而致残的病患。②

虽然杜瓦尔医生答应"尽快"落实这些建议，随之而来的却是数月的拖延，因为联邦卫生官员在与律师争论政府是否有权为这些病患提供全面的医疗护理。在提交最终报告的限期来临之前，特设小组直接向卫生、教育与福利部部长卡斯珀·温伯格求助，才终于打破了这个僵局。温伯格部长于1973年3月3日宣布，他已指示公共卫生部为该研究的幸存者提供一切必要医疗服务。讽刺的是，他能授权治疗的唯一合法方式是重启该实验，这样一来，这些病人才能作为官方研究的组成部分接受治疗。③

---

① 一名小组成员公开反对限制问题的范围。参见 J. Katz, "Reservations about the Panel Report on Charge 1," in "Final Report of the Tuskegee Syphilis Study Ad Hoc Advisory Panel," Department of Health, Education, and Welfare (Washington, D. C., 1973) [此后简称"Final Report"], pp. 14-15。关于特设咨询小组只能探讨有限议题的讨论，参见 Allen M. Brandt, "Racism and Research: The Case of the Tuskegee Study," *Hastings Reports* 8 (December 1978): 26-27。一篇来自历史学家的激辩文章，似乎有意只谈论塔斯基吉研究中涉及种族主义的部分，参见 Herbert Aptheker, "Racism and Human Experimentation," *Political Affairs* 53 (February 1974): 46-59。

② Seward Hiltner, "The Tuskegee Study Under Review," *Christian Century*, November 28, 1973, p. 1175; "Initial Recommendations of the Tuskegee Syphilis Study Ad Hoc Advisory Panel," October 25, 1972, p. 2, TF-CDC.

③ "HEW News," Office of the Secretary, March 5, 1973, TF-CDC. 实际的指令于3月3日下达，参见 Weinberger to acting assistant secretary for health, March 8, 1973, TF-CDC。卫生、教育与福利部总顾问威尔莫特·R. 黑斯廷斯认可实验程序之中纳入治疗的合法性。See the memorandum "USPHS Study of Untreated Syphilis (the Tuskegee Study); Authority to Treat Participants Upon Termination of the Study," from Hastings to the secretary, march 5, 1973, TF-CDC。

特设小组于1973年4月下旬发布了第一份报告，对整项研究提出了尖锐的批评。虽然承认“不能排除1932年的短期示范研究具有科学合理性”，但该小组判定这项实验“1932年实施时道德上站不住脚”。其依据是，政府在对一种已知有生命危险的疾病进行研究时并没有获得参与者的知情同意书。该小组明确表示，当“1953年青霉素的使用变得普遍起来时……就应该为这些参与者提供青霉素治疗”，并且强烈暗示应该尽早以砷化合物与汞剂进行治疗。最后，不出意料，该小组认为当前对于实验中的人体受试者的保护是没有效果的。该小组就保护受试者给出了程序性和实质性的建议，其中最重要的就是由国会建立一个常设机构，以规范所有由联邦政府资助的人体研究项目。①

尽管特设小组发挥了公共论坛的作用，但其并没有什么法律地位。身为只有有限调查权的咨询小组，它无法处理该实验中产生的任何法律问题。许多人死于一种本可治愈的疾病，有些人瞎了，有些人疯了。这有没有违法？开展这项研究的医生和科学家是否要为其行为负责？为着他们的疏失？受试者是否有权获得赔偿？

在这项实验见诸报端之后不久，乔治·华莱士州长办公室宣布，将查明此事是否违反亚拉巴马州法律中关于传染性疾病的治疗义务。但在声明发表后并没有采取任何法律行动，虽然这项实验明显违反了1927、1943、1957及1969年通过的州卫生法。亚拉巴马州参议员詹姆斯·B. 艾伦与约翰·D. 斯帕克曼无意将法律责任归咎于任何个

① “Final Report,” pp. 7, 23-24. 特设小组自审议初期就有了分歧。数名小组成员怀疑巴特勒医生太过偏向政府捍卫该研究的立场，并且他还不同意会议向媒体开放，因此激怒了小组成员。当巴特勒医生没有事先征求其他人同意就拒绝为小组的最终报告背书时，他们之间的分歧演变成公开叫板。作为回应，数名小组成员召开新闻发布会为最终报告辩护，并痛斥其主席（巴特勒医生）。See Hiltner, “Tuskegee Study,” p. 1176; and “Report on HEW’s Tuskegee Report,” *Medical World News*, September 14, 1973, pp. 57-58. 实验的医学界支持者对最终报告的公开强烈谴责，参见 R. H. Kampmeier, “Final Report on the “Tuskegee Syphilis Study,” *Southern Medical Journal* 67(1974): 1344-53。

人，他们共同起草一项法案，授权联邦政府向塔斯基吉研究的每位受试者支付高达2.5万美元的款项。在他们看来，联邦政府有道义上的责任赔偿幸存者与其家人。①

有极为明显的迹象显示，若政府不自愿进行赔偿，这些病人将会起诉。在此事曝光后不久，幸存者查尔斯·波拉德便向弗雷德·格雷咨询了关于这项实验的法律意见。波拉德找上格雷的原因之一是后者曾为他处理过一些常规的法律工作。跟其他梅肯县人一样，他知道格雷是塔斯基吉最有名的黑人律师，还是亚拉巴马州美国民权运动领军人物之一。

1955年，格雷首次在全美家喻户晓，是因其为拒绝在公车上给蒙哥马利的一名白人让座的罗莎·帕克斯辩护。身为基督教堂受按立的牧师及律师，随后他在抵制蒙哥马利公车一案中代表马丁·路德·金。在接下来的四分之一世纪里，他帮忙建立了亚拉巴马州最成功的黑人律所之一，并且在美国最高法院代表若干大案进行辩护。虽然为人谦逊、说话温和，但格雷能同时兼顾美国民权运动和一家赢利的律所。1970年，他当选亚拉巴马州众议员。这是重建时期以来，蒙哥马利市首位打入白人议员之中的黑人民主党人。

格雷将诉讼延迟了将近一年的时间，希望政府能自愿提供补偿及医疗护理。在此期间，参议员爱德华·M.肯尼迪给了这位亚拉巴马州律师在某个公共论坛上陈述该案件的机会。长期以来，肯尼迪被公认为参议院在医疗保健方面的主要权威之一，在此事首次曝光时，他就表示了对这项实验的极度愤慨。在1973年2月到3月期间，他举行了一系列关于人体实验的听证会，请劳工和公共福利委员会下设的卫生委员会列席。与会的政府上层高官、一流科学家、有影响力的学者以及热心市民提供的证词，主题从精神外科延伸到非自愿绝育。不过，与其他案件相比，塔斯基吉研究在听证会上最受热议。

① 一篇支持该支付法案的有趣社论，参见 *Afro-American*, August 19, 1972, p. 4。

各方皆需说明自己所涉及的部分。彼得·布克顿讲述了他为说服公共卫生部自愿停止实验所付出的努力；疾控中心主任大卫·森瑟担任公共卫生部的发言人；耶鲁大学法学院教授、塔斯基吉梅毒特设咨询小组成员杰伊·卡茨医生提出有理有据的反对意见，质疑目前以机构为基础的同行评审小组不具备为实验中的人体受试者提供充分保护的能力。

不过，最令人心酸的证词来自塔斯基吉研究的两名幸存者：查尔斯·波拉德与莱斯特·斯科特。这是这些受试者第一次有机会面向政府机构或部门陈述自身的故事，二人表现出了他们的尊严和正直。

波拉德与斯科特缓缓道出了一个长达 40 年的故事，其中充满了谎言与欺瞒，不识字的人信任有文化的人却被他们出卖。两人轮流讲述了自己是如何响应公共卫生部的号召去验血，如何得知自己的血出了问题，如何与那些口称正在对他进行治疗的医生配合了 40 年之久。两人都强调不想再与公共卫生部或是其医生有任何瓜葛。当肯尼迪参议员问到政府现在应该为他们做些什么时，斯科特回答："他们应该给我们补偿或是类似的东西，那样我们就可以去看其他医生，让我们好起来。"①

格雷在这一点上很坚持。他在委员会面前作证时表示，这些病人不想再被送回到当初一再"拒绝治疗他们"的诊所那里了。"他们不相信、不信任、也没有把握公共卫生部会安排好检查并给予适当的治疗。"格雷指责道，人们无法相信公共卫生部官员会不带偏见地做出医疗上的决定，因为他们的首要关注点是"掩盖 40 年来的非法行为"。唯一的解决办法是政府给这些人足够的补偿，"让他们选择医生、医院以及会为他们提供医疗服务的医务人员"。②

---

① *Quality of Health Care: Human Experimentation*, 1973, Hearings Before the subcommittee on Health of the Committee on Labor and Public Welfare, Ninety-third Congress (Washington, D. C., 1973), III: 1041.

② 同上，p. 1035。

肯尼迪参议员显然为他所听到的故事感到愤怒。他称塔斯基吉研究的"情况骇人听闻、完全不可接受，政府根本不该卷入其中"。令这个悲剧雪上加霜的是，在该研究曝光后，政府并未立即为这些病人提供治疗，而且这种不义之举持续了8个月，尽管特设小组建议提供医疗照顾，尽管杜瓦尔医生承诺会这么做。肯尼迪注意到温伯格部长（在证人就塔斯基吉研究开始作证的前几天）发表声明，保证将立刻为这些人提供全面的医疗服务，对此他十分赞许，但提醒他的委员留意这些承诺是否兑现了。他对幸存者及其律师说："我们会继续关注这件事。"①

肯尼迪的这些听证会预示着对联邦人体实验指导方针的一场全国性检讨，反对现有方针的人在其中利用塔斯基吉研究作为改革的号召。其结果是卫生、教育与福利部的人体实验相关规范有了一场全面革新。新的指导方针为涉及人体受试者的研究项目设立了特定标准，授予人道主义者在机构审查小组中更高的权限。相较于美国历史上的任何其他实验，塔斯基吉研究让立法者和官僚前所未有地认识到，若要保护人体受试者，非采用严厉的新规定不可。②

当然，对于参与塔斯基吉研究的这些人来说，新规定来得太晚。在他们心中最重要的是治疗和补偿。受肯尼迪听证会的刺激，政府迅速行动，向所有这些受试者提供全面的医疗照顾——无论其是否患有梅毒。1973年4月开始，疾控中心承担了寻找所有幸存者的艰难工作，并亲自通知和写信给这些人，告知政府将支付余下的健在者所有的医疗费用。当地代表催促这些受试者马上到他们选择的医生那里进行全面的医学检查，并立刻接受适当的治疗。为了帮助那些主治医

---

① *Quality of Health Care: Human Experimentation*, 1973, Hearings Before the subcommittee on Health of the Committee on Labor and Public Welfare, Ninety-third Congress (Washington, D. C., 1973), III: 1041, p. 1042.

② Mark Frankel, "The politics of Human Experimentation," unpublished manuscript, pp. 150－59, 355. 人体实验的全国性辩论促成了特别委员会的成立，进而制定了新的指导方针。该委员会的议程参见 *National Commission for the Protection of Human Subjects of Biomedical and Behavior Research* (Washington, D. C., 1976)。

生，疾控中心提供一份关于检查和程序的清单，清单上的内容是一组从未接触过这项实验的杰出医生建议的。①

疾控中心也重拾了以往的工作。故而，政府（而不是米尔班克基金会）将支付丧葬津贴，这是实验中的一个关键好处。值得注意的是，没人提起尸检一事。相反，他们悄悄地放弃了这个条件。最终的结果很讽刺，疾控中心让肯尼布鲁护士复职，去照顾那些住在梅肯县及其附近的幸存者。就像过去一样，她的任务就是去看望这些人，确认他们的病痛都受到了适当的医疗照顾。直到这些人获得救治两年后，他们的家人才受到同等的照顾。1975 年，政府扩大医疗范围，将受试者已感染梅毒的妻子和患有先天性梅毒的孩子纳入其中。②

有些病人对新的医疗方案有疑虑，直截了当地拒绝把握这个机会，但大部分人还是十分渴望的。这些人佩有特别的身份识别卡，该卡指示医生与药剂师将所有费用账单直接寄给美国疾控中心，这些人自行选择医生、接受体检并开始享用豪华的全套医疗护理。其中包括对三期梅毒的激进疗法。尽管公共卫生部长期以来的论调是治疗也许会有损健康，但在以青霉素对梅毒幸存者进行治疗之后，没有报告有任何药物不良反应或其他并发症案例。③

政府未能提供现金补偿作为医疗计划的一部分，这使得法律诉讼无法避免。格雷律师从一开始就认识到这会是一件困难且复杂的案

---

① 受试者选择的医生将收到“医疗护理指导方针”及随附的一份说明。参见 Donald R. Hopkins to “Dear Doctor,” April 13, 1973, TF-CDC。该指导方针明确地推荐使用青霉素治疗梅毒，除非医生“感到有理由怀疑青霉素会导致过敏，或是有文件证明病患之前接受过充分的……抗生素治疗”。

② 1973 年，疾控中心开始讨论是否有必要治疗病患的妻子和子女。那年有张便条上写着：“妻子直接被感染该疾病、儿童遭受先天性感染的情况是有可能发生的。”参见 Charles M. Gozonsky to William C. Watson, “CDC-Tuskegee Study-participants-Families-Medical Care,” June 6, 1973, TFT-CDC。政府预测，健在配偶的医疗费用可能高达 1200 万美元，而健在子女的医疗费用可能高达 1.27 亿美元。因为政府没有治疗这些受试者，结果检查发现其妻子与子女也患有梅毒，所以截至 1980 年 5 月，约有 50 名仍健在的妻子和 20 名子女正在接受全面的医疗护理。

③ 在疾控中心所存的塔斯基吉研究档案中，没有发现任何治疗后产生药物有害反应的病例。

子，所以他毫不犹豫地寻找帮助为诉讼做准备。在被数家私人律师事务所拒绝后，他获得了哥伦比亚大学两位法学教授迈克尔·索文和哈罗德·埃德加的帮助。他们提供了多方面法律援助。此外，也不乏意外之喜。当时，一位名为吉姆·琼斯的年轻历史学家正在筹备一本关于塔斯基吉研究的书，他联系了格雷并给出了他发现的大量关于这项实验的材料。琼斯还帮忙做了此案的后续研究。

1973 年 7 月 23 日，也就是让·海勒报道此事近一年后，格雷向亚拉巴马州中区的美国地区法院提起了 18 亿美元的集体民事诉讼。格雷要求向每位仍健在的实验参与者支付 300 万美元的损害赔偿，并向已去世者的继承人支付相同金额。他还要求发布一项永久性禁令，在受试者不了解全部情况或未做出知情同意的情况下，禁止被告继续进行塔斯基吉梅毒研究或人体实验。从美国联邦政府开始，他列的被告名单如下：卫生、教育与福利部、美国公共卫生部、疾控中心、亚拉巴马州政府、亚拉巴马州卫生局及米尔班克基金会。此外，格雷还列出了这份被告名单上大多数机构的负责人，告的是他们的官方职务。他将三名公共卫生部前官员单独列为被告，以他们来代表所有亲自参与过该研究的公共卫生部官员。

塔斯基吉学院不在被告名单上，格雷是那里的总法律顾问。退伍军人医院也不在其中。当地卫生机构及梅肯县医学会亦逃出了法律的视线。事实上，黑人占主导的机构都没被列为被告。对于个人也是如此，所有单独列出的被告都是白人。没有提及任何黑人医生，也没有提及任何黑人护士。

格雷显然更乐于处理黑人与白人之间的议题，他在诉讼中猛烈抨击了种族问题。他指出“只有黑人男性被充作这项研究的受试者”，于是称该实验为“有控制的种族灭绝计划”。该诉讼称，这项研究违反了“美国《宪法》第五、第九、第十三和第十四修正案以及 1901 年《亚拉巴马州宪法》第一条第六款”所保障的人的权利。格雷声称这些人遭受了：

身体残疾和精神障碍、折磨、痛苦、疼痛、不适及苦难；死亡；收入的损失；种族歧视；关于其健康状况的虚假和误导性信息；不当的治疗或缺乏治疗；对其他身体和精神疾病的耐受度降低；在未做出知情同意的情况下被充作人体实验对象；让原告—受试者始终处在可能对他人造成伤害的传染性疾病携带者的状态，包括将这种疾病传给母亲，导致生出的孩子有先天缺陷甚至夭折。①

这场官司最终未走到庭审阶段。1974 年 12 月，政府同意支付大约 1000 万美元进行庭外和解。原告同意放弃进一步诉讼，条件是赔偿这场集体诉讼中在 1973 年 7 月 23 日时仍“健在梅毒患者”每人 3.75 万美元现金；“已故梅毒患者”的继承人 1.5 万美元；1973 年 7 月 23 日时仍“健在的对照组”成员每人 1.6 万美元；“已故的对照组”成员的继承人 5000 美元。格雷的律师费将从这些款项中扣除。已故参与者的继承人必须先根据亚拉巴马州的血缘与分配遗产法来认定，然后才能偿付。除了现金赔偿外，政府同意继续执行目前的医疗及丧葬计划，并且承诺会尽最大努力帮助寻找这些人及其继承人。必须在三年内提出索赔，之后，剩余资金将由联邦政府收回。②

格雷的律师费总额由法官小弗兰克·M. 约翰逊来决定。约翰逊法官判给他现金赔偿的 12.5%。作为格雷努力寻找幸存者及死者继承人的额外激励，约翰逊法官裁定立即付给格雷 1000 万美元和解金中的 10%，剩余的 2.5%等失联的原告全部找到后再行发放。这等于判

① *Charles W. Pollard, et al. v. United States of America, et al.*, Civil Action No. 4126 – N, Northern Division, Middle District of Alabama, District Court of the United States, “Complaint.”

② *Charles W. Pollard, et al. v. United States of America, et al.*, Civil Action No. 4126 – N, Northern Division, Middle District of Alabama, District Court of the United States, “Stipulation of Settlement,” pp. 1 – 15.

给了格雷大约 100 万美元的律师费。[1]

寻找这些人是格雷的责任，但事实证明这并不容易。在 1974 年，已知的幸存者不到 120 人，也就是说有 500 多名受试者（大多推定已死）待寻找。大部分情况下，格雷只有这些人的姓名为线索。由于没有进一步的办法找出这些人，他只好在全县各地的报纸上刊登广告，然后静待他们蜂拥而至。

广告一经登出，他在塔斯基吉的律师事务所门前立刻开始每天早上排起长队。许多人认为任何黑人只要能证明自己患有梅毒，政府就会发钱。其他出现在那里的人的理由也不那么单纯。不符合条件的人们从其他州大老远赶来（有个人甚至是从欧洲赶来），希望说服格雷相信他是实验受害者的亲戚之一。有数名妇女声称她们是实验的参与者，一些塔斯基吉的白人居民甚至开玩笑说他们的亲人是受试者。[2]

许多去世患者的家人众多，身后留下 10 到 12 名的子女。由于亚拉巴马州的法律不允许非婚生子女继承父亲的任何遗产，因此需要区分婚生与非婚生子女，这使得理赔工作更加复杂。格雷的属下、律师比利·卡特负责寻找幸存者及继承者，据他所说，赔偿金让婚生子女与其异母兄弟姊妹间产生了巨大的分歧。卡特解释说，这些人很多是住在一起的一家人，他提出他们可以签一份自愿协议，让婚生子女与非婚生子女共享赔偿金，但没人接受。[3]

或许格雷和卡特遇到的最让人苦恼的事是这些继承人的社会和经济地位一直没有变。“在文件上做记号来代替签名的人数超过我生平所见，”卡特回忆道，“不论是迁居克利夫兰或是在此定居，他们之中许多人目不识丁并且没受过教育。”许多继承人甚至不知道家庭成员的姓氏，只能用“小鬼”或“黑鬼”这样的昵称来叫他们。卡特

---

① 对于格雷所收费用的批评，参见 James J. Cramer, “The $10-Million Giveaway,” *American Lawyer*, October 1979, p. 23。

② 同上，p. 24。

③ 同上。

补充道："让人难受的是，这一切可能重演。这些人轻易就能受骗或被人利用，就像他们的父辈和祖辈在梅毒研究中遇到的一样。"①

塔斯基吉研究的受试者被利用了吗？直接参与该实验的公共卫生部官员不这样认为。在他们的公开声明中甚至找不到一丝悔意。没有人道歉，没有人承认做了错事。相反，对这项实验负有直接责任的卫生官员明确表示，他们是凭良心行事的。如果真要说的话，他们也许会觉得大众的反应是对他们的污蔑和伤害，觉得政府没有为这项研究辩护是对他们的背叛。若是给他们机会重来一次，无疑他们还是会选择开展该实验。

里弗斯·劳里护士的反应更暧昧些。在实验结束多年后，她仍拒绝相信它伤害了这些病人。她说："我还是不认为我们错误地利用了这些病患（我是说）这些人。"劳里护士解释说，所有的项目都有人为失误，这个也不例外。她坦言："我们也许犯了一些错误。"在她看来，1930 年代时不为病患做治疗并没有错，因为"我们看到了这些反应……我们可能失去这些病人"。她对于青霉素有很多疑虑；她承认不用青霉素治疗病患也许是个错误。但是在她心中最大的错误是关于知情同意。当她被问到这项实验中出了哪些问题时，她主动回答："医生没有告诉病患他们确实患有梅毒。"②

实验的幸存者感到困惑，而且看法各异。可以确定的是，大部分人对于多年来的欺骗感到恶心，并且在新闻披露后仇恨和蔑视"政府医生"。有人将整项研究斥为"完全荒唐的行为"，这无疑代表了许多人的心声。但是其他人对发生了什么并不那么清楚，也很难理解这项研究的意义。另一位幸存者在评论了自己和朋友们被当作"小白鼠"的事之后承认："我不知道那是什么意思……我不知道他们利用我们做了什么。"他补充道："我从来就搞不懂这项研究。"③

---

① 对于格雷所收费用的批评，参见 James J. Cramer, "The $10-Million Giveaway," *American Lawyer*, October 1979, p. 24。

② Author's Interview, Eunice Rivers Laurie, May 3, 1977.

③ Author's Interview, Herman Shaw, May 2, 1977; Author's Interview, Carter Howard, May 2, 1977.

第十四章
“艾滋病是种族灭绝手段吗?”

没有哪个科学实验比塔斯基吉研究给黑人造成的集体心理创伤更大。在 1972 年让·海勒报道此事后，这个悲剧事件在黑人社区中传开。除了从报章杂志或是收音机、电视中听闻，许多黑人还经由口口相传得知了这项研究，其中充斥着常在口述传统出现的夸张和歪曲。许多黑人（和白人）听说政府故意给黑人佃农接种梅毒，而其他人得到的看法是这项实验是针对黑人囚犯进行的。

就算出现了这样的误解，大部分美国黑人还是正确理解了新闻的重点：40 年来，他们的政府不让梅毒患者得到治疗，借此增进对该疾病的科学认知。这些病患中的很多人死于梅毒，而剩下的人要么瞎了要么疯了。面对这项实验的道德破产，许多黑人对政府失去信心，不再相信卫生官员就公众关注的问题发表的言论。结果，当一种可怕的新型传染病在 1980 年代和 1990 年代横扫美国时，许多受了塔斯基吉研究影响的黑人不相信卫生当局，这令很多白人难以理解。

1992 年 5 月 6 日的《纽约时报》头版社论写道：“对大多数人来说，这可能看起来很奇怪，许多美国黑人认为，艾滋病及其防治措施是消灭黑人的阴谋之一。”作为证据，编辑引用了 1990 年针对黑人教会成员的一项调查，其中显示“相信艾滋病是一种种族灭绝手段的人竟高达 35%”。此外，同年《纽约时报》与哥伦比亚广播公司合作的一次民调显示，所有美国黑人中有 10%认为，艾滋病毒是“专门在实验室制造出来感染黑人的"，还有20%的人相信这可能是真的。①

不只是普通民众相信这些。《纽约时报》继续写道，许多黑人卫生工作者也不肯抛开这种恐惧。某人在全国艾滋病委员会面前作证称，她认为艾滋病是一种人造疾病，"除非有证据显示它不是"。类似的怀疑给控制该流行病的努力蒙上了一层阴影。编辑称："有些黑人认为治疗该病的强效药齐多夫定（AZT）是用来暗算他们的毒药；……宣传使用保险套——预防性传播的最好办法——的运动则是减少黑人婴儿数量的诡计；……分发干净的针头以缓解瘾君子间的疾病传播是鼓励滥用毒品的阴谋。"这种不信任的后果简直就是一场悲剧。正如《纽约时报》所说："最糟糕的是，这种妄想让许多黑人不愿接受治疗。"除非黑人领袖采取行动打消这种"恐惧和不信任"，否则卫生官员会发现"更难减缓这种流行病的传播"。②

《纽约时报》尽力营造理性与善意的气氛，却极其缺乏敏感性，用了诸如"奇怪""惊人""妄想"这样的词来描述黑人对于艾滋病的反应。编辑称一些人妄想，用医学隐喻来强调对于那些相信阴谋论之人的极不认同，比起他们自身对复杂历史事件的理性思考与理解，那些迷茫的灵魂想法简单，对于历史现象只抱有非理性的答案。

尽管如此，跟这些人说他们是妄想并不等同于反驳其信念。不由分说就否定也没有对抱持这些想法的人表现出多少同情心，对人们为什么会抱有这样的信念也表现出不够了解。推敲出琢磨为何美国黑人倾向于相信关于艾滋病的阴谋论，才是更深思熟虑的回应。

美国黑人对待艾滋病的态度是历史原因造成的。科学和医学理论不是塑造黑人如何看待这个可怕疾病的唯一因素，社会、政治、宗教及道德概念都会影响他们的观念及理解。首先，许多美国黑人通过种族棱镜来看待艾滋病，这让超过三个半世纪以来的黑人和白人的关系

---

① *New York Times*, May 12, 1992, p. A14.

② 同上。

成了焦点。许多非裔美国人将整个美国历史简化成由奴隶制、佃农制、劳役、私刑、吉姆克劳法、剥夺公民权、居住隔离及就业歧视构成的基本事实，并写成了一个充满仇恨、剥削和虐待的长篇故事。

有两名读者发现《纽约时报》的编辑表述奇怪，有悖于历史，于是对此进行了深入探讨。纽约神学院院长 M. 威廉·霍华德感到不解，怎么会有人对许多黑人认为艾滋病是某种种族灭绝手段感到“震惊”。在他看来，此观点是“黑人所生活的社会的必然结果，在这个社会我们与主流如此疏远，以至于我们中的许多人相信美国会不遗余力地消灭我们”。另一名读者认为用“奇怪”这样的词来描述黑人的恐惧，“本身就流露出明显的冷漠，对于黑人在这个国家的历史以及为何他们有理由感到活在阴谋中的漠不关心”。作为证据，此人引用了“1930 年代的塔斯基吉研究”。[①]

从塔斯基吉研究的消息被公之于众的那一刻起，人们就称之为种族灭绝事件。自 1972 年得知此项实验后，疾控中心性病分部的官员唐纳德·普林茨医生就表示这“几乎就是种族灭绝”，而弗雷德·格雷律师更进一步给塔斯基吉研究打上了“有控制的种族灭绝计划”的烙印。[②] 随着时间的推移，格雷的说法在黑人社区中流传开来。对于许多黑人来说，塔斯基吉研究成了他们被医疗机构错误治疗的代号，一个关于欺骗、阴谋、渎职和忽视的比喻，如果不说是彻底的种族灭绝的话。

关于这项实验的记忆不会逝去。1972 年塔斯基吉研究的曝光所激起的恐惧与气愤，在十年后《脏血》出版时再度出现，并随着年轻一代得知该实验而掀起新一轮讨论。因此，当艾滋病席卷美国时，许多美国黑人已然因塔斯基吉研究而对卫生当局心存怀疑。当许多美

① *New York Times*, May 29, 1992 p. A14.

② Atlanta Constitution, July 26, 1972, p. A1; and Charles W. Pollard, et al. v. United States of America, et al., Civil Action no. 4126 – N, Northern Division, Middle District of Alabama, District Court of the United Sates, “Complaint.”

国白人对艾滋病患者表现出的态度与大多数美国白人在本世纪早期对黑人梅毒患者的看法出奇地相似，更加深了黑人社区中的不信任。然而，在艾滋病爆发初期黑人并没有首当其冲地受到攻击，倒是同性恋者成了中产阶级道德的第一个目标。

就像性传染病在美国进步时期造成的普遍歇斯底里，在20世纪行将结束时，艾滋病在美国人中间引发了广泛的恐惧。1981年，洛杉矶、旧金山和纽约的医生都碰到了一种奇怪的谜一般的疾病，它似乎只出现在某一患者群中。年轻的、原本身体健康的男同性恋者开始死于凶险的感染。许多人脸上及身上的皮肤出现某种独特的紫红色斑点，这是与卡波西肉瘤（一种指向免疫系统损伤的罕见血管癌）有关的皮肤肿瘤的典型特征。其他人则受到了由病毒、细菌、真菌、酵母菌和寄生虫引起的各种“机会性感染”① 的折磨。这些病患体内能帮助抵抗感染的白血球明显受损或被破坏，但该疾病的确切特性仍是个谜。

一开始医生不知道怎么给这种新的怪病定名。考虑到该疾病与男同性恋者大有关联，医生将其命名为同性恋相关免疫缺陷（GRID）。然而，由于这一标签明显带有污名化意味，医生很快将其更名为获得性免疫缺陷综合征，简称艾滋病。这个新采用的略缩语有双重优点，不但道德上中立，而且描述更加准确。在医学上首次注意到该疾病与同性恋者有关还不到几个月，医生就在静脉注射吸毒者以及海地人身上诊断出了艾滋病，到1982年时，异性恋妇女、幼儿、血友病患者及接受过输血的人也相继被确诊患有此种疾病。

随着病例的增多，公众的担忧也跟着加深。1981年底，医生已诊断出225例；到1983年春，增至1400例；到1985年夏，已攀升至1500例；两年后，飙升至4万人。许多美国人对这一数字的增长

① opportunistic infection，指一些致病力较弱的病原体在人体免疫功能正常时不能致病，但当人体免疫功能降低时就乘机侵入人体内，导致各种疾病。——译者

茫然无措，有人猜测，这大概是因为他们已经忘了该如何应对公共卫生危机。第二次世界大战期间发现的抗生素及其他“神奇药物”使得消灭传染病成为可能，这使得公众的注意力转移到了慢性、系统性疾病上，以致产生了传染病、流行病已被赶出这片土地的错觉。确实，近来像是军团病和中毒性休克综合征这样的疾病让公众心中泛起恐惧的涟漪，但对于艾滋病的反应更加强烈，因为这种疾病无论是波及的人数还是造成的后果都与前者不可同日而语。军团病及中毒性休克综合征仅有少数患者，并且大多顺利康复。而艾滋病袭击了数以万计的人，患者全都死了。

面对这样一种持续扩散的流行病，许多美国人吓得退避三舍。媒体散布谣言，称艾滋病是一种有高度传染性的疾病，令公众更加害怕。一如维多利亚时期的人们认为梅毒可以通过随意接触传染而心生恐惧，许多美国人对于艾滋病也抱有同样的误解。根据《纽约时报》与哥伦比亚广播公司 1985 年合作开展的民调显示，47%的美国人以为艾滋病会因为共用水杯而感染，28%的人相信共用马桶也会染上此病。另一项调查显示，34%的受访者认为就算没有发生身体上的接触，与患有艾滋病的人“来往”也是很危险的。①

让人忧心的还有感染者的妻子及孩子的情况，这再次拉响了关于“无辜感染”（innocent infection）的警报，就像世纪之交时席卷全国的“无辜梅毒患者”的呐喊。媒体报道了妻子被丈夫传染、孩童被父母感染的事。这些新闻报道引发了惊恐，某些社区的医护人员拒绝治疗艾滋病患者；消防员拒绝为疑似同性恋者实施心肺复苏；殡仪馆拒绝为死于艾滋病者进行尸体防腐处理；警察坚持在城市某些地区逮捕嫌犯时戴上手套。加州房地产经纪人协会命令其会员告知客户，交易的房产是否为艾滋病患者所有。鉴于情势日益失控，许多社区报告

① Alan Brandt, *No Magic Bullet* 2d ed. (New York, 1987), p. 192.

无端袭击同性恋者事件增加也就不令人惊讶了。[1]

许多不想“攻击同性恋”的美国人认为应该将他们隔离。得克萨斯州一位心理学家建议立法机构关押同性恋者，“直到或者至少到消除他们身上的医学问题为止”。[2] 公民自由论者害怕同性恋集中营死灰复燃，于是举起道德大旗谴责强制隔离，另一些人则实实在在地对这一想法表示反对：将这成千上万的艾滋病患者安置在何处？强制隔离期间的护理费用谁付？虽然这些论点阻止了隔离运动扩散开来，公众仍然惶惶不安。有些父母不让小孩去有患艾滋病儿童的学校上课，成人则出于同样的恐惧要求艾滋病同事离职。

“道德多数派”与“新右派”急于找到替罪羊，他们利用公众对艾滋病的恐惧来攻击同性恋。他们把社会价值观与对待疾病的态度混为一谈，还混淆疾病的传播方式与根本原因，将艾滋病视为同性恋制造出的道德问题，而非一种由病毒引起的疾病。同性恋滥交、享乐主义、紧张刺激的生活、公然无视个体的责任及个人约束力等，都被视为此种流行病暴发的根本原因。事实上，攻击同性恋对任何了解历史的人来说都耳熟能详，进步时期白人对于黑人社区发生的性传染病也是这种反应。就像一位精明的学者所说：“人们曾经认为黑人性滥交、在性方面有威胁性、是疾病之源，现在矛头转向了男同性恋群体。”[3]

新右派的发言人把艾滋病说成是“同性恋瘟疫”，这让人联想起早年描述黑人是“声名狼藉的满是梅毒的种族”时的那种自以为是。他们从道德角度来界定这种流行病，将艾滋病视为违反道德秩序所受的惩罚。福音派传教士杰里·法威尔虔诚地宣称：“种瓜得瓜，种豆

---

① Alan Brandt, *No Magic Bullet* 2d ed. (New York, 1987), p. 192.

② Alan Brandt, *No Magic Bullet* (New York, 1985), p. 183.

③ Elizabeth Fee, “Sin Versus Science: Venereal Disease in Twentieth-Century Baltimore,” in Elizabeth Fee and Daniel Fox, eds., *AIDS: The Burdens of History* (Berkeley, 1988), p. 141.

得豆。如果他在低级本能的田地里播下种子，就将从中收获腐败的果实。”维多利亚时期把同性恋定为“违反自然的犯罪”，罗纳德·里根总统的白宫通讯主任帕特里克·布坎南顺应这种观念，宣称同性恋者“向自然宣战，现在自然正在进行可怕的报复”。①

批评者将艾滋病当作证据，指控同性恋者离经叛道，危及异性恋群体的生存。一名主流媒体记者报道称：“突然之间许多人害怕自己及家人也许会突然染上某种神秘的致命疾病，然而到目前为止，此种疾病只在社会弃儿身上查出。”《生活》杂志的某期封面更加简洁地阐述了相同的观点，它用红色大写的字母醒目地写道：“没人能逃过艾滋病。”②

尽管公众越来越警惕艾滋病，联邦政府的行动却很谨慎。在疾控中心 1981 年发现艾滋病之后两年，美国国立卫生研究院才开始认真着手研究该疾病。虽然拖延与官僚制度惰性有关，资金来源也是个问题。里根政府在 1982 年与 1983 年间没有为艾滋病研究要求任何资金，并且在接下来的数年里，白宫要的金额一直低于国会的拨款（例如，1984 年政府申请了 3900 万美元，远低于国会拨的 6100 万美元；1986 年国会拨款 2. 34 亿美元，而白宫建议将金额减至 2. 132 亿美元。）③

我们该如何解释政府对于一种病例数量每年翻倍的流行病的温吞反应呢？首先，艾滋病研究是有争议的。因为艾滋病被广泛认为是一种“同性恋”专有的疾病，因为同性恋是“道德多数派”与“新右派”热衷的目标，而罗纳德·里根正是借由这两派的政治影响力才入主白宫，于是联邦当局不愿动用公共基金对抗该疾病，以免其举动被理解为赞成同性恋。一位名为诺曼·波多雷茨的编辑公开表示反对

---

① Elizabeth Fee, “Sin Versus Science: Venereal Disease in Twentieth-Century Baltimore,” in Elizabeth Fee and Daniel Fox, eds., *AIDS: The Burdens of History* (Berkeley, 1988), p. 141. and Brandt, *No Magic Bullet*, 2d ed., p. 193.

② Brandt, *No Magic Bullet, 2d ed.*, p. 193.

③ 同上，p. 198。

联邦政府支持这项研究，他问道："他们是否意识到他们正在以同情的名义，对只能称为野蛮堕落的行为给予某种社会认可。"财政政策也影响了政府在流行病早期的应对。为了遵循里根经济学的模式，艾滋病研究成为联邦社会服务基金大幅减少的又一牺牲品。①

尽管政府应对艾滋病的行动混乱且规划得很差，研究人员仍对此病有重要的发现。1984 年，美国国立卫生研究院的科学家罗伯特·加罗发现了引起艾滋病的病毒，他将之命名为 HTLV－III，即人类嗜 T 淋巴细胞病毒 III 型。几乎就在同时，吕克·蒙塔尼（位于巴黎的著名巴斯德研究所某研究小组组长）宣称发现了导致艾滋病的病毒，将之称为 LAV，也就是淋巴结病相关病毒。事实上两名研究者皆分离出了导致艾滋病的同一种人类逆转录病毒。为了决定艾滋病病毒应属哪个病毒家族，病毒分类委员会于 1985 年举行会议，在辩论了一年之后，决定给该病毒取个新名字："人类免疫缺陷病毒"（HIV）。

加罗实验室的第二场胜仗是发明了一种称为酶联免疫吸附试验（ELISA）的检测艾滋病的方法，但法国人对该检测的专利提出质疑，一场激烈的法律争端随之产生。虽然这一发明伴随着法律争议令人遗憾，但酶联免疫吸附试验仍然是诊断艾滋病的可靠工具，能让卫生当局以此执行建构艾滋病流行病学档案的艰巨任务。截至 1986 年，研究人员发现在美国所有的病例中大约 75%是男同性恋，此外共用针头静脉注射吸毒的病例占 20%。其余感染原因包括：输入的血液或血制品被污染，儿童在子宫内被患病的母亲感染等。②

虽然对该疾病的病原学及流行病学模式的了解已有进展，但艾滋病的起源仍是一团迷雾。艾滋病毒是如何形成的？它是一种全新的病毒还是一种突然变异并变得更加致命的已有病毒？尽管研究人员努力想搞清楚艾滋病是在何地、何时以及如何开始出现的，却没能找到答

---

① Brandt, *No Magic Bullet*, *2d ed.*, p. 194。
② 同上，pp. 184－86。

案，这使得公众的认知产生了真空，让对该疾病感兴趣（其中大多没有科学背景）的各方有了自行阐述的空间。

“新右派”及“道德多数派”的成员大胆地提出了自己的艾滋病来源理论，是从目的论推理得出的。他们认为自然界所发生的一切皆有其目的与安排，而艾滋病是上帝为了惩罚同性恋者的邪恶行为而降下的瘟疫。鉴于人类有史以来都将疾病视为神明不悦的证据，此种说法就像人类的无知和褊狭一样不可避免。

在这场流行病早期，大部分专家支持另一种理论，把艾滋病归咎于非洲绿猴。尽管没人宣称知道这到底是如何发生的，然而不知为何，这种猴子病毒“跨物种”传染了中非人，这些人继而将此疾病传染给了其他人，由此开启了这场世界性的流行病。

有些人反对这是一场“生物学意外”的说法，坚称艾滋病是人为制造的疾病，不管是出于意外还是有意为之。1992 年，一位在科研领域有丰富经验的律师沃尔特·S. 凯尔假设，“脊髓灰质炎疫苗中有来自非洲绿猴的人类免疫缺陷病毒相关的逆转录病毒，当疫苗获得许可，被同性恋者以一种意想不到的方式使用了，此事与艾滋病在美国暴发之间有所关联”。简而言之，凯尔宣称早在 1976 年至 1977 年间，科学家、政府官员及制药商就已发现了猴免疫缺陷病毒（SIV），是从 30 到 70 只非洲绿猴（大部分美国制药厂以此物种制造脊髓灰质炎疫苗）身上检出，并存在于脊髓灰质炎活疫苗的一些池中，其中包含美国立达药厂的 3－444 批次。虽然知道此批次脊髓灰质炎疫苗中含有猴免疫缺陷病毒，不过，政府仍同意进行生产，只要最终疫苗内“每毫升微生物含量不超过 100”即可。据凯尔所说，人们认为儿童接种了含有猴免疫缺陷病毒的疫苗没有危险，“因为它不会从消化道转移到淋巴和血液系统，也没有理由怀疑物种间会发生转移”。他祭出的理论是，医生在美国多个中心都市用脊髓灰质炎疫苗为同性恋者治疗疱疹病变时，把猴免疫缺陷病毒散播到了人身上，医生每月所开直接用于疱疹病变的剂量远超政府规定的“100 微粒每剂”。凯尔要求美国政府分析所涉及批次的脊髓灰质炎疫苗所存样本，以此验证他的这个理论。①

虽然凯尔的理论并没有假设其中存在任何恶意，但病毒“人造”学派的其他支持者被阴谋论深深吸引，有几种阴谋论涉及军方的计划。其中一种说法认为艾滋病是美军在马里兰州德特里克堡的生物研究中心研发的；另一种说法是艾滋病与“橙剂”有某种关系；还有一种说法是艾滋病是俄罗斯人造出来的。苏联也不甘示弱，在莫斯科的广播中宣称“艾滋病的流行是美国的实验引起的，是他们开发新生物武器的一环”，华盛顿的官员极力否认这一指控，坚称苏联是在漫天造谣。②

在洛杉矶执业的药理学家、胃肠病学家罗伯特·斯特雷克医生是艾滋病“人造”理论的主要提倡者之一。他认为，大约从 1972 年开始，科学家就让牛染上了牛维斯纳病毒，他称其为“艾滋病之父母”。他接着说，当牛被感染后，牛身上的病毒性病变组织被用来生产天花疫苗，并给非洲人注射。人体接种后重组出的新病毒导致了艾滋病。据斯特雷克医生说，这种疾病是作为生物武器被研发出来的，（他暗示）有政府的批准。他直接断言：“艾滋病是经过申请、制造和部署的一种疾病，并且完成了当初计划的一切目标。”他要求对疾病的起源开展一项国会调查，并宣称：“查清病毒的来源并不难，问题在于我们是否要对此采取任何行动。”③

在洛杉矶从事皮肤病学研究的医学博士艾伦·坎特韦尔医生相信，艾滋病是在 1978 年经由一项乙型肝炎疫苗的检查项目传入美国的。受斯特雷克医生的影响，坎特韦尔写了一本名为《艾滋病和死亡医生》的书，书中推断有超过 1000 名居住在曼哈顿的男同性恋组

---

① Walter S. Kyle, “Simian Retroviruses, Poliovaccine, and Origin of AIDS,” *Lancet*, 339, no 8793 (March 7, 1992): 600 – 601.

② Alan Cantwell, *AIDS and the Doctors of Death* (Los Angeles, 1988), pp. 182, 186.

③ Karen Grisby Bates, “AIDS: Is It Genocide?” *Essence*, no. 21, September 1990, p. 77.

成的试验组接种的疫苗被故意污染了人类免疫缺陷病毒。虽然坎特韦尔医生并没有说谁该为此负责，却强烈暗示人类免疫缺陷病毒是作为生物战的手段开发出来并在男同性恋身上测试的，因为美国社会弥漫着对同性恋的恐惧。

斯特雷克与坎特韦尔医生说中了许多同性恋害怕的事，他们真的以为艾滋病是针对同性恋的一种人造瘟疫。据坎特韦尔医生的一位痛苦不堪的朋友说："艾滋病这整件事就是一场种族灭绝。你要知道，他们就是想将我们全部杀死。他们不在乎我们要死多少人。看看周围吧！有很多人想把我们关到集中营里去等死。"①

同性恋媒体与这样的指控遥相呼应。《纽约本地人》② 的出版商查尔斯·奥特勒布坚信艾滋病是个消灭同性恋的阴谋，他毫不犹豫地指出了背后的阴谋。"我们处于大屠杀之中，"奥特勒布宣称，"我相信政府精心策划了艾滋病来达成其宗教和社会目的。在我看来，相信艾滋病只是自然界意外的人都太天真了。他们认为我是偏执狂。我看他们才是将木马拉进特洛伊城的蠢货。"③

然而，奥特勒布并不是一直都认为艾滋病是政府用来消灭同性恋的阴谋。一开始他是信任政府的。他假设派来控制艾滋病疫情的联邦官员正直且善良，于是全力配合其工作。在这场流行病初期，政府研究人员发表了报告，《纽约本地人》忠实地将这些信息转达给它的读者。不过，几年后，奥特勒布开始怀疑政府对这场流行病的坦诚，开始质疑艾滋病研究人员的科学能力和动机。

从某种意义上说，这种转变是意料之中的。越战和"水门事件"暴露出来的人类愚蠢行径让他幻想破灭，于是在 1960 年代之后跟大多数美国公众一样对政府丧生了信任。然而，这只是其中一部分原

---

① Cantwell, *AIDS and Doctor of Death*, p. 18.

② *New York Native*，双周出版的同性恋小报。纽约是全美同性恋人口最多的城市。——译者

③ 同①，p. 188。

因，近年来，美国公众对于科学的信心也有所动摇。开始弥漫在同性恋社群中的怀疑及疑虑，必须从更广泛的社会发展角度来看待：科学专家的文化权威普遍而显著地下降。沙利度胺悲剧、三里岛事件、拉夫运河事件、“挑战者”号航天飞机失事和切尔诺贝利事故（仅举几件比较严重的失误）都导致了公众对科学的越来越不信任。

塔斯基吉研究事件提升了同性恋社群对政府及科学界的不信任。1983年，也就是《纽约本地人》的版面首次报道艾滋病两年后，该报发表了一篇由马丁·P. 莱文撰写的长篇特稿，题为“脏血：卫生专员、塔斯基吉实验和艾滋病政策”。此文的内容大多摘自本书，莱文也在文中推荐此书为“所有关心艾滋病的人必读”，而莱文让我们看到了塔斯基吉研究多么轻易就能加深自认遭到主流社会边缘化和迫害的族群的恐惧。①

莱文认为塔斯基吉研究与目前的艾滋病流行有惊人的相似之处。他一上来就写道：“他们说我们得了脏血，差不多40年（即50年）前，他们告诉一些黑人男子说这些人得了脏血。”他接着指出了负责塔斯基吉研究的政府机构，强调这些机构也投入了政府关于艾滋病的研究。“脏血、艾滋病、梅毒、男同性恋、黑人、性病控制部、疾控中心。这是一群非常相似的角色。”他如此说道。②

莱文觉得更麻烦的是“这两个群体间不同的社会地位”。塔斯基吉将黑人患者置于白人医生的控制之下；艾滋病让“同性恋”患者处于“异性恋”医生的怜悯之中。这两个例子都意味着“社会特权阶层负责研究被剥夺权利阶层的人民”。莱文担心“男同性恋们”会变成恐同的态度的受害者，正如黑人受到种族偏见的伤害一样。“种族主义科学催生了塔斯基吉实验，”他声称，“人们认为黑人与生俱来的特征使其更容易性滥交，因此更容易感染梅毒。”艾滋病让人们

① *New Yorker Native*, March 28-April 10, 1983, p. 19.
② 同上。

对“同性恋者”抱有类似的想法，“传说男同性恋都十分淫乱”。从一开始，疾控中心的研究人员就以为艾滋病是男同性恋特有的，因为他们滥交，这种想法形成了所有研究项目的基调。对莱文来说，这传递出的信息十分清楚：“在梅肯县发生的事提醒我们不能盲目地信任疾控中心……要警惕、要有判断能力。”①

奥特勒布完全同意此说法。在他的领导之下，《纽约本地人》成为反对以传统思路看待艾滋病的异见者的正式机构。确实，能在奥特勒布处发表文章的作者，抛开别的不说，都坚称艾滋病是某种名为慢性免疫功能障碍综合征（在异性恋人群中称其为“雅皮士流感”或“慢性疲劳综合征”）的大型流行病中的一类；人类免疫缺陷病毒不是艾滋病的病因；艾滋病最有可能的病因是一种名为人类疱疹病毒 6 型的病毒；人类疱疹病毒 6 型是慢性疲劳综合征最有可能的病因；人类疱疹病毒 6 型不是科学家所描述的那种病毒，而是像非洲猪瘟病毒——它让猪生的那种病类似艾滋病；治疗艾滋病的首选药齐多夫定（AZT）毒性太大、效果太差，不可进一步用于治疗。

无论这些说法的科学价值如何，其支持者有许多共同点：他们并不相信官方对于艾滋病病因的解释，并尖锐地反对当前对该疾病的科学发现以及社会的高度关注。他们对政府的艾滋病报告心存怀疑且不信任，觉得自己与那些声称把他们的最高利益放在心上的专家格格不入。虽然其他人（包括许多看不惯对艾滋病持异见者的同性恋）将这些异见者斥为不负责任甚至是偏执，但事实上许多男同性恋相信政府对人类免疫缺陷病毒的了解、预防和治疗已误入歧途。

艾滋病对黑人来说是一场彻头彻尾的悲剧，不比同性恋者的情况好多少，这是因为当艾滋病暴发时，黑人的死亡率和患病率已经明显比白人高。1990 年，美国黑人婴儿的死亡率是白人婴儿的 2 倍，并且死亡率的种族差异一直延伸到成年人，65 岁前每个年龄段的黑人

---

① *New Yorker Native*, March 28-April 10, 1983, p. 23。

死亡率都比白人高。1990 年所有美国人的平均预期寿命为 75. 2 岁，而黑人只有 69. 2 岁，比全国平均水平整整少了 6 年。黑人对一些传染性疾病有极高的感染率，如麻疹、白喉和肺结核，并且某些慢性疾病的患病率也很高，如高血压、癌症和糖尿病。许多美国黑人（也许高达 40%）没有医疗保险或家庭医生，只能以医院急诊室作为生病和受伤的第一道防线。简而言之，当第二波艾滋病袭击美国内陆城市时，打击的是一个已被疾病摧残、无力负担足够医疗的人群。

如同之前许多其他疾病一样，艾滋病在黑人社区造成了惨重的伤亡。截至 1987 年，占美国人口 12%的黑人，在艾滋病病例中占 24%。患艾滋病的妇女中有 52%是黑人，而小于 13 岁的病童中有 54%是黑人。截至 1992 年，美国的艾滋病病例有 28. 8%是黑人，其中 52%是黑人妇女，而所有儿童病例有 53%是黑人。卫生专家也认为，艾滋病在黑人中传播的速度比在其他族群中快。事实上，当公众刚习惯于认为艾滋病是“专属同性恋的疾病”，卫生工作者就发现美国黑人的感染率特别高。①

随着研究的持续推进，卫生官员发现感染艾滋病的黑人绝大多数住在内陆城市。虽然有些内陆城市的黑人是经由与同性恋接触感染了病毒，但是大部分人患上艾滋病是由于用了静脉注射吸毒者用过的针头。受到感染的男性将病传给了女性性伴侣，后者又生下感染艾滋病的婴儿。正如一名卫生官员所说：“在纽瓦克这样的城市里，艾滋病已经变成一种家族疾病。女人、孩童、男人皆被感染。它不会放过任何人。”②

---

① Donald R. Hopkins, “AIDS in Minority Populations in the United States,” *Public Health Reports*, 102, no. 6: 677; *Newsweek*, April 6, 1992, p. 20; *Wall Street Journal*, June 26, 1992, p. B4; and Stephen B. Thomas and Sandra Crouse Quinn, “The Tuskegee Syphilis Study, 1932 to 1972: Implications for HIV Education and AIDS Risk Education Programs in the Black Community,” *American Journal of Public Health* (AJPH), 81, no. 11 (November 1991): 1498.

② David McBride, *From TB to AIDS* (Albany, 1991), p. 162.

艾滋病传到内陆城市一事，深刻影响了美国白人中产阶级对染病患者的反应。1988 年，政论家查尔斯·默里预测，随着艾滋病与静脉注射吸毒者及内陆的罪犯划上等号，“政界对患者越来越缺乏理解与耐心，取而代之的是仇恨与漠然”。他的预测尽管残酷，但还是成了现实。以个人责任论来看，许多美国人认为静脉注射吸毒者感染艾滋病是自作自受，对与这些人在一起并生下小孩的妇女也是同样的态度。与维多利亚时代晚期的人可怜那些所谓无辜的梅毒患者截然不同的是，许多现代美国人责怪这些妇女生下艾滋病婴儿。“这些妇女到底生活在怎样的道德世界里呢?”一名伦理学家在某学术会议上如此发问。同样的问题萦绕在许多卫生官员、政策制定者和民众心中，根据近期一份研究，民众认为艾滋宝宝的诞生是“难以理解、不合情理、不道德的”。①

就像在进步时代研究黑人梅毒患者的前辈一样，跟踪黑人社区艾滋病情况的研究人员不断报告称，黑人对艾滋病的观点和理解与白人极为不同。调研与全国民调的多次结果显示，相对于白人，黑人（和西裔）对于艾滋病传播方式的误解更深。例如，盖洛普公司在纽约市进行的一项调查揭示，54%的黑人认为艾滋病可以经由献血感染，而白人只有 28%这样以为。鉴于黑人如此普遍的误解，正如一名研究人员所说，黑人比白人更容易觉得“自己躲不过，对艾滋病更加恐惧和担心”。《洛杉矶时报》的一项全国调查显示，黑人对艾滋病的焦虑远超白人。他们的焦虑，至少有部分是对于政府的。一名卫生官员认为他在黑人身上察觉到“对于‘政府’及其代表的疑心加重，而且害怕任何可能又给人们提供一个歧视他们的借口的东西”。②

在这种怀疑论的背景下，黑人提出了自己关于艾滋病的阴谋论。

① Carol Levine and Nancy Neveloff Dubler, “Uncertain Risks and Bitter Realities: The Reproductive Choices of HIV-infected Women,” *The Milbank Quarterly*, 68, no. 3 (1990): 322.

② Donald R. Hopkins, “AIDS in Minority Populations in the United States, *Public Health Reports*, 102, no. 6: 679.

在这种流行病发生的早期，全美伊斯兰联盟（Nation of Islam）分发材料，坚称艾滋病是白人用来灭绝黑人的武器。很快，黑人主流媒体也同样示警。美国公共广播公司（PBS）一档颇受欢迎的电视脱口秀《托尼·布朗的日记》（*Tony Brown's Journal*）播出了一系列辩论艾滋病是不是一种种族灭绝形式的节目。1989年，美国西海岸最大的黑人报纸《洛杉矶前哨报》针对同一问题发表了一系列文章。著名的黑人杂志《精华》（*Essence*）紧随其后，在1990年发表了一篇特稿并发问："艾滋病：是一种种族灭绝手段吗？"①

纽约医生、艾滋病研究者芭芭拉·J. 贾斯蒂斯医生在《精华》上发文，拒绝摒弃艾滋病是白人消灭黑人的阴谋这一观点。"有可能这种病毒是制造出来限制非洲人及这个世界上不再被需要的有色人种数量的。"她如此声称。贾斯蒂斯医生还推论，黑人皮肤中的黑色素使他们更容易得艾滋病。"突然间，这种肆虐的病毒出现了，似乎特别偏爱黑人。如果你站在黑人的立场上看这件事并审视这个国家的历史，"她表示，"至少你得起点疑心。"②

1992年4月的《新闻周刊》发表了一篇名为"失地"（Losing Ground）的尖锐文章，调查了随着黑人的前景越发黯淡，笼罩在内城的恐惧和猜疑。任职于哈佛医学院的精神病学副教授、黑人医生阿尔文·普桑注意到，困在内城的年轻人"浑身散发着恶意的怒火"，到处弥漫着"白人要看我们死"的恐惧。佛罗里达大西洋大学历史学家肯尼斯·戈恩斯在接受《新闻周刊》采访时谈到，他的许多学生将内城的犯罪和社会问题归咎于种族阴谋，而这种阴谋的本意是为了

① 史蒂芬·B. 托马斯和桑德拉·克劳斯·奎因进行了广泛的研究，调研塔斯基吉研究对艾滋病时代的黑人社区造成的影响。他们的研究成为我以下讨论的基础，包括黑人社区对于艾滋病的恐惧与担忧、对阴谋论的认可，以及利用塔斯基吉研究来支撑其看法等。参见 Stephen B. Thomas and Sandra Crouse Quinn, "The Tuskegee Syphilis Study, 1932 to 1972: Implications for HIV Education and AIDS Risk Education Programs in the Black Community," *AJPH*, 81, no. 11 (November 1991): 1498–99。

② Bates, "AIDS: Is it Genocide?" p. 78.

消灭所有的非裔美国人。旧金山的格莱德联合卫理公会教堂牧师塞西尔·威廉姆斯将矛头指向可卡因、随手可得的武器以及突然出现在内城黑人中的艾滋病，他说："我们无法指认某人或某个团体，但我们之中许多人相信……有一种阴谋要麻醉、终结……尽可能多的美国社会上的黑人。"①

当黑人审视自身的历史时，塔斯基吉研究为他们的恐惧提供了依据，为他们的指控提供了证据。纽约城市学院的黑人研究讲师詹姆斯·斯莫尔援引塔斯基吉研究作为白人压迫的一个例子。斯莫尔称："我们与白人的所有关系，都涉及白人对我们采取的种族灭绝阴谋行为，从整个奴隶时代的遭遇一直到塔斯基吉研究皆是如此。"在他看来，塔斯基吉研究是无可抵赖的证据，展现了政府可以多么有效率地用科学来灭绝黑人。他说："人们叫它塔斯基吉研究，让这种事听起来很好，但你知道有成千上万黑人因此死于梅毒吗？"②

在黑人社区工作的卫生官员报告称，塔斯基吉研究引发了人们对于公共卫生当局的怀疑和不信任。1990 年 12 月，巴尔的摩的约翰斯·霍普金斯大学医学院医生马克·史密斯在全国艾滋病委员会作证时表示，许多非裔美国人感到与"医疗体系、政府和……格格不入……有些愤世嫉俗地猜测那些到社区帮助他们的人的动机"。他断言，塔斯基吉研究"证实了人们对于医学研究机构与联邦政府的伦理公正性的普遍质疑，特别是当其涉及黑人时"。③

得克萨斯州达拉斯市"城市联盟"的健康教育专家阿尔法·托马斯在同一委员会面前给出了相同的证言。每当卫生官员试图在黑人社区开展艾滋病教育，塔斯基吉研究就像一个永不痊愈的精神创伤，阻碍他们的努力。"因为那个塔斯基吉实验，许多我服务的非裔美国人不信任医院或其他社区医疗服务机构，"她说，"这好像……如果

① *Newsweek*, April 6, 1992, pp. 20－21.
② Bates, "AIDS: Is it Genocide?" p. 78.
③ Thomas and Quinn, "Tuskegee Study," 81, no. p. 1499.

他们曾经做过，就一定会再犯。”[①]

这么说来，许多卫生官员在试图研究黑人社区的艾滋病情况时遭遇困难，也就不让人奇怪了。1988 年，联邦卫生当局不得不放弃一项原定在哥伦比亚特区进行的艾滋病感染研究计划。按原计划，这个废弃的项目需要当地黑人居民全家接受验血并完成一份问卷，以确定进行全国性调查以收集艾滋病发病率数据的可行性。据《纽约时报》报道，市政府官员“担心华盛顿的黑人社区居民被某个项目利用，当了‘小白鼠’，会令这个城市及其少数族群背上污名”。[②]

尽管有明确且越来越多的证据显示，塔斯基吉研究留下的怀疑与不信任等后遗症阻碍了在黑人社区控制艾滋病的努力，但公共卫生官员迟迟不肯承认这个问题的存在。例如，1988 年《美国公共卫生杂志》发表了一篇该刊编辑向约翰·C. 卡特勒与 R. C. 阿诺德医生约的稿，他们在文中回顾了卫生部门在性病控制方面的历史，寻找对于当前防治艾滋病可能有用的经验教训。文章所涉范围广泛，并对公共卫生部的领导能力大加赞赏，它以第一次世界大战期间的性病防治运动开始，以 1950 年代末发现青霉素，国会随之削减公共卫生部的性病控制项目预算一事结尾。卡特勒与阿诺德医生在全文中不断强调，罗森沃尔德基金会与米尔班克基金会（及其他志愿机构）为梅毒和淋病的临床研究提供了支持，还赞扬了托马斯·帕兰博士在担任公共卫生部医务总监期间所做的开创性工作。另外，他们还大篇幅地引用雷蒙德·冯德莱尔和约翰·海勒医生撰写的文章，并在字里行间充满了对其文章的认可。[③] 实际上，对于任何知情者来说，卡特勒与阿诺德医生的这篇文章读起来就像是重温塔斯基吉研究，并向在该实验历

① Thomas and Quinn, “Tuskegee Study,” 81, no, p. 1503。

② *New York Times,* August 17, 1989, p. A14.

③ John C. Cutler and R. C. Arnold, “Venereal Disease Control by Health Departments in the Past: Lessons for the Present,” *AJPH, American Journal of Public Health,* 78, no. 4 (April 1988): 372 – 76.

史上扮演重要角色的机构、基金会和官员表示祝贺。

至少有一人在读了此文后对其中没有提及塔斯基吉研究而感到不悦。虽然承认这篇文章“信息量大且有用”，但耶鲁大学公共卫生名誉教授乔治·A. 西尔弗认为这篇文章“证明了我们仍然无法面对我们过往的种族主义”。在明确表示这是指“声名狼藉的‘塔斯基吉研究’”后，他继续描绘这项“有害的‘实验’”的大致轮廓，同时强调他这么做“不是因为心存怨恨”。西尔弗医生说：“毕竟，公共卫生部官员的行为不过是代表了当时的观点和偏见。但不牢记就会遗忘，而遗忘是对那些遭受此种侮辱的人的大不敬。”①

卡特勒医生的回复十分得体。他略去自己在该研究最后几年所扮演的角色不提，表现得温和而又处乱不惊。他在开头说道：“我理解并接受西尔弗医生对于塔斯基吉研究的感受。不过，在我们的文章中似乎没有理由需要提及这个或任何其他研究；所有研究都为项目的发展做出了贡献，而项目的发展引导国家性病控制项目走向了成功。”卡特勒医生没有说明自己指的是不是塔斯基吉研究，只模糊地补充道：“我希望从我们过去的错误及成功经验中获得的知识，能为我们所用。”②

卡特勒医生的回复概括了许多公共卫生部官员对塔斯基吉研究的立场。当被直接要求发表评论时，大多数卫生官员维护它并试图与之保持距离。简而言之，塔斯基吉研究让他们尴尬，是他们不愿提及的过去残余，最好快点被世人遗忘。其他卫生专业人士基本上也持相同立场。尽管塔斯基吉研究引发了关于种族政策、伦理标准及每位实验参与者的科学能力等严肃问题，尽管越来越多证据显示这个实验触怒了许多黑人，让他们极其不信任医疗机构，美国医疗组织却几乎没怎

① George A. Silver, “The Infamous Tuskegee Study,” *AJPH*, 78, no. 11 (November 1988): 1500.

② John Cutler, “Dr. Cutler’s Response [Reply to George A. Silver],” *AJPH*, 78, no. 11 (November 1988): 1500.

么花力气处理塔斯基吉研究的问题。没有医疗协会开办针对该实验的研讨会；没有医学期刊用一期来探讨人们究竟从这样一项由不同领域专家进行各种各样检查的实验中学到了什么。然而，塔斯基吉研究不会就此消失。对于许多黑人来说，它提供了看待艾滋病的历史视角。

马里兰大学少数族裔健康研究实验室的两位主任史蒂芬·B. 托马斯与桑德拉·克劳斯·奎因反复看到这个道理。作为健康教育方面的专家，托马斯和奎因与各式各样的团体合作规划黑人社区防治艾滋病的教育项目。在他们开办的全国巡回艾滋病培训与研讨会中，他们发现了一种模式。每次项目开放讨论时，总有听众提起塔斯基吉研究。这样做的人通常是外行，但也不乏卫生专业人员提起该主题。而一旦开启关于塔斯基吉研究的话题，就会释放出愤怒、怀疑、恐惧和不信任，使得很难把讨论转回到艾滋病教育上。

托马斯和奎因被他们听到的情绪激动的发言所触动，决定探究塔斯基吉研究对于黑人社区造成的影响，因为这与艾滋病的流行有关。别的不说，他们发现许多在黑人社区工作的卫生官员“对于回应种族灭绝与塔斯基吉研究的议题感到不舒服”。通常，卫生官员会忽视这些议题，而这种反应往往导致“可信度的丧失和进一步的疏远”。①

据托马斯和奎因说，卫生官员需要尝试不同的应对方式。他们建议：“公共卫生专家在讨论由艾滋病流行引发的种族灭绝恐惧时，应由人文关怀角度出发。他们必须带着尊敬倾听社群的恐惧，在塔斯基吉研究引发人们的恐惧时道出研究的真相，并且在无力给出所有问题的答案时坦承科学的局限性。”尤其是，托马斯和奎因劝告卫生官员不要贸然否定黑人的恐惧。在他们看来，许多黑人都觉得“艾滋病是一种种族灭绝形式”，“塔斯基吉研究的历史就是明证”。只有当白人卫生官员正视事实，才有可能开启对话，以“有利于更好地理解如何制定和实施具有科学合理性、文化敏感性与道德上可接受的艾滋

---

① Thomas and Quinn, “Tuskegee Study,” p. 1503.

病教育计划”。[1]

在努力了解和记录塔斯基吉研究所遗留的影响的过程中，托马斯与奎因必须保持审慎权衡。一方面，他们必须以同情的笔法描述黑人对种族灭绝的恐惧，并解释为何许多黑人都如此担心；另一方面，他们必须清楚地表明自己并不相信艾滋病是白人用来灭绝黑人的阴谋。托马斯让自己置身于阴谋论之外，称种族灭绝理论是“虚构的灾难”，有些人是为了给降临到自己头上的灾难找个理由才会这么说。“虚构的灾难”会提供心灵的抚慰，让人们在某种灾难发生后仍能生活下去，但是托马斯认为种族灭绝阴谋论的荒谬说法必须根除，因为这妨碍了艾滋病的防控。“有些拥有博士或医学博士头衔的黑人声称安全性行为（使用安全套）等于在降低黑人出生率，就等同于种族灭绝。这太荒谬了！”他怒不可遏道。[2]

虽然大部分黑人专业人士痛斥这种理论荒唐，但许多人像托马斯一样担忧阴谋论会阻碍艾滋病的治疗和教育计划。“当我们需要努力控制这种疾病时，心神被这些理论占据是很危险的。”霍华德大学医院传染病部门负责人韦恩·格里夫斯医生说。哈佛医学院精神病学副教授阿尔文·F. 普桑医生更直截了当地表示：“我太忙于关心照顾病人和教育人们认识艾滋病，理解不了这种愚蠢的说法。如果我们说艾滋病是一种用来消灭我们的阴谋，那就是推卸我们在帮助阻止这种疾病传播方面应负的所有责任。”[3]

黑人社区的领袖大多赞同这一观点。当《新闻周刊》调查这些席卷黑人社区的阴谋论时，在 1992 年接受采访的黑人学者、黑人政治家以及黑人民权运动人士无一同意这一种族灭绝理论，至少口头上

---

① Thomas and Quinn, “Tuskegee Study, ”pp. 1504 – 5. 值得称道的是，《美国公共卫生杂志》曾想解决塔斯基吉研究留给艾滋病时代的问题，并正视美国少数族裔的健康这一更广泛议题。在整期《美国公共卫生杂志》中，关于塔斯基吉研究的文章皆致力于讨论“少数族裔健康”的主题。

② Bates, “AIDS: Is it Genocide?” p. 78.

③ 同上。

是这么说的。然而，许多受过教育、有思考能力的黑人发觉了一种忽视美国城市情况的模式，这种模式带有种族主义色彩。“你不需要房间里有五个人表态要让黑人陷入困境。但是如果你决定把城市排在你的议程的末尾，而60%的非裔美国人住在城市里，那你就是在针对非裔美国人。”住在旧金山的经济学家兼作家朱利安·马尔沃克斯表示。“这是有意漠视，”她补充道，“我不愿称其为阴谋，（但）这是并非出于善意的忽视。”①

《新闻周刊》的特约编辑洛伦·卡里表示，这一问题不只关乎城市黑人，还包括居住在各地的黑人。“我们美国人一直重视某些群体的生存和生命甚于其他群体。这不是疑神疑鬼，这是我们的历史遗留问题以及当下现实。”她如此坚称，还补充说，这种想法“影响了我们使用公共资金的方式，也解释了为何我们看到关于美国黑人婴儿、青年、中年及老年的死亡率的惊人统计数据后并没有采取相应行动”。②

作为种族主义和医疗过失的一种象征，塔斯基吉研究也许永远无法促使国家采取相应行动，但是能改变美国人看待疾病的方式。在那些谴责这项实验的人的愤怒和痛苦背后，藏着一份恳求，求政府当局和医疗官员倾听那些已不太信任他人之人的恐惧，直接处理他们的关切，并承认公共卫生与社区信任之间存在关联。为了消除医学所遭受的社会感染，政府当局和医疗官员必须努力消除任何针对人类与他们的疾病的种族或道德成见。他们必须力图建立一套卫生体系，让所有美国人都能获得充分的医疗。若是无法做到，就会有一些群体身处危险之中，就像塔斯基吉研究的受试者所遭遇的那般。

---

① *Newsweek*, April 6, 1992, p. 21.

② Lorene Cary, "Why It's Not Just Paranoia: An American History of 'Plants' for Black," *Newsweek*, April 6, 1992, p. 23.

关于资料来源的说明

《脏血》主要基于美国公共卫生部性病部的官方记录写成。塔斯基吉研究的起源及最初四年的文档存于马里兰州休特兰的华盛顿国家记录中心，全宗号 90（1918—1936）。1936 年后的塔斯基吉研究记录则存于佐治亚州亚特兰大市的美国疾控中心。

朱利叶斯·罗森沃尔德基金会文献与查尔斯·约翰逊文献都存于田纳西州纳什维尔市的菲斯克大学档案馆，它们是罗森沃尔德基金会与公共卫生部合作在南方开展的梅毒控制示范项目的重要材料。此外，《种植园的阴影》所做的实地采访的原始笔记特别有用。

亚拉巴马州塔斯基吉市的塔斯基吉学院档案馆藏有该学院与塔斯基吉研究长期往来的记录。除了实验的最初几年外，大部分信件为日常财务文件。

华盛顿国家记录中心、美国疾控中心、菲斯克大学档案馆、塔斯基吉学院档案馆的一些文件副本，存于马里兰州贝塞斯达国家医学图书馆的塔斯基吉特设咨询小组文献内。这些文献已编入索引。

主导塔斯基吉研究的公共卫生部官员从未将他们的研究发现做成一份全面的总结报告发表。不过，这些年来他们确实发表过 13 篇文章，是一系列进展报告。以下文章就是研究人员认为塔斯基吉研究对科学领域所做贡献的最好说明：

1. R. A. VONDERLEHR et al. "Untreated Syphilis in the Male Negro: A Comparative Study of Treated and Untreated Cases." *Venereal Disease*

Information 17(1936): 260 – 65.

2. J. R. HELLER et al. "Untreated Syphilis in the Male Negro: Ⅱ. Mortality During 12 Years of Observation." *Venereal Disease Information* 27(1946): 34 – 38.
3. A. V. DEIBERT et al. "Untreated Syphilis in the Male Negro: III. Evidence of Cardiovascular Abnormalities and Other Forms of Morbidity." *Journal of Venereal Disease Information* 27 (1946): 301 – 314.
4. PASQUALE J. PESARE et al. "Untreated Syphilis in the Male Negro: Observation of Abnormalities Over Sixteen Years." *American Journal of Syphilis, Gonorrhea, and Venereal Diseases* 34(1950): 201 – 213.
5. EUNICE RIVERS et al. "Twenty Years of Follow-up Experience in a Long-Range Medical Study." *Public Health Reports* 68 (1953): 391 – 95.
6. J. K. SHAFER et al. "Untreated Syphilis in the Male Negro: A Prospective Study of the Effect on Life Expectancy." *Public Health Reports* 69(1954): 691 – 97; and *Milbank Fund Memorial Quarterly* 32 (1954): 261 – 74.
7. SIDNEY OLANSKY et al. "Environmental Factors in the Tuskegee Study of Untreated Syphilis." *Public Health Reports* 69 (1954): 691 – 98.
8. JESSE J. PETERS et al. "Untreated Syphilis in the Male Negro: Pathologic Findings in Syphilitic and Nonsyphilitic Patients." *Journal of Chronic Diseases* 1(1955): 127 – 48.
9. STANLEY H. SCHUMAN et al. "Untreated Syphilis in the Male Negro: Background and Current Status of Patients in the Tuskegee Study." *Journal of Chronic Diseases* 2(1955): 543 – 58.
10. SIDNEY OLANSKY et al. "Untreated Syphilis in the Male Negro: X.

Twenty Years of Clinical Observation of Untreated Syphilitic and Presumably Nonsyphilitic Groups." *Journal of Chronic Diseases* 4 (1956): 177 – 85.

11. SIDNEY OLANSKY et al. "Untreated Syphilis in the Male Negro: Twenty-two Years of Serologic Observation in a Selected Syphilis Study Group." *A. M. A. Archives of Dermatology* 73(1956): 516 – 22.
12. DONALD H. ROCKWELL et al. "The Tuskegee Study of Untreated Syphilis: The 30th Year of Observation." *Archives of Internal Medicine* 114(1961): 792 – 98.
13. JOSEPH G. CALDWELL et al. "Aortic Regurgitation in the Tuskegee Study of Untreated Syphilis." *Journal of Chronic Diseases* 26(1973): 187 – 94.

美国的黑人医生显然很需要搞清楚的问题是，人们到底从塔斯基吉研究中学到了什么。应美国医学会所请，麦克唐纳·查尔斯医生写了"The Contribution of the Tuskegee Study to Medical Knowledge"一文，发表在 *Journal of the National Medical Association* 66（1974）：1 – 7。他评估后认为，塔斯基吉研究确实极大地丰富了关于梅毒的科学文献。他未能意识到，那些病人所接受的少量治疗已经彻底抹杀了该实验的科学价值。

这部作品还运用了口述历史。以下访谈皆为作者所作：

威廉·J. 布朗，M. D.，1977 年 4 月 6 日采访

彼得·布克顿，1979 年 5 月 23—24 日采访

弗兰克·道格拉斯·迪克森，1977 年 5 月 2 日采访

让·海勒，1979 年 6 月 5 日采访

约翰·R. 海勒，M. D.，1976 年 11 月 22 日与 1977 年 4 月 21 日采访

卡特·霍华德，1977 年 5 月 2 日采访

尤妮斯·里弗斯·劳里，R. N.，1977 年 5 月 3 日采访

西德尼·奥兰斯基，M.D.，1976年11月10日采访

查尔斯·波拉德，1977年5月2日采访

大卫·森瑟，M.D.，1976年11月10日采访

赫尔曼·肖，1977年5月2日采访

比尔·威廉姆斯，1977年5月2日采访

为进行本书的研究，两份二手文献也被作为主要材料，以此了解罗森沃尔德基金会在梅肯县的梅毒控制示范项目及参与该项目的黑人病患的生活。Thomas Parran 的 *Shadow on the Land: Syphilis* (New York, 1937)为了解公共卫生部官员如何看待自己以及黑人病患提供了宝贵的参考。同样，查尔斯·约翰逊的经典社会学研究《种植园的阴影》(*Chicago*, 1934)也是一份绝好的记录，它把梅毒控制工作置于1930年代亚拉巴马州梅肯县黑人佃农的日常生活这一更大的语境中。

美国关于梅毒与黑人的医疗文献很庞杂。从19世纪最后几十年间一直到1950年代，医学界在所谓不同种族对该疾病的反应不同一事上始终争论不休。大多数争议可追溯至医学期刊，像是《南方医学杂志》《美国医学会杂志》《医学新闻》《美国皮肤病学和泌尿生殖疾病杂志》和《美国公共卫生杂志》。也有州和地方层面不那么知名的医学期刊也发表了关于黑人与梅毒的文章。国家级期刊所表达的种族观点与州和地方期刊上的并没有巨大差异。梅毒的医学教科书和专著中也有所谓各种族对梅毒的反应有所差异的讨论，然而这些讨论在1920年代和1930年代后急剧减少。

美国内战前医生的种族态度在两项重要研究中得到了审视。Todd L. Savitt 的 *Medicine and Slavery: The Health Care and Diseases of Blacks in Antebellum Virginia* (Urbana, Ill., 1978)是对种族医学一次重要的、文献丰富的考察。William D. Postell 的 *The Health of Slaves on Southern Plantations* (Baton Rouge, La., 1951)则考察了奴隶制下向黑人提供的带有同情的医疗服务。内战后，尚无关于种族医学的图书体量的研究

作品出版。

美国公共卫生部的历史并未更新到最近，尽管 Ralph Chester Williams 的 *The United States Public Health Service, 1798 – 1950* (Washington, DC, 1951)确实提供了一份有用的关于公共卫生部活动的概览，其中大多数年份与该研究所在时间重合。可资利用的州、地方公共卫生工作的研究包括 John Duffy 的 *A History of Public Health in New York City*, 2 vols. (New York: 1968, 1974); Barbara Gutmann Rosencrantz's *Public Health and the State: Changing Views in Massachusetts, 1842 – 1936* (Cambridge, Mass., 1972); 以及 Stuart Gasthof's *Safeguarding the Public Health: Newark, 1895 – 1918* (Westport, Conn., 1975)。

有两种特殊疾病的社会史值得特别关注。Charles E. Rosenberg 的 *The Cholera Years: The United States in 1832, 1849, and 1866* (Chicago, 1962)是探讨社会与医学之间相互作用的一项杰出研究。从没有哪本书能在阐释社会态度如何影响人们对疾病的感受与回应上比它做得更好。Elizabeth W. Etheridge 的 *The Butterfly Caste: A Social History of Pellagra in the South* (Westport, Conn., 1972)是关于攻克神秘疾病的历程的一项绝佳研究。在关于糙皮病的研究中，她传神地描绘了南方的贫困面貌以及慈善事业与医学界间的权术往来。她着重描述了公共卫生部扮演的充满建设性且成功的角色，其中主要聚焦于约瑟夫·戈德堡医生的暗中领导，她还利用疾病和医疗的历史对社会道德基础进行了令人信服的考察。她的作品应该视为本书的参照，因为她所处的年代与本书的研究基本相同，展示的是公共卫生部最好的一面。

在美国，没有一本医疗史著作能令所有人信服。John Duffy 的 *The Healers: The Rise of the Medical Establishment* (New York, 1976)是对填补这一空白的一次勇敢尝试。Richard Harrison Shryock 的 *Medicine and Society in America, 1660 – 1860* (New York, 1960)一书是关于该领域的最佳介绍。Martin Kaufman 的 *American Medical Education: The*

Formative Years, 1765 - 1910 (Westport, Conn., 1976)在“弗莱克斯纳报告”发表之前，可以说是一份有用的医学教育调查报告。Joseph F. Kett 的 *The Formation of the American Medical Association: The Role of Institutions, 1780 - 1860* (New Haven, 1968)和 Rosemary Stevens surveys twentieth-century developments in the specialization of medicine in *American Medicine and the Public Interest* (New Haven, 1971)考察了内战之前美国医学界的专业素养。Eliot Freidson 的 *Profession of Medicine: A Study of the Sociology of Applied Knowledge* (New York, 1973)仍是医学界最好的社会学研究作品。Herbert M. Morais 的 *The History of the Negro in Medicine* (New York, Washington, and London, 1967)广泛调查了黑人对于医学专业的参与及贡献。

关于护理专业的历史文献相当稀少。Joann Ashley 的 *Hospitals, Paternalism, and the Role of the Nurse* (New York, 1976)研究了护士训练学校所面对的难题。Helen E. Marshall 的 *Mary Adelaide Nutting: Pioneer of Modem Nursing* (Baltimore, 1972)则考察了美国首位护理专业全职教授的职业生涯。Richard H. Shryock 的 *The History of Nursing: An Interpretation of the Social and Medical Facts Involved* (Philadelphia, 1959)是很好的入门参考。

研究美国白人对黑人的态度的成果十分丰硕。这个领域之中最出色的书是 Winthrop Jordan 的 *White over Black: American Attitudes Toward the Negro, 1550 - 1812* (Chapel Hill, N. C., 1968)。William Stanton 的 *The Leopard's Spots: Scientific Attitudes Toward Race in America, 1815 - 1859* (Chicago, 1960)是研究 19 世纪上半叶种族思想的一部极具可读性的作品。将这个故事带入 20 世纪的作品是 John S. Haller, Jr. 的 *Outcasts from Evolution: Scientific Attitudes of Racial Inferiority, 1859 - 1900* (Urbana, Ill., 1971)。极具价值的文献还包含 George M. Fredrickson 的 *The Black Image in the White Mind: The Debate on Afro-American Character and Destiny, 1817 - 1914* (New York, 1971)，以及

Thomas F. Gossett 的 *Race: The History of an Idea in America* (New York, 1965)。最后，Allen Chase 在 *The Legacy of Malthus: The Social Costs of the New Scientific Racism* (New York, 1980)一书中，以时间为序详细叙述了 20 世纪美国科学界的种族主义残余。

Dan T. Carter 的 *Scottsboro: A Tragedy of the American South* (Baton Rouge, La., 1969)是关于 20 世纪的种族态度如何影响一个行业的绝佳研究。此书在掌握亚拉巴马州种族关系的基调方面也是无与伦比的。书中主要讲述的是美国法律界如何因支持南方的种族制度而造成了可怕的司法误判，然后不得不挣扎多年纠正错误。这本书成为《脏血》的最好对照，因为它不仅考察了一个行业，并且还是发生在 1930 年代早期的亚拉巴马州。对于这两本书籍来说都是很实用的背景资料的是 George B. Tindall 的 *The Emergence of the New South: 1913－1945* (Baton Rouge, La., 1967)，它也对南方的整体发展提出了权威观点。

学界对于生物伦理学领域的兴趣在最近 15 年间迅速增加。Warren T. Reich 等人所著的 *The Encyclopedia of Bioethics* (New York, 1978)是对于所有系列主题及论点的完整且易懂的介绍。另一本极其有用的工具书是 Paul T. Durbin 等人所著的 *A Guide to The Culture of Science, Technology, and Medicine* (New York, 1980)。关于人体实验的文献尤为丰富，其中大部分都由受过伦理学训练的哲学家完成。一位杰出的充满人文关怀的医生 Henry K. Beecher 在 *Research and the Individual: Human Studies* (Boston, 1970)一书中，对该主题做了非常实用的介绍，还有一系列优秀论文结集发表于 Paul A. Freund 等人所编的 *Experimentation with Human Subjects* (New York, 1970)一书中。

《脏血》出版十年以来，历史学家完成了许多医学史方面的优秀著作，其中一些作品与本书的研究密切相关。Alan M. Brandt 的 *No Magic Bullet: A Social History of Venereal Disease in the United States Since 1880* (New York, 1987)一书，对于这一重要议题的公共政策与社会态度给出了出色的分析。David McBride 的 *From TB to AIDS* (Albany, 1991)就算不完美，也是非常有用的，概述了医学界在 20 世纪对黑人健康可耻的无动于衷。Edward H. Beardsley 的 *A History of Neglect: Health Care for Blacks & Mill Workers in the Twentieth-Century South* (Knoxville, 1987)提供了对本世纪早期三个南方州的黑人与白人间的医疗服务的带有争议的比较。最后，Darlene Hine 在其 *Black Women in White: Racial Conflict and Cooperation in the Nursing Profes-sion* (Bloomington, Ind., 1989)一书中描绘了黑人护士的敏感和富有同情心。

致 谢

我在写作《脏血》的过程中得到很多人的帮助。当我 1969 年在美国国家档案馆研究另一个题目时，首次接触到关于塔斯基吉研究的材料。当时我不知道这项实验仍在进行中，所以当让 · 海勒于 1972 年首次披露这件事时，我和其他人一样震惊。但我清楚地知道应该从何处开始这个主题的调查。

1972 年开始这项工作时，我是哈佛大学生物伦理学跨学科项目的肯尼迪研究员，这项计划由小约瑟夫 · P. 肯尼迪基金会和国家人文基金会共同资助。项目负责人威廉 · J. 科伦、阿瑟 · J. 戴克及斯坦利 · 乔尔 · 赖瑟给了我亲切的鼓励。此外，与其他研究员谈论医学伦理使我获益良多，其中对我帮助最大的是与医学博士诺曼 · 福斯特的对话。

非常感谢哈佛大学医学院图书馆（Francis A. Countway Library of Medicine of the Harvard Medical School）的专业工作人员对我提供的友善帮助。我也向国家人文基金会的工作人员致以谢意，特别是小阿尔伯特 · H. 莱辛格分享给我的专业档案管理专业知识。随后的几年里，他对我的友情一路支持我完成这份书稿。

在 1974 年与 1975 年间，我与弗雷德 · 格雷有过密切的合作。身为人权律师，他代表塔斯基吉研究的受害者提起了集体诉讼。我们一起追查了法律和医学记录并且为案件审理做准备。我敬佩他的勇气以及他为委托人的全心付出，也非常感谢他让我随意查阅他的卷宗，其中包含重要的塔斯基吉学院档案。

谢谢小约瑟夫·P. 肯尼迪基金会再次提供奖学金，让我得以在乔治敦大学肯尼迪伦理研究所生物伦理中心做了6个月的资深研究学者。其间，我结识了彼时尚健在的安德烈·海列格斯先生，他是不同凡响的肯尼迪研究所所长，才华出众、充满活力，并且善于提出犀利的问题，他能看见人们身上的闪光点并且使他们充满自信。他不断地鼓励和启发我。此外，感谢尤妮丝·肯尼迪·施莱弗及萨金特·施莱弗的关注与支持。

肯尼迪研究所的几位同事阅读了我在该所任职期间所写的四章内容，并提出了批评意见，在此感谢勒罗伊·沃尔特斯、罗伊·布兰森和理查德·麦考密克等人的帮助。另外，我特别感激詹姆斯·F. 柴尔德斯对我的原稿提出的宝贵建议。此外，他幽默的谈吐使得我忍不住多次到其办公室短暂拜访，喋喋不休地谈及一个又一个论点。每次与这位富有才华的学者谈话都让我很有收获。还要感谢研究助理唐娜·丘吉尔、苏·约翰、玛丽·贝克以及卡罗尔·赫特勒，是他们帮我把原稿和口述史都打了出来。研究所的图书馆雇员也提供我很多帮助，尤其是多丽丝·戈尔茨坦，她帮我从国家医学图书馆取得了大量所需文献。国家医学图书馆的工作人员协助我找出了无数刊登在医学杂志上的文献，还提供了本书所提及的公共卫生局官员的照片，对此我也不胜感激。

华盛顿特区的科文顿和伯林律师事务所向我提供了宝贵的法律援助。1975年，司法部门阻挠我获取塔斯基吉研究记录的完整访问权限。科文顿和伯林律师事务所的高级合伙人查尔斯·A. 米勒无偿代理了我的案子，代表我依据《信息自由法》向司法部门要求开展调查。在那之后，司法部门才撤回反对意见。

通过与塔斯基吉研究的参与者对话，档案材料被赋予了新的意义。若没有这些口述史，这本书不可能顺利完成。在弗雷德·格雷的不懈努力下，数名幸存者克服了近来他们对华盛顿特区白人研究员的疑心，慷慨地同意与我交谈。在此向弗兰克·道格拉斯·迪克森、卡特·霍华德、查尔斯·波拉德、赫尔曼·肖以及比尔·威廉姆斯致谢。我也十分感激同意参与访谈的以下几位公共卫生部前官员：医学博士威廉·布朗、医学博士约翰·R. 海勒、医学博士西德尼·奥兰斯基以及医学博士大卫·森瑟。

尤妮斯·里弗斯·劳里花了几天时间让我看到了她眼中这个实验的面貌，对此我欠她一份大人情。在塔斯基吉研究中所涉及的当事人中，没人比她更能增加我对含混不清的语义的容忍度。

彼得·布克顿是终止这项实验的关键人物，他友善地同意回答我对此的相关疑问。他鼓励我让这个故事广为人知。让·海勒也与我分享了她对此研究的相关记忆以及大量文件。

尽管国家人文基金会对其专业雇员有极繁重的工作量要求，但他们仍同意我于 1975 年休 6 个月的假。不仅如此，基金会的同事还鼓励我努力完成此项研究。特别感谢理查德·布卢姆、丹尼尔·迈尔斯、迈克尔·罗曼、莫顿·索斯纳和多萝西·瓦滕伯格，他们身为奉行人道主义的政府人员，肯定了我作为历史学者所做的努力。

我的作品获益于许多学者与朋友的评论。理查德·艾布拉姆斯的批评最为尖锐，与他的辩论使得《脏血》的许多论点更加清晰。约翰·W. 库克和菲利普·R. 穆勒是我的多年好友，他们在原稿上写下了详细的批注，让我能改正许多错误之处。杰克还帮我在菲斯克大学档案室查找材料，在此我也向该处专业雇员对我的特殊照顾表示感谢。此外，还要感谢本杰明·本福德协助我调研亚拉巴马州塔斯基吉的当地报纸。

詹姆斯·里德有着惊人的医学社会史知识，我从他身上学习良多，受益匪浅。詹姆斯·T. 帕特森对整本原稿做出了鞭辟入里的评论，他的意见对第三章与第十一章的完善尤为重要。琼·斯科特对我的初稿做出了极富见解的评判，并且一直以来都适时地鼓励我。医学博士威廉·A. 蒂斯代尔给了我《脏血》所涉医疗议题的技术支持及建议。安·柯林斯·纳尔逊花很多时间提供的书目极有价值，她的支持惠我良多。还要向以下阅读过全部或部分原稿并给予评论者致以感谢：小乌伊拉德·B. 盖特伍德、杰拉尔德·N. 格罗布、提摩西·冈恩、达琳·海因、R. 克里斯汀·约翰逊、罗伯特·凯霍、奥古斯特·迈耶、J. 肯尼斯·莫兰、詹姆斯·鲍威尔、马丁·里奇、谢尔顿·罗斯布拉特、芭芭拉·古特曼·罗森克兰茨、托德·L. 萨维特、玛丽安·托奇亚、雷吉娜·沃尔科夫。

我要向麦克米伦出版公司副总裁查尔斯·E. 史密斯致以诚挚的谢意。查尔斯很快就意识到了这项实验的重要性，他不但资助我，还极力给我鼓励。

此外，还要感谢我的编辑总监、任职于自由出版社（Free Press）的迈克尔·桑德。

感谢我生命中三位重要的女士给我充满关爱的支持：我的姐姐安·格罗斯、我的母亲米尔德雷德·麦基以及我的祖母朱厄尔·琼斯。

感谢我的孩子们让我赶紧完成原稿：大卫不动如山，洁西卡要求很多，劳拉迫不及待。

最后，也是最感谢的，是我的妻子琳达·奥沃斯，只有我们自己知道她的付出有多伟大。

图字：09－2022－0056 号

图书在版编目（CIP）数据

脏血/(美) 詹姆斯・H. 琼斯（James H. Jones）著；戴雅如译. —上海：上海译文出版社，2024. 6
（译文纪实）
书名原文：Bad Blood：The Tuskegee Syphilis Experiment
ISBN 978－7－5327－9477－5

Ⅰ. ①脏…　Ⅱ. ①詹…②戴…　Ⅲ. ①纪实文学—美国—现代　Ⅳ. ①I712. 55

中国国家版本馆 CIP 数据核字（2024）第 087418 号

脏血
[美] 詹姆斯・H. 琼斯　著　戴雅如　译
责任编辑/钟　瑾　装帧设计/柴昊洲　邵　旻　观止堂_未氓

上海译文出版社有限公司出版、发行
网址：www. yiwen. com. cn
201101　上海市闵行区号景路 159 弄 B 座
上海市崇明县裕安印刷厂印刷

开本 890×1240　1/32　印张 9　插页 5　字数 225，000
2024 年 6 月第 1 版　2024 年 6 月第 1 次印刷
印数：0，001－8，000 册

ISBN 978－7－5327－9477－5/I・5930
定价：58. 00 元